楚辭要籍叢刊

主編 黃靈庚

楚辭章句

【漢】王逸 撰

黃靈庚 點校

上海古籍出版社

本書爲「十三五」國家重點圖書出版規劃項目
本書爲二〇一一—二〇二〇年國家古籍整理出版規劃項目
本書爲二〇一七年國家古籍整理出版資助項目
本書爲浙江師範大學中國語言文學一流學科建設成果

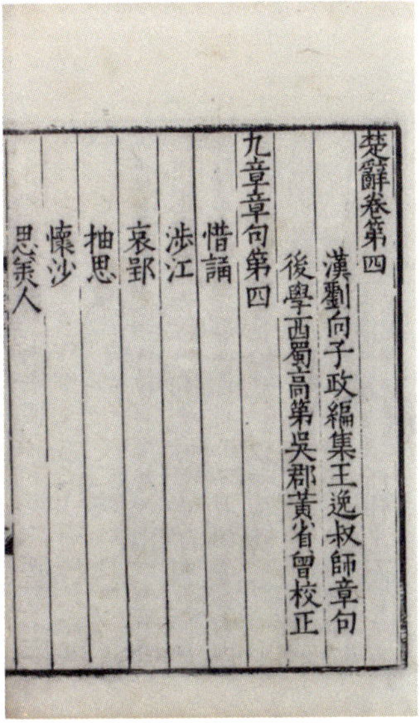

楚辭卷第四
漢劉向子政編集王逸叔師章句
後學西蜀高第吳郡黃省曾校正
九章章句第四
惜誦
涉江
哀郢
抽思
懷沙
思美人

明正德本《楚辭章句》書影

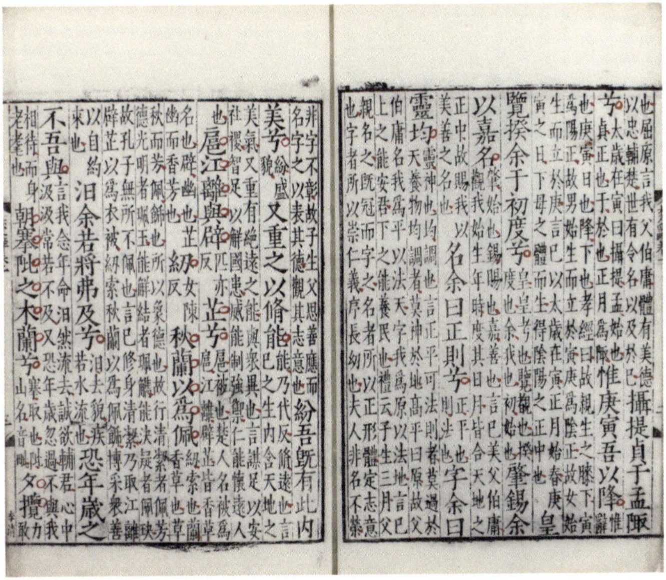

也屈原言我父伯庸體有美德以忠輔楚世有令名以及於己攝提貞于孟陬兮太歲在寅曰攝提孟始也貞正也于於也正月爲陬惟庚寅吾以降惟辭也庚寅日也降下也孝經曰故親生之膝下寅爲陽正故男始生而立於寅庚爲陰正故女始生而立於庚言己以太歲在寅正月始春庚寅之日下母之體而生得陰陽之正中也皇覽揆余于初度兮皇皇考也覽觀也揆度也余我也初始也肇錫余以嘉名肇始也錫賜也嘉善也言己美父伯庸觀我始生年時度其日月皆合天地之正中故賜我以美善之名也名余曰正則兮正平也則法也字余曰靈均靈神也均調也言正平可法則者莫過於天養物均調者莫神於地高平曰原故父伯庸名我爲平以法天字我爲原以法地言己上之能安君下之能養民也禮云子生三月父親名之既冠而字之名者所以正形體定志意也字者所以崇仁義序長幼也夫人非名不榮

非字不彰故子生父思善應而名字之以表其德觀其志意也紛吾既有此內美兮紛盛貌又重之以脩能能乃代反脩遠也言己之生內含天地之美氣又重有絕遠之能與衆異也言謀足以安社稷智足以解國患威能制强禦仁能懷遠人也扈江離與辟匹亦反芷兮扈被也楚人名被爲扈江離辟芷皆香草名也辟幽也芷幽而香芳也紉女陳反秋蘭以爲佩紉索也蘭香草也秋而芳佩飾也所以象德也故行清潔者佩芳德光明者佩玉能解結者佩觿能決疑者佩玦故孔子無所不佩也言己修身清潔乃取江離辟芷以爲衣被紉索秋蘭以爲佩飾博采衆善以自約束也汩余若將弗及兮汩去貌疾若水流也恐年歲之不吾與言我念年命汩然流去誠欲輔君心中汲汲常若不及又恐年歲忽過不與我相待而身老耄也朝搴阰之木蘭兮搴取也阰山名音毗夕攬力敢

明正德本《楚辭章句》書影

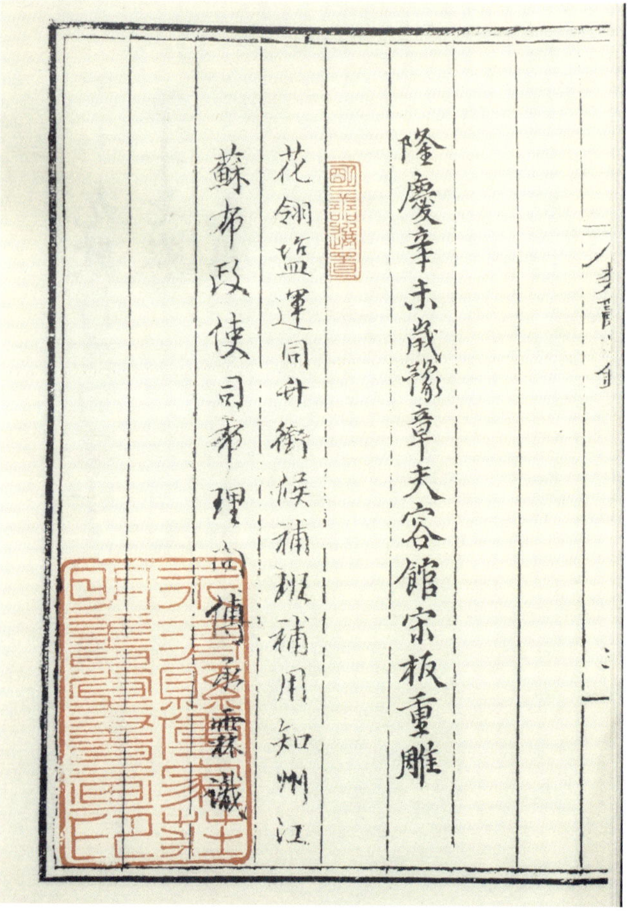
隆慶辛未歲豫章夫容館宋板重雕

花翎鹽運同銜候補班補用知州江

蘇布政使司都理問傅承霖識

明隆慶五年 (1571) 豫章夫容館翻刻本《楚辭章句》書影

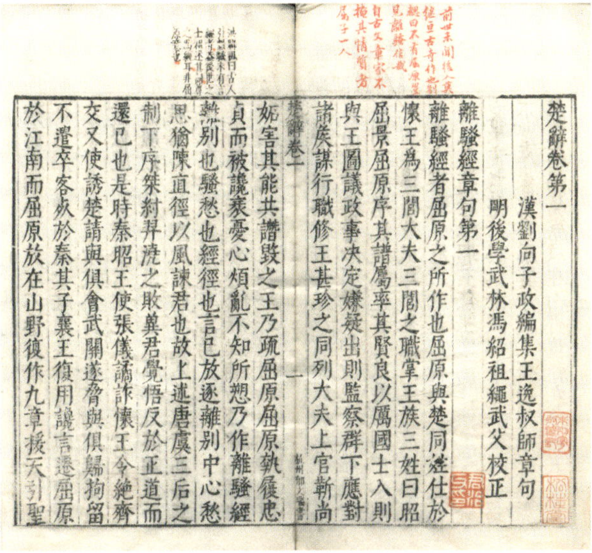
楚辭卷第一
漢劉向子政編集王逸叔師章句
明後學武林馮紹祖繩武父校正
離騷經章句第一
離騷經者屈原之所作也屈原與楚同姓仕於
懷王爲三閭大夫三閭之職掌王族三姓曰昭
屈景屈原序其譜屬率其賢良以厲國士入則
與王圖議政事決定嫌疑出則監察群下應對
諸侯謀行職修王甚珍之同列大夫上官靳尚
楚辭卷一　一
妬害其能共譖毁之王乃疏屈原屈原執履忠
貞而被讒衺憂心煩亂不知所愬乃作離騷經
離別也騷愁也經徑也言已放逐離別中心愁
思猶陳直徑以風諫君也故上述唐虞三后之
制下序桀紂羿澆之敗冀君覺悟反於正道而
還己也是時秦昭王使張儀譎詐懷王令絶齊
交又使誘楚請與俱會武關遂脅與俱歸拘留
不遣卒客死於秦其子襄王復用讒言遷屈原
於江南而屈原放在山野復作九章援天引聖

明萬曆十四年 (1586) 馮紹祖本《楚辭章句》書影

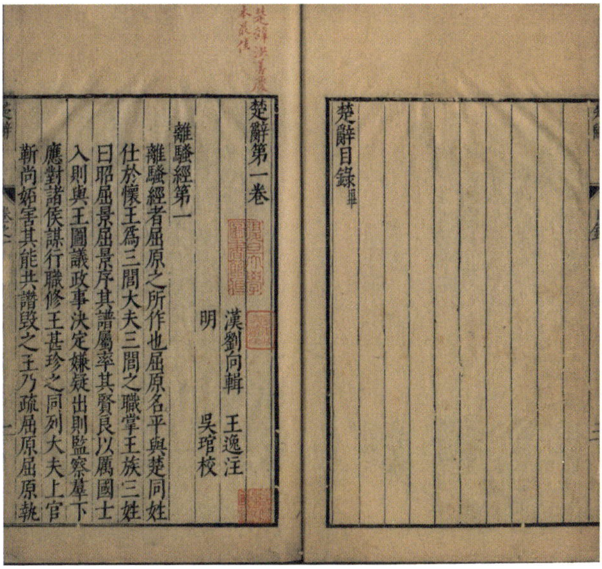
楚辭目錄
楚辭第一卷
漢劉向輯　王逸注
明　吴琯校
離騷經第一
離騷經者屈原之所作也屈原名平與楚同姓
仕於懷王爲三閭大夫三閭之職掌王族三姓
曰昭屈景屈原序其譜屬率其賢良以厲國士
入則與王圖議政事決定嫌疑出則監察羣下
應對諸侯謀行職修王甚珍之同列大夫上官
靳尚妬害其能共譖毁之王乃疏屈原屈原執

明萬曆十四年 (1586) 俞初本《楚辭章句》書影

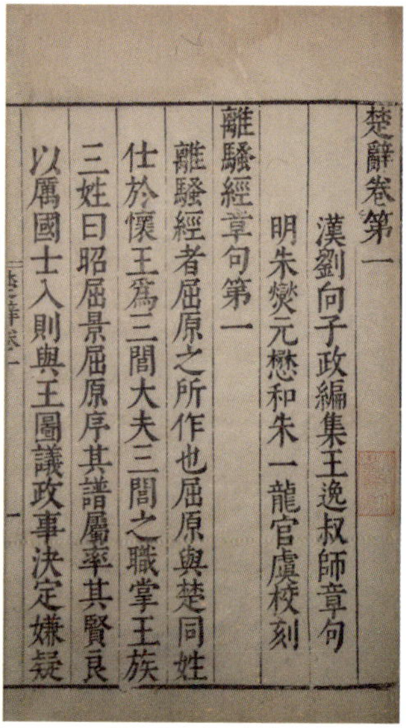
楚辭卷第一
漢劉向子政編集王逸叔師章句
明朱燮元懋和朱一龍官虞校刻
離騷經章句第一
離騷經者屈原之所作也屈原與楚同姓
仕於懷王爲三閭大夫三閭之職掌王族
三姓曰昭屈景屈原序其譜屬率其賢良
以厲國士入則與王圖議政事決定嫌疑

明萬曆朱燮元、朱一龍校刻本《楚辭章句》書影

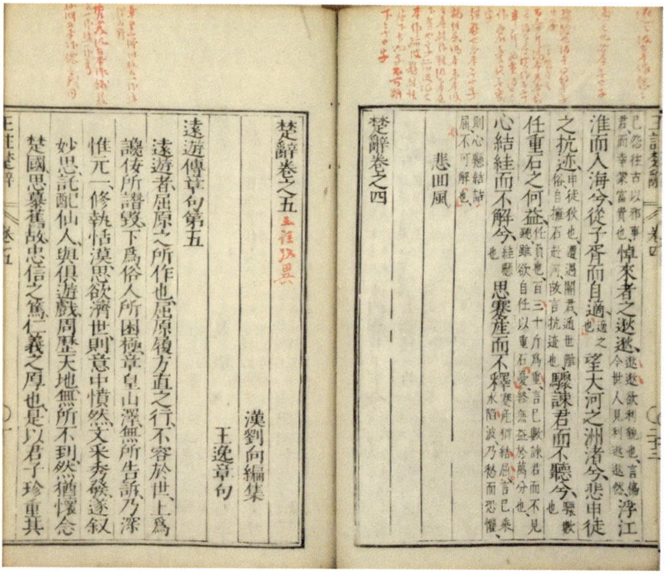
己悉往古以布事君而幸冨貴也悼來者之逖逖逖逖欲利貌也言傷今世人見利逖逖然浮江
淮而入海兮從子胥而自適適之也望大河之洲渚兮悲申徒
之抗迹申徒狄也遭遇闇君遁世離俗自擁石赴河故言抗迹也驟諫君而不聽兮驟數也
任重石之何益任負也百二十斤爲重言已數諫君而不見聽雖欲自任以重石憂無益於萬分也
心絓結而不解兮絓懸也思蹇產而不釋蹇產猶結屈言已乘水陷波乃愁而恐懼
則心懸結詰屈不可解也
悲回風
楚辭卷之四

楚辭卷之五
漢劉向編集
王逸章句
遠遊傳章句第五
遠遊者屈原之所作也屈原履方直之行不容於世上爲
讒佞所譖毀下爲俗人所困極章皇山澤無所告訴乃深
惟元一修執恬漠思欲濟世則意中憤然文采秀發遂叙
妙思託配仙人與俱遊戲周歷天地無所不到然猶懷念
楚國思慕舊故忠信之篤仁義之厚也是以君子珍重其

日本寬延莊允益校刻本《楚辭章句》書影

楚辭要籍叢刊導言

黄靈庚

楚辭首先是詩，與詩經是中國詩歌史上的兩大派系，好比是長江與大河，同發源於崑崙山，然後分南北兩大水系。大河奔出龍門，一瀉千里，蜿蜒於中原大地，孕育出帶上北國淳厚氣息的國風；而長江闖過三峽，九曲十灣，折衝於江漢平原，開創出富有南國絢麗色彩的楚辭。

「楚辭」這個名稱，始於漢代，是漢人對於戰國時期南方文學的總結。「楚辭」既指繼承詩經之後，在南方楚國發展起來的新體詩歌，標誌着中國文學又進入了一個輝煌的時代；又是中國詩歌由民間集體創作進入了詩人個性化創作的時代，而屈原無疑是創作這種新歌體的最傑出的代表，創造出了「驚采絶豔，難與並能」的離騷、九歌、天問、九章、遠遊、卜居、漁父等不朽的名作。

屈原的弟子宋玉、景差及漢代以後的辭賦作家，承傳屈原開創的詩風，相繼創作了九辯、招魂、大招、惜誓、招隱士、七諫、哀時命、九懷、九歎、九思等摹擬騷體之作，被後世稱之爲「騷體詩」。據説是西漢之末的劉向，將此類詩賦彙輯成一個詩歌總集，取名爲「楚辭」。再以後，東漢王逸爲劉向的這個總集做了注解，這就是至今還在流傳的王逸楚辭章句十七卷的本子，是現存的最早的楚辭文獻，也是我們今天學習楚辭最好讀本。

「楚辭」之所以名「楚」，表明了所輯詩歌的地方特徵。宋黄伯思業已指出，「蓋屈、宋諸騷，皆書楚語，作楚聲，紀楚地，名楚物，故可謂之『楚詞』。若些、只、羌、誶、蹇、紛、侘傺者，楚語也；頓挫悲壯，或韻或否者，楚聲也；沅、湘、江、澧、修門、夏首者，楚地也；蘭、茝、荃、藥、蕙、若、蘋、蘅者，楚物也；他皆率若此，故以『楚』名之」。其雖然説出了「楚辭」所以名「楚」的緣由，而没有進一步指出名「辭」的來歷。辭，也可以寫作「詞」。楚辭詩句之中都有感歎詞「兮」字。這個「兮」字，古人統歸屬於「詞」，古音讀作「呵」，最富於表達、抒發詩人的情感的感歎詞。這也是楚辭句式的顯著特點。「楚辭」之又所以稱「辭」，是與用了這個「兮」字有關係。

楚辭的句式比較靈活，四言、五言、六言、七言不等，參差變化，不限一格，一改詩經以四言爲主的呆板模式。詩經的篇章結構以短章重疊爲主，短則數十字，長則百餘字，内容相對單一，只截取生活中一個片斷，無法敘述比較複雜、曲折、完整的故事。楚辭突破了這個局限，像離騷這樣的宏篇巨製，洋洋灑灑，三百七十三句，二千四百九十字，至今仍是最偉大的浪漫主義抒情長詩，表現了詩人自幼至老、從參與時政到遭讒被疏，極其曲折的生命歷程；撫今思古，上天入地，抒瀉了在較大時空跨度中的複雜情感。從音樂結構分析，楚辭和詩經一樣，原本都是配上音樂的樂歌。詩經只是一遍又一遍的短章重複演奏，而楚辭有「倡曰」、「少歌曰」、「重曰」，表示樂章的變化，比詩經豐富得多。最後一章，必是衆樂齊鳴，五音繁會，氣勢宏大的「亂曰」。

楚辭的地方特徵，不僅僅是詩歌形式上的變化和突破，更重要的在於精神内容方面的因素。南國楚地三千里，風光秀麗，山川奇崛，楚人既沾濡南國風土的靈氣，又秉習其民族素有「剽輕」的遺風，陶鑄了楚人所特有的品格。楚辭更是「得江山之助」，在聲韻、風情、審美取向、精神氣質等方面，無不深深地烙上了南方特色的印記，染上了濃厚的「巫風」、神怪氣象，動輒駕龍驂鳳，驅役神鬼，遨遊天庭，無所不至。至其抒發情感，激越獷放，一瀉如注，較少淳厚平和的理性思辨，和中原文化所宣導的「不語怪力亂神」、「温柔敦厚」風氣比較，確實有些區別。

屈原是一位富於創造精神的文化巨匠，他置身於大河、長江的崑崙源頭，俯視於南北文化交融的臨界綫。一方面既保持着楚人特有民族性格，自强不息的精神面貌，富有想象的浪漫情調；另一方面又廣泛吸取、融會中原的理性思想，繼承詩經的道德傳統精神。故而在他的作品中，儘管有大江兩岸、南楚沅湘的旖旎風光、濃豔色彩，但幾乎不曾提到楚國的先王先賢，而連篇累牘的都是爲中原文化所公認的歷史人物：堯、舜、禹、湯、啓、后羿、澆、桀、紂、周文王、武王、皋陶、伊尹、傅説、比干、吕望、伯夷、叔齊、甯戚、伍子胥、百里奚等。在屈原的神話傳説中，除九歌中的湘君、湘夫人、山鬼三篇外，像太一、雲中君、東君、司命、河伯、女岐、望舒、雷師、屏翳、伏羲、女媧、虙妃等，都不是楚國固有的神靈，也没有一個是楚人所獨有的神話故事。離騷開頭稱自己是「帝高陽之苗裔」，高陽是黄帝的孫子，其發祥之地，在今河南省的濮陽，不也是中原人的先祖嗎？總之，楚辭是承接詩經之後的一種新詩體，二者同源於大中華文化，是不能割切開來的。更不能説，楚辭是獨立於中華文化以外的另一文化系統。如果片面强調楚辭的地域性、獨立性，也是不妥當的。

楚辭對於後世文學創作的影響是非常巨大的，像司馬遷、揚雄、張衡、曹植、阮籍、郭璞、陶淵明、李白、杜甫、李賀、李商隱、蘇軾、辛棄疾等各個歷史時期的名家巨子，沿波討源，循聲得實，都不同程度地從屈原的辭賦中汲取精華，吸收營養，形成了一個與詩經並峙的浪漫主義傳統的創作風格。在中國文學史上，後世習慣上説「風、騷並重」，指的是現實主義和浪漫主義的兩大傳統精神。由此想見，屈原對於中國文學的偉大貢獻是無與倫比的，屈騷傳統精神更是永恒不朽的。

正因如此，研究中國詩學，構建中國文學史及中國文化史，楚辭無論如何是繞不開的。而讀楚辭、研究楚辭，必須從其文獻起步。據相關書目文獻記載，自東漢王逸楚辭章句以來至晚清、民初的兩千餘年間，各種不同的楚辭注本大約有二百十餘種。綜觀現存楚辭文獻，大抵以王逸章句與朱熹集注爲分界：在朱熹集注以前，基本上是承傳王逸章句，而明、清以後，基本上是承傳朱子集注。由我主編且於二〇一四年國家圖書館出版社出版的楚辭文獻叢刊，輯集了二百〇七種，應該蒐録的注本，基本上已彙輯於其中了。遺憾的是，由於這部叢書部帙巨大，發行量也極有限，普通讀者很難看到。且叢書爲據原書的影印本，没作校勘、標點，對於初學楚辭者，尤爲不便。

有鑑於此，我們與上海古籍出版社合作，從中遴選了二十五種，均在楚辭學史上具有影響，爲楚辭研究者必讀之作，分別予以整理出版，滿足當下學術研究的需要，而顏之曰楚辭要籍叢刊。其二十五種書是：漢王逸楚辭章句，宋洪興祖楚辭補注，宋朱熹楚辭集注，宋吳仁傑離騷草木疏，清祝德麟離騷草木疏辨證，宋錢杲之離騷集傳，明汪瑗楚辭集解，汪仲弘天問補注，明陸時雍楚辭疏，明周拱辰離騷草木史，明陳第屈宋古音義，明黄文焕楚辭聽直，清林雲銘楚辭燈，清王夫之楚辭通釋，清丁晏楚辭天問注，清蔣驥山帶閣注楚辭，清戴震屈原賦注附初稿本，清胡濬源楚辭新注求確，清陳本禮屈辭精義，清劉夢鵬屈子楚辭章句，清朱駿聲離騷賦補注，清王闓運楚辭釋，清馬其昶屈賦微附初稿本屈賦晳微，日本西村時彦楚辭纂説、屈原賦説，日本龜井昭陽楚辭玦等。參與點校者，皆多年從事中國古典文獻研究、尤其是楚辭文獻研究，是學養兼備的「行家裏手」，其對於所承擔整理的著作，從底本、參校本的選定，出校的原則及其前言的撰寫等，均一絲不苟，功力畢現，令人動容。但是，由於經驗、水平不足，受到各種條件限制（如個別參校本未能使用），且多數爲首次整理，頗有難度，因而存在各種問題，在所難免，其責任當然由我這個主編來承擔。敬請讀者批評指瑕，便於再版改正。

前言

黃靈庚

東漢王逸楚辭章句，是現存楚辭文獻的最早注本。楚辭自漢孝武帝以來，一度成爲「顯學」，著述紛如，如前有西漢淮南王劉安的離騷傳（或稱離騷經章句），揚雄、劉向各作天問解；後有東漢班固、賈逵各作離騷經章句，馬融的離騷注等，不幸都已放失，惟王逸的楚辭章句巋然獨傳。這不是没有原因的。王逸裒集兩漢楚辭的研究成果，其楚辭章句遂成爲兩漢研究楚辭「集成性」之作，成爲歷代學者研究楚辭的基礎文獻。從事楚辭研究，楚辭章句至今仍是無法繞開的必讀的著作。

王逸字叔師，南郡宜城（今湖北襄陽宜城市）人，生卒不詳。後漢書文苑傳有其傳，極爲簡略。稱是漢安帝元初時期人，「舉上計吏，爲校書郎。順帝時，爲侍中。著楚辭章句行於世。其賦、誄、書、論及雜文凡二十一篇。又作漢書（原訛作漢詩，據魏晉遺物「王逸集書籤」改）百二十三篇」。又，唐文選集注引陸善經説，王逸「後爲豫章太守」。今人余嘉錫以爲「疑出謝承、司馬彪諸家書」。此可補後漢書之闕（見其四庫提要辨證）。

四庫總目提要稱：「初，劉向裒集屈原離騷、九歌、天問、九章、遠遊、卜居、漁父，宋玉九辨、招魂，景差大招，而以賈誼惜誓、淮南小山招隱士、東方朔七諫、嚴忌哀時命、王褒九懷及向所作九歎，共爲楚辭十六篇。是爲總集之祖。逸又益以己作九思與班固二敘，爲十七卷，而各爲之注。其九思之注，洪興祖疑其子延壽所爲。然漢書地理志、藝文志即有自注，事在逸前。謝靈運作山居賦亦自注之，安知非用逸例耶？舊説無文，未可遽疑爲延壽作也。」四庫館臣以集楚辭十六卷者爲劉向，而注楚辭十七卷者爲王逸。這也是自古至今通行的説法。其實是不正確的。漢書藝文志中有「詩賦志」，原本出於劉向、劉歆父子的七略詩賦略。劉向父子所集楚辭，只以「賦」見稱，一概以「篇」總其數。如除「屈原賦二十五篇」外，别有「唐勒賦四篇」、「宋玉賦十六篇」、「趙幽王賦一篇」、「莊夫子賦二十四篇」、「賈誼賦七篇」等，皆不以「卷」爲稱。王逸離騷後敘、天問後敘亦皆稱「屈原賦二十五篇」，與劉氏七略、班固藝文志相同。若劉向果真有集楚辭十六卷，「詩賦志」應該有著録，而王逸必稱屈原賦七卷，怎麽可能後敘别稱「屈原賦二十五篇」？

劉向集楚辭十六卷的説法，緣自誤解自王逸離騷後敘。後敘説：「楚人高其行義，瑋其文采，以相教傳，至於孝武帝，恢廓道訓，使淮南王安作離騷經章句，則大義粲然。後世雄俊，莫不瞻慕，舒肆妙慮，纘述其詞。逮至劉向，典校經書，分爲十六卷。孝章即位，深弘道藝，而班固、賈逵復以所見改易前疑，各作離騷經章句。其餘十五卷，闕而不説。又以『壯』爲『狀』，義多乖異，事不要括。今臣復以所識所知，稽之舊章，合之經傳，作十六卷章句。」仔細審讀後敘這段話的原意，其前後只是在説離騷一篇，未涉及離騷以外之作。説劉安作離騷經章句「大義粲然」，但是未分卷，至向「分爲十六卷」。所謂「分爲十六卷」，乃於離騷一篇之中「分爲十六章」。宋趙希弁讀書附志卷下楚辭類録「呂祖謙離騷章句一卷」說：「左呂成公所分也。以離騷經一篇爲十六章。公謂王逸嘗言劉向典校，分離騷爲十六卷。班固、賈逵各爲離騷章句，惟一卷傳焉，餘十五卷闕而不録。今觀屈平所作凡二十有五，各有篇目，獨此一篇謂之離騷。竊意劉向所分此篇，猶一篇之中有數章焉。故嘗因逸之言，即離騷之一篇反復求之，考其文之起伏、意之先後，固有十六章次第矣。因而分之爲十六章。」呂氏以「離騷經章句十六卷」爲「十六章」，確是後敘這段話的本意。隋書經籍志說：「後漢校書郎王逸集屈原已下迄於劉向。逸又自爲一篇，并敘而注之，今行於世。」魏徵固以集楚辭十六卷者爲王逸而非劉向。後敘又說：「班固、賈逵復以所見，改易前疑，各作離騷經章句。其餘十五卷，闕而不說。」所謂「其餘十五卷，闕而不説」，即九歌至九歎十五卷。即使如此，也不得據以爲劉向曾輯楚辭十六卷。洪興祖補注於後敘「十五卷」下別出異文：「卷，一作篇。」據漢志「詩賦類」用「篇」不用「卷」通例，後敘「其餘十五卷」，原本應作「其餘十五篇」，指離騷外九歌至九歎十五篇。這條異文，保存了王逸後敘的舊貌。不知何時訛改「篇」爲「卷」，因而造成了離騷十六卷與楚辭十六篇相互混淆。後敘又云，「今臣復以所識所知，稽之舊章，合之經傳，作十六卷章句」，承劉向「分爲十六卷」來，其所舉例，「以壯爲狀」，只見於離騷，與離騷以外他篇没有關係。王逸的「作十六卷章句」，以離騷一篇，細分爲十六章。王逸的後敘根本没有説過劉向集楚辭十六卷的話。在劉宋時期，果若有楚辭章句十六卷本或者十七卷本，范曄也當於王逸傳載言「著楚辭章句十六篇」或「著楚辭章句十七篇」。

王逸所著賦、誄、書、論、雜文及漢書都有篇數，獨章句未著篇數，甚爲可疑。今幸見出土六朝遺物王逸集的「象牙書籤」，其所載逸所著述，可以與范書相互參證。「象牙書籤」有文字記云：「元初中，王公逸爲校書郎，著楚辭章句及誄、書、雜文二十一篇。」這枚「象牙書籤」，屬魏晉或北朝遺物，雖不得早至漢代，但是在范曄作後漢書以前，則是確切無疑的。其文字古樸，在隸、楷之間，内容真實可信。所謂「二十一篇」，以章句在其内。范氏王逸傳乃奪一「及」字，令章句的篇數撲朔迷離，幾成無頭案。隋志載：「梁有王逸正部論八卷，後漢侍中王逸撰。亡。」又有「王逸集二卷」。舊唐書經籍志有「王逸集二卷」。王逸集二卷在五代猶存。正部論八卷本，在隋、唐已佚，在今猶見其遺文殘簡。藝文類聚寶玉部「玉」條引王逸正部論：「或問玉符，曰：『赤如雞冠，黄如蒸栗，白如豬肪，黑如純漆。玉之符也。』」據此，正部論八卷（即八篇）類似雜論。王逸集二卷（即二篇）當爲逸之誄書賦論等詩文總集。在「二十一篇」中除去正部論八卷，再除去王逸集二卷，六朝所傳章句應爲「十一卷」（即十一篇）本。隋志著録六朝章句既有「十一卷」本、又有「十二卷」本，說：「楚辭十二卷，並目録，後漢校書郎王逸注。梁有楚辭十一卷，宋何偃删王逸注。亡。」清嚴可均全後漢文卷五十七「王逸」條下謂「有楚辭章句十二卷」。均是依據隋志的說法。則「十二卷」，以目録一卷計在内，實同宋何偃删王逸注十一卷本。王逸集的「象牙書籤」所載與隋志所著録完全吻合。劉勰文心雕龍辯騷說：「故騷經、九章，朗麗以哀志；九歌、九辯，綺靡以傷情；遠遊、天問，瓌詭而惠巧，招魂、招隱，耀豔而深華；卜居標放言之致，漁父寄獨任之才。故能氣往轢古，辭來切今，驚采絶豔，難與並能矣。自九懷已下，遽躡其跡，而屈、宋逸步，莫之能追。」自騷經至九懷凡十一篇，大約是劉勰其時所據楚辭篇目。「自九懷以下」云云，指七諫、九歎、哀時命、惜誓及大招以下楚辭之作，九懷未在其內。劉勰所據楚辭本九懷殿其末，與釋文目録（見附洪興祖楚辭補注目録）前十一卷篇次相合。其十一篇次序爲：離騷、九辯、九歌、天問、九章、遠遊、卜居、漁父、招魂、招隱士、九懷。釋文雖是五代王勉所作，而其篇次則存南朝蕭梁前王逸楚辭章句之舊，較以作時先後爲次之今本目録次第，更爲古奥。

隋志又説：「楚有賢臣屈原，被讒放逐，乃著離騷八篇。」則與漢代稱「屈原賦二十五篇」的説法有别。據釋文目録考察，則也涣然可解。漢人尊離騷爲「經」，居於篇首，故六朝以後凡屈原離騷以外之作，皆以「離騷」稱之。釋文目録自離騷至漁父爲八篇。隋志所謂「乃著離騷八篇」，即離騷、九辯、九歌、天問、九章、遠遊、卜居、漁父八篇。九辯本宋玉之作，以其次於離騷後，乃據離騷：「啓九辯與九歌兮，夏康娱以自縱。」天問也説：「啓棘賓商，九辯九歌。」九辯皆在九歌之前。雖宋玉所作，王逸猶據此編次，置於九歌之前。王國維手校汲古閣楚辭補注，在目録之下批下如此的話：「按九辯、九歌，皆古之遺聲。離騷云：『啓九辯與九歌兮，夏康娱以自縱。』大荒西經云：『夏后開上三嬪於天，得九辯與九歌以下。』故舊本九辯第二、九歌第三。後人以撰人時代次之，乃退九辯於第八耳。」釋文目録篇次保存了王逸章句的舊貌。六朝人或目九辯爲屈原所作，正由於此原因。三國志陳思王植傳引屈平：「國有驥而不知乘，焉皇皇而更索。」這二句出於九辯，非屈子所作，而定爲「屈平曰」，即其顯證。隋志「八篇」云云，九辯一篇不次漁父後，而在離騷後，雜於屈原辭賦之中。六朝傳王逸章句十一卷本，與釋文目録篇次大略相同。

七諫、九歎、哀時命、惜誓、大招、九思諸篇，其序文及章句是否王逸所作？楚辭十七卷本始於何時、究竟從何而來？這也是研究楚辭文獻史必須思考的問題。

九思序與九思注，體式與前十六卷迥別，且竟然出現了「譜録」、「通夜」、「停止」、「攝斥」、「山嶺」、「荒阻」、「又還」等十餘例屬六朝以後的習語，斷非王逸或其子王延壽所作。館臣疏於詳考。大概是南朝或隋、唐間好事者所作，釋義錯雜。且前後矛盾，恐是陸續累綴而成，出於多人之手。筆者已有專文考論，所以這篇可以置之不論。

七諫以下五篇，王逸皆闕然未注。今本七諫以下五篇注，非出自王逸，抑王逸之後東漢一無名氏託名「校書郎中王逸作」，而王延壽死在王逸之前，也不可能爲王延壽所補作。二書在魏晉六朝以前大概並行存在，各自獨立。其根據是：王逸作章句，重點注離騷，所以離騷章句一篇注得最爲詳賅，始釋字義，次釋句意，終講明章旨，是標準的「章句」體。九歌、天問、招魂三篇内容比較離騷，相對要簡單一些，但比起九章等篇也要龐雜一些，所以也是以「章句」體注其義，惟不如離騷章句詳盡。九辯、九章（惜誦一篇除外）、遠遊、卜居、漁父、招隱士、九懷諸篇内容相對簡單，都改用韻文形式釋義，極少單獨釋字義。這是王逸所創造的注書體例，或者三言，或者四言，或者七言，言簡意賅，錯落有致。七諫以下五篇，其内容比較九辯、九章等篇更加單純、明白，果是王逸所注，則必用韻文體。恰恰相反，七諫以下注文都是「章句」體，甚至詳於離騷章句。而且注文風格、用語與前十一卷差別明顯，確然是出於不同人之手的兩種書。而文字注釋，多見與前十一卷重複。如以「靈」字爲例，離騷「字余曰靈均」，注：「靈，神也。」又「夫唯靈修之故也」，注：「靈，神也。能神明遠見者，君德也，故以喻君。」又「欲少留此靈瑣兮」，注：「靈以喻君。一云：靈，神之所在也。」離騷三例「靈」字，與「神」的意義相同，但首一例用於屈原名字，第二例喻君王，第三例指神靈，各有所指，所以王逸不嫌重複爲注。而七諫五篇釋義重複，則不在此例。如離騷「唯昭質其猶未虧」，注：「昭，明也。」大招「白日昭只」，注：「昭，明也。」天問「何馮弓挾矢」，王逸只於章句以「挾箭矢」注明，未單獨爲「矢」字作注。七諫謬諫「機蓬矢以射革」，注：「矢，箭也。」大招「執弓挾矢」，注：「矢，箭也。」類此重複注釋，絕無必要。若出一人手，也絕無可能。又如，七諫初放：「平生於國兮，長於原壄。」注：「平，屈原名也。高平曰原，坰外曰野。言屈原少生於楚國，與君同朝，長大見遠棄於山野，傷有始而無終也。」九歎離世：「兆出名曰正則兮，卦發字曰靈均。」注：「言己生有形兆，伯庸名我爲正則以法天，筮而卜之，卦得坤，字我曰靈均以法地也。」據前十一卷例，必皆省略，但注：「皆解於離騷經。」

再說，七諫章句以下五篇於體例或行文風格、習慣見其差別，體現前後注家在學術作風方面的差異。如，七諫初放：「往者不可及兮，來者不可待。」注：「謂聖明之王堯、舜、禹、湯、文、武也。欲須賢君，年齒已老，命不可待也。」以「往者」爲「聖明之王堯、舜、禹、湯、文、武」六人。

類此詩句又見前十一篇，遠遊：「往者弗及兮，來者吾弗聞。」注：「三皇、五帝，不可逮也。後雖有聖，我身不見也。」以「往者」爲「三皇、五帝」。若出一人，則百思未得其秘。「鬱鬱」之詞於九懷前十一篇凡四見：或解「憂滿」，如哀郢「慘鬱鬱而不通兮」，注：「中心憂滿，慮閉塞也。」或解「煩冤」，抽思「心鬱鬱之憂思兮」，注：「哀憤結縎，慮煩冤也。」悲回風「愁鬱鬱之無快兮」，注：「中心煩冤，常懷忿也。」或解「憤懣」，九辯「馮鬱鬱其何極」，注：「憤懣盈胸，終年歲也。」七諫以下五篇凡三見，皆解爲「憂毒」、「愁毒」。七諫謬諫「愁鬱鬱之焉極」，注：「言憂毒之無窮。」九歎怨思：「惟鬱鬱之憂毒兮，志坎壈而不違。」注：「言己放逐，心中鬱鬱，憂而愁毒，雖坎壈不遇，志不離於忠信也。」哀時命：「心鬱鬱而無告兮，衆孰可與深謀？」注：「言己心中憂毒而無所告語，衆皆諂諛，無可與議忠信也。」意義雖是相通，但是釋語見其差別。說明行文遣詞，各有風格、習慣，知其出不同人之手。

據現存文獻所載，二書始合爲一體恐怕在隋以後。隋志說：「後漢校書郎王逸集屈原已下，迄於劉向。逸又自爲一篇，并敘而注之。今行於世。」魏徵既稱「集屈原已下」至劉向者是王逸，非劉向。又稱「今行於世」，「今」者，指在初唐。其所見者，乃二書相合十六卷本。在此以前絶無此本。隋志「楚辭類」下也未見著録王逸楚辭章句十六卷本。舊唐書經籍志、新唐書藝文志始著録王逸楚辭章句十六卷。九思一篇還未收入。五代王勉所作釋文，其目録之末爲九思。這是王逸楚辭章句十七卷本現存文獻中的最早記載。南宋晁公武郡齋讀書志、陳振孫直齋書録解題以及宋史藝文志等所著録者皆爲十七卷本，九思一篇殿其末。王逸章句十七卷本始見五代、北宋初。及至北宋仁宗天聖時，閩人陳説之以楚辭章句十七卷篇次，依據作者先後重爲編纂。這便是現存王逸楚辭章句十七卷本來歷。

王逸是今文學家，以漢代儒師解詩的方法注釋楚辭，因而仿毛詩序宜有「大敘」、「小敘」。「大敘」，即離騷經後敘，原本宜置於離騷經之首。以離騷經別有「小敘」，後人恐二者淆亂，所以別置於後。「小敘」凡十一篇（七諫以下六篇「小敘」仿此）。「大敘」略説屈原承孔子之後，「獨依詩人之義而作離騷，上以諷諫，下以自慰，遭時暗亂，不見省納，不勝憤懣，遂復作九歌以下，凡二十五篇。楚人高其行義，瑋其文采，以相教傳」。王逸復盛稱，「夫離騷之文依託五經以立義」，「故智彌盛者其言博，才益劭者其識遠。屈原之詞誠博遠矣，自孔丘終没以來，名儒博達之士著造詞賦，莫不擬則其儀表，祖式其模範，取其要妙，竊其華藻，所謂金相玉質，百歲無匹，名垂罔極，永不刊滅者」云。「大敘」蓋其「總説」或者「通論」，「小敘」皆爲各篇的專敘，略説作詩的始末、意旨、興喻及託寓等。雖多寥寥數語，若無新文獻、新發現，則爲後世學人研討各篇所必須稽考者，其權威性、可靠性，自然是無可替代。稱離騷作於見斥懷王以後，稱九歌、九章作於見放江南以後，稱天問作於呵問宗廟壁畫云，至今猶未足以改易其説。但是，時見王逸比附太過，不無可商之處。如論九歌「上陳事神之敬，下見己之冤結，託之以風諫，故其文意不同，章句雜錯而廣異義」云云，字字句比附君臣時世，未免流於牽合。論招隱士以淮南有大山、小山，類比「猶詩有小雅、大雅」云者，也屬不倫不類。

但是，王逸注楚辭既秉承漢師家法，保存漢世古義，後世視如文字訓詁之「淵藪」，禮儀文獻之「典型」，成爲二千年以來解讀楚辭的依據，也是後出所有注本均無法超越的。王逸考據經義至爲精密，總結起來，大略有十個方面：

一、據漢師五經詁義爲解。如離騷「忽奔走以先後兮」，注：「奔走先後，四輔之職也。詩曰：『予聿有奔走，予聿有先後。』」所謂「四輔」者，疑、丞、輔、弼四職。引詩見大雅緜。毛詩作「予曰有奔奏」，釋文引韓詩「曰」作「聿」，又曰：「奏，本亦作走。」其所據依者即是韓詩。招魂「朱塵筵些」，注：「筵，席也。詩云：『肆筵設机。』」文選本引詩作「設筵設机」。王逸引詩在大雅行葦篇，毛詩作「肆筵設席」，四庫章句本據毛詩改作「肆筵設席」。毛詩無「設机」例，篤公劉有「俾筵俾几」。「設筵設机」，抑是此詩的異文。王逸注引詩宗韓詩，與毛詩本別異。其引書據今文尚書。如離騷「五子用失乎家巷」，注：「尚書序曰：『太康失國，昆弟五人，須于洛汭，作五子之歌。』此佚篇也。」王逸注引書，乃漢伏生所傳今文尚書二十九篇本。孔壁所出古文尚書二十五篇本雖有孔安國傳，而其時皆未在其内。五子之歌，是古文尚書所存，王逸所以説是「佚篇」，非「未見全書」。他者引左氏春秋、周禮、論語、爾雅、淮南子等，皆依漢師舊説。

二、以漢世今語釋先秦古語。如離騷「芳菲菲其彌章」，注：「菲菲，猶勃勃，芬香貌也。」王逸以「勃勃」釋「菲菲」，「勃勃」爲漢世語，「菲菲」爲先秦古語，所謂「猶」者，所用來疏通古今別語的專用詞。「芬香貌」，才是解釋其義。類此訓詁之例，則不勝枚舉。

三、以通語釋楚語。如離騷「羌内恕己以量人兮」，注：「羌，楚人語詞也，猶言『卿』，何爲也。」王逸以「羌」爲楚語。「猶言卿」，是比況之詞，説漢人語「羌」讀如「卿」。卿，是漢世通語，所以别異方代語。「何爲」，釋其詞義。

四、辨析詞義，區分用法。如離騷「各興心而嫉妒」，注：「害賢爲嫉，害色爲妒。」九歌東皇太一「吉日兮辰良」，注：「日謂甲乙，辰謂寅卯。」九章惜誦「言與行其可迹兮」，注：「出口爲言，所履爲迹。」

五、發明比喻的旨意。如離騷「荃不察余之中情兮」，注：「荃，香草，以喻君也。人君被服芬香，故以香草爲喻。惡數指斥尊者，故變言荃也。」九歌山鬼：「靁填填兮雨冥冥，猨啾啾兮又夜鳴。風颯颯兮木蕭蕭。」注：「雷爲諸侯，以興於君。雲雨冥昧，以興佞臣。猨猴善鳴，以興讒言。風以喻政，木以喻民。雷填填者，君妄怒也。雨冥冥者，群佞聚也。猨啾啾者，讒夫弄口也。風颯颯者，政煩擾也。木蕭蕭者，民驚駭也。」

六、闡發詩旨的義理。如離騷「紉秋蘭以爲佩」，注：「佩，飾也，所以象德。故行清潔者佩芳，德仁明者佩玉，能解結者佩觿，能决疑者佩玦。故孔子無所不佩也。」據此，知其所「佩」者在於明德，是「德佩」。九歌湘夫人「麋何食兮庭中，蛟何爲兮水裔」，注：「麋當在山林而在庭中，蛟當在深淵而在水涯，以言小人宜在山野而陞朝庭，賢者當居尊官而爲僕隸也。」據此，知其所爲乃反物理之意，所處皆未當其所。

七、存漢世異説。如招魂「砥室翠翹」，注：「砥，石名也。詩曰：『其平如砥。』或曰：儃室，謂儃佪曲房也。」若從或説，「砥」讀如「儃」，即「低佪」作「儃佪」之比。儃，猶儃佪，回曲貌。是存漢代異説。但是對於王逸注中「或曰」、「一説」之類，需要加以分别、詳考，確有後所羼入的内容。

八、或者雖以韻語爲注，而未失其詞義之對應之義。如遠遊「於中夜存」，注：「恒在身也。」所謂「恒在身」，解「中」爲「身」。國語楚語「余左執鬼中，右執殤宫」，韋昭注：「中，身也。」「夜」，通作「亦」。而以「恒」釋其義，讀「夜」作「亦」。新蔡葛陵楚墓銘器「平夜君」皆作「平亦君」。戰國楚竹書（二）容城氏：「既爲金桎，或（又）爲酒池，厚樂於酒。溥亦（夜）以爲槿（淫），不聖（聽）丌邦之正（政）。」亦，猶「常」之意。洪氏補注引孟子「梏之反覆，則其夜氣不足以存；夜氣不足以存，則其違禽獸不遠矣」説解其意，則非其旨。

九、疏解楚國名物制度。如離騷「哀高丘之無女」，注：「楚有高丘之山。或云：高丘，閬風山上也。舊説：高丘，楚地名也。」高丘，是楚人聖山，也是楚人先祖所居地。九章涉江「朝發枉陼兮，夕宿辰陽」，注：「枉陼，地名。辰陽，亦地名也。言己將從枉陼，宿辰陽，自傷去國日已遠也。」枉陼、辰陽，皆南楚地名。招魂「涉江采菱，發揚荷些」，注：「楚人歌曲也。」洪氏補注：「揚荷，文選作『陽荷』。注云：『荷，當作「阿」。涉江、采菱、陽阿，皆楚歌名。』」是楚樂的遺制。又「秦篝齊縷，鄭綿絡些」，注：「綿，纏也。絡，縛也。言爲君魂作衣，乃使秦人織其篝絡，齊人作彩縷，鄭國之工纏而縛之，堅而且好也。」招魂乃雜用秦式的篝、齊式的縷、鄭式的綿，實皆産於楚地。猶國殤「吴戈」、「秦弓」，指吴式之戈、秦式之弓，皆楚所製造。

十、疏證三代遺事。如天問一篇猶楚國的史書檮杌，「多奇怪之事，自太史公口論道之，多所不逮，至於劉向、揚雄，援引傳、記以解説之，亦不能詳悉」。若無王逸的注解，後人幾不可讀。如「胡䠶河伯，而妻彼雒嬪」，注：「胡，何也。雒嬪，水神，謂宓妃也。傳曰：『河伯化爲白龍，遊于水旁，羿見，䠶之，眇其左目。河伯上訴天帝曰：「爲我殺羿。」天帝曰：「爾何故得見䠶？」河伯曰：「我時化爲白龍出遊。」天帝曰：「使汝深守神靈，羿何從得犯？汝今爲虫獸，當爲人所䠶，固其宜也。羿何罪歟？」』羿又夢與雒水神宓妃交接也。」王逸引「傳曰」，已不可詳考，羿射河神及妻雒嬪宓妃的遺説，是爲楚地所獨傳，賴此得以傳世。上述十端，見其文獻價值之高，固不待詳説，所以古今凡研治楚辭者，莫不奉王逸章句爲龜鑑。

智者千慮，必有一失。其爲悠謬之説，王逸也難以避免。如離騷「恐皇輿之敗績」，注：「績，功也。言我欲諫争者，非難身之被殃咎也，但恐君國傾危，以敗先王之功。」屈原以行輿爲喻，皇輿敗績，是説車輿毁敗，非「以敗先王之功」之意。戴震屈原賦注：「車覆曰敗績。」禮記檀弓篇『馬驚敗績』，春秋傳『敗績厭覆是懼』，是其證。」則糾正了他的錯誤。天問「該秉季德」至「後嗣而逢長」一段，詳載殷先王該、冥、恒、微與有易國交往的歷史，王静安先生據甲骨卜辭既已發明之，而王逸解以夏啓、殷湯及解居父的故事，致令天問這段文字不得讀通者達二千餘載。雖説如此，類此疏誤猶大醇小疵，也不足以掩蓋此書功績。後世淺薄者解讀楚辭，動輒責斥章句，往往以是爲非，則不足取信。如離騷「固前聖之所厚」，注：「言士有伏清白之志，以死忠直之節者，固乃前世聖王之所厚哀也。」王逸注以「厚哀」解「厚」，學者紛然訾之。實是不可移易之説。哀，是「愛」的意思。厚，也是「愛」的意思。厚、哀平列同義，古有其例。如太平經大功益年書出歲月戒引大神言：「所誠衆多，所諫亦非一人所問。持是久遠相語者，誠重生耳，言特見厚哀尤深。」遇到此類問題，需要謹重，不可魯莽輕率，而隨意推翻王逸的訓解。

王逸章句今所見其傳者，略有三大系統：一是單行楚辭章句本，如明正德十三年高第、黄省曾刊刻本、隆慶五年朱多煃夫容館刊刻本等，皆爲明刻翻宋本。二是合刻於宋洪興祖楚辭補注本，有清汲古閣毛表校刻本、明景宋本。三是見收録於梁蕭統文選，楚辭凡十三題：離騷、東皇太一、雲中君、湘君、湘夫人、少司命、山鬼、涉江、卜居、漁父、九辯五首、招魂、招隱士，李善注稱全録王逸章句。文選雖有唐鈔殘卷本及宋刻諸本，惟其非楚辭足本。比較三大系統諸種刻本，彼此歧異甚多，各類異文達六千餘條，以致竟不能裁定孰爲章句舊文。説明三大系列所依據的章句本子，並非同出一祖本。而學者多未詳考，因其所讀本子，各取所需，以訛傳訛，而終不自知。特舉一二例以説明之。如東皇太一「君欣欣兮樂康」，文選本王逸注：「言己重作衆樂，合會五音，紛然盛美，神以歡欣。」補注本、單行本「重作」作「動作」。重作，猶説「又作」、「再作」。據義，文選本當存舊本的原貌。又，雲中君「聊翱翔兮周章」，補注本王逸注：「言雲神居無常處，動則翱翔，周流往來，且遊戲也。」文選本「且遊戲」作「且遊且翔」。其義雖無殊，而若作「且遊且翔」，與「動則翱翔」重複。舊本應作「且翺翔」。又，大司命「羌愈思兮愁人」，單行本王逸注：「言己乘龍沖天，非心所樂，猶結木爲誓，長立而望，愈念楚國，愁且思也。」文選本、補注本「愈念」作「想念」。雖無異義，然正文作「愈思」，注文當以單行本作「愈念」爲存真。九辯「廓落兮」，補注本王逸注：「喪妃失耦，塊獨立也。」文選本、單行本「喪妃」作「喪志」。「喪志」是説「失志」，「喪妃」是説「失耦」，以釋原文「廓落」，謂孤寂貌。據此，補注本作「喪妃失耦」爲存真。招魂「往來倏忽，吞人以益其心些」，文選本王逸注：「言復有雄虺，一身九頭，往來倏忽，常喜吞人魂魄，以益其賊害之心也。」單行本及補注本「以益其賊害之心也」作「以益其心，賊害之甚也」。文選本依正文詞序釋義，當存舊本原貌。據此，三大系統的章句本，各有優劣，彼此參驗、互校，而求其舊本原貌，似未可偏廢，執一本而不顧其餘。

今所整理的本子是單行本，鋟於明正德十三年，高第、黄省曾校刻，通稱「正德本」。第字公次，西蜀綿州人。正德進士，官長洲尹。編有蓉溪書屋續集。明史無傳。省曾，字勉之，號五嶽，蘇州吴縣人。嘉靖舉人。從王守仁、湛若水遊，又學詩於李夢陽，所著有五嶽山人集、騷苑等。明史有傳，附文苑文徵明傳。此本前有王鏊正德戊寅重刊王逸注楚辭序，稱「其書得之郡文學黄勉之，長洲尹西蜀高君公次見而奇之，曰：『此近世之所罕覩也。』相與校正，梓刻以傳」云。

王氏以此本爲高、黄二人合校刊行。後世版本著録往往單稱「黄本」，而抹去高第之名，未審其何故。黄氏五嶽山人集卷二十五有漢校書郎中王逸楚辭章句序一首，詳敘刊刻此集的緣由，稱：「予讀班固藝文志，詩賦家首敘屈原賦二十五篇。則劉向所定離騷、九歌、天問、九章、遠遊、卜居、漁父，蓋舊次也。其宋玉九辯、招魂，景差大招，賈誼惜誓，淮南小山招隱，東方朔七諫，莊忌哀時命，王褒九懷，皆傷屈原而作，故向悉類從而什伍之，而又附麗九歎。及王逸疏其旨蘊，而抒九思以終焉。傳歷詞林，莫之疵少。至宋晁補之乃短長向録，移置篇列。朱氏後出，大病晁書續、變二集，僅有擇取，亦薪蒭見陵之證也。其論七諫、九懷、九歎、九思，則曰『雖爲騷體，然詞氣平緩，意不深切，如無所疾痛而强爲呻吟者』。嗚呼！四賢去原代遠，安能如躬遭者之疾痛邪！玉之於原已迥乎間矣，况其後者乎？特尚其懷忠慕良，緬思其人，而矩武其譔，斯亦靈脩之徒也。仲尼次詩風雅與頌，惟以體萃，而詞意差錯不預焉。苟以詞意，則關雎、鹿鳴、文王、清廟之音，靡有倫繼者矣。四賢所譔，既曰『騷體』，則體同而類以繼之，又何疑乎！且離騷者，屈子一篇之名也。朱子輒以冠衆目之上，此則語之童嬰、學究，當皆以爲未安者。由是觀之，則其所排削銷燼之文，豈足服藝苑之心乎！猥予翹景往哲，竇誦向書久矣，暇與長洲邑君高公次品藻群作，談及此編。尋頃假去，讀之洋洋，窺冀堂户。乃歸予鼇校，授工梓之。柱國王公欣然爲序，予則悲其泯廢，幸其復傳，豈特通賢之快覽，雖質之屈子，必以舊録爲嘉也。」此序未載此集，版本目録家未見著録。然據其序所稱，黄氏刊刻此書的緣由，蓋自朱學盛行之後，研讀楚辭者惟以朱子集注爲宗，而王逸章句漸至廢佚，學者多不復得覩楚辭舊觀，因而特地刊刻之以傳後。且於宋世淆亂漢籍舊編、刪移篇第，多未以爲然。

是本前有目録，統稱之「楚辭」，凡十七卷，其依作者先後爲次：離騷、九歌、天問、九章、遠遊、卜居、漁父、九辯、招魂、大招、惜誓、招隱士、七諫、哀時命、九懷、九歎、九思。當是陳説之所改定，已失原本舊觀。惟離騷一卷稱「經」，自九歌以下十六卷皆稱「傳」。目録之末附劉勰辨騷，每卷前皆有王逸小序，惟離騷、天問二卷前後皆有王逸序，而天問王逸後序之末又附班固離騷序。每卷首下題「漢劉向子政編集，王逸叔師章句」一行，「後學西蜀高第、吴郡黄省曾校正」又一行。先小序，次正文。楚辭正文爲大字，章句爲雙行小字。葉十行，行十八字。四周雙邊，白口，版心雙魚尾，中爲楚辭卷數、葉碼。下有刻工姓名：李清、李槐、奎、先、章、浩等。是本稱據宋槧重雕，然其宋刻祖本原始面貌已久湮莫考。於「匡」、「桓」、「恒」等少數宋諱字皆缺筆，存其宋槧的舊觀。而於「胤」、「敬」、「殷」、「玄」、「慎」、「貞」、「禎」等字皆未避。

單行本章句與補注系列、文選系列相校多所異同。凡補注本楚辭考異所列異文，多見於此。僅以屈子二十五篇爲例，如：離騷「余初度兮」，補注引「余」下一有「于」字，單行本亦有「于」字。又，「不及兮」，補注引「不」一作「弗」，單行本亦作「弗」字。又「馳騁兮」，補注引「馳」一作「駝」，單行本亦作「駝」字。又「既以邃遠兮」，補注引「既」下一無「以」字，單行本亦無「以」

字。又「晻藹兮」，補注引「藹」一作「靄」，單行本亦作「靄」。湘君「醴浦」，補注引「醴」一作「澧」，單行本亦作「澧」。湘夫人「愁予」，補注引「予」一作「余」，單行本亦作「余」。又「白薠兮」，補注引「白」上一有「登」字，單行本亦有「登」字。少司命「夫人自有兮美子」，補注引「自有兮」一作「兮自有」，單行本亦作「兮自有」。東君「羌聲色」，補注引「聲色」一作「色聲」，單行本亦作「色聲」。天問「僉曰何憂」，補注引「曰」一作「答」，單行本亦作「答」。天問序「嗟號昊旻」，補注引「昊旻」一作「旻昊」，單行本亦作「旻昊」。又「伯禹愎鯀」，補注引「愎」一作「腹」，單行本亦作「腹」。又「河海應龍，何盡何歷」，補注引一作「應龍何畫，河海何歷」，單行本亦作「應龍何畫，河海何歷」。又「何嗜不同味」，補注引「嗜」下一有「欲」字，單行本亦有「欲」字。又「而賜封之」，補注引「封之」下一有「金」字，單行本亦有「金」字。又「帝何竺之」，補注引「竺」一作「篤」，單行本亦作「篤」字。惜頌「以杼情」，補注引「杼」一作「抒」，單行本亦作「抒」。涉江「猨狖之所居」，補注引「猨」上一有「乃」字，單行本亦有「乃」字。哀郢「方仲春而東遷」，補注引一無「方」字，單行本亦無「方」字。懷沙「冤屈而自抑」，補注引「冤屈而」一作「俛屈以」，單行本亦作「俛屈以」。橘頌「不終失過兮」，補注引「不終」一作「終不」，單行本亦作「終不」。悲回風「故荼薺」，補注引「薺」一作「苦」，單行本「薺」作「苦」。遠遊序「文采鋪發」，補注引「鋪」一作「秀」，單行本亦作「秀」字。卜居「喔咿儒兒」，補注引「儒兒」一作「嚅唲」，單行本作「嚅唲」。卜居「吁嗟默默」，補注引「默默」一作「嘿嘿」，單行本亦作「嘿嘿」。漁父「世人皆濁，何不淈其泥而揚其波」，補注引「世人」一作「舉世」，單行本亦作「舉世」。又「聖人不凝滯於物」，補注引「聖人」作「夫聖人者」，單行本亦作「夫聖人者」。王静安先生説：「丁巳除夕，以此本校楚詞補注，凡三卷，知單行本全與洪氏考異所稱一本合，亦此本出於宋本之證。」但是這個本子也有與補注本不同處。如，天問「女岐無合」之「岐」，單行本作「歧」。又「地方九則何以墳之」，單行本作「地方九州則何以墳之」。又「何環穿自閭社丘陵是淫是蕩」，補注引一作「何環閭穿社以及丘陵是淫是蕩」，單行本無「是淫是蕩」四字。卜居「誰知吾之廉貞」之「貞」，單行本作「真」。

至如王逸注文的歧異，則更爲繁複，且於義較他本爲勝者甚多。即以屈子二十五篇爲例，如離騷序「猶依道徑，以風諫君也」，補注引「依道徑」一作「陳直徑」，單行本正作「陳直徑」；直徑，王逸章句習見。道，「直」字之訛。又「惟庚寅吾以降」，單行本王逸注：「惟，辭也。」補注本無注。「惟」字首出於此，舊本當有注。又「皇覽揆余初度兮」，單行本王逸注：「余，我也。」補注本無注。「余」字首見於此，舊本當有注。又「皇覽揆余初度兮，肇錫余以嘉名」，單行本王逸注：「言己美父伯庸觀我始生年時，度其日月，皆合天地之正中，故賜我以美善之名也。」補注本無「己美」二字。正文「皇」字訓「美」，則舊本當有「己美」二字。又「恐美人之遲暮」，單行本王逸注：「而君不建立道德，舉用賢能，則年老耄晚暮，而功不成，事不遂也。」補注本「舉用賢能」作「舉賢用能」。「建立道德」、「舉用賢能」，相對爲文，舊本當作「舉用賢能」。又「惟夫黨人之偷樂兮」，單行本王逸注：「黨，朋也。論語曰：『群而不黨。』」補注本「群而」作「朋而」。引論語見衛靈公篇，正作「群而」而非「朋而」。又「謡諑謂余以善淫」，單行本王逸注：「猶衆臣嫉妒忠正，言己淫邪不可任用也。」補注本「任」下無「用」字。任用，王逸注文習見。又「哀衆芳之蕪穢」，王逸注：「以言己循行忠信，冀君任用，而遂斥棄，則使衆賢志士失其所也。」涉江「邸余車兮方林」，王逸注：「以言己才德方壯，誠可任用，棄在山野，亦無所施也。」舊本當有「用」字。又「浞又貪夫厥家」，單行本王逸注：「厥，其也。」補注本無注。「厥」字於此首出，舊本當有注。又「莫好修之害也」，單行本王逸注：「言士民所以變直爲曲者，以上不好用忠正之人，害其善志之故。」補注本「變直爲曲」作「變曲爲直」。此斥世俗邪惡，則舊當作「變直爲曲」。雲中君「覽冀州兮有餘」，補注本王逸注：「餘，猶他也。」單行本「他」下有「方」字，據王逸注文「尚復見他方也」云云，則舊本作「他方」。湘夫人「遺余褋兮醴浦」，補注本王逸注：「屈原託與湘夫人，共鄰而處，舜復迎之而去，窮困無所依，故欲捐棄衣物，裸身而行，將適九夷也。」單行本「託與」作「設託」。據義，舊本當作「設託」。大司命「固人命兮有當」，補注本王逸注：「言人受命而生，有當貴賤、貧富者，是天禄也。」單行本「貧富」作「富貧」。貴賤、富貧相對爲文，舊本當作「富貧」。東君「照吾檻兮扶桑」，補注本王逸注：「言東方有扶桑之木，其高萬仞，日出，下浴於湯谷，上拂其扶桑，爰始而登，照曜四方。」單行本「日」下無「出」字。謂日「下浴於湯谷，上拂其扶桑」，不當有「出」字。山鬼「子慕予兮善窈窕」，補注本王逸注：「言山鬼之貌既以姱麗，亦復慕我有善行好姿，故來見其容也。」單行本「故來」下有「是以」二字。

據文義，舊本當有「是以」二字。又「采三秀兮於山間」，補注本王逸注：「言己欲服芝草，以延年命，周旋山間，采而求之，終不能得。」單行本「年命」作「年壽」。年命、年壽，王逸章句並見，然有「延年壽」，無作「延年命」。離騷「揔余轡乎扶桑」，王逸注：「結我車轡於扶桑，以留日行，幸得不老，延年壽也。」大招「窮身永樂，年壽延只」，王逸注：「言居於楚國，窮身長樂，保延年壽，終無憂患也。」舊本應作「年壽」。天問「鴟龜曳銜，鮌何聽焉」，補注本王逸注：「言鮌治水，績用不成，堯乃放殺之羽山，飛鳥水蟲曳銜而食之，鮌何能復不聽乎？」單行本「能復」作「復能」。能復、復能，王逸注文皆有其例，然舊本作「復能」爲允。又「東流不溢，孰知其故」，補注本王逸注：「言百川東流，不知滿溢，誰有知其故也。」單行本「知其」下有「何」字。舊本有「何」字爲允，柳河東集天對引王逸注也有「何」字。惜誦「迷不知寵之門」，補注本王逸注：「言己事君，竭盡信誠，無有二心，而不見用，意中迷惑，不知得遇寵之門户，當何由之也。」單行本「遇寵」作「寵遇」。九辯「嘗被君之渥洽」，王逸注：「前蒙寵遇，錫祉福也。」據此，舊本宜作「寵遇」。涉江「吾與重華遊兮瑤之圃」，補注本王逸注：「瑤，玉也。一云：瑤，石次玉也。」單行本無「一云瑤石次玉也」七字。有此七字，衍文。懷沙「知死不可讓，願勿愛兮」，補注本王逸注：「言人知命將終，可以建忠仗節死義，願勿辭讓而自愛惜之也。」單行本「仗」作「伏」。作「仗」，訛也。伏節，王逸注文習見。離騷「延佇乎吾將反」，王逸注：「言己自悔恨，相視事君之道不明審，當若比干伏節死義。」又「覽余初其猶未悔」，王逸注：「上觀初世伏節之賢士，我志所樂，終不悔恨也。」離騷後敘：「且人臣之義，以忠正爲高，以伏節爲賢。」九辯「紛純純之願忠兮」，王逸注：「思碎首腦，而伏節也。」則舊本應作「伏節」。遠遊「願輕舉而遠遊」，補注本王逸注：「高翔避世，求道真也。」單行本「高」作「翱」。舊本宜作「翱翔」。又「時髣髴以遥見兮」，補注本王逸注：「託皃雲飛，象其形也。」單行本「飛」作「氣」。王逸注文無「雲飛」，而有「雲氣」。遠遊下文「遊驚霧之流波」，王逸注：「蹈履雲氣，游清波也。」舊本應作「雲氣」。卜居「端策拂龜」，補注本王逸注：「整容儀也。」單行本「容儀」作「儀容」。若作「容儀」，「儀」字出韻，舊本當作「整儀容」。九辯「收潦而水清」，補注本王逸注：「溝無溢濫，百川净也。」單行本「净」作「静」。净、静雖古字通用，然據文義，舊本宜作「百川静」。類此文字歧異，則舉不勝舉。

單行本也有不如補注本的情况。如離騷「恐皇輿之敗績」，單行本王逸注：「皇，后也。」補注本「后」作「君」，君、后同義。王逸章句及兩漢遺義「皇」無釋「后」。九歎愍命「嘉皇既殁終不返兮」，王逸注：「皇，君也。」書五子之歌「皇祖有訓」，孔傳：「皇，君也。」詩正月「有皇上帝」，毛傳：「皇，君也。」則補注本存其舊。又「余既不難夫離別兮」，單行本王逸注：「言我竭忠見過，非難與君別離也，傷念君信用讒言，志數變易，無常操也。」補注本「別離」作「離別」。離別、別離，王逸注並習見，但是正文作「離別」，則注文也應作「離別」。若正文作「別離」，則注文也作「別離」，如少司命「悲莫悲兮生別離」，王逸注：「人居世間，悲哀莫痛與妻子生別離，傷己當之也。」則舊本應作「離別」。又「競周容以爲度」，補注本王逸注：「度，法也。」單行本誤乙作「法，度也」。又「何方圜之能周兮」，單行本王逸注：「言何所有方鑿受圜枘而能合者，誰有異道而相安耶？」補注本作「圜鑿受方枘」，引一作「方鑿受圜枘」。九辯：「圜鑿而方枘兮，吾固知其鉏鋙而難入。」王逸注：「正直邪枉，行殊則也。」則此注作「圜鑿受方枘」，是因九辯爲解，則舊本作「圜鑿受方枘」。東皇太一「穆將愉兮上皇」，王逸注：「上皇，謂東皇太一也。」單行本「太」訛作「天」。天問「受壽永多，夫何久長」，補注本王逸注：「言彭祖進雉羹於堯，堯饗食之以壽考，彭祖至八百歲，猶自悔不壽，恨枕高而唾遠也。」單行本「唾」訛作「眠」。九章序：「故復作九章。章者，著也，明也。」單行本「著也，明也」作「著明也」，據王逸注釋的體例，鮮用複語，舊本宜作「著也，明也」。

自離騷至招魂（卜居除外），單行本皆有反切音注及考異，是多因文選本、補注本及朱熹集注本羼入，非王逸所作。如，離騷「辟芷」注：「辟，匹亦反。」又「紉秋蘭」注：「紉，女陳反。」又「零落兮」注：「零，一作苓。」當王逸之世，尚無反切注音。文選音決：「辟，匹亦反。」朱熹集注：「紉，女陳反。」又補注、集注同引「零」一作「苓」。知其因此羼入。湘君「慌惚兮遠望」，注：「慌惚，一作荒忽。」補注、集注同引「慌惚」一作「荒忽」。知其因此羼入。九辯「鵾雞啁哳而悲鳴」，注：「啁哳，上竹交，下陟轄。」文選六臣注明州本、贛州本、秀州本皆云：「啁，竹交反；哳，陟轄反。」單行本因以羼入。則未可以舊本定所當存。

惟是本爲單行章句系列中今存最早者，這次整理、校點即以此本爲底本。校本分對校本與參校本，對校本必逐字逐句與底本對勘，既校是非，又校異同，參校本只校底本是非。對校本悉爲明刻楚辭章句單行本，如：明朱多煃隆慶五年豫章夫容館翻刻宋本，簡稱「隆慶本」；明馮紹祖萬曆十四年觀妙齋校刻本，簡稱「馮本」；明俞初萬曆十四年吴琯校刻本，簡稱「俞本」；明朱燮元、朱一龍萬曆二十七年校刻本，簡稱「朱本」；明劉廣萬曆四十七年校刻本，簡稱「劉本」。日本莊允益寬延三年校刻的本子雖非明槧，而非常重要，也列爲對校本，簡稱「莊本」。上述對校本或有清代學者或日本學者的親筆批校，丹黄燦然，留下了他們的閱讀經歷。如國家圖書館藏正德本有清袁廷檮墨筆批校，寧波天一閣藏馮本有清彭遹孫朱筆批校，復旦大學藏俞本有清錢陸燦朱筆批校，朱本及莊本有日本學者西村時彦朱墨二筆批校，均極有學術價值，故在校點過程中時時予以參考。對校本若有多種印本，則擇善而從。如夫容館翻宋刻本，先後有三種印本：初印本，再印本，三印本。再印本在原版上有挖改痕跡，三印本是遞修本，其中補版已失原版舊貌。所以斟酌比較，遂選用初印本。參校本有：明毛表汲古閣刻宋洪興祖楚辭補注本，簡稱「補注本」；宋嘉定六年刻朱熹楚辭集注本，簡稱「集注本」；元奎章閣翻刻宋秀州文選六臣注本，簡稱「秀州本」；宋紹興間明州刻文選六臣注本，簡稱「明州本」。

出校原則，以校底本是非爲主：凡底本有訛、脱、衍、倒者，則據對校本改、補、删、乙；底本與對校本兩可者，則酌情出異文校；底本、對校本皆誤者，則據參校本改正；底本不誤而校本有誤者，則皆不出校。底本、對校本及參校本皆誤，則酌情據「本校」改正。校記求簡要明白，不作繁瑣考證。古人云：校書如掃秋葉，時掃時有。大略因點校者學養、識斷高下，會作出不同的判斷。而限於筆者水平，斷句、校勘等不當之處，在所不免，祈請高明指正。

時維甲午之歲孟冬之月己酉之日，記於婺州麗澤寓舍。

總目

楚辭章句版本著録

重刊王逸注楚辭序

楚辭十七卷，漢中壘校尉劉向編集，校書郎王逸章句。其書本吴郡文學黄勉之所蓄，長洲尹左綿高君公次見而異之，相與校正，梓刻以傳。自考亭之注行世，不復知有是書矣。余間於文選窺見一二，思覩其全未得也，何幸一旦得而讀之。人或曰：六經之學，至朱子而大明，漢、唐注疏，爲之盡廢，何以是編爲哉？余嘗即二書而參閲之：逸之注，訓詁爲詳。朱子始疏以詩之六義，援據博，義理精，誠有非逸所及者。然余之懵也，若天問、招魂譎怪奇澁，讀之多未曉析。及得是編，恍然若有開於余心，則逸也豈可謂無一日之長哉！章决句斷，俾事可曉，亦逸之所自許也。余因思之朱子之注楚辭，豈盡朱子説哉？無亦因逸之注，參訂而折衷之。逸之注，亦豈盡逸之説哉？無亦因諸家之説，會粹而成之。蓋自淮南王安、班固、賈逵之屬，轉相傳授，其來遠矣。然則注疏之學，可盡廢哉？若乃隨世所尚，猥以不誦絶之，此自拘儒曲學之所爲，非所望於博雅君子也。其七諫、九懷、九歎、九思，雖辭有高下，以其古也，亦存而不廢。雖然，古之廢於今，不獨是編也，有能追而存之者乎。高君好尚如是，則其爲政可知也已。

正德戊寅夏五，光禄大夫、柱國、少傅、太子太傅、兼户部尚書、武英殿大學士致仕王鏊序。

楚辭目録

第十六卷

第十七卷

辨騷

劉勰

自風雅寢聲，莫或抽緒。奇文蔚起，其離騷哉！故以軒翥詩人之後，奮飛辭家之前。豈去聖之未遠，而楚人之多才乎！昔漢武愛騷，而淮南作傳，以爲「國風好色而不淫，小雅怨誹而不亂，若離騷者，可謂兼之。蟬蛻穢濁之中，浮游塵埃之外，皭然涅而不緇，雖與日月爭光可也」。班固以爲露才揚己，忿懟沈江，羿、澆、二姚，與左氏不合；崑崙懸圃，非經義所載。然而文辭麗雅，爲詞賦之宗，雖非明哲，可謂妙才。王逸以爲詩人之提耳，屈原婉順，離騷之文，依經立義。駟虬乘鷖，則「時乘六龍」；崑崙流沙，則禹貢「敷土」。名儒辭賦，莫不擬其儀表，所謂「金相玉振，百世無匹者」也。及漢宣嗟歎，以爲皆合經術；楊雄諷味，亦言體同詩雅。四家舉以方經，而孟堅謂不合傳體，褒貶任聲，抑揚過實。可謂鑒而弗精，翫而未覈者也。將覈其論，必徵言焉。故其陳堯、舜之耿介，稱禹、湯之祗敬，典誥之體也。譏桀、紂之猖狂，傷羿、澆之顛隕，規諷之旨也。虬龍以喻君子，雲蜺以譬讒邪，比興之義也。每一顧而掩涕，歎君門之九重，忠怨之辭也。觀茲四事，同于風雅者也。至於託雲龍，說迂怪，豐隆求宓妃，鴆鳥媒娀女，詭異之辭也。康回傾地，夷羿彃日，木夫九首，土伯三目，譎怪之談也。依彭咸之遺則，從子胥以自適，狷狹之志也。士女雜坐，亂而不分，指以爲樂，娛酒不廢，沈湎日夜，舉以爲歡，荒淫之意也。摘此四事，異乎經典者也。故論其典誥則以彼，語其夸誕則如此。固知楚辭者，體慢於三代，而風雅於戰國，乃雅頌之博徒，而詞賦之英傑也。觀其骨鯁所樹，肌膚所附，雖取鎔經意，亦自鑄偉辭。故騷經、九章朗麗以哀志，九歌、九辯綺靡以傷情，遠遊、天問瓌詭而惠巧，招魂、大招[一]耀艷而深華，卜居標放言之致，漁父寄獨任之才。故能氣往轢古，辭來切今，驚采絶焰，難與並能矣。自九懷已下，遽躡其跡，而屈、宋逸步，莫之能追。故其敘情怨，則鬱伊而易感；述離居，則愴怏而難懷；論山水，則循聲而得貌；言節候，則披文而見時。枚、賈追風以入麗，馬、楊沿波而得奇。其衣被詞人，非一代也。故才高者苑其鴻裁，中巧者獵其艷辭，吟諷者銜其山川，童蒙者拾其香草。若能憑軾以倚雅頌，懸轡以馭楚篇，酌奇而不失其貞，玩華而不墜其實，則顧眄可以驅辭力，欬唾可以窮文致，亦不復乞靈於長卿，假寵於子淵矣。

贊曰：不有屈原，豈見離騷？驚才風逸，壯志煙高。山川無極，情理實勞。金相玉式，艷溢錙毫。

【校勘記】

[一] 大招，馮本作「招隱」。

楚辭卷第一

漢劉向子政編集　王逸叔師章句
後學西蜀高第　吴郡黄省曾校正

離騷經章句第一

離騷經者，屈原之所作也。屈原與楚同姓，仕於懷王，爲三閭大夫。三閭之職，掌王族三姓，曰昭、屈、景。屈原序其譜屬，率其賢良，以厲國士。入則與王圖議政事，決定嫌疑；出則監察群下，應對諸侯。謀行職修，王甚珍之。同列大夫上官、靳尚妬害其能，共譖毀之，王乃疏屈原。屈原執履忠貞而被讒衺，憂心煩亂，不知所愬，乃作離騷經。離，别也。騷，愁也。經，徑也。言以放逐離别，中心愁思，猶依道徑，以風諫君也。故上述唐、虞、三后之制，下序桀、紂、羿、澆五到反之敗，冀君覺悟，反於正道而還己也。是時，秦昭王使張儀譎詐懷王，令絶齊交。又使誘楚，請與俱會武關，遂脅與俱歸，拘留不遣，卒客死於秦。其子襄王，復用讒言，遷屈原於江南。而屈原放在山野，復作九章，援天引聖，以自證明，終不見省。不忍以清白久居濁世，遂赴汨淵，自沈而死。離騷之文，依詩取興，引類譬諭：故善鳥香草以配忠貞，惡禽臭物以比讒佞，靈修美人以媲於君，宓妃佚女以譬賢臣，虬龍鸞鳳以託君子，飄風雲霓以爲小人。其詞温而雅，其義皎而朗。凡百君子，莫不慕其清高，嘉其文采，哀其不遇，而閔其志焉。

帝高陽之苗裔兮①，朕皇考曰伯庸②。攝提貞于孟陬兮③，惟庚寅吾以降④。皇覽揆余于初度兮⑤，肇錫余以嘉名⑥。名余曰正則兮⑦，字余曰靈均⑧。紛吾既有此內美兮⑨，又重之以脩能能，乃代反⑩。扈江離與辟匹亦反芷兮⑪，紉女陳反秋蘭以爲佩⑫。汨余若將弗及兮⑬，恐年歲之不吾與⑭。朝搴阰之木蘭兮⑮，夕攬力敢反中一本無洲之宿莽⑯。日月忽其不淹兮⑰，春與秋其代序⑱。惟草木之零零，一作「苓」落兮⑲，恐美人之遲暮⑳。不撫壯而棄穢兮㉑，何不改乎此度也㉒？乘騏驥以馳音池騁兮㉓，來吾道夫先路㉔。

①德合天地稱帝。苗，胤也。裔，末也。高陽，顓頊有天下之號也。帝繫曰：「顓頊娶于滕隍墳氏女而生老僮，是爲楚先。其後，熊繹事周成王，封爲楚子，居於丹陽。周幽王時生若敖，奄征南海，北至江漢。其孫武王求尊爵於周，周不與，遂僭號稱王，始都於郢。是時生子瑕，受屈爲客卿，因以爲

氏。」屈原自道本與君共祖，俱出顓頊胤末之子孫，是恩深而義厚也。

②朕，我也。皇，美也。父死稱考也。詩曰：「既右烈考。」伯庸，字也。屈原言我父伯庸，體有美德，以忠輔楚，世有令名，以及於己。

③太歲在寅曰攝提。孟，始也。貞，正也。于，於也。正月爲陬。

④惟，辭也。庚寅，日也。降，下也。孝經曰：「故親生之膝下。」寅爲陽正，故男始生而立於寅；庚爲陰正，故女始生而立於庚。言己以太歲在寅正月始春庚寅之日，下母之體，而生得陰陽之正中也。

⑤皇，皇考也。覽，覩也。揆，度也。余，我也。初，始也。

⑥肇，始也。錫，賜也。嘉，善也。言己美父伯庸觀我始生年時，度其日月，皆合天地之正中，故賜我以美善之名也。

⑦正，平也。則，法也。

⑧靈，神也。均，調也。言正平可法則者莫過於天，養物均調者莫神於地。高平曰原，故父伯庸名我爲平以法天，字我爲原以法地。言己上之能安君，下之能養民也。禮云「子生三月」，父親名之，既冠而字之。名者，所以正形體、定志意也；字者，所以崇仁義、序長幼也。夫人非名不榮，非字不彰，故子生，父思善應而名字之，以表其德、觀其志意也。

⑨紛，盛貌。

⑩脩，遠也。言己之生，禄含天地之美氣，又重有絶遠之能，與衆異也。言謀足以安社稷，智足以解國患，威能制强禦，仁能懷遠人也。

⑪扈，被也。楚人名被爲扈。江離、辟芷，皆香草名也。辟，幽也。芷幽而香芳也。

⑫紉，索也。蘭，香草也，草秋而芳。佩，飾也，所以象德也。故行清潔者佩芳，德光明者珮玉，能解結者珮觿，能决疑者佩玦，故孔子無所不佩也。言己修身清潔，乃取江離、辟芷以爲衣被，紉索秋蘭以爲佩飾，博采衆善，以自約束也。

⑬汩，去貌，疾若水流也。

⑭言我念年命汩然流去，誠欲輔君，心中汲汲，常若不及。又恐年歲忽過，不與我相待，而身老耄也。

⑮搴，取也。阰，山名，音毗。

⑯攬，采也。水可居中者曰洲。草冬生不死者，楚人名之曰宿莽。言己旦起陞山采木蘭，上事太陽，承天度也；夕入洲澤采取宿莽，下奉太陰，順地數也。動以神祇，自勑誨也。木蘭去皮不死，宿莽遇冬不枯，屈原以喻讒人雖欲困己，己受天性，終不可變易也。

⑰淹，久也。

⑱代者，更也。序，次也。言日月晝夜常行，忽然不久。春往秋來，以次相代。言天時易過，人年易老也。

⑲零、落，皆墮也。草曰零，木曰落也。

⑳遲，晚也。美人，謂懷王也。人君服飾美好，故言美人也。言天時運轉，春生秋殺，草木零落，歲復盡矣。而君不建立道德，舉用賢能，則年老耄晚暮，而功不成，事不遂也。

㉑年德盛曰壯。棄，去也。穢，行之惡也，以喻讒邪。百草爲稼穡之穢，讒佞亦爲忠直之害也。

㉒改，更也。言願君務及年德盛壯之時，脩明政教，棄遠讒佞，無令害賢，改此惑讒之度，脩先王之德法也。

㉓騏驥，駿馬也，以喻賢智。言乘駿馬，一日可致千里。以言任賢智，則可成於治也。

㉔路，道也。言己如得任用，將驅先行，願來隨我，遂爲君導入聖王之道也。

昔三后之純粹兮①，固衆芳之所在②。雜申椒與菌具隕反桂兮③，豈維紉夫蕙茝昌改反④？彼堯舜之耿介兮⑤，既遵道而得路⑥。何桀紂之昌被音披兮⑦，夫唯捷徑以窘具隕反步⑧。惟黨人之偷樂兮⑨，路幽昧以險隘⑩。豈余身之憚大旦反殃兮⑪，恐皇輿之敗績⑫。忽奔走以先後兮，及前王之踵武⑬。荃音孫不揆余之中一作「忠」情兮⑭，反信讒而齌賫音，又妻音怒⑮。余固知謇謇之爲患兮⑯，余一本無忍而不能舍也⑰。指九天以爲正兮⑱，夫惟靈修之故也⑲。曰黃昏以爲期，羌中道而改路。初既與余成言兮⑳，後悔遁而有他㉑。余既不難夫離別兮㉒，傷靈修之數化㉓。

①昔，往也。后，君也，謂禹、湯、文王也。至美曰純，齊同曰粹。

②衆芳，喻群賢也。言往古夏禹、殷湯、周文王之所以能純美其德，而有聖明之稱者，皆舉用衆賢，使在顯職，故道化興而萬國寧也。

③申，重也。椒，香木也，其芳小，重之乃香。菌，薰也。葉曰蕙，根曰薰也。

④紉，索也。蕙、茝，皆香草也，以喻賢者。言禹、湯、文王雖有聖德，猶雜用衆賢，以致於治，非獨索蕙茝，任一人也。故堯有禹、咎繇、伯夷，夏有朱虎、伯益、夔，殷有伊尹、傅説，周有吕望、旦、散宜生、邵、畢，是雜用衆芳之効也。

⑤耿，光也。介，大也。

⑥遵，循也。路，正也。言堯、舜所以能有光大聖明之稱者，以循用天地之道，舉賢任能，使得萬事之正也。夫先三后者，稱近以及遠，明道德同也。

⑦昌被〔一〕，衣不帶貌。

⑧捷，疾也。徑，邪道也。窘，急也。言桀、紂愚惑，違背天道，施行惶遽，衣不暇及帶，欲涉邪徑，急疾爲治，故身觸陷阱，至於滅亡，以法戒君也。阱，似正反。

⑨黨，朋也。論語曰：「群而不黨。」偷，苟且也。

⑩路，道也。幽昧，不明也。險隘，喻傾危也。言己念彼讒人相與朋黨，嫉妒忠直，苟且偷樂，不知君道不明，國將傾危，以及其身也。

⑪憚，難也。殃，咎也。

⑫皇，后也。輿，君之所乘，以喻國也。績，功也。言我欲諫争者，非難身之被殃咎也，但恐君國傾危，以敗先王之功也。

⑬踵，繼也。武，跡也。詩曰：「履帝武敏歆。」言己急欲奔走先後，以輔翼君者，冀及先王之德，繼續其迹，而廣其基也。奔走先後，四輔之職也。詩曰：「予曰有奔走，予曰有先後。」是之謂也。

⑭荃，香草，以喻君也。人君被服芬香，故以香草爲諭。惡數指斥尊者，故變言「荃」也。

⑮齋，疾也。言懷王不徐徐察我忠信之情，反信讒言而疾怒我也。

⑯謇謇，忠貞貌也。易曰：「王臣謇謇，匪躬之故。」

⑰舍，止也。言己知忠言謇謇刺君之過，必爲身患，然中心不能自止而不言也。

⑱指，語也。九天，謂中央八方也。正，平也。

⑲靈，謂神也。修，遠也。能神明遠見者，君德也，故以喻君。言己將陳忠策，内慮之心，上指九天，以告語神明，使平正之，唯用懷王之故，欲自盡者也。

⑳初，始生也。成，平也。言，猶議也。

㉑遁，隱也。言懷王始信任己，與我平議國政，後用讒言，中道悔恨，隱匿其情，而有他志也。

㉒近曰離，遠曰别。

㉓化，變也。言我竭忠見過，非難與君别離也，傷念君信用讒言，志數變易，無常操也。

余既滋蘭之九畹兮①，又樹蕙之百畮②。畦留夷與揭去謁反車兮③，雜杜衡與芳芷④。冀枝葉之峻茂兮⑤，願竢時乎吾將刈⑥。雖萎絶其亦何傷兮⑦，哀衆芳之蕪穢⑧。衆皆競進而一作「以」貪婪兮⑨，憑不猒乎求索索音所格反⑩。羌内恕己以量人兮⑪，各興心而嫉妬⑫。忽馳騖[二]務音，一作「馳騖」以追逐兮，非余心之所急⑬。老冉冉其將至兮⑭，恐修名之不立⑮。朝飲木蘭之墜露兮⑯，夕餐秋菊之落英⑰。苟余情其信姱口瓜反以練要兮⑱，長顑古湛反頷頷音亦何傷⑲？擥木根以結茝兮⑳，貫薜荔之落蘂㉑。矯菌桂以紉蕙兮㉒，索素各反胡繩之纚纚㉓。謇吾法夫前修兮，非世俗之所服㉔。雖不周於今之人兮㉕，願依彭咸之遺則㉖。長太息以掩涕兮，哀民一作「人」生之多艱㉗。余雖好修姱口瓜反以鞿機音羈兮㉘，謇朝誶信音而夕替㉙。既替余以蕙纕相音兮㉚，又申之以攬茝㉛。亦余心之所善兮，雖九死其猶未悔㉜。怨靈修之浩蕩兮㉝，終不察夫民心㉞。衆女嫉余之蛾眉兮㉟，謡諑卓音謂余以善淫㊱。固時俗之工巧兮，偭面音規矩而改錯錯，措音㊲。背繩墨以追曲兮㊳，競周容以爲度㊴。忳屯音，又徒昆反鬱邑余侘丑加反，又勑駕反傺丑世反，又勑界反兮㊵，吾獨窮困乎此時也㊶。寧溘蓋答反死而流亡兮㊷，余不忍爲此態也㊸。鷙鳥之不群兮㊹，自前世一作「代」而固然㊺。何方圜之能周一云同兮，夫孰異道而相安㊻？屈心而抑志兮㊼，忍尤而攘詬古豆反㊽。伏清白以死直兮，固前聖之所厚㊾。

①滋，蒔也。十二畝爲畹。或曰：田之長爲畹也。

②樹，種也。二百四十步爲畝。言己雖見放流，猶種蒔衆香，循行仁義，勤身勉力，朝暮不倦也。

③畦，共呼種之名。留夷，香草也。揭車，亦芳草，一名芞輿。五十畝爲畦。

④留夷、杜衡、芳芷，皆香草名也。言己積累衆善，以自潔飾，復植留夷、杜衡，雜以芳芷，芬香益暢，德行彌盛也。

⑤冀，幸也。峻，長也。

⑥刈，穫也。草曰刈，穀曰穫。言己種植衆芳，幸其枝葉茂長，實核成熟，願待天時，吾將穫取收藏，而饗其功也。以言君亦宜畜養衆賢，以時進用，而待仰其治也。

⑦萎，病也。絕，落也。

⑧言己所種衆芳草，當刈未刈，蚤有霜雪，枝葉雖蚤萎病絕落，何能傷於我乎？哀惜衆芳摧折，枝葉蕪穢而不成也。以言己循行忠信，冀君任用，而遂斥棄，則使衆賢志士失其所也。

⑨競，並也。愛財曰貪，愛食曰婪。

⑩憑，滿也。楚人名滿曰憑。言在位之人無有清潔之志，皆並進趣，貪婪於財利，中心雖滿，猶復求索，不知猒飽者也。

⑪羌，楚人語詞也，猶言「卿」，何爲也。以心揆心爲恕。量，度也。

⑫興，生也。害賢爲嫉，害色爲妬。言在位之臣，心皆貪婪，内以其志恕度他人，謂與己不同，則各生嫉妬之心，推弃清潔，使不得用也。
⑬言衆人所以駝鶩惶遽者，追逐權貴，求財利也，故非我心之所急務。衆人急於財，我獨急於仁義也。
⑭七十曰老。冉冉，行貌。
⑮立，成也。言人年命冉冉而行，我之衰老，將以速至，恐修行建德，而功不成、名不立也。論語曰：「君子疾没世而名不稱焉。」屈原建志清白，貪流名於後世也。
⑯墜，墮也。
⑰英，華也。言己旦飲香木之墜露，吸正陽之津液，暮食芳菊之落華，言呑陰陽之精蘂，動以香净，自潤澤也。
⑱苟，誠也。練，簡也。
⑲顑頷，不飽貌。言己飲食清潔，誠欲使我形貌信而美好，中心簡練，而合於道要，雖長顑頷，飢而不飽，亦無所傷病也。何者？衆人苟欲飽於財利，己獨欲飽於仁義也。
⑳擥，持也[三]。根以諭本也。
㉑貫，累也。薜荔，香草也，緣木而生。落，墮也。蘂，實也。累香草之實，執持忠信貌也。言己施行，常擥木引堅，據持根本，又貫累香草之實，執持忠信，不爲華飾之行也。
㉒矯，直也。

㉓胡繩，香草也。纚纚，索好貌。言己行雖據履根本，猶復矯直菌桂芬香之性，紉索胡繩，令之澤好，以善自約束，終無懈已也。

㉔言我忠信謇謇者，乃上法前世遠賢，固非今時俗人之所服行也。謇，難也。言己服然雖爲難法，我倣前賢以自修潔，非本今世俗人所服佩。

㉕周，合也。

㉖彭咸，殷賢大夫也，諫其君不聽，自投水而死。遺，餘也。則，法也。言己所行忠信，雖不合於今之世人，願依古之賢者彭咸餘法，以自率厲也。

㉗艱，難也。言己自傷施行不合於世，將効彭咸自沈於淵，乃太息長悲，哀念萬民，受命而生，遭遇多難，以隕其身也。中生雉經，子胥沈江，是謂多難也。

㉘鞿羈，以馬自喻也。韁在口曰鞿，革絡頭曰羈。言爲人所係累之也。

㉙誶，諫也。詩云：「誶予不顧。」替，廢也。言己雖有絶遠之智，姱好之姿，然以爲讒人所鞿羈而係累矣。故朝諫謇謇於君，夕暮而身廢弃也。

㉚纕，佩帶也。

㉛又，復也。言君所以廢弃己者，以余帶佩衆香，行以忠正之故也。然猶復重引芳茝，以自結束，執意彌篤也。

㉜悔，恨也。言己履行忠信，執守清白，亦我心中之所美善也。雖以見過，支解九死，終不悔恨。

㉝上政迷亂則下怨，父行悖惑則子恨。靈修，謂懷王也。浩猶浩浩，蕩猶蕩蕩，無思慮貌也。詩曰：「子之蕩兮。」悖音佩。

㉞言己所以怨恨於懷王者，以用心浩蕩，驕敖放恣，無有思慮，終不察省萬民善惡之心，故朱紫相亂，國將頃危也。夫君不思慮[四]，則忠臣被誅；忠臣被誅，則風俗怨而生逆暴，故民心不可不熟察之也。

㉟衆女，謂衆臣也。女，陰也，無專擅之義，猶君動而臣隨也，故以喻臣也。蛾眉，好貌。

㊱謡，謂毀也。諑，猶譖也。淫，邪也。言衆女嫉妬蛾眉美好之人，譖而毀之，謂之「美而淫」，不可信也。猶衆臣嫉妬忠正，言己淫邪不可任用也。

㊲偭，背也。圓曰規，方曰矩。改，更也。錯，置也。言今世之士，才知[五]强巧，背去規矩，更造方圓，必不堅固，敗材木也。以言佞臣巧於言語，背違先聖之法，以意妄造，必亂政治，危君國也。

㊳追，猶隨也。繩墨，所以正其曲直也。

㊴周，合也。度，法也。[六]言百工不循繩墨之直道，隨從曲木，屋必傾危而不可居也。以言人臣不修仁義之道，背弃忠直，隨從枉佞，苟合於世，以求容媚，以爲常法，身必傾危而被刑戮也。

㊵忳，自念貌。侘傺，失志貌。侘，猶堂堂立貌也。傺，猶住也，楚人名住曰傺。

㊶言我所以忳忳而自念，中心鬱悒，悵然住立而失志者，以不能隨從世俗，屈求容媚，故獨爲時人所窮困也。

㊷溘，猶奄也。

㊸言我寧奄然而死，形體流亡，不忍以中正之性，爲邪淫之態也。

㊹鷙，執也。此謂能執服衆鳥，鷹鸇之類，以喻忠正也。

㊺言鷙鳥執志剛厲，特處不羣，以言忠正之士亦執分守節，不隨俗人，自前世固然，非獨於今，比干、伯夷是也。

㊻言何所有方鑿受圓枘而能合者，誰有異道而相安耶？言忠佞不相爲用也。

㊼抑，案也。

㊽尤，過也。攘，除也。詬，恥也。言己所以能屈案心志，含忍罪過而不去者，欲以除去恥辱，誅讒佞之人，如孔子誅少正卯也。

㊾言士有伏清白之志以死忠直之節者，固乃前世聖王之所厚哀也。故武王伐紂，封比干之墓，表商容之閭也。

悔相道之不察兮①，延佇乎吾將反②。回朕車以復路兮③，及行迷之未遠④。步余馬於蘭皋兮⑤，馳椒丘且焉止息⑥。進不入以離尤兮，退將復修吾初服⑦。製芰奇寄反荷以爲衣兮⑧，䕸集音芙蓉以爲裳⑨。不吾知其亦已兮，苟余情其信芳。高余冠之岌岌兮⑩，長余佩之陸離⑪。芳與澤其雜糅兮⑫，唯昭質其猶未虧⑬。忽反顧以遊目兮⑭，將往觀乎四荒⑮。

佩繽紛其繁飾兮⑯，芳菲菲其彌章⑰。民生各有所樂兮，余獨好脩以爲常⑱。雖體解吾猶未變兮，非余心之可懲⑲。

①悔，恨也。相，視也。察，審也。

②延，長也。佇，立貌也。詩云：「佇立以泣。」言自悔恨，相視事君之道，不明審察，若比干伏節死於義，我故長立而望，將欲還反，終己之志也。

③回，旋也。路，道也。

④迷，誤也。言乃旋我之車，以反故道，及己迷誤欲去之路，尚未甚遠也。同姓無相去之義，故屈原遵道行義，欲還歸之也。

⑤步，徐行也。澤曲曰皋。詩云：「鶴鳴于九皋。」

⑥土高四墮曰椒丘。言己欲還，則徐步我之馬於芳澤之中，以觀聽懷王，遂馳高丘而止息，以須君命也。

⑦退，去也。言己誠欲遂進，竭其忠誠，君不肯納，恐歸重遇禍，故將復去，修吾初始清潔之服也。

⑧製，裁也。芰，蔆也，秦人曰薢茩。荷，芙蕖也。薢音皆。茩音苟。

⑨芙蓉，蓮華也。上曰衣，下曰裳。言己進不見納，猶復製裁芰荷，集合芙蓉，以爲衣裳，被服愈潔，修善益明也。

⑩岌岌，高貌。

⑪陸離，猶參差，衆貌也。言己懷德不用，復高我之冠，長我之佩，尊其威儀，整其服飾，以異於衆人之服。

⑫芳，德之貌也。澤，質之潤也。玉堅而有潤澤。雜，糅也。[七]

⑬唯，獨也。昭，明也。虧，歇也。言我外有芬芳之德，內有玉澤之質，二美雜會，兼在於己，而不得施用，故獨保明其身，無有虧歇而已。所謂道行則兼善天下，不用則獨善其身也。

⑭忽，疾貌。

⑮荒，遠也。言己欲進忠信，以輔事君，而不見省，故忽然反顧而去，將遂游目往觀四遠之外，以求賢君也。

⑯繽紛，盛貌。繁，衆也。

⑰菲菲，猶勃勃，芳香貌也。章，明也。言己雖欲之四方荒遠，猶整飾儀容，佩玉繽紛而衆盛，忠信勃勃而愈明，終不以遠故改其行。

⑱言萬民稟天命而生，各有所樂，或樂諂佞，或樂貪淫，我獨好脩正直以爲常行也。

⑲懲，艾也。言己好循忠信以爲常行，雖獲辠支解，志猶不艾也。

女嬃須音之嬋蟬音媛袁音兮①，申申其詈余②。曰：「鮌袞音婞脛音直以亡身兮③，終然殀乎羽之野④。汝何博謇而好修兮，紛獨有此姱（夸音）節⑤。薋（粢音）菉（録音）葹（失支反）以盈室兮⑥，判獨離而不服⑦。衆不可户説兮，孰云察余之中情⑧？世並舉而好朋兮⑨，夫何煢（具營反）獨而不余聽？」⑩依前聖以節中兮⑪，喟憑心而歷兹⑫。濟沅（元音）湘以南征兮⑬，就重華而敶（音陳）詞⑭。啓九辯與九歌兮⑮，夏康娱以自縱⑯。不顧難以圖後兮，五子用失乎家巷⑰。羿淫遊以佚田兮⑱，又好射夫封狐⑲。固（一作「國」）亂流其鮮終兮⑳，浞又貪夫厥家㉑。澆身被於（一作「服」）强圉兮㉒，縱欲殺而不忍㉓。日康娱以自忘兮㉔，厥首用夫顛隕㉕。夏桀之常違兮，乃遂焉而逢殃㉖。后辛之葅（側魚反）醢兮㉗，殷宗用之不長㉘。湯禹嚴而祗敬兮㉙，周論道而莫差（七何反）㉚。舉賢才而授能兮，循［八］繩墨而不頗㉛。皇天無私阿兮㉜，覽民（一作「人」）德焉錯輔㉝。夫維聖哲以茂行兮㉞，苟得用此下土㉟。瞻前而顧後兮㊱，相觀民之計極㊲。夫孰非義而可用兮，孰非善而可服㊳？阽（鹽音）余身而危死節（一本無「節」字）兮㊴，覽余初其猶未悔㊵。不量鑿（造音）而正枘（芮音）兮㊶，固前修以葅醢㊷。曾（一作「增」）歔欷余鬱邑（邑，一作「悒」）兮㊸，哀朕時之不當㊹。攬茹蕙以掩涕兮㊺，霑余襟之浪浪㊻。

①女嬃，屈原姊也。嬋媛，猶牽引也。

②申申，重也。余，我也。言女嬃見己施行不與衆合，以見流放，故來牽引，數怒，重詈我也。

③曰，女嬃詞也。鯀，堯臣也。帝繫曰：「顓頊後五世而生鯀。」婞，狠也。

④蚤死曰殀。言堯使鮌治洪水，婞狠自用，不順堯命，乃殛之羽山，死於中野。女嬃比屈原於鮌，不承君意，亦將遇害也。

⑤女嬃數諫屈原，言汝何爲獨博采往古，好修謇謇，有此姱異之節，不與衆同，而見憎惡於世也。

⑥薋，蒺蔾也。菉，王芻也。葹，枲耳也。詩曰：「楚楚者薋。」又曰：「終朝采菉。」三者皆惡草，以喻讒佞盈滿於側者也。

⑦判，别也。女嬃言衆人皆佩薋、菉、枲耳，爲讒佞之行，滿于朝庭，而獲富貴，汝獨服蘭蕙，守忠直，判然離别，不與衆同，故斥弃也。

⑧屈原外困群佞，内被姊詈，知世莫識，言己之心志所執，不可户説人告，誰當察我中情之善否也？

⑨朋，黨也。

⑩煢，孤也。詩曰：「哀此煢獨。」余，我也。言此俗之人，皆行佞僞，相與朋黨，並相薦舉。忠直之士，孤煢特獨，何肯聽用我言而納受之也。

⑪節，度。

⑫喟，嘆貌也。歷，數也。兹，此也。言己所言皆依前代聖王之法，節其中和，喟然舒憤懣之心，歷數前世成敗之道而爲作此詞也。

⑬濟，渡也。沅、湘，水名也。征，行也。

⑭重華，舜名也。帝繫曰：「瞽叟生重華，是爲帝舜。」葬於九嶷山，在於沅、湘之南。言己依聖王

法，而行不容於世，故欲渡沅、湘之水，南行就舜，陳詞自說，稽疑聖帝，冀聞要說，以自開悟也。

⑮啓，禹子也。九辯、九歌，禹樂也。言禹平治水土，以有天下。啓能承先志，纘敘其業，育養品類，故九州之物，皆可辯數，九功之德，皆有次序，而可歌也。左氏傳曰：「六府三事，謂之九功。九功之德，皆可歌也。水、火、金、木、土、穀，謂之六府；正德、利用、厚生，謂之三事。」

⑯夏康，啓子太康也。娛，樂也。縱，放也。

⑰圖，謀也。言夏王太康不遵禹、啓之樂而更作淫聲，放縱情慾，以自娛樂，不顧患難，不謀後世，卒以失國。兄弟五人，皆居於閭巷，失尊位也。尚書序曰：「太康失國，昆弟五人須于洛汭，作五子之歌。」此逸篇也。

⑱羿，諸侯也。田，獵也。

⑲封狐，大狐也。言羿爲諸侯，荒淫遊戲，以佚田獵，又射殺大狐，犯天之孽，以亡其國也。

⑳鮮，少。

㉑浞，寒浞，羿相也。厥，其也。婦謂之家。言羿因夏衰亂，代之爲政，娛樂田獵，不恤民事，信任寒浞，使爲國相。浞行媚於內，施賂於外，樹之詐慝，而專其權勢。羿田將歸，使家臣逢蒙射而殺之，貪取其家，以爲妻也。羿以亂得政，身即滅亡，故言「鮮終」。

㉒澆，寒浞子也。强圉，多力也。

㉓縱，放也。言浞取羿妻而生澆，强梁多力，縱放其情，不忍其慾，以殺夏后相也。

㉔康，安也。

㉕首，頭也。自上下曰顛。隕，墜也。言澆既滅殺弑夏后相，安居無憂，日作淫樂，忘其過惡，卒爲相子少康所誅，其頭顛隕而墮地。論語曰：「羿善射，奡盪舟，俱不得其死然。」自此以上，羿、澆、寒浞之事，皆見於左氏傳。

㉖殃，咎也。言夏桀上背於天道，下逆於人理，乃遂以逢殃咎，終爲殷湯所誅滅。

㉗后，君也。辛，殷之亡王紂名也，爲武王所誅滅。藏菜曰葅，肉醬曰醢。

㉘言紂爲無道，殺比干，醢梅伯，武王杖黄鉞，行天罰，殷宗遂絶，不得長久也。

㉙嚴，畏也。祗，敬也。

㉚周，周家也。差，過也。言殷湯、夏禹、周之文王，受命之君，皆畏天敬賢，論議道德，無有過差，故能獲夫神人之助，子孫蒙其福祐也。

㉛頗，傾也。言三王選士，不遺幽陋，舉賢用能，不顧左右，循用先聖法度，無有傾失。故能綏萬國，安天下。易曰：「無平不頗。」

㉜竊愛爲私，所私爲阿。

㉝錯，置也。輔，佐也。言皇天神明，無所私阿，觀萬民之中有道德者，因置以爲君，使賢能輔佐，以成其志也。故桀爲無道，傳與湯；紂爲淫虐，傳與文王也。

㉞哲，智也。茂，盛也。

㉟苟，誠也。下土，謂天下也。言天下之所立者，獨有聖明之智，盛德之行，故得用事天下，而爲萬民之主。
㊱瞻，觀也。顧，視也。前謂禹、湯，後謂桀、紂。
㊲相，視也。計，謀也。極，窮也。言前觀湯、武之所以興，顧視桀、紂之所以亡，足以觀察萬民忠佞之謀，窮其真僞也。
㊳服，服事也。言世之人臣，誰有不行仁義而可任用，誰有不行信善而可服事者乎？言人非義則德不立，非善則行不成。
㊴阽，猶危也。
㊵言己正言危行，身將死亡，尚觀初世伏節之賢士，我志所樂，終不悔恨也。
㊶量，度也。正，方也。枘，所以鑿孔也。
㊷言工不量度其鑿，而方正其枘，則物不固而木破矣。臣不度君賢愚，竭其忠信，則被辠過而身殆矣。自前世修名之人，以獲葅醢，龍逢、梅伯等人是也。
㊸曾，累也。歔欷，懼貌。或曰：曾[九]，重。歔欷，哀泣之聲也。鬱邑，憂也。
㊹言我累息而懼、鬱邑而憂者，自哀生不當舉賢之時，而值葅醢之世。
㊺茹，柔愞也。
㊻霑，濡也。衣皆[一〇]謂之襟。浪浪，流貌也。言己自傷放在草澤，心悲泣涕下，霑濡我衣，浪浪而

流，猶引取柔愞香草，以自掩拭，不以悲故，失仁義之則也。

跪敷衽以陳辭兮①，耿吾既得此中正②。駟玉虬以乘鷖兮③，溘於盍反埃風余上征④。朝發軔刃音於蒼梧兮⑤，夕余至乎縣圃⑥。欲少留此靈瑣兮⑦，日忽忽其將暮⑧。吾令羲和弭彌爾反節兮⑨，望崦嵫上淹、下茲音而未一作「勿」迫⑩。路曼曼其修遠兮⑪，吾將上下而求索所格反⑫。飲余馬於咸池兮⑬，揔余轡乎扶桑⑭。折若木以拂日兮⑮，聊逍遥以相羊⑯。前望舒使先驅兮⑰，後飛廉使奔屬⑱。鸞皇爲余前戒兮⑲，雷師告余以未具⑳。吾令鳳凰飛騰兮，繼之以日夜㉑。飄風屯其相離兮㉒，率一作「帥」雲霓而來御㉓。紛總總其離合兮㉔，斑陸離其上下㉕。吾令帝閽開關兮㉖，倚閶闔而望予音與㉗。時曖曖其將罷兮㉘，結幽蘭以延佇㉙。世溷濁而不分兮㉚，好蔽美而嫉妬㉛。朝吾將濟於白水兮㉜，登閬浪音風而緤薛音馬㉝。忽反顧以流涕兮，哀高丘之無女㉞。溘〔一一〕吾遊此春宮兮㉟，折瓊枝以繼佩㊱。及榮華之未落兮㊲，相下女之可詒音移㊳。吾令豐隆乘雲兮㊴，求宓妃之所在㊵。解佩纕以結言兮㊶，吾令蹇修以爲理㊷。紛總總其離合兮，忽緯音輝繣呼麥反，音畫〔一二〕其難遷㊸。夕歸次於窮石兮㊹，朝濯髮乎洧盤㊺。保厥美以驕敖兮㊻，日康娱以淫遊㊼。雖信美而無禮兮，來違棄而改求㊽。覽相觀於四極兮，周流乎天余乃下㊾。望瑶臺之偃蹇兮㊿，見有娀戎音之佚女(51)。吾令鴆爲媒兮(52)，鴆告余以不好(53)。雄鳩之鳴逝兮(54)，余猶惡其佻佻音巧㊵。心猶豫而狐疑兮，欲自適而不可㊶，鳳皇既受詒兮，恐高辛之先我㊷。欲遠集而無所止兮，聊浮遊以逍遥㊸。及少康之未家兮，留有虞之二姚㊹。理弱而媒拙兮㊺，恐導言之不固㊻。世溷濁而嫉賢兮，好蔽善而稱惡㊼。閨中既邃遠兮㊽，哲王又不寤㊾。懷朕情而不發兮，余焉能忍與此終古㊿。

①敷，布也。衽，衣前也。陳辭於重華，道羿、澆以下也。故下句云「發軔於蒼梧」也。

②耿，明也。言己上覩禹、湯、文王修德以興，下見羿、澆、桀、紂行惡以亡，中知龍逢、比干執履忠直，身以葅醢。乃長跪而布衽，俛首省念，仰訴於天，則中心曉明，得此中正之道，精合真人，神與化游，故設乘雲駕龍，周歷天下，以慰己情，緩憂思也。

③有角曰龍，無角曰虬。鷖，鳳皇別名也。山海經云：鷖身有五采，而文如鳳，鳳類也。以爲車飾。

④溘，猶掩也。埃，塵也。言我設往行游，將乘玉虬，駕鳳車，掩塵埃而上征，去離世俗，遠羣小也。

⑤軔，搘輪木也。蒼梧，舜之所葬也。

⑥縣圃，神山也，在崑崙之上。淮南子曰：「崑崙縣圃，維絶，〔一三〕乃通天。」言己朝發帝舜之居，夕至縣圃之山，受道聖王，而登神明之山。

⑦靈以喻君。瑣，門鏤也，文如連瑣，楚王之省閤也。靈，神之所在也。瑣，門有青瑣也。言未得入門，故欲少住門外也。

⑧言己誠欲少留於君之省閤，以須政教，日又忽忽去，時將欲暮，年歲且盡，言己衰老。

⑨羲和，日御也。弭，按也，按節徐步也。

⑩崦嵫，日所入山也，下有蒙水，水中有虞淵。迫，附也。言我恐日暮年老，道德不施不用，欲令日御案節徐行，望日所入之山，且勿附迫近，冀及盛時遇賢君也。

⑪修，長。

⑫言天地廣大，其路曼曼，遠而且長，不可卒遍。吾方上下左右，以求索賢人，與己合志也。

⑬咸池，日浴處也。

⑭摠，結也。扶桑，日所拂木也。淮南子曰：「日出暘谷，浴乎咸池，拂于扶桑，爰始將行，是謂朏明。」言我乃往至東極之野，飲馬於咸池，與日俱浴，以潔己身。結我車轡於扶桑，以留日行，幸得不老延年，壽高大也。

⑮若木，在崑崙西極，其華照下地。拂，擊也，一云：蔽也。

⑯聊，且也。逍遥、相羊，皆遊也。言己摠結日轡，恐不能制也，年時卒過，故復轉之西極，折取若木，以拂擊日，使之還去，且相羊而遊，以待君命也。或謂：拂，蔽也。以若木鄣蔽日，使不得過也。

⑰望舒，月御也。月體光明，以喻臣清白也。

⑱飛廉，風伯也。風爲號令，以喻君命。言己使清白之臣如望舒，先驅求賢，使風伯奉君命於後，以告

百姓。飛廉，風伯神名也。或曰：駕乘龍雲，必假疾風之力，使奔屬於後也。

⑲鸞，俊鳥也。皇，雌鳳[一四]也。以喻仁智之士也。

⑳雷爲諸侯，以興於君。言己使仁智之士如鸞皇，先戒百官，將往適道，而君怠墮，告我嚴裝未具。

㉑言我使鳳鳥明智之士，飛行天下，以求同志，續以日夜，冀相逢遇也。

㉒回風爲飄。飄風，無常之風，以興邪惡之衆也。屯其相離，言不與己和合也。

㉓雲霓，惡氣也，以喻佞人。御，迎也。言己使鳳鳥往求同志之士，欲與俱共事君，反見邪惡之人，相與屯聚，謀欲離己，又遇佞人相帥來迎，欲使我變節以隨之也。

㉔紛，盛多貌。總總，猶僔僔，聚貌也。

㉕斑，亂貌。陸離，紛散也。言己游觀天下，但見俗人競爲讒佞，僔僔沓沓相聚，乍離乍合，上下之義，斑然散亂而不可知也。

㉖帝，謂天帝也。閽，主門者也。

㉗閶闔，天門也，言己求賢不得，疾讒惡佞，將上訴天帝，使閽人開關，又倚天門望而距我，使我不得入也。

㉘曖曖，闇昧貌。罷，極也。

㉙言時世闇昧，無有明君，周行罷極，不遇賢士，故結芳草，長立有還意。

㉚溷，亂也。濁，貪也。

㉛言時世君亂臣貪，不別善惡，好蔽美德，而嫉妬忠信也。

㉜濟，渡也。淮南子言：「白水出崑崙之山，飲之則不死。」

㉝閬風，山名也，在崑崙之上。緤馬，繫馬也。言己見中國溷濁，則欲渡白水，登神山，屯車繫馬而留止也。白水潔浄，閬風清明，言己修清白之行不懈也。

㉞楚有高丘之山。女以喻臣。言己雖去，意不能已，猶復顧念楚國無有賢臣，心爲之悲而流涕也。或云：高丘，閬風山上也。無女，喻無與己同心。舊説：高丘，楚地名也。

㉟溘，奄也。春宮，東方青帝舍。

㊱繼，續也。言己行游，奄然在於青帝之舍，觀萬物始生，皆出於仁義，復折瓊枝以續佩，守仁行義，志彌固也。

㊲榮華，喻顏色也。落，墮也。

㊳相，視也。詒，遺也。言己既修行仁義，冀得同志，願及年德盛時，顏貌未老，視天下賢人，將持玉帛而聘遺之，與俱事君也。

㊴豐隆，雷師。

㊵宓妃，神女也，以喻隱士。言我令雷師豐隆乘雲，周行求隱士清潔若宓妃者，欲與并心力也。

㊶纕，佩帶也。

㊷蹇修，伏羲氏之臣也。理，分理，述禮意也。言己既見宓妃，則解我佩帶之玉，結言語，使古賢蹇修

而爲媒理也。伏戲時敦朴，故使其臣也。

㊸緯繣，乖戾也。遷，徙也。言蹇修既持其佩帶通言，而讒人復相聚毀〔一五〕敗，令其意一合一離，遂以乖戾，而見距絶，言所居深僻，難遷徙也。

㊹次，舍也，再宿爲信，過信爲次。淮南子言「弱水出於窮石，入于流沙」也。

㊺洧盤，水名也。禹大傳曰：「洧盤之水出崦嵫山。」言宓妃體好清潔，暮即歸舍窮石之室，朝沐洧盤之水，遁世隱居，而不肯仕也。

㊻倨簡曰驕，侮慢曰敖。

㊼康，安也。言宓妃用志高遠，保守美德，驕傲侮慢，日自娱樂以遊戲，無有事君之意也。

㊽違，去也。改，更也。言宓妃雖信有美德，驕傲無禮，不可與共事君，來違去相弃，而更求賢良也。

㊾言我乃復往觀視四極，周流求賢，然後乃來下也。

㊿石次玉名曰瑶。詩曰：「報之以瓊瑶。」偃蹇，高貌也。

(51)有娀，國名。佚，美也。謂帝嚳之妃，契母簡狄也。配聖帝，生賢子，以喻貞賢也。詩曰：「有娀方將，帝立子生商。」吕氏春秋曰：「有娀氏有美女，爲建高臺而飲食之。」言己望見瑶臺高峻，睹有娀氏美女，思得與共事君也。

(52)鴆，運日也，毒可殺人，以喻讒賊也。

(53)言我使鴆鳥爲媒，以求簡狄，其性讒賊，不可信用，還詐告我，言不好也。

(54)逝，往也。

(55)佻，輕也。巧，利也。言又使雄鳩銜命而往，其性輕佻巧利，多語言而無要實，復不可信用也。

(56)適，往也。言己令鴆爲媒，其心讒賊，以善爲惡；又使雄鳩銜命而往，多言無實，故中心狐疑猶豫，意欲自往，禮又不可。女當須媒，士必待介也。

(57)高辛，帝嚳有天下號也。帝繫曰：「高辛氏爲帝嚳，帝嚳次妃有娀氏之女生契。」言己既得賢智之士若鳳皇，受禮遺將行，恐帝嚳已先我得娀簡狄也。

(58)言己既求簡狄，復後高辛，欲遠集他方，用以自適，又無所之，故且遊戲觀望，以忘憂者也。

(59)少康，夏后相之子也。有虞，國名，姚姓，舜後也。昔寒浞使澆殺夏后相，少康逃犇有虞。虞因妻以二女，而邑於綸鄑，有田一成，有衆一旅，能布其德，以收夏衆。遂誅滅澆，復禹之舊績。屈原放至遠方之外，博求衆賢人，索宓妃則不肯見，求簡狄又後高辛。幸若少康留止有虞而得二妃，以成顯功，是不欲遠去之意也。

(60)弱，劣也。拙，鈍也。

(61)言己欲效少康留而不去，又恐媒人弱鈍，故達言於君，不能堅固，復使回移也。

(62)再言「世溷濁」者，懷、襄二世不明，故羣下好蔽忠正之士，而舉邪惡之人也。

(63)小門謂之閨。邃，深也。

(64)哲，智也。寤，覺也。言君處宮殿之中，其閨深遠，忠言難通，指語不達，自明智之王尚不能覺悟善惡之情，高宗殺孝己是也，何況不智之君，而多闇蔽，固其宜也。

(65)言我懷忠信之情，不得發用，安能久與此闇亂之君，終古而居乎？意欲復去也。

索藑一作「瓊」茅以筳篿兮①，命靈氛爲余占之②。曰：「兩美其必合兮，孰信修而慕之③？思九州之博大兮，豈惟是其有女④。」曰：「勉遠逝而無狐疑兮，孰求美而釋女？何所獨無芳草兮，爾何懷乎故宇⑤？」世幽昧以眩曜兮⑥，孰云察余之善惡⑦。民好惡其不同兮，惟此黨人其獨異⑧。户服艾以盈要兮⑨，謂幽蘭兮不可佩⑩。覽察草木其猶未得兮⑪，豈珵呈音美之能當⑫？蘇糞壤以充幃兮⑬，謂申椒其不芳⑭。欲從靈氛之吉占兮，心猶豫而狐疑⑮。巫咸將夕降兮⑯，懷椒糈所音而要之⑰。百神翳其備降兮，九嶷繽其並迎⑱。皇剡剡其揚靈兮⑲，告余以吉故⑳。曰：「勉升降以上下兮㉑，求榘矱之所同㉒。湯禹儼而求合兮㉓，摯咎繇而能調㉔。苟中情其好修兮，又何必用夫行媒㉕。説操築於傅巖兮㉖，武丁用而不疑㉗。吕望之鼓刀兮㉘，遭周文而得舉㉙。甯戚之謳歌兮㉚，齊桓聞以該輔㉛。及年歲之未晏兮㉜，時亦猶其未央㉝。恐鵜題音鴂決音之先鳴兮㉞，使夫百草爲之不芳㉟。」何瓊佩之偃蹇兮㊱，衆薆然而蔽之㊲。惟此黨人之不諒兮㊳，恐嫉妬而折之㊴。時繽紛以變易兮，又何可以淹留㊵？蘭芷變而不芳兮，荃蕙化而爲茅㊶。何昔日之芳草兮，今直爲此蕭艾也㊷。豈其有他故兮，莫好修之害也㊸。余以蘭爲可恃兮㊹，羌無實而容長㊺。委厥美以從俗兮㊻，苟得列乎衆芳㊼。椒專佞以慢慆兮㊽，樧殺音又欲充夫佩幃音輝㊾。既干進而務入兮㊿，又何芳之能祗(51)？固時俗之從流兮，又孰能無變化(52)？覽椒蘭其若茲兮，又况揭起列反車與江離(53)？惟茲佩其一作「之」可貴兮，委厥美而歷茲(54)。芳菲菲而難虧兮(55)，芬至今猶未沫(56)。和調度以自娛兮，聊浮游而求女(57)。及余飾之方壯兮，周流觀乎上下(58)。

①索，取也。藑茅，靈草也。筳，小折竹也。楚人名結草折竹以卜曰篿。

②靈氛，古明占吉凶者也。言己欲去則無所集，欲止又不見用，憂懣不知所從，乃取神草竹筳，結而折之，以卜去留，使明智靈氛占其凶吉也。

③靈氛言：以忠臣而事明君，兩美必合，楚國誰能信明善惡，修行忠直，欲相慕及者乎？己宜以時去之也。

④言我思念天下博大，豈獨楚國有君臣而可止乎？

⑤爾，女也。懷，思也。宇，居也。言何所獨無賢芳之君，何必思故居而不去也。此皆靈氛之詞也。

⑥眩曜，惑亂貌。

⑦屈原答靈氛曰：當世人君皆闇昧惑亂，不知善惡，誰當察我之善情而用己乎？是難去之意也。

⑧黨，鄉黨也，謂楚國也。言天下萬民之所好惡，其性不同，此楚國尤獨異也。

⑨艾，白蒿也。盈，滿也。或言〔一六〕：艾非芳草，一名冰臺。

⑩言楚國户服白蒿，滿其要帶，以爲芬芳，反謂幽蘭臭惡，爲不可佩也。以言君親愛讒佞，憎遠忠直賢良，而不肯近之也。

⑪察，視。

⑫珵，美玉也。相玉書言：「珵大六寸，其曜自照。」言時人無能知臧否，觀衆草尚不能别其香臭，豈當知玉之美惡乎？以爲草木易别於禽獸，禽獸易别於珠玉，珠玉易别於忠佞，知人最爲難也。

⑬蘇，取也。充，猶滿也。壤，土也。幃謂之幐，幐，香囊也。

⑭謂申椒臭而不香。言近小人而遠君子也。

⑮言己欲從靈氛勸去之占，則中心狐疑，念楚國也。

⑯巫咸，古神巫也，當殷中宗之時。降，下也。

⑰椒，香物，所以降神也。糈，精米，所以享神也。言巫咸將夕從天上來下，願懷椒糈要之，使筮者占兹吉凶之事也。

⑱翳，蔽也。繽，盛貌也。九嶷，舜所葬也。言巫咸得己椒糈，則將百神蔽日來下。舜又使九嶷之神紛然迎我，知己之志也。

⑲皇，皇天也。剡剡，光貌。

⑳言皇天揚其光靈，使百神告我，當去就吉善也。

㉑勉，强也。上謂君，下謂臣也。

㉒榘，法也。矱，度也。言當自勉强，上求明君，下察賢臣與己合法度者，因與同志共爲治也。

㉓儼，敬也。合，匹也。

㉔摯，伊尹名，湯臣也。咎繇，禹臣也。調，和也。言湯、禹至聖，猶敬承天道，其匹合得伊尹、咎繇，乃能調和陰陽，而安天下也。

㉕行媒，謂左右之臣也。言誠能中心常好善，則精感神明，賢君自舉用之，不必須左右薦達也。

㉖說，傅說也。傅巖，地名。

㉗武丁，殷之高宗也。言傅說抱懷道德，而遭遇於刑罰，操築作於傅巖。武丁思想賢者，夢得聖人，以其形象求之，因得傅說。登以爲公，道用大興，爲殷高宗也。書曰「高宗夢得說，使百工營求諸野，得諸傅巖，作說命」是也。

㉘吕，太公之氏姓也。鼓，鳴也。

㉙言太公避紂，居東海之濱，聞文王作興，盍往歸之。至朝歌，道窮困，自鼓刀而屠，遂西釣於渭濱。文王夢得聖人，於是出獵而見之，遂載以歸。用以爲師，言：「吾先公望子久矣。」因號爲太公望。或言：周文王夢立令狐之津，太公在後。帝曰：「昌，賜汝名師。」文王再拜。太公夢亦如此。文王出田，見識所夢，載與俱歸，以爲太師也。

㉚甯戚，衛人。

㉛該，備也。甯戚修德不用，退而商賈，宿齊東門外。桓公夜出，甯戚方飯牛，叩角而商歌。桓公聞之，知其賢，舉用爲客卿，備輔佐也。

㉜晏，晚。

㉝央，盡也。言己所以汲汲欲輔佐君者，冀及年未晏晚，以成德化也。然年時亦尚未盡，冀若三賢之遭遇也。

㉞鵜鴂，一名買鶬，常以春分日鳴也。

㉟言我恐鵜鴂以先春分鳴，使百草華英摧落，芬芳不得成也。以諭讒言先至，使忠直之士蒙罪過也。

㊱偃蹇，衆盛貌。

㊲言我佩瓊玉，懷美德，偃蹇而盛，衆人薆然而蔽之，傷不得施用也。

㊳諒，信。

㊴言楚國之人不尚忠信之行，共嫉妬我正直，必欲折挫而敗毀之也。

㊵言時世溷濁，善惡變易，不可以久留，宜速去也。

㊶荃、蕙，皆美香草也。言蘭芷之草，變易其體，而不復香。荃蕙化而爲菅[一七]茅，失其本性也。以言君子更爲小人，忠信更爲佞僞也。

㊷言往昔芬芳之草，今皆直爲蕭艾而已。以言往日明智之士，今皆佯愚，狂惑不顧也。

㊸言士民所以變直爲曲者，以上不好用忠信之人，害其善志之故也。

㊹蘭，懷王少弟，司馬子蘭也。恃，怙也。

㊺實，誠也。言我以司馬子蘭、懷王之弟，應薦賢達能，可怙而進，不意内無誠信之實，但有長大之貌，浮華而已。

㊻委，弃。

㊼言子蘭弃其美質正直之性，隨俗諂佞，苟欲列於衆賢之位，無進賢之心也。

㊽椒，楚大夫子椒也。慆，淫也。

㊾樧，茱萸也，似椒而非，以喻子椒似賢而非賢也。幃，盛香之囊，以喻親近。言子椒爲楚大夫，處蘭芷之位，而行淫慢佞諛之志，又欲援引面從不賢之類，使居親近，無有憂國之心。責之也。

㊿干，求。

51祗，敬也。言子蘭、子椒苟欲自進，求入於君，身得爵禄而已，復何能敬愛賢人而舉用之也。

52言時世俗人隨從上化，若水之流，二子復以諂諛之行，衆人誰有不變節而從之者乎？疾之甚也。

53言觀子椒、子蘭變志若此，況朝庭衆臣，而不爲佞媚以容其身耶？

54歷，逢也。兹，此也。言己内行忠正，外佩衆香，此誠可貴重，不意明君弃其至美，而逢此咎也。

55虧，歇。

56沫，已也。言己所行純美，芬芳勃勃，誠難虧歇，久而彌盛，至今尚未已也。

57言我雖不見用，猶和調己之行度，執守忠貞，以自娱樂，且徐徐浮游，以求同志也。

[58]上謂君也，下謂臣也。言我願及年德方壯之時，周流四方，觀君臣之賢，欲往就之也。

靈氛既告余以吉占兮，歷吉日乎吾將行①。折瓊枝以爲羞兮②，精瓊爢亡悲反以爲粻音良③。爲余駕飛龍兮，雜瑤象以爲車④。何離心之可同兮，吾將遠逝以自疏⑤。邅吾道夫崑崙兮⑥，路修遠以周流⑦。揚〔一八〕雲霓之晻藹兮⑧，鳴玉鸞之啾啾⑨。朝發軔於天津兮⑩，夕余至乎西極⑪。鳳皇翼其承旂兮⑫，高翱翔之翼翼⑬。忽吾行此流沙兮⑭，遵赤水而容與⑮。麾蛟龍以梁津兮⑯，詔西皇使涉余⑰。路修遠以多艱兮⑱，騰衆車使徑待⑲。路不周以左轉兮⑳，指西海以爲期㉑。屯余車其千乘兮㉒，齊玉軑大音而並馳㉓。駕八龍之婉婉兮㉔，載雲旗之委蛇㉕。抑志而弭節兮，神高馳之邈邈㉖。奏九歌而舞韶兮㉗，聊假日以媮俞音樂㉘。陟陞皇之赫戲兮㉙，忽臨睨音倪夫舊鄉㉚。僕夫悲余馬懷兮㉛，蜷局顧而不行胡郎反㉜。

①言靈氛既告我以吉占，歷善日，吾將去君而遠行也。

②羞，脯。

③精，鑿也。爢，屑也。粻，糧也。詩云：「乃裹餱糧。」言我將行，乃折取瓊枝，以爲脯腊，精鑿玉屑，持以爲粮食，飯飲香潔，冀以延年壽也。

④象，象牙也。言我駕飛龍，乘明智之獸，象玉之車，文章雜錯，以言己德似龍玉，而世莫之識也。

⑤言賢愚異心，何可合同？知君與己殊志，故將遠去自疏而流遁也。

⑥邅，轉也。楚人名轉曰邅。河圖括地象言：「崑崙在西北，其高一萬一千里，上有瓊玉之樹也。」

⑦言己設去楚國遠行，乃轉至崑崙神明之山，其路長遠，周流天下，以求其同志也。

⑧揚，披也。晻藹，猶蓊鬱，蔭貌。

⑨鸞，鸞鳥，以玉爲之，著於衡。和，著於軾。啾啾，鳴聲也。言己從崑崙將遂陞天，披雲霓之蓊藹，排讒佞之黨羣，鳴玉鸞之啾啾，有節度也。

⑩天津，東極箕、斗之間，漢津也。

⑪言己朝發天之東津，萬物所生，夕至地之西極，萬物所成，動順陰陽之道，且亟疾也。

⑫翼，敬也。旂，旗也。畫龍虎爲旂也。

⑬翼翼，和貌。言己動順天道，則鳳皇來隨我車，敬承旂旗，高飛翱翔，翼翼而和，嘉忠正、懷有德也。

⑭流沙，沙流如水也。尚書曰：「餘波入于流沙。」

⑮遵，循也。赤水，出崑崙山。容與，遊戲貌也。言吾行忽然過此流沙，遂循赤水而遊戲，雖行遠方，動以潔清自灑飾也。

⑯舉手曰麾。小曰蛟，大曰龍。或言：以手教曰麾。津，西海也。蛟龍，水虫，以蛟龍爲橋，乘以渡水，似穆王之越海[一九]，比黿鼉以爲梁也。

⑰詔，告也。西皇，帝少皞也。涉，渡也。言我乃麾蛟龍以橋西海，使少皞來渡我，動與神獸聖帝相接，言能渡萬民之厄也。

⑱艱，難。

⑲騰，過也。言崑崙之路險阻艱難，非人所能由，故令衆車先過，使從邪徑以相待也。以言己所行高遠，莫能及也。

⑳不周，山名，在崑崙山西北。轉，行也。

㉑指，語也。期，會也。言己使語衆車，我所行之道，當過不周山而左行，俱會西海之上也。過不周者，言道不合於世也。左轉者，言君行左乖，不與己同志也。

㉒屯，陳。

㉓軑，錮也，車轄也。乃屯陳我車，前後千乘，齊以玉爲車轄，並馳左右。言從己者衆，皆有玉德，宜輔千乘之君也。

㉔婉婉，龍飛貌。

㉕言己乘八龍神智之獸，其狀婉婉委委，又載雲旗，委蛇而長也。駕八龍者，言己德如龍，可制御八方也。載雲旗者，言己德如雲雨，能潤施於萬物也。

㉖邈邈，遠貌。言己雖乘雲龍，猶自抑案，弭節徐行，高抗志行，邈邈而遠，莫能逮及。

㉗九歌，九德之歌，禹樂也。韶，九韶，舜樂也，尚書「簫韶九成」是也。

㉘言己德高智明，宜輔舜、禹，以致太平，奏九德之歌、九韶之舞，而不遇其時，故假日游戲媮樂而已也。

㉙皇，皇天也。赫戲，光明貌。

㉚睨，視也。舊鄉，楚國也。言己雖升崑崙，過不周山，渡西海，舞九韶，陞天庭，據光曜，不足以解憂，猶復顧視楚國，愁且思也。

㉛僕，御也。懷，思也。

㉜蜷局，詰屈不行貌。屈原設去世離俗，周天帀地，意不忘舊鄉，忽望見楚國，僕御悲感，我馬思歸，蜷局詰屈而不肯行。此終志不去，以詞自見，以義自明也。

亂曰①：已矣哉，國無人莫我知兮②，又何懷乎故都③？既莫足與爲美政兮，吾將從彭咸之所居④。

①亂，理也，所以發理詞指，揔撮其行要也。屈原舒肆憤懣，極意陳詞，或去或留，文采紛華，然後結括一言，以明所趣之意也。

②「已矣哉」者，絶望之詞也。無人，謂無賢人也。易曰：「闃其户，闃其無人。」屈原言「已矣哉」，我獨懷德不見用者，以楚國無有賢人知我忠信之故。自傷之詞。

③言衆人無有知己，己復何爲思故鄉、念楚國也。
④言時世人君無道，不足與共行美德、施善政者，故我將自沈汨淵，從彭咸而居處也。

敍曰：昔者孔子叡聖明喆哲音，天生不王，俾定經術，乃删詩、書，正禮樂，制作春秋，以爲後王之法。門人三千，罔不昭達。臨終之日，則大義乖而微言絶。其後，周室衰微，戰國並争，道德陵遲，譎詐萌生。於是楊、墨、鄒、孟、孫、韓之徒，各以所知，著造傳記，或以述古，或以明世。而屈原履忠被譖，憂悲愁思，獨依詩人之義而作離騷，上以諷諫，下以自慰，遭時暗亂，不見省納，不勝憤懣，遂復作九歌以下，凡二十五篇。楚人高其行義，瑋其文采，以相教傳。至於孝武帝，恢廓道訓，使淮南王安作離騷經章句，則大義粲然。後世雄俊，莫不瞻仰，攄舒妙思，纘述其詞。逮至劉向典校經書，分以爲十六卷。孝章即位，深弘道藝，而班固、賈逵復以所見，改易前疑，各作離騷經章句。其餘十五卷，闕而不説。又以「壯」爲「狀」，義多乖異，事不要撮。今臣復以所識所知，稽之舊章，合之經傳，作十六卷章句。雖未能究其微妙，然大指之趣，略可見矣。且人臣之義，以忠正爲高，以伏節爲賢，故有危言以存國，殺身以成仁。是以伍子胥不恨於浮江，比干不悔於剖心。然後德立而行成，榮顯而名稱。若夫懷道以迷國，佯愚而不言，顛則不能扶，危則不能安，婉婉以順上，逡巡以避患，雖保黄耇，終壽百年，蓋志士之所耻，愚夫之所賤也。今若屈原膺忠貞之質，體清潔之性，直若砥矢，言若丹青，進不隱其謀，退不顧其命，此誠絶世之行，俊彦之英也。而班固謂之「露才揚己，競於羣小之中，怨恨懷王，譏刺椒、蘭，苟欲求進，强非其人。不見容納，忿恚於臂反自沈」，是虧其高明，而損其清潔者也。昔伯夷、叔齊讓國守志，不食周粟，遂餓而死。豈可復謂有求於世而恨怨哉？且詩人怨主刺上曰：「嗚呼小子，未知臧否。匪面命之，言提其耳！」風諫之語，於斯爲切。然仲尼論之，以爲大雅。引此比彼，屈原之詞，優游婉順，寧以其君不智之故，欲提攜其耳乎？而論者以爲「露才揚己」、「怨刺其上」、「强非其人」，殆失厥中矣。夫離騷之文，依託五經以立義焉。「帝高陽之苗裔」，則詩「厥初生民，時惟姜嫄」也；「紉秋蘭以爲佩」，則「將翺將翔，佩玉瓊琚」也；「夕攬洲之宿莽」，則易「潛龍勿用」也；「駟玉虬而乘鷖」，則易「時乘六龍以御天」也；「就重華而敶詞」，則尚書「咎繇之謀謨」也；「登崑崙而涉流沙」，則禹貢之「敷土」也。故智彌盛者其言博，才益劭者其識遠。屈原之詞，誠博遠矣。自孔丘終没以來，名儒博達之士，著造詞賦，莫不擬則其儀表，祖式其模範，取其要妙，竊其華藻，所謂「金相玉質，百歲無匹，名垂罔極，永不刊滅」者也。

【校勘記】

〔一〕被，原作「披」，據正文改。
〔二〕鷙，俞本作「鷙」。注同。
〔三〕也，原作「已」，據馮本、朱本、莊本改。
〔四〕慮，原作「古」，據馮本、莊本改。
〔五〕知，隆慶本、朱本、莊本作「智」。
〔六〕「度法也」三字，原作「法度也」，據正文及補注本改。
〔七〕「雜糅也」三字，馮本、俞本、朱本、莊本作「糅雜也」。
〔八〕循，原作「修」，據文選本、補注本改。注文「循用」亦同。
〔九〕曾，原作「當」，據馮本、朱本、莊本改。
〔一〇〕背，原作「偝」，據補注本改。
〔一一〕溘，原作「榼」，據朱本、莊本改。
〔一二〕音畫，原作「音畫毀」，衍「毀」字，據俞本、馮本刪。
〔一三〕維絶，原作「雖」，據馮本、朱本、莊本改補。
〔一四〕「雌鳳」二字，原作「鳳雌」，據文選本、補注本乙。
〔一五〕毀，原作「也」，據文選本、補注本、莊本改。

〔一六〕「或言」二字，原作「言或」，據馮本、朱本、莊本乙。
〔一七〕菅，原作「管」，據補注本改。下文同。
〔一八〕揚，原作「楊」，據注文改。
〔一九〕海，原脱，據馮本、朱本、莊本補。

楚辭卷第二

漢劉向子政編集　王逸叔師章句
後學西蜀高第　吴郡黄省曾校正

九歌章句第二

東皇太一　雲中君　湘君　湘夫人　大司命
少司命　東君　河伯　山鬼　國殤　禮魂

九歌者，屈原之所作也。昔楚南郢之邑，沅湘之間，其俗信鬼而好祀，其祠必作樂鼓舞以樂諸神。屈原放逐，竄伏其域，懷憂苦毒，愁思怫鬱。出見俗人祭祀之禮，歌舞之樂，其詞鄙陋，因爲作九歌之曲。上陳事神之敬，下以見己之冤結，託之以風諫，故其文意不同，章句雜錯，而廣異義焉。

吉日兮辰良①，穆將愉俞音兮上皇②。撫長劍兮玉珥③，璆鏘鳴兮琳琅④。瑤席兮玉瑱⑤，盍將把兮瓊芳⑥。蕙肴蒸兮蘭藉⑦，奠桂酒兮椒漿⑧。揚枹兮拊鼓⑨，疏緩節兮安歌⑩，陳竽瑟兮浩倡⑪。靈偃蹇兮姣服⑫，芳菲菲兮滿堂⑬。五音紛兮繁會⑭，君欣欣兮樂康⑮。

東皇太一

①日，謂甲乙。辰，謂寅卯。

②穆，敬也。愉，樂也。上皇，謂東皇太一也。言己將脩祭祀，必擇吉良之日，齋戒恭敬，以宴樂大神也。

③撫，持也。玉珥，謂劍鐔〔一〕也。劍者，所以威不軌，衛有德，故撫持之也。

④璆、琳、琅，皆玉名也。爾雅曰：「有璆琳琅玕焉。」鏘，佩聲也。詩云：「佩玉鏘鏘。」言己供神有道，乃使靈巫常持好劍以辟邪，要垂衆佩，周旋而舞，動鳴五玉，鏘鏘而和，且有節度也。或曰：「糺鏘鳴兮琳琅。」糺，錯也。琳琅，聲也。謂帶劍佩衆多，糺錯而鳴，其聲琳琅也。

⑤瑤，石之次玉者也。詩云「報之以瓊瑤」也。

⑥盍，何不也。把，持也。瓊，玉枝也。言己脩飾清潔，以瑤玉爲席，美玉爲瑱，靈巫何持乎？乃復把玉枝以爲香也。

⑦蕙肴，以蕙草蒸肉也。藉，所以藉飯食也。易曰「藉用白茅」。

⑧桂酒，切桂置酒中也。椒漿，以椒置漿中也。言己供待彌敬，乃以蕙草蒸肴，芳蘭爲藉，進桂酒椒漿，以備五味也。

⑨揚，舉也。枹，擊也。

⑩疏，希也。言肴膳酒醴既具，不敢寧處，親舉枹擊鼓，使靈巫緩節而舞，徐歌相和，以樂神意也。

⑪陳，列也。浩，大也。言己又陳列竽瑟，大倡作樂，以自竭盡也。

⑫靈，謂巫也。偃蹇，舞貌也。姣，好也。服，飾也。

⑬菲菲，芳貌。言乃使姣好之巫，被服盛飾，舉足奮袂，偃蹇而舞。芬芳菲菲，盈滿堂室也。

⑭五音，宮、商、角、徵、羽也。紛，盛貌。繁，衆也。

⑮欣欣，喜貌。康，安也。言己動作衆樂，合會五音，紛然盛美，神以歡欣，猒飽喜樂，則身蒙慶祐，家受多福也。屈原以爲神無形聲，難事易失。然人竭心盡禮，則歆其祀而惠以福。自傷履行忠誠，以事於君，不見信用，而身放逐，以危殆也。

浴蘭湯兮沐芳，華采衣兮若英①。靈連蜷兮既留②，爛昭昭兮未央③。蹇將憺兮壽宮④，與日月兮齊光⑤。龍駕兮帝服⑥，聊翺遊兮周章⑦。靈皇皇兮既降⑧，猋遠舉兮雲中⑨。覽冀州兮有餘⑩，橫四海兮焉窮⑪。思夫君兮太息⑫，極勞心兮𢥞𢥞⑬。

雲中君

①華采，五色采也。若，杜若也。言己將脩饗祭，以事雲神，乃使靈巫先浴蘭湯，沐香芷，衣五采華衣，飾以杜若之英，以自潔清也。
②靈，巫也，楚人名巫爲靈子。連蜷，巫迎神導引貌也。既，已也。留，止也。
③爛，光貌也。昭昭，明也。未央，未已也。言巫執事肅敬，奉迎導引，顏貌矜莊，形體連蜷，神則歡喜，必留而止。見其光容爛然昭明，長無極已也。
④蹇，詞也。憺，安也。壽宮，供神之處也，祠祀皆欲得壽，故名爲壽宮也。言雲神既至於壽宮，歆饗酒食，憺然安樂，無有去意也。
⑤齊，同也。光，明也。言雲神豐隆爵位尊高，乃與日月同光明也。夫雲興而日月闇，雲藏而日月明，故言「齊光」也。
⑥龍駕，言雲神駕龍也，故易曰「雲從龍」也。帝，謂五方之帝也。服，飾也。言天尊雲神，使之乘龍，兼衣青黄五采之色，與五方帝同服也。
⑦聊，且也。周章，猶周流也。言雲神居無常處，動則翺翔，周流往來，且游戲也。
⑧靈，謂雲神也。皇皇，美貌也。降，下也。言雲神來下，其貌皇皇而美，有光文也。
⑨猋，去疾貌。雲中，雲神所居也。言雲神往來急疾，飲食既飽，猋然遠舉，復還其處也。
⑩覽，望也。兩河之間曰冀州。餘，猶他方也。言雲神所在高邈，乃望於冀州，尚復見他方也。
⑪窮，極也。言雲神出入奄忽，須臾之間，横行四海，安有窮極也。

⑫君，謂雲神也。

⑬忡忡，憂心貌也。屈原見雲一動千里，周徧四海，想得隨從觀四方，以忘己憂，思而念之，終不可得，故太息而歎，心中煩勞而忡忡也。或曰：君，謂懷王也。屈原陳序雲神，文義略訖，愁思復至，哀念懷王暗昧不明，則太息嘆喟，心每忡忡而不能已也。

湘君

君不行兮夷猶①，蹇誰留兮中洲②？美要眇兮宜脩③，沛吾乘兮桂舟④。令沅湘兮無波⑤，使江水兮安流⑥！望夫君兮未來⑦，吹參差兮誰思⑧？駕飛龍兮北征⑨，邅吾道兮洞庭⑩。薜荔拍兮蕙綢⑪，蓀一作「荃」橈兮蘭旌⑫。望涔陽兮極浦⑬，横大江兮揚靈⑭。揚靈兮未極⑮，女嬋媛兮爲余太息⑯。横流涕兮潺湲⑰，隱思君兮陫側⑱。桂櫂兮蘭枻⑲，斲冰兮積雪⑳。采薜荔兮水中㉑，搴芙蓉兮木末㉒。心不同兮媒勞㉓，恩不甚兮輕絶㉔。石瀨兮淺淺㉕，飛龍兮翩翩㉖。交不忠兮怨長㉗，期不信兮告余以不閒㉘。鼂騁騖兮江皋㉙，夕弭節兮北渚㉚。鳥次兮屋上㉛，水周兮堂下㉜。捐余玦兮江中㉝，遺余佩兮澧浦㉞。采芳洲兮杜若㉟，將以遺兮下女㊱。時不可兮再得㊲，聊逍遥兮容與㊳。

①君，謂湘君也。夷猶，猶豫也。言湘君所在，左沅、湘，右大江，包洞庭之波，方數百里，群鳥所集，魚鼈所聚，土地肥饒，又有險阻，故神常安，不肯遊蕩，既設祭祀，使巫請呼之，尚復猶豫也。

②蹇，詞也。留，待也。中洲，洲中也，水中可居者爲洲。言湘君蹇然難行，誰留待於水中之洲乎？以爲堯以二女妻舜，有苗不服，舜往征之，二女從而不反，道死於沅、湘之中，因爲湘夫人也。所留，蓋謂此堯之二女也。

③要眇，好貌。脩，飾也。言二女之貌要眇而好，又宜修飾也。

④沛，行貌也。舟，船也。吾，屈原自謂也。言己雖在湖澤之中，猶乘桂木之船，沛然而行，常香净也。

⑤沅、湘，水名。

⑥言己乘船常恐危殆，願湘君令沅、湘無波涌，使江水順徑徐流，則得安也。

⑦君，謂湘君。

⑧參差，洞簫也。言己供脩祭祀，瞻望於君，而未肯來，則吹簫作樂，誠欲樂君，當復誰思念？

⑨征，行也。屈原思神略畢，意念楚國，願駕飛龍北行，亟還歸故居也。

⑩邅，轉也。洞庭，太湖也。言己欲乘龍而歸，不敢隨從大道，願轉江湖之側，委曲之徑，欲急至也。

⑪薜荔，香草也。拍，搏壁也。綢，縛束也。詩曰「綢繆束楚」是也。

⑫蓀，香草也。橈，船小楫也。屈原言己居家，則以薜荔搏飾四壁，蕙草縛束屋，乘船則以蓀爲楫櫂，蘭爲旌旗，動以香潔自修飾也。

⑬涔陽，江碕名，近附郢。極，遠也。浦，水涯也。

⑭靈，精誠也。屈原思念楚國，願乘輕舟，上望江海之遠浦，下附郢之碕，以泄憂思，横度大江，揚己精誠，冀能感悟懷王，使己還也。

⑮極，已。

⑯女，謂女嬃。嬃，屈原姊也。嬋媛，猶牽引也。言己遠揚精誠，雖欲自竭盡，終無從達，故女嬃牽引而責數之，爲己太息悲毒，欲使屈原改性易行，隨風俗也。

⑰潺湲，流貌。屈原感女嬃之言，求欲變節，而意不能改，内自悲傷，涕泣横流也。

⑱君，謂懷王也。陫，陋也。言己雖見放棄，隱伏山野，猶從側陋之中思念君也。

⑲櫂，楫也。枻，船旁板也。

⑳斲，斫也。言己乘船，遭天盛寒，舉其櫂楫，斲斫冰凍，紛然委積而似雪。言己勤苦也。

㉑薜荔，香草，緣木而生。

㉒搴，手取也。芙蓉，荷華也，生水中。屈原言己執忠信之行以事於君，其志不合，猶入池涉水而求薜荔，登山緣木而采芙蓉，固不可得之也。

㉓言婚姻所好，心意不同，則媒人疲勞而無功也。屈原自諭行與君異，終不可合，亦疲勞而已也。

㉔言人交接初淺，恩不甚篤，則輕相與離絶也。言己與君同姓共祖，無離絶之義也。

㉕瀨，湍也。淺淺，流疾貌。

㉖屈原憂愁，覣視川水，見石瀨淺淺，疾流而下，將有所至；仰見飛龍，翩翩而上，將有所登。自傷棄在山野，終無所登至也。

㉗交，友也。忠，厚也。言朋友相與不厚，則長相怨恨也。言己執履忠信，雖獲罪過，不敢怨恨於衆人也。

㉘閒，暇也。言君嘗與己期，欲共爲治，後以讒言之故，更告我以不閒暇，遂以疏遠己也。

㉙鼂，以諭盛明也。澤曲曰臯。言己願及鼂明，己年盛時，任重馳驅，以行道德也。

㉚弭，安也。渚，水涯也。夕以諭衰。言日夕將暮，己已衰老，弭情安意，終志草壄也。

㉛次，舍也。再宿曰信，過信爲次也。

㉜周，旋也。言己所居在湖澤之中，衆鳥舍止我之屋上，流水周旋己之堂下，自傷與鳥獸魚鼈同爲伍也。

㉝玦，玉佩也。先王所以命臣之瑞也，故與環即還，與玦即去也。

㉞遺，離也。佩，瓊琚之屬也。言己雖見放逐，常思念君，設欲遠去，猶捐玦佩置於水涯，冀君求己，示有還意。

㉟芳洲，香草藂生水中之處。

㊱遺，與也。女，陰也，以諭臣，謂己之儔匹也。言己願往於芬芳絶異之洲，采取杜若，以與貞正之人，思與同志，終不變更也。

㊲言日不再中，年不再盛也。

㊳逍遥，遊戲也。詩曰：「狐裘逍遥。」言天時不再至，人年不再盛，己既年老矣，不遇於時，聊且逍遥而遊，容與而戲，以待天命之至也。

帝子降兮北渚①，目眇眇兮愁余②。嫋嫋兮秋風③，洞庭波兮木葉下④。登白薠兮騁望⑤，與佳期兮夕張⑥。鳥何萃兮蘋中⑦，罾何爲兮木上⑧。沅有芷兮澧有蘭⑨，思公子兮未敢言⑩。慌惚一作「荒忽」兮遠望，觀流水兮潺湲⑪。麋何食兮庭中⑫，蛟何爲兮水裔⑬？朝馳余馬兮江皋，夕濟兮西澨⑭。聞佳人兮召予⑮，將騰駕兮偕逝⑯。築室兮水中，葺之兮荷蓋⑰。蓀一作「荃」壁兮紫壇⑱，播芳椒兮盈堂⑲。桂棟兮⑳蘭橑㉑，辛夷楣兮㉒葯房㉓。罔薜荔兮爲帷㉔，擗蕙櫋兮既張㉕。白玉兮爲鎮㉖，疏石蘭兮爲芳㉗。芷葺兮荷屋㉘，繚之兮杜衡㉙。合百草兮實庭㉚，建芳馨兮廡門㉛。九疑繽兮並迎㉜，靈之來兮如雲㉝。捐余袂兮江中㉞，遺余褋兮澧[二]浦㉟。搴汀洲兮杜若，將以遺兮遠者㊱。時不可兮驟得㊲，聊逍遥兮容與㊳。

湘夫人

①帝子，謂堯女也。降，下也。言堯二女娥皇、女英隨舜不反，墮於湘水之渚，因爲湘夫人。

②眇眇，好貌也。余，屈原自謂也。言堯二女儀德美好，眇然絶異，又配帝舜，而乃没命水中。屈原自傷

不遭值堯、舜，而遇闇君，亦將沈身湘流，故曰「愁我」也。

③嫋嫋，秋風摇木貌也。

④言秋風疾則草木摇，湘水波而樹葉落矣。以言君政急，則衆民愁，而賢者傷矣。或曰，屈原見秋風起而木葉墮，悲歲徂盡，年衰老也。

⑤薠草秋生，今南方湖澤皆有之。騁，平也。

⑥佳，謂湘夫人也。不敢指斥尊者，故言「佳」也。張，施也。言己願行以始秋薠草初生望平之時，修設祭具，夕早灑掃，張施幃帳，與夫人期，歆饗之也。一本「佳」下有「人」字。

⑦萃，聚。

⑧罾，魚網也。夫鳥當集木巔而言草中，罾當在水中而言木上，以諭所願不得，失其所也。

⑨言沅水之中有盛茂之芷，澧水之外有芬芳之蘭，異於衆草，以興湘夫人美好亦異於衆人也。

⑩公子，謂湘夫人也。重以卑説尊，故變言「公子」也。言己想若舜之遇二女，二女雖死，猶思其神，所以不敢達言者，士當須介，女當須媒也。

⑪言鬼神慌惚，往來無形，近而視之，彷彿若存，遠而望之，但見川水流而潺湲也。

⑫麋，獸名，似鹿也。

⑬蛟，龍類也。麋當在山林而在庭中，蛟當在深淵而在水涯。以言小人宜在山野而陞朝庭，賢者當居尊官而爲僕隸也。

⑭濟，渡也。澨，水涯也。自傷駈馳不出湘、潭之間。
⑮予，屈原自謂也。
⑯偕，俱也。逝，往也。屈原幽居草澤，思神念鬼，冀湘夫人有命召呼，則願命駕騰馳而往，不待侶偶。
⑰屈原困於世，願築室水中，託附神明而居處也。
⑱以蓀草飾室壁，累紫貝爲室壇。
⑲布香椒於堂上。
⑳以桂木爲屋棟。
㉑以木蘭爲榱也。
㉒辛夷，香草，以作户楣。
㉓葯，白芷也。房，室也。
㉔罔，結也。言結薜荔爲帷帳。
㉕擗，析蕙覆櫋屋。
㉖以玉鎮席也。
㉗石蘭，香草。疏，布陳也。
㉘葺，蓋屋也。
㉙繚，縳束也。杜衡，香草也。

㉚合百草之花，以實庭中。
㉛馨，香之聞遠者。積之以爲門廡也。屈原生遭濁世，憂思困極，意欲隨從鬼神，築室水中，與湘夫人比隣而處。然猶積聚衆芳以爲殿堂，修飾彌盛，行善彌高也。
㉜九疑，山名，舜所葬也。
㉝言舜使九疑之山神繽然來迎二女，則百神侍送，衆多如雲也。
㉞袂，衣袖也。
㉟襟，襜襦也。屈原設託湘夫人共隣而處，復迎之而去，窮困無所依，故欲捐棄衣物，襟身而行，將適九夷也。
㊱汀，平也。遠者，謂高賢隱士也。言己雖欲之九夷絶域之外，猶求高賢之士，平洲香草以遺之，與共修道德也。
㊲驟，數。
㊳言富貴有命，天時難值，不可數得，聊且遊戲，以盡年壽也。

廣開兮天門，紛吾乘兮玄雲①。令飄風兮先驅②，使涷雨兮灑塵③。君回翔兮以下④，踰空桑兮從女⑤。紛總總兮九州⑥，何壽夭兮在予⑦？高飛兮安翔⑧，乘清氣兮御陰陽⑨。吾與君兮齋速⑩，道帝之兮九阬⑪。靈衣兮披披⑫，玉佩兮陸離⑬。壹陰兮壹陽⑭，衆莫知兮余所爲⑮。折疏麻兮瑶華⑯，將以遺兮離居⑰。老冉冉兮既極⑱，不寖近兮愈疏⑲。乘龍兮轔轔⑳，高駝兮沖天㉑。結桂枝兮延竚㉒，羌愈思兮愁人㉓。愁人兮奈何，願若今兮無虧㉔。固人命兮有當，孰離合兮可爲㉕？

大司命

①吾，謂大司命也。言天尊重司命，將出遊戲，則爲大開禁門，使乘玄雲而行。

②迴風爲飄。

③暴雨爲涷雨。言司命爵位尊高，出則風伯、雨師先驅，爲拭路也。

④回，運也。言司命行有節度，雖乘風雨，然徐迴運而來下也。

⑤空桑，山名，司命所經。屈原修履忠貞之行，而身放棄，將愬神明，陳己之寃結，故欲踰空桑之山，而要司命也。

⑥緫緫，衆貌。

⑦予，謂司命也。言普天之下，九州之民，誠甚衆多，其壽考夭折，皆自施行所致。天誅加之，不在於我也。

⑧言司命執持天政，不以人言易其度，則復徐飛高翔而行。

⑨陰主殺，陽主生。言司命常乘天清明之氣，御持萬民死生之命也。

⑩吾，屈原自謂也。齋，戒也。速，疾也。
⑪言己願修飾，急疾齋戒，侍從於君，道迎天帝，出入九州之山，冀得陳己情也。
⑫披披，長貌。
⑬言己得依隨司命，被服神衣，披披而長，玉佩衆多，陸離而美也。
⑭陰，曖也。陽，明也。
⑮屈原言己得配神俱行，出陰入陽。一晦一明，衆人無緣知我所爲作也。
⑯疏麻，神麻也。瑶華，玉華也。
⑰離居，謂隱者也。言己雖出陰入陽，流歷殊方，猶思離居隱士，將折神麻，采玉華，以遺與之。明己行度如玉，不以苦樂易其志也。
⑱極，窮。
⑲寖，稍也；疏，遠也。言履行忠信，從小至老，命將窮矣，而君猶疑之，不稍親近，而日以疏遠也。
⑳轔轔，車聲，詩云：「有車轔轔。」
㉑言己雖見疏遠，執志彌堅，想乘神龍，轔轔然而有節度也。抗志高行，沖天而驅，不以貧困有挫橈也。
㉒延，長也。竚，立也。詩曰：「竚立以泣。」
㉓言己乘龍沖天，非心所樂，猶結木爲誓，長立而望，愈想念〔三〕楚國，愁且思也。

㉔虧，歇也。言己愁思，安可奈何乎？願身行善，常若於今，無有歇也。

㉕言人受命而生，有當貴賤，有當富貧者，是天禄也。己獨放逐離別，不復合會，不可爲思也。

穐秋蘭兮麋蕪，羅生兮堂下①。緑葉兮素枝一作「華」，芳菲菲兮襲予②。夫人兮自有美子一云「夫人自有兮美子」③，蓀何以一作「爲」兮愁苦④！穐蘭兮青青，緑葉兮紫莖⑤。滿堂兮美人，忽獨與余兮目成⑥。入不言兮出不辭⑦，乘回風兮載雲旗⑧。悲莫悲兮生別離⑨，樂莫樂兮新相知⑩。荷衣兮蕙帶，儵而來兮忽而逝⑪。夕宿兮帝郊⑫，君誰須兮雲之際⑬。與女遊兮九河，衝風至兮水揚波。與女沐兮咸池⑭，晞女髮兮陽之阿⑮。望美人兮未來⑯，臨風怳兮浩歌⑰。孔蓋兮翠旍⑱，登九天兮撫彗星⑲。竦長劍兮擁幼艾⑳，荃獨宜兮爲民正㉑。

少司命

①言己供神之室，閑而清浄，衆香之草又環其堂下，羅列而生，誠司命君所宜幸集也。

②襲，及也。予，我也。言芳草茂盛，吐葉垂華，芳香菲菲，上及我也。

③夫人，謂萬民。

④蓀，謂司命也。言天下萬民，人人自有子孫，司命何爲主握其年命，而用思愁苦。

⑤言己事神崇敬，重種芳草，莖葉五色，芳香益暢也。

⑥言萬民衆多，美人並會，盈滿於堂，而司命獨與我睨而相望，成爲親親也。

⑦言神往來奄忽，入不語言，出不訣詞，其志難知。

⑧言司命之去，乘回風，載雲旗，形貌不可得見。

⑨屈原思神略畢，憂愁復出，乃長歎曰：人居世間，悲哀莫痛與妻子生别離，傷己當之也。

⑩言天下之樂，莫大於男女始相知之時也。屈原言己無新相知之樂，而有生别離之憂也。

⑪言司命被服香净，往來奄忽，難當值也。

⑫帝，謂天帝。

⑬言司命之去，暮宿於天帝之郊，誰待於雲之際乎？幸其有意而顧己。

⑭咸池，星名，蓋天池也。

⑮晞，乾也。詩曰：「匪陽不晞。」阿，曲隅，日所行也。言己願託司命，俱沐咸池，乾髮陽阿，齋戒絜己，冀蒙天祐也。

⑯美人，謂司命也。

⑰怳，失意貌也。言己思望司命，而未肯來。臨疾風而大歌，冀神聞之而來至也。

⑱言司命以孔雀之翅爲車蓋，翡翠之羽爲旌旗，言殊飾也。

⑲九天，八方中央也。言司命乃升九天之上，撫持彗星，欲掃除邪惡，輔仁賢也。

⑳竦，執也。幼，少也。艾，長也。言司命執持長劍，以誅絶凶惡，擁護萬民，長少使各得其命也。

㉑言司命執心公方，無所阿私，善者佑之，惡者誅之，故宜爲萬民之平正也。

東君

暾將出兮東方①，照吾檻兮扶桑②。撫余馬兮安驅③，夜皎皎兮既明④。駕龍輈兮乘雷⑤，載雲旗兮委蛇⑥。長太息兮將上，心低佪兮顧懷⑦。羌色聲兮娛人⑧，觀者憺兮忘歸⑨。緪瑟兮交鼓⑩，簫鍾兮瑶簴，鳴龡兮吹竽⑪，思靈保兮賢姱⑫。翾飛兮翠曾⑬，展詩兮會舞⑭。應律兮合節⑮，靈之來兮蔽日⑯。青雲衣兮白霓裳⑰，舉長矢兮射天狼⑱。操余弧兮反淪降⑲，援北斗兮酌桂漿⑳。撰余轡兮高駝翔，杳冥兮以東行㉑。

①謂日始出東方，其容暾暾而盛貌也。

②吾，謂日也。檻，楯也。言東方有扶桑之木，其高萬仞，日下浴於湯谷，上拂其扶桑，爰始而登，照曜四方，日以扶桑爲舍檻，故曰「照吾檻兮扶桑」。

③余，謂日也。

④言日既陞天，運轉而西，將過太陰，徐撫其馬，安驅而行。雖幽昧之夜，猶皎皎而自明也。

⑤輈，車轅也。

⑥言日以龍爲車轅，乘雷而行，以雲爲旌旗，委蛇而長。

⑦言日將去扶桑，上而升天，則徘徊太息，顧念其君也。
⑧娛，樂。
⑨憺，安也。言日色之光明照燿，四方之人觀見之，莫不娛樂，憺然意安而忘歸也。
⑩絙，急張弦也。交鼓，對擊鼓也。
⑪箎、竽，樂器名也。言己願供脩香美，張施琴瑟，吹鳴箎竽，列備衆樂，以樂大神也。
⑫靈，謂巫也。姱，好貌。言己思得賢好之巫，使與日神相保樂也。
⑬曾，舉也。言巫舞工巧，身體翾然若飛，似翠鳥之舉也。
⑭展，舒。
⑮言乃復舒展詩曲，作爲雅頌之樂，合會六律，以應舞節。
⑯言日神悦喜，於是來下，從其官屬，蔽日而至也。
⑰言日神來下，青雲爲上衣，白蜺爲下裳。日出東方，入西方，故用其方色以爲飾也。
⑱天狼，星名，以諭貪殘。日爲王者。王者受命，必誅貪殘，故曰「舉長矢射天狼」。言君當誅惡也。
⑲言日誅惡，已復循道而退下，入太陰之中，不伐其功也。
⑳斗，謂玉爵。言誅惡既畢，故引玉斗酌酒漿，以爵命賢能，進有德也。
㉑言日過大陰，不見其光，出杳杳，入冥冥，直東行而復出。或曰：日月五星，皆東行也。

與女遊兮九河①，衝風起兮水橫波②。乘水車兮荷蓋，駕兩龍兮驂螭螭音离③。登崑崙兮四望④，心飛揚兮浩蕩⑤。日將暮兮悵忘歸⑥，惟極浦兮寤懷⑦。魚鱗屋兮龍堂，紫貝闕兮朱宮⑧。靈何爲兮水中⑨，乘白黿兮逐文魚⑩。與女遊兮河之渚，流澌紛兮將來下⑪。子交手兮東行⑫，送美人兮南浦⑬。波滔滔兮來迎，魚鱗鱗兮媵予⑭。

河伯

①河爲四瀆長，其位視大夫。屈原亦楚大夫，欲以官相友，故言「女」也。九河：徒駭、太史、馬頰、覆鬴、胡蘇、簡、絜、鉤磐、鬲津也。

②衝，隧也。屈原設意與河伯爲友，俱遊九河之中，想蒙神祐，反遇隧風，大波湧起，所託無所也。

③言河伯以水爲車，驂駕螭龍，而戲遊也。

④崑崙山，河源所從出。

⑤浩蕩，志放貌也。言己設與河伯俱遊西北，登崑崙萬里之山，周望四方，心意飛揚，志欲陞天，思念浩蕩，而無所據也。

⑥言崑崙山之中，多奇怪珠玉之樹，觀而視之，不知日暮。言己心樂志説，忽忘還歸也。

⑦寤，覺也。懷，思也。言己心復徐惟念河之極浦、江之遠碕，則中心覺寤，而復愁思也。

⑧言河伯所居，以魚鱗蓋屋，堂朱畫蛟龍之文，紫貝作闕，朱丹其宮，形容異制，甚鮮好也。

⑨言河伯之屋，偉好如是，何爲居水中而沈没也。

⑩大鼈爲黿，魚屬也。逐，從也。言河伯遊戲，遠出乘龍，近出乘黿，又從鯉魚也。

⑪流澌，解冰也。言屈原願與河伯久游河之渚，而流澌紛然相隨來下，水爲污濁，故欲去也。或曰：流澌，解散。屈原自比流澌者，欲與河伯離别也。

⑫子，謂河伯也。言屈原與河伯别，子宜東行，還於九河之居，我亦欲歸也。

⑬美人，屈原自謂也。願河伯送己，南至江之涯，歸楚國也。

⑭媵，送也。言江神聞己將歸，亦使波流滔滔來迎，河伯遣魚鱗鱗侍從而送我也。

若有人兮山之阿①，被薜荔兮帶女蘿②。既含睇兮又宜笑③，子慕予兮善窈窕④。乘赤豹兮從文狸，辛夷車兮結桂旗⑤。被石蘭兮帶杜蘅⑥，折芳馨兮遺所思⑦。余處幽篁兮終不見天⑧，路險難兮獨後來⑨。表獨立兮山之上⑩，雲容容兮而在下。杳冥冥兮羌晝晦⑪，東風飄飄兮神靈雨⑫。留靈脩兮憺忘歸⑬，歲既晏兮孰華予⑭。采三秀兮於山間⑮，石磊磊兮葛蔓蔓⑯。怨公子兮悵忘歸⑰，君思我兮不得閒⑱。山中人兮芳杜若⑲，飲石泉兮蔭松柏⑳。君思我兮然疑作㉑。靁填填兮雨冥冥，猨啾啾兮狖夜鳴。風颯颯兮木蕭蕭㉒，思公子兮徒離憂㉓。

山鬼

①有人，謂山鬼也。阿，曲隅也。

②女蘿，兔絲也。言山鬼彷彿若人，見於山之阿，被薜荔之衣，以兔絲爲帶。薜荔、菟絲，皆無根，緣物而生，山鬼亦晻忽無形，故衣之以爲飾也。

③睇，微眄貌也。言山鬼之狀，體含妙容，美目盼然，又好口齒，而宜笑也。

④子，謂山鬼也。窈窕，好貌。詩曰：「窈窕淑女。」言山鬼之貌，既以姱麗，亦復慕我有善行好姿，是以故來見其容也。

⑤辛夷，香草也。言山鬼出入，乘赤豹，從文狸，結桂與辛夷以爲車旗，言其香潔也。

⑥石蘭、杜蘅，皆香草也。

⑦所思，謂清潔之士，若屈原者也。言山鬼修飾衆香，以崇其善，屈原履行清潔，以厲其身。神人同好，故折香馨相遺，以同其志也。

⑧言山鬼所處，乃在幽昧之内，終不見天地，所以來出，歸有德也。或曰：幽篁，竹林也。

⑨言所處既深，其路阻險又難，故來晚暮，後諸神也。

⑩表，特也。言山鬼後到，特立於山之上而自異也。

⑪言山鬼所在至高邈，雲出其下，雖白晝猶暝晦也。

⑫飄，風貌。詩曰：「匪風飄兮。」言東風飄然而起，則神靈應之而雨。以言陰陽相感，風雨相和。屈原自傷獨無與和也。

⑬靈脩，謂懷王也。

⑭晏，晚也。孰，誰也。言己宿留懷王，冀其還己，心中憺然，安而忘歸。年歲晚暮，將欲罷老，誰當復令我榮華也。

⑮三秀，謂芝草也。

⑯言己欲服芝草以延年壽，周旋山間，采而求之，終不能得，但見山石磊磊，葛草蔓蔓。或曰：三秀，秀材之士隱處者也。言石、葛者，諭所在深也。

⑰公子，謂公子椒也。言己所以怨公子椒者，以其知己忠信，而不肯達，故我悵然失志而忘歸也。

⑱言懷王時思念我，顧不肯以閒暇之日，召己謀議也。

⑲山中人，屈原自謂也。

⑳言己雖居在山中無人之處，猶取杜若以爲芬芳，飲石泉之水，蔭松柏之木，飲食居處，動以香潔自脩飾。

㉑言懷王有思我時，然讒言妄作，故令狐疑也。

㉒言己在深山之中，遭雷電暴雨，猨狖號呴，風木摇動，以言恐懼失其所也。或曰：雷爲諸侯，以興於君。雲雨冥昧，以興佞臣。猨猴善鳴，以興讒人。風以諭政，木以諭民。雷填填者，君妄怒。雨冥冥

者，群佞聚也。猨啾啾者，讒夫弄口也。風颯颯者，政煩擾也。木蕭蕭者，民驚駭也。

㉓言己怨子椒不見達，故遂去而憂愁也。

國殤

操吴戈兮被犀甲①，車錯轂兮短兵接②。旌蔽日兮敵若雲③，矢交墜兮士争先④。淩余陣兮躐余行⑤，左驂殪兮右刃傷⑥。霾兩輪兮縶四馬⑦，援玉枹兮擊鳴鼓⑧。天時墜兮威靈怒⑨，嚴殺盡兮棄原壄⑩。出不入兮往不反⑪，平原忽兮路超遠⑫。帶長劍兮挾秦弓⑬，首雖離兮心不懲⑭。誠既勇兮又以武，終剛强兮不可淩⑮。身既死兮神以靈，魂魄毅兮爲鬼雄⑯。

①戈，戟也。甲，鎧也。言國殤始從軍之時，手持吴戟，身被犀鎧而行也。或曰「操吾科」[四]，吾科，楯之名也。

②錯，交也。短兵，刀劍也。言戎車相迫，輪轂交錯，長兵不施，故用刀劍，以相接擊也。

③言兵士竟路，旌旗蔽天，敵多人衆，來若雲也。

④墜，墮也。言兩軍相射，流矢交墮，壯夫奮怒，争先在前也。

⑤淩，犯也。躐，踐也。言敵家來，侵淩我屯車，踐躐我行伍也。

⑥殪，死也。言己所乘，左驂馬死，右騑馬被刃創也。
⑦縶，絆也。詩曰：「縶之維之。」言己馬雖死傷，更霾車兩輪，絆四馬，終不反顧，示必死也。
⑧言己愈自厲怒，勢氣益盛。
⑨墜，落也。言己戰鬭，適遭天時，命當墮落，雖身死亡，而威神怒健，不畏憚也。
⑩嚴，壯也。殺，死也。言壯士盡其死命，則骸骨棄於原壄，而不土葬也。
⑪言壯士出鬭，不復顧入，一往必死，不復還反也。
⑫言身棄平原山壄之中，去家，道甚遠也。
⑬言身雖死，猶帶劒持弓，示不舍武也。
⑭懲，忿〔五〕也。言己雖死，頭足分離，而心終不懲忿也。
⑮言國殤之性，誠以勇猛，剛强之氣，不可凌犯也。
⑯言國殤既死之後，精神强壯，䰟鬼武毅，長爲百鬼之雄傑也。

禮䰟

盛禮兮會鼓①，傳芭兮代舞②，姱女倡兮容與③。春蘭兮秋菊，長無絶兮終古④。

①言祠祀九神，皆先齋戒，成其禮敬，乃歌作樂，急疾擊鼓，以稱神意也。

②芭，巫所持香草名也。代，更也。言祠祀作樂而歌，巫持芭而舞訖，以復傳與他人，更用之也。

③姱，好貌也。謂使童稚好女，先倡而舞，則進退容與而有節度也。

④言春祠以蘭、秋祠以菊爲芬芳，長相繼承，無絶於終古之道也。

【校勘記】

［一］鐔，原作「鐔」，據隆慶本、馮本、俞本、朱本、莊本改。

［二］澧，原作「醴」，據隆慶本、朱本、馮本改。

［三］「愈想念」三字，原作「想愈念」，據袁廷檮批語校改。

［四］「吾科」，原作「吾利」，據馮本、朱本、莊本改。

［五］忩，原作「忞」，據馮本、莊本改。下「懲忩」同。

楚辭卷第三

漢劉向子政編集　王逸叔師章句
後學西蜀高第　吴郡黄省曾校正

天問章句第三

天問者，屈原之所作也。何不言「問天」？天尊不可問，故曰「天問」也。屈原放逐，憂心愁悴，彷徨山澤，經歷陵陸。嗟號旻昊，仰天歎息。見楚有先王之廟及公卿祠堂，圖畫天地山川神靈，琦瑋僪佹，及古賢聖怪物行事，周流罷倦，休息其下。仰見圖畫，因書其壁，呵而問之，以渫憤懣，舒瀉愁思。楚人哀惜屈原，因共論述，故其文義不次敘云爾。

曰：遂古之初，誰傳道之①？上下未形，何由考之②？冥昭瞢闇，誰能極之③？馮翼惟像，何以識之④？明明闇闇，惟時何爲⑤？陰陽三合，何本何化⑥？圜則九重，孰營度之⑦？惟茲何功？孰初作之⑧？斡維焉繫？天極焉加⑨？八柱何當？東南何虧⑩？九天之際，安放安屬⑪？隅隈多有，誰知其數⑫？天何所沓？十二焉分⑬？日月安屬？列星安陳⑭？出自湯谷，次于蒙汜⑮。自明及晦，所行幾里⑯？夜光何德，死則又育⑰？厥利維何，而顧菟在腹⑱？女歧無合，夫焉取九子⑲？伯强何處？惠氣安在⑳？何闔而晦？何開而明㉑？角宿未旦，曜靈安藏㉒？

①遂，往也。初，始也。言往古太始之元，虚廓無形，神物未生，誰傳道此也？

②言天地未分，溷沌無垠，誰考定而知之？

③言日月晝夜，清濁晦明，誰能極知之？

④言天地既分，陰陽運轉，馮馮翼翼，何以識知其形像乎？

⑤言純陰純陽，一晦一明，誰造爲之乎？

⑥謂天、地、人三合成德，其本始何化所生乎？

⑦言天圜而九重，誰營度而知之乎？

⑧言此天有九重，誰功力始作之耶？

⑨斡，轉也。維，綱[二]也。言天晝夜轉旋，寧有維綱繫綴，其際極安所加乎？

⑩言天有八山爲柱，皆何當値？東南不足，誰虧缺之？
⑪九天，東方皞天，東南方陽天，南方赤天，西南方朱天，西方成天，西北方幽天，北方玄天，東北方變天，中央鈞天。其際會何分，安所屬繫乎？
⑫言天地廣大，隅隈衆多，寧有知其數乎？
⑬沓，合也。言天與地合會何所？分十二辰誰所分别乎？
⑭言日月衆星，安所繫屬，誰陳列也？
⑮次，舍也。汜，水涯也。言日出東方湯谷之中，暮入西極蒙水之涯也。
⑯言日平旦而出，至暮而止，所行凡幾何里乎？
⑰夜光，月也。育，生也。言月何德居於天地，死而復生也。
⑱言月中有菟，何所貪利，居月之腹，而顧望乎？
⑲女岐，神女，無夫而生九子也。
⑳伯强，大厲疫鬼也，所至傷人。惠氣，和氣也。言陰陽調和則惠氣行，不和調則厲鬼興，此二者當何所在乎？
㉑言天何所闔閉而晦冥，何所開發而明曉乎？
㉒角、亢，東方星。曜靈，日也。言東方未明旦之時，日安所藏其精光乎？

不任汩鴻，師何以尚之①？僉答何憂？何不課而行之②？鴟龜曳銜，鮌何聽焉③？順欲成功，帝何刑焉④？永遏在羽山，夫何三年不施⑤？伯禹腹鮌，夫何以變化⑥？纂就前緒，遂成考功⑦。何續初繼業，而厥謀不同⑧？洪泉極深，何以寘之⑨？地方九州，則何以墳之⑩？應龍何畫，河海何歷⑪？鮌何所營？禹何所成⑫？康回馮怒，地何故以東南傾⑬？九州何錯？川谷何洿⑭？東流不溢，孰知其故⑮？東西南北，其脩孰多⑯？南北順墮妥音，其衍幾何⑰？崑崙縣圃，其凥安在⑱？增城九重，其高幾里⑲？四方之門，其誰從焉⑳？西北闢啓，何氣通焉㉑？

①汩，治也。鴻，鴻水也。師，衆也。尚，舉也。言鮌才不任治鴻水，衆人何以舉之乎？

②僉，衆也。課，試也。言衆人舉鮌治水，堯知其不能，衆人曰：「何憂哉？何不先試之也？」

③言鮌治水，績用不成，堯乃放殺之羽山，飛鳥水蟲曳銜而食之，鮌何復能不聽之乎？

④帝，謂堯也。言鮌設能順衆人之欲而成其功，堯當何爲刑戮之乎？

⑤永，長也。遏，絶也。施，舍也。言堯長放鮌於羽山，絶在不毛之地，三年不舍其罪也。

⑥禹，鮌子也。言鮌愚狠腹而生禹，禹少見其所爲，何以能變化而成聖德也。

⑦父死稱考。緒，業也。言禹能纂代鮌之遺業，而成考父之功也。

⑧言禹何能繼續鮌業，而謀慮不同也。

⑨言洪水淵泉極深，大禹何用寘塞而平之乎？

⑩墳，分也。謂九州之地，凡有九品，禹何以能分別之乎？

⑪有鱗曰蛟龍，有翼曰應龍。歷，過也。言河海所出至遠，應龍過歷游之，無所不窮也。或曰：禹治洪水，時有神龍以尾畫，導水徑所當決者，因而治之。

⑫言鮌治鴻水，何所營度，禹何所成就乎？

⑬康回，共工名也。淮南子言：「共工與顓頊争爲帝，不得，怒而觸不周之山，天維絶，地柱折，故東南傾。」

⑭錯，厠也。洿，深也。言九州錯厠，禹何所分別之？川谷於地，何以獨洿深乎？

⑮言百川東流，不知滿溢，誰有知其何故也？

⑯脩，長也。言天地東西南北，誰爲長乎？

⑰衍，廣大也。言南北隤長，其廣差幾何乎？

⑱崑崙，山名也，在西北，元氣所出。其巔曰縣圃。縣圃乃上通於天也。

⑲淮南言：「崑崙之山九重，其高萬一千里也。」

⑳言天地四方各有一門，其誰從之上下也？

㉑言天西北之門，獨常開啓，豈元氣之所通？

日安不到，燭龍何照①？羲和之未揚，若華何光②？何所冬暖，何所夏寒③？焉有石林，何獸能言④？焉有虬龍，負熊以遊⑤？雄虺九首，儵忽焉在⑥？何所不死，長人何守⑦？靡蓱九衢，枲華安居⑧？一或作「靈」蛇吞象，厥大何如⑨？黑水玄趾，三危安在⑩？延年不死，壽何所止⑪？鯪魚何所，鬿堆焉處⑫？羿焉彃日，烏焉解羽⑬？

①言天之西北，有幽冥無日之國，有龍銜燭而留照之。

②羲和，日御也。言日未揚出之時，若木何能有明赤之光華乎？

③暖，温也。言地之氣，何所有冬温而夏寒者也？

④言天下何所有石木之林，林中有獸能言語者乎？禮記曰：「猩猩能言，不離禽獸也。」

⑤有角曰龍，無角曰虬。言寧有無角之龍，負熊獸以遊戲者乎？

⑥虺，蛇别名也。儵忽，電光也。言有雄虺，一身九頭，速及電光，皆何所在乎？

⑦括地象曰：「有不死之國。」長人，長狄。春秋云：「防風氏也。禹會諸侯，防風氏後至，於是使守封禺之山也。」

⑧九交道曰衢。言寧有蓱草生於水中，無根，乃蔓衍於九交之道，又有枲麻垂華榮，何所有此物乎？

⑨山海經云：「南方有靈蛇，吞象，三年然後出其骨。」

⑩玄趾、三危，皆山名也，在西方。黑水，出崑崙山。

⑪言仙人稟命不死，其壽獨何所窮止也？

⑫鯪魚，鯉也。一云：鯪魚，鯪鯉也，有四足，出南方。鬿堆，奇獸也。

⑬淮南言：「堯時十日並出，草木焦枯，堯令羿仰射十日，中其九日，日中九烏皆死，墮其羽翼。」

禹之力獻功，降省下土四方①，焉得彼嵞山女，而通之于台桑②？閔妃匹合，厥身是繼③，胡維嗜欲不同味，而快鼂飽④？啓代益作后，卒然離蠥一作「孽」⑤。何啓惟憂，而能拘是達⑥？皆歸射鞫，而無害厥躬⑦。何后益作革，而禹播降⑧？啓棘賓商，九辯九歌⑨。何勤子屠母，而死分竟墬一作「地」⑩？帝降夷羿，革孽夏民⑪。胡羿射夫河伯，而妻彼雒嬪⑫？馮珧利決，封狶是射⑬。何獻蒸肉之膏，而后帝不若⑭？浞娶純狐，眩妻爰謀⑮。何羿之射革，而交吞揆之⑯？阻窮西征，巖何越焉⑰？化而一本無爲黃熊或作「能」，巫何活焉⑱？咸播秬黍，莆雚是營⑲。何由并投，而鮌疾脩盈⑳？白蜺嬰茀，胡爲此堂㉑？安得夫良藥，不能固臧㉒？天式從横，陽離爰死㉓。大鳥何鳴，夫焉喪厥體㉔？蓱號起雨，何以興之㉕？撰體協脅，鹿何膺之㉖？鼇戴山抃，何以安之㉗？釋舟陵行，何以遷之㉘？惟澆在户，何求于嫂㉙？何少康逐犬，而顛隕厥首㉚？女歧縫裳，而館同爰止㉛，何顛易厥首，而親以逢殆㉜？湯謀易旅，何以厚之㉝？覆舟斟尋，何道取之㉞？桀伐蒙山，何所得焉㉟？妹嬉何肆，湯何殛焉㊱？

①言禹以勤力，獻進其功，堯因使省治下土四方也。
②言禹引治水，道娶嵞山氏之女，而通夫婦之道於台桑之地。
③閔，憂也。言禹所以憂無妃匹者，欲爲身立繼嗣也。
④言禹治水道娶者，憂無繼嗣耳。何特與衆人同嗜欲，苟欲飽快一朝之情乎？故以辛酉日娶，甲子日去，而有啓也。
⑤益，禹賢臣也。作，爲也。后，君也。離，遭也。蠥，憂也。言禹以天下禪與益，益避啓於箕山之陽。天下皆去益而歸啓以爲君。益卒不得立，故曰「遭憂」也。
⑥言天下所以去益就啓者，以其能憂思道德，而通其拘隔。拘隔者，謂有扈氏叛啓，啓率六卿以伐之也。
⑦射，行也。鞫，窮也。言有扈氏所行，皆歸於窮惡，故啓誅之，並得長無害於其身者也。
⑧后，君也。革，更也。播，種也。降，下也。言啓所以能變化更益，而代益爲君者，以禹平治水土，百姓得下種百穀，故思歸啓也。
⑨棘，陳也。賓，列也。九辯、九歌，啓所作樂也。言啓能備脩明禹業，陳列宮商之音，備其禮樂也。
⑩勤，勞也。屠，裂剥也。言禹愊〔二〕剥母背而生，其母之身，分散竟墜，何以能有聖德，憂勞天下乎？
⑪帝，天帝也。夷羿，諸侯，弑夏后相者也。革，更。孽，憂也。言羿弑夏家，居天子之位，荒淫田獵，

變更夏道，爲萬民憂患。

⑫胡，何也。雒嬪，水神，謂宓妃也。傳曰：「河伯化爲白龍，遊於水旁，羿見，射之，眇其左目。河伯上訴天帝，曰：『爲我殺羿。』天帝曰：『爾何故得見射？』河伯曰：『我時化爲白龍出遊。』天帝曰：『使汝深守神靈，羿何從得犯也？汝今爲蟲獸，當爲人所射，固其宜也。羿何罪歟？』」羿又夢與雒水神宓妃交接也。

⑬馮，挾也。珧，弓名也。決，射韝也。封豨，神獸也。言羿不循道德，而挾弓射韝，獵捕神獸，以快其情也。

⑭蒸，祭也。后帝，天帝也。若，順也。言羿獵射封豨，以其肉膏祭天帝，天帝猶不順羿之所爲也。

⑮浞，羿相也。爰，於也。眩，惑也。言浞娶於純狐氏女，眩惑愛之，遂與浞謀殺羿也。

⑯吞，滅也。揆，度也。言羿好射獵，不恤政事法度，浞交接國中，布恩施德，而吞滅之也。

⑰阻，險也。窮，窘也。越，度也。言堯放鮌羽山，西行度越岑巖之險，因墮死也。

⑱活，生也。鮌死後化爲黄熊，入於羽山淵，豈巫醫所能復生活也。

⑲咸，皆也。秬黍，黑黍也。雚，草名也。營，爲也。言禹平治水土，萬民皆得耕種黑黍於雚蒲之地，盡爲良田也。

⑳疾，病也。脩，長也。盈，滿也。由，用也。言堯不惡鮌而戮殺之，則禹不得嗣興，民何得投種五穀乎？乃知鮌惡長滿天下也。

㉑蜺，雲之有色似龍者也。茀，白雲逶蛇若蛇者也。言此有蜺茀氣逶移相嬰，何爲此堂乎？蓋屈原所見祠堂也。

㉒臧，善也。言崔文子學仙於王子僑，子僑化爲白蜺而嬰茀，持藥與崔文子，崔文子驚怪，引戈擊蜺，中之，因墮其藥，俯而視之，王子僑之尸也。故言得藥不善也。

㉓式，法也。爰，於也。言天法有善陰陽從横之道，人失陽氣則死也。

㉔言崔文子取王子僑之尸，置之室中，覆之以幣筐，須臾則化爲大鳥而鳴，開而視之，翻飛而去，文子焉能亡子僑之身乎？言仙人不可殺也。

㉕蓱，蓱翳，雨師名也。號，呼也。興，起也。言雨師號呼，興則雲起而雨下，獨何以興之乎？

㉖膺，受也。言天撰十二神鹿，一身八足兩頭，獨何膺受此形體乎？

㉗鼇，大龜也。擊手曰抃。列仙傳曰：「有巨靈之鼇，背負蓬萊之山而抃戲滄海之中」，獨何以安之乎？

㉘釋，置也。舟，船也。遷，徙也。言龜所以能負山若舟船者，以其在水中也。使龜釋水而陵行，則何能遷徙山乎？

㉙澆，古多力者也。論語曰：「澆盪舟。」言澆無義，淫佚其嫂，往至其户，佯有所求，因與行淫亂也。

㉚言夏后少康因田獵，放犬逐獸，遂襲殺澆而斷其頭。

㉛女歧，澆嫂也。館，舍也。爰，於也。言女歧與澆淫佚，爲之縫裳，於是共舍而宿止也。

㉜逢，遇也。殆，危也。言少康夜襲得女歧頭，以爲澆，因斷之，故言「易首」，爲遇危殆也。

㉝湯，殷王也。旅，衆也。言殷湯欲變易夏衆，使之從己，獨何以厚待之乎？

㉞覆，反也。舟，船也。斟尋，國名也。言少康滅斟尋氏，奄若覆舟，獨以何道取之乎？

㉟桀，夏亡王也。蒙山，國名也。言夏桀征伐蒙山之國，而得妹嬉也。

㊱言桀得妹嬉，肆其情意，故湯放之南巢也。

舜閔在家，父何以鱞①？堯不姚告，二女何親②？厥萌在初，何所意焉③？璜臺十成，誰所極焉④？登立爲帝，孰道尚之⑤？女媧有體，孰制匠之⑥？舜服厥弟，終然爲害⑦。何肆犬體，而厥身不危敗⑧？吴獲迄古，南嶽是止⑨。孰期去去一作「遵」斯，得兩男子⑩？緣鵠飾玉，后帝是饗⑪。何承謀夏桀，終以滅喪⑫？帝乃降觀，下逢伊摯⑬。何條放致罰，而黎伏一作「服」大説⑭？簡狄在臺嚳何宜？玄鳥致貽女何喜⑮？該秉季德，厥父是臧⑯。胡終弊于有扈，牧夫牛羊⑰？干協時舞，何以懷之⑱？平脅曼膚一作「受平曼膚」，何以肥之⑲？有扈牧豎，云何而逢一云「其爰何逢」⑳？擊牀先出，其命何從㉑？恒秉季德，焉得夫朴牛㉒？何往營班禄，不但還來㉓？昏微循一作「遵」迹，有狄不寧㉔。何繁鳥萃棘，負子肆情㉕？眩弟並淫，危害厥兄㉖。何變化以作詐，後嗣而逢長㉗？成湯東巡，有莘爰極㉘。何乞彼小臣，而吉妃是得㉙？水濱之木，得彼小子。夫何惡之，媵有莘之婦㉚？湯出重泉，夫何辠尤㉛？不勝心伐帝，夫誰使挑之㉜？

①舜，帝舜也。閔，憂也。無妻曰鰥。言舜爲布衣，憂閔其家。其父頑、母嚚，不爲娶婦，乃至於鰥也。

②姚，舜姓也。言堯不告舜父母而妻之也，如令告之，則不聽堯，女當何所親附乎？

③言賢者預見施行萌芽之端，而知其存亡善惡所終，非虚意也。

④璜，石次玉者也。言紂作象箸而箕子歎，預知象箸必有玉杯，玉杯必盛熊蹯豹胎，如此，必崇廣宫室。紂果作玉臺十重，糟丘酒池，以至於亡也。

⑤言伏羲始作八卦，脩行道德，萬民登以爲帝，誰開道而尊尚之也？

⑥傳言女媧人頭蛇身，一日七十化。其體如此，誰所制匠而圖之乎？

⑦服，事也。厥，其也。言舜弟象施行無道，舜猶服而事之，然象終欲害舜也。

⑧言象無道，肆其犬豕之心，燒廩窴井，欲以殺舜，然終不能危敗舜身也。

⑨獲，得也。迄，至也。古，謂古公亶父也。言吴國得賢君，至古公亶父之時，而遇太伯，陰讓避王季，辭之南嶽之下，求採藥於是，遂止而不還也。

⑩期，會也。昔古公有少子曰王季，而生聖子文王。古公欲立王季，令天命至文王。長子太伯及弟仲雍去而之吴，吴立以爲君。誰與期會而得兩男子，兩男子者，謂太伯、仲雍二人也。

⑪后帝，謂殷湯也。言伊尹始仕，因緣烹鵠鳥之羹，脩飾玉鼎，以事於湯。湯賢之，遂以爲相也。

⑫言湯遂承用伊尹之謀而伐夏桀，終以滅亡也。

⑬帝，謂湯也。摯，伊尹名也。言湯出觀風俗，乃憂下民，博選於衆，而逢伊尹，舉以爲相也。

⑭條，鳴條也。黎，衆也。説，喜也。言湯行天下之罰，以誅於桀，放之鳴條之野，天下衆民大喜悦也。
⑮簡狄，帝嚳之妃也。玄鳥，燕也。貽，遺也。言簡狄侍帝嚳於臺上，有飛燕墮遺其卵，喜而吞之，因生契者也。
⑯該，包也。秉，持也。父，謂契也。季，末也。臧，善也。言湯能包持先人之末德，脩其祖父之善業，故天祐之，以爲民主也。
⑰有扈，澆國名也。澆滅夏后相，相遺腹子曰少康，後爲有仍牧正，典主牛羊，遂攻殺澆，滅有扈，復禹舊跡，祀夏配天也。
⑱干，求也。舞，務也。協，和也。懷，來也。言夏后相既失天下，少康幼小，復能求得時務，調和百姓，使之歸己，何以懷來者也？
⑲言紂爲無道，諸侯背畔，天下乖離，當懷憂癯瘦，而反形體曼澤，獨何以能平脅肥盛乎？
⑳言有扈氏本牧豎之人耳，因何逢遇而得爲諸侯乎？
㉑言啓攻有扈之時，親於其牀上，擊而殺之。其先人[三]失國之原，何所從出之乎？
㉒恒，常也。季，末也。朴，大也。言湯常能秉持契之末德，脩而弘之，天嘉其志，出田獵，得大牛之瑞也。
㉓營，得也。班，徧也。言湯往田獵，不但驅馳往來也，還輒以所獲得禽獸，徧施禄惠於百姓也。

㉔昏，闇也。循，遵也。迹，道也。言人有循闇微之道，爲婬泆夷狄之行，不可以安其身也。謂晉大夫解居父也。

㉕言解居父聘乎吳，過陳之墓門，見婦人負其子，欲與之婬泆，肆其情欲。婦人則引詩刺之曰：「墓門有棘，有鴞萃止。」故曰「繁鳥萃棘」也。「墓門有棘」，雖無人，棘上猶有鴞，汝獨不愧也？

㉖眩，惑也。厥，其也。言象爲舜弟，眩惑其父母，並爲淫佚之惡，欲共危害舜也。

㉗言象欲殺舜，變化其態，内作姦詐，使舜治廩，從下焚之；令舜浚井，從上寘之，終不能害舜。舜爲天子，封象於有鼻，而後嗣之子孫，長爲諸侯。

㉘有莘，國名也。爰，於也。極，至也。言湯東巡狩，至有莘國，以爲婚姻也。

㉙小臣，謂伊尹也。言湯東巡狩，從有莘氏乞匄伊尹，因得吉善之妃，以爲内輔也。

㉚小子，謂伊尹。媵，送也。言伊尹母妊身，夢神女告之曰：「臼竈生鼃，亟去無反。」居無幾何，臼竈中有生鼃，母去，東走，顧視其邑，盡爲大水，母因溺死，化爲空桑之林。水乾之後，有小兒啼水涯，人取養之。既長大，有殊才。有莘惡伊尹從木中出，因以送女也。

㉛重泉，地名也。言桀拘湯於重泉，而復出之，夫何用罪法之不審也？

㉜帝，謂桀也。言湯不勝衆人之心，而以伐桀，誰使桀先挑之也？

會鼂争盟，何踐吾期①？蒼鳥群飛，孰使萃之②？到擊紂躬，叔旦不嘉③。何親揆發足，周之命以咨嗟④？授殷天下，其位安施⑤？反成乃亡，其罪伊何⑥？爭遣伐器，何以行之⑦？並驅擊翼，何以將之一云「前歌後舞，如鳥譟呼」⑧？昭后成遊，南土爰底⑨。厥利惟何，逢彼白雉⑩？穆王巧梅一作「挴」，或作「侮」，夫何爲周流⑪？環理天下，夫何索求⑫？妖夫曳衒，何號于市⑬？周幽誰誅，焉得夫褒姒⑭？天命反側，何罰何佑⑮？齊桓九會，卒然身殺⑯。彼王紂之躬，孰使亂惑⑰？何惡輔弼，讒諂是服⑱？比干何逆，而抑沈之⑲？雷開阿順，而賜封之金⑳？何聖人之一德，卒其異方㉑？梅伯受醢，箕子詳狂㉒。稷維元子，帝何篤之㉓？投之于冰上，鳥何燠之㉔？何馮弓挾矢，殊能將之㉕？既驚帝切切，一作「功」激，何逢長之㉖？伯昌號衰，秉鞭作牧㉗。何令徹彼岐社，命有殷之國㉘？遷藏就岐何能依㉙？殷有惑婦何所譏㉚？受賜茲醢，西伯上告㉛。何親就上帝罰一云「上帝之罰」，殷之命以不救㉜？師望在肆昌何志一作「識」㉝？鼓刀揚聲后何喜㉞？武發殺殷何所悒㉟？載尸集戰何所急㊱？伯林雉經，維其何故㊲？何感天抑墬，夫誰畏懼㊳？皇天集命，惟何戒之㊴？受禮天下，又使至代之㊵？初湯臣摯，後茲承輔㊶。何卒官湯，尊食宗緒㊷？勳闔夢生，少離散亡㊸。何壯武厲，能流厥嚴㊹？彭鏗斟雉帝何饗㊺？受壽永多，夫何久長㊻？中央共牧后何怒㊼？蠭蟻微命力何固㊽？驚女采薇鹿何祐㊾？北至回回，一作囬。[四]水萃何喜㊿？兄有噬犬弟何欲(51)？易之以百兩卒無祿(52)。

①言武王將伐紂，紂使膠鬲視武王師。膠鬲問曰：「欲以何日至殷？」武王曰：「以甲子日。」膠鬲還報紂。會天大雨，道難，武王晝夜行。或諫曰：「雨甚，軍士苦之，請且休息。」武王曰：「吾許膠鬲以甲子日至殷，今報紂矣。以甲子日不到，紂必殺之。吾故不敢休息，欲救賢者之死也。」遂以甲子日朝誅紂，不失期也。

②蒼鳥，鷹也。萃，集也。言武王伐紂，將帥勇猛，如鷹鳥群飛。誰使武王集聚之者乎？詩云「惟師尚父，時惟鷹揚」也。

③旦，周公名也。嘉，美也。言武王始至孟津，八百諸侯不期而到，皆曰「紂可伐也」。白魚入于王舟，群臣咸曰：「休哉！」周公曰：「雖休勿休。」故曰「叔旦不嘉」也。

④揆，度也。言周公於孟津揆度天命，發足還師而歸，當此之時，周之命令已行天下，百姓咨嗟，嘆而美之也。

⑤言天地始授殷家以天下，其王德位安所施用乎？善施若湯也。

⑥言殷王位已成，反覆亡之，其罪惟何乎？罪若紂也。

⑦伐器，攻伐之器也。言武王伐紂，發遣干戈，攻伐之器，争先在前，獨何以行之乎？

⑧言武王三軍人人樂戰，並載驅載馳，赴敵争先，前歌後舞，鳧藻讙呼，奮擊其翼，獨何以將率之也？

⑨爰，於也。底，至也。言昭王背成王之制而出遊，南至於楚。楚人沈之，而遂不還也。

⑩厥，其也。逢，迎也。言昭王南遊，何以利於楚乎？此爲越裳氏獻白雉，昭王德不能致，欲親往逢迎

之乎？

⑪悔，貪也。言穆王乃巧於辭令，貪好攻伐，遠征犬戎，得四白狼、四白鹿，自是後，夷狄不至，諸侯不朝。穆王乃更巧調，周流而往說之，欲以懷來也。

⑫環，旋也。言王者當脩道德來四方，穆王何爲乃周旋天下而求索之也？

⑬妖，恠也。號，呼也。昔周幽王前世有童謡曰：「檿弧箕服，寔亡周國。」後有夫婦賣是器，以爲妖恠，執而曳戮之於市也。

⑭褒姒，周幽王后也。昔夏后氏之衰也，有二神龍止於夏庭，而言曰：「余，褒之二君也。」夏后布弊，請而告之，龍亡而漦在，櫝而藏之。夏亡傳殷，殷亡傳周，比三代莫敢發也。至厲王之末，發而觀之，漦流于庭，化爲玄黿，入王後宮。後宮處妾遇之而孕，無夫而生子，懼而棄之。時被戮夫婦夜亡，道聞後宮處妾所弃女啼聲，哀而收之，遂奔褒。褒人後有罪，幽王欲誅之，褒人乃入此女以贖罪，是爲褒姒，用以爲后，惑而愛之，遂爲犬戎所殺也。

⑮言天道神明，降與人之命，反側無常，善者佑之，惡者罰之。

⑯言齊桓公任管仲，九合諸侯，一匡天下。任豎刁、易牙，子孫相殺，蟲流出户。一人之身，一善一惡，天命無常，罰佑之不恒也。

⑰惑，妲己也。

⑱服，事也。言紂惡輔弼，不用忠直之言，而事用諂讒之人也。

⑲比干，聖人，紂諸父也。諫紂，紂怒，乃殺之，剖其心也。
⑳雷開，佞臣也。阿順於紂，乃賜之金玉而封之也。
㉑聖人，謂文王也。卒，終也。言文王仁聖，能純一其德，則天下異方，終皆歸之也。
㉒梅伯，紂諸侯也。言梅伯忠直，而數諫紂，紂怒，乃殺之，葅醢其身。箕子見之，則被髮佯狂也。
㉓元，大也。帝，謂天帝也。篤，厚也。言后稷之母姜嫄出見大人之迹，怪而履之，遂有娠而生后稷。后稷生而仁賢，天帝獨何以厚之乎？
㉔投，棄也。燠，温也。言姜嫄以后稷無父而生，棄之於冰上，有鳥以翼覆薦温之，以爲神，乃取而養之。詩曰：「誕寘之寒冰，鳥覆翼之。」
㉕馮，大。挾，持也。言后稷長大，持大强弓，挾箭矢，桀然有殊異將相之文才也。
㉖帝，謂紂也。言武王能奉承后稷之業，致天罰，加誅於紂，切激而數其過，何逢後世繼嗣之長也。
㉗伯昌，謂文王也。秉，執也。鞭以喻政。言紂號令既衰，文王執鞭持政，爲雍州之牧也。
㉘徹，壞也。社，土地之主也。言武王既誅紂，令壞邠岐之社，言已受天命而有殷國，徙以爲天下太社也。
㉙言文王始與百姓徙其寶藏，來就岐下，何能使其民依倚而隨之也？
㉚惑婦，謂妲己也。譏，諫也。言妲己惑誤於紂，不可復譏諫也。
㉛兹，此也。西伯，文王也。言紂醢梅伯以賜諸侯，文王受之以祭，告語於上天也。

㉜上帝，謂天帝也。言天帝親致紂之罪罰，故殷之命不可復救也。

㉝師望，謂太公也。昌，文王名也。言太公在市肆而屠，文王何以志知之乎？

㉞后，謂文王也。言呂望鼓刀在列肆，文王親往問之，呂望對曰：「下屠屠牛，上屠屠國。」文王喜，載與俱歸也。

㉟言武王發欲誅殷紂，何所悁悒而不能久忍也？

㊱尸，主也。集，會也。言武伐紂，載文王木主，稱太子發，急欲奉行天誅，爲民除害也。

㊲伯，長也。林，君也。謂晉太子申生爲後母驪姬所譖，遂雉經而自殺也。

㊳言驪姬讒殺申生，其寃感天，又讒逐群公子，當復誰畏懼也？

㊴言皇天集禄命而生與王者，王者何不常畏慎而戒懼也？

㊵言王者既已循行禮義，受天之命而王有天下矣，又何爲至使他姓代之乎？

㊶言湯初舉伊尹，以爲凡臣耳，後知其賢，乃以備輔翼承疑，用其謀也。

㊷卒，終也。緒，業也。言伊尹佐湯命，終爲天子，尊其先祖，以王者禮樂祭祀，緒業流於子孫者乎。

㊸勳，功也。闔，吴王闔廬也。夢，闔廬祖父壽夢。壽夢卒，太子諸樊立。諸樊卒，傳弟餘祭。餘祭卒，傳弟夷末。夷末卒，太子王僚立。闔廬，諸樊之長子也。恐不得爲王，少離散亡，放在外，乃使專諸刺王僚，代爲吴王，子孫世盛也。伍子胥爲將，大有功勳也。

㊹壯，大也。言闔廬少小離亡，何能壯大，厲其勇武，流其威也。

㊺彭鏗，彭祖也。好和滋味，善斟雉羹，能事帝堯，帝堯美而饗食之。

㊻言彭祖進雉羹於堯，堯饗食之以壽考，彭祖至八百歲，猶自悔不壽，恨枕高而唾[五]遠也。

㊼牧，草名也。后，君也。言中央之州，有岐首之蛇，争共食牧草之實，自相啄嚙。以喻夷狄相與忿争，君上何故當怒之乎？

㊽言蠭蟻有蛬毒之蟲，受天命，負力堅固。屈原以喻蠻夷自相毒蛬，固其常也，獨當憂秦、吴耳。

㊾祐，福也。言昔者有女子采薇，有所驚而走，因獲得鹿，其家遂昌熾，蒙天祐之也。

㊿萃，止也。言女子驚而北走，至於回水之上，止而得鹿，遂有福喜也。

(51)兄，謂秦伯也。噬犬，齧犬也。弟，秦伯弟鍼也。言秦伯有齧犬，弟鍼欲請之。

(52)言秦伯不肯與弟鍼犬，鍼以百兩金易之，而又不聽，因逐鍼而奪其爵禄也。

薄暮雷電歸何憂①？厥嚴不奉帝何求②？伏匿穴處爰何云③？荆勳作師，夫何長先④？悟過改更，我又何言⑤？吴光争國，久余是勝⑥。何環穿自閭社丘陵，爰出子文⑦？吾告堵敖以不長⑧，何試一云「何誠」上自予，忠名彌彰⑨？

①言屈原書壁所問畧訖，日暮欲去，時天大雨雷電，思念復至。自解曰：歸何憂乎？

②言楚王惑信讒佞，其威嚴當日墮，不可復奉成，雖從天帝求福，神無如之何。

③爰，於也。云，言也。吾將退於江濱，伏匿穴處耳，當復何言乎？

④荆，楚也。師，衆也。勳，功也。初，楚邊邑處女與吴邊邑處女争采桑於境上，相傷，二家怒而相攻，於是楚爲此興師，攻滅吴之邊邑，而怒始有功。時屈原又諫，言我先爲不直，怒不可長久也。

⑤欲使楚王覺悟，引過自與，以謝於吴，不從其言，遂相攻伐。言禍起於細微也。

⑥光，闔廬名也。言吴與楚相伐，至於闔廬之時，吴兵入郢都，昭王出奔，故曰「吴光争國，久余是勝」，言大[六]勝我也。

⑦子文，楚令尹也。子文之母，鄖公之女，旋穿閭社，通於丘陵以淫，而生子文，棄之夢中，有虎乳之，以爲神異，乃取收養焉。楚人謂乳爲𩰚穀[七]，謂虎爲於菟，改名𩰚穀於菟，字子文，長而有賢人之才也。

⑧堵敖，楚賢人也。屈原放時，告語堵敖曰：「楚國將衰，不復能久長也。」

⑨屈原言：我何敢嘗試君上，自號忠直之名，以顯彰後世乎？誠以同姓之故，中心懇惻，義不能已也。

敘曰：昔屈原所作，凡二十五篇，世相教傳，而莫能説。天問以文義不次，又多奇恠之事。自太史公口論道之，多所不逮。至於劉向、揚雄，援引傳記以解説之，亦不能詳悉。所闕者衆，多無聞焉。既有解説，乃復多連蹇其文，濛澒其説，故厥義不昭，微指不晳，自游覽者，靡不苦之，而不能照也。今則稽之舊章，合之經傳，以相發明，爲之符驗。章決句斷，事事可曉，俾後學者永無疑焉。

班孟堅序

昔在孝武，博覽古文。淮南王安敘離騷傳，以「國風好色而不淫，小雅怨悱而不亂，若離騷者，可謂兼之矣。蟬蜕濁穢之中，浮游塵埃之外，皭然泥而不滓。推此志，雖與日月争光可也」。斯論似過其真。又説，五子以失家巷，謂五子胥也。及至羿、澆、少康、二姚、有娀佚女，皆各以所識，有所增損，然猶未得其正也。故博採經書傳記本文以爲之解。且君子道窮，命矣。故潛龍不見，是而無悶。關雎哀周道而不傷，蘧瑗持可懷之智，甯武保如愚之性，咸以全命避害，不受世患。故大雅曰：「既明且哲，以保其身。」斯爲貴矣。今若屈原，露才揚己，競乎危國群小之間，以離讒賊。然責數懷王，怨惡椒、蘭，愁神苦思，强非其人，忿懟不容，沈江而死，亦貶絜狂狷景行之士。多稱崑崙、冥昏宓妃虚無之語，皆非法度之政，經義所載。謂之兼詩風、雅，而與日月争光，過矣。然其文弘博麗雅，爲辭賦宗。後世莫不斟酌其英華，則象其從容。自宋玉、唐勒、景差之徒，漢興，枚乘、司馬相如、劉向、楊雄，騁極文辭，好而悲之，自謂不能及也。雖非明智之器，可謂妙才者也。

【校勘記】

［一］綱，原作「網」，據馮本、朱本、莊本改，下注「維綱」同。

［二］𩑶，原作「𦠺」，據補注本改。

［三］人，原作「入」，據補注本改。

［四］囬，原作「面」，據朱本、俞本改。

［五］唾，原作「眡」，據馮本、莊本改。

［六］大，原作「天」，據馮本、朱本、莊本改。

［七］鬭穀，補注本作「穀」，無「鬭」字。按左傳宣公四年：「楚人謂乳穀，謂虎於菟。」則「鬭」爲衍字。

楚辭卷第四

漢劉向子政編集　王逸叔師章句
後學西蜀高第　吴郡黄省曾校正

九章章句第四

惜誦　涉江　哀郢　抽思　懷沙
思美人　惜往日　橘頌　悲回風

九章者，屈原之所作也。屈原於江南之壄，思君念國，憂思罔極，故復作九章。章者，著明也。言己所陳忠信之道甚著明也。卒不見納，委命自沉。楚人惜而哀之，世論其詞，以相傳焉。

惜誦以致愍兮①，發憤以抒情②。所作忠而言之兮③，指蒼天以爲正④。令五帝以折中兮⑤，戒六神與嚮服⑥。俾山川以備御兮⑦，命咎繇使聽直⑧。竭忠誠以事君〔一〕兮，反離群而贅肬⑨。忘儇媚以背衆兮⑩，待明君其知之⑪。言與行其可迹兮⑫，情與貌其不變⑬。故相臣莫若君兮⑭，所以證之而不遠⑮。吾誼先君而後身兮⑯，羌衆人之所仇⑰。專惟君而無他兮，又衆兆之所讎⑱。壹心而不豫兮，羌不可保⑲。疾親君而無他兮⑳，有招禍之道㉑。

①惜，貪也。誦，論也。致，至也。愍，病也。言己貪忠信之道，可以安君。論之於心，誦之於口，至於身以疲病而不忘。

②憤，懣也。抒，渫也。言己身雖疲病，猶發憤懣，作此辭賦，陳列利害，渫己情思，風諫君也。

③言己所陳忠信之道，先慮於心，合於仁義，乃敢爲君言之也。

④春曰蒼天。正，平也。設君謂己作言非耶，願上指蒼天，使正平之也。夫天明察，無所阿私，惟德是輔，惟惡是去，故指之以爲誓也。

⑤五帝，謂五方神也。東方爲太皞，南方爲炎帝，西方爲少昊，北方爲顓頊，中央爲黃帝。折，猶分也。言己復命五方之帝，分明言是與非也。

⑥六神，謂六宗之神也。尚書：「禋于六宗。」嚮，對。服，事也。言願令六宗之神，對聽己言事可行與否也。

⑦俾，使也。御，侍也。
⑧咎繇，聖人也。言己願復令山川之神備列而處，使御知己志，又使聖人咎繇聽我之言忠直與否也。夫神明照人心，聖人達人情，故屈原動以神聖自證明也。
⑨羣，衆也。贅肬，過也。言竭盡忠信以事君，若人有肬贅之病，與衆別異，以得罪謫也。
⑩儇，佞也。媚，愛也。背，違也。言己修行正直，忘爲佞媚之行，違衆而見憎惡也。
⑪須賢明之君，則知己之忠也。書曰：「知人則哲。」秦繆公舉由余，齊桓任管仲，知人之君也。
⑫出口爲言，所履爲迹。
⑬志願爲情，顔色爲貌。變，易也。言己吐口陳辭，言與行合，誠可循迹。情貌相副，内外若一，終不變易也。
⑭言相臣下忠之與佞，在君知之明也。
⑮證，驗也。言君相臣，動作應對，察言觀行，則知其善惡，所證驗之迹，近取諸身而不遠也。
⑯言我所以執修忠信仁義者，誠欲先安君父，然後乃及於身也。夫君安則己安，君危則己危也。
⑰羌，然辭也。怨耦曰仇。言在位之臣，營私爲家，己獨先君後身，其義相反，故爲衆人所仇怨。
⑱兆，衆也。百萬爲兆。父〔二〕怨曰讐。言己專心思欲竭忠情以安於君，無有他志，不與衆同趨，爲所怨讐，欲煞己也。
⑲保，知也。言己專壹忠信以事於君，雖爲衆人所惡，志不猶豫，顧君心不可保知，易傾移也。

⑳疾，惡。

㉑招，召也。言己疾惡讒佞，欲親近君側，衆人悉欲來害己，有招禍之道，將遇咎也。

思君其莫我忠兮①，忽忘身之賤貧②。事君而不貳兮③，迷不知寵之門④。忠何罪以遇罰兮⑤，亦非余心之所志⑥。行不群以巔越兮⑦，又衆兆之所咍⑧。紛逢尤以離謗兮⑨，謇不可釋⑩。情沉抑而不達兮⑪，又蔽而莫之白⑫。心鬱邑余侘都嫁、丑嫁二切傺勑厲、丑例二切兮⑬，又莫察余之中情⑭。固煩言不可結而詒兮⑮，願陳志而無路⑯。退靜默而莫余知兮，進號呼又莫吾聞⑰。申侘傺之煩惑兮⑱，中悶瞀之忳忳⑲。

①言衆人思君，皆欲自利，無若己欲盡忠信之節。

②言己憂國念君，忽忘身之賤貧，猶願自竭。

③貳，二。

④迷，惑也。言己事君，竭盡信誠，無有二心，而不見用，意中迷惑，不知得寵遇之門户，當何由之也。

⑤罰，刑。

⑥言己履行忠直，無有罪過，而遇放逐，放逐亦非我本心宿志所望於君也。

⑦巔，殞。越，墜。
⑧咍，笑也。楚人謂相啁笑曰咍。言己行度不合於俗，身以顛墮，又爲人之所笑也。或曰「衆兆之所異」。言己被放而巔越者，行與衆殊異也。
⑨紛，亂貌也。尤，過也。
⑩謇，辭也。釋，解也。言己遇亂君，而被罪過，終不可復解釋而説也。
⑪沉，没也。抑，按也。
⑫言己懷忠貞之情，沉没胷臆，不得白達，左右壅蔽，無肯白達己心也。
⑬鬱邑，愁貌也。侘，猶堂堂，立貌也。傺，住也。楚人謂失志悵然住立爲侘傺也。
⑭言己懷忠不達，心中鬱悒，惆悵住立，失我本志，曾無有察我之中情也。
⑮詒，遺也。詩曰「詒我德音」也。
⑯願，思也。路，道也。言己積思累日，其言煩多，不可結續以遺於君，欲見君陳己志，無道路也。
⑰言己放弃，所在幽遠，衆無知己情也。
⑱申，重也。言衆人無知己之情，思念君惑亂，故重侘傺，悵然失意。
⑲悶，煩也。瞀，亂也。忳忳，憂貌也。言己憂心煩悶，忳忳然無所舒也。

昔余夢登天兮，魂中道而無杭①。吾使厲神占之兮②，曰有志極而無旁③。終危獨以離異兮④，曰君可思而不可恃⑤。故衆口其鑠金兮⑥，初若是而逢殆⑦。懲於羹者而吹韲兮⑧，何不變此之志也⑨？欲釋階而登天兮⑩，猶有曩之態也⑪。駭遽以離心兮，又何以爲此伴也⑫？同極而異路兮⑬，又何以爲此援也⑭？晉申生之孝子兮，父信讒而不好⑮。行婞直而不豫兮⑯，鮌功用而不就⑰。

①杭，度也。詩云：「一葦杭之。」

②厲神，蓋殤鬼也。左傳曰「晉侯夢大厲，搏膺而踊」也。

③旁，輔也。言厲神爲屈原占之曰：人夢登天無以渡，猶欲事君而無其路也。但有勞極心志，終無輔佐。

④言己行忠直，身終危殆，與衆人異之故也。

⑤恃，怙也。言君誠可思念，爲竭忠謀，顧不可恃，能實任己與不也。

⑥鑠，銷也。言衆口所論，萬人所言，金性堅剛，尚爲銷鑠，以喻讒言多，使君亂惑也。

⑦殆，危也。言己志行忠信正直，性若金石，故爲讒人所危殆。

⑧言人有歠羹而中熱，心中懲忿[三]，見韲則恐而吹之，易改移也。獨己執守忠直，終不可移也。

⑨何不改忠直之節，隨從吹韲之志也。

⑩釋，置也。登，上也。人欲上天而釋其階，知其無由登也。以言我欲事君，而釋忠信，亦知終無以自

通也。

⑪曩，鄉也。言欲使己變節而從俗，猶鄉者欲釋階登天之態也，言己所不能履行。

⑫伴，侶也。言己見衆人易移，意中驚駭，遂[四]離己心，獨行忠直，身無伴侶，特立於世也。

⑬路，道也。言衆人同欲極志事君，顧忠佞之行，異道殊趨也。

⑭援，引也。言忠佞之志，不相援引而同也。

⑮好，愛也。申生，晉獻公太子。體性慈孝。獻公娶後妻驪姬，生子奚齊，立爲太子。因誤申生，使祭其母於曲沃，歸胙於獻公，驪姬於酒肉内置鴆其中，因言曰：「胙從外來，不可信。」乃以酒賜小臣，以肉食犬，皆斃。姬乃泣曰：「賊由太子。」於是申生遂自殺。故曰父信讒而不愛也。

⑯婞，狠也。豫，厭也。

⑰鮌，堯臣也。言鮌行婞狠勁直，自恣自用，不知厭足，故殛之羽山，治水功以不成也。屈原履行忠直，終不回曲，猶鮌婞狠，終獲罪罰也。

吾聞作忠以造怨兮，忽謂之過言①。九折臂而成醫兮，吾今而知其然②。信矰弋機而在上兮③，罻羅張而在下④。設張辟以娛君兮⑤，願側身而無所⑥。欲儃佪以干傺兮⑦，恐重患而離尤⑧。欲高飛而遠集兮，君罔謂汝何之⑨？欲横奔而失路兮，堅志而不忍⑩。背膺牉音判合以交痛兮⑪，心鬱結而紆軫⑫。檮木蘭以矯蕙兮⑬，鑿申椒以爲糧⑭。播江離與滋菊兮⑮，願春日以爲糗芳⑯。恐情質之不信兮⑰，故重著以自明⑱。矯兹媚以私處兮⑲，願曾思而遠身⑳。

惜誦

①始吾聞爲君建立忠策，必爲讒佞所怨，忽過之耳，以爲不然，今而後信也。

②言人九折臂，更歷方藥，則成良醫，乃自知其病。吾被放棄，乃信知讒佞爲忠直之害也。

③矰，繳射也，矢也。弋，亦射也。論語曰：「弋不射宿。」

④罻、羅，鳥網也。言上有罥繳弋射之機，下有張施罻羅之網，飛鳥走獸，動而遇害。喻君法繁多，百姓動觸刑罪也。

⑤辟，法也。娛，樂也。

⑥言君法繁多，佞人復更設張峻法，以娛樂君，欲側身竄首，無所藏匿也。

⑦儃佪，猶低佪也。干，求也。傺，住也。言己意欲低佪留待於君，求其善意，恐終不用，悵然立住。

⑧尤，過也。言己欲求君之善意，恐重得患禍，逢罪過也。

⑨罔，無也。言己欲遠去事它國，君又誣罔，言汝何之也？

⑩言己意欲變節易操，横行失道，而從佞僞，心堅於石，不忍爲也。

⑪膺，胷也。牉，分也。

⑫紆，曲也。軫，隱也。言不忍變心矯行，則憂思鬱結，胷背分裂，心中交引而隱痛也。

⑬矯，猶糅也。

⑭申，重也。言己雖被放逐，而弃居於山澤，猶重鑿蘭蕙，和糅衆芳爲糧。食飲有節，修善不倦也。

⑮播，種也。詩曰：「播厥百穀。」滋，蒔也。

⑯糗[五]，糒也。言己乃種江離，蒔香菊，采之爲粮，以供春日之食也。

⑰情，志也。質，性也。

⑱言我修善不懈，恐君不深照己之情，故復重深陳，飲食清潔，以自著明也。

⑲矯，舉也。茲，此也。

⑳曾，重也。言己舉此衆善，可以事君，則願私居遠處，唯重思而察之也。

余幼好此奇服兮①，年既老而不衰②。帶長鋏之陸離兮③，冠切雲之崔嵬④。被明月兮珮寶璐⑤。世溷濁而莫余知兮⑥，吾方高馳而不顧⑦。駕青虬兮驂白螭⑧，吾與重華遊兮瑶之圃⑨。登崑崙兮食玉英⑩，與天地兮同壽一作「比壽」，與日月兮同光一作「齊光」⑪。哀南夷之莫吾知兮⑫，旦余濟乎江湘⑬。

①奇，異也。或曰：奇服，好服也。

②哀，懈也。言己少好奇偉之服，履忠直之行，至老不懈。

③長鋏，劍名也。其所握長劍，楚人名曰長鋏也。

④崔嵬，高貌也。言己内修忠信之志，外帶長利之劍，戴崔嵬之冠，其高切青雲也。

⑤在背曰被。寶璐，美玉。言背被明月之珠，要佩美玉，德寶兼備，行度清白也。

⑥溷，亂也。濁，貪也。

⑦言時世貪亂，遭君蔽闇，無有知我之賢，然猶高行抗志，終不回曲也。

⑧虬、螭，神獸，宜於駕乘，以喻賢人清白，宜可信任也。

⑨重華，舜名。瑶，玉也。圃，園也。言己想侍虞舜，遊玉園，猶言遇聖帝，升清朝也。

⑩猶言坐明堂，受爵位。

⑪言己年與天地相敝，名與日月同耀。

⑫屈原怨毒楚俗疾害忠貞，乃曰：哀哉，南夷無知我言也。

⑬旦，明也。濟，渡也。言己放弃，以明旦之時始去，遂渡江、湘之水。言明旦者，紀時明，刺君不明。

乘鄂渚而反顧兮①，欸秋冬之緒風②。步余馬兮山皋，邸余車兮方林③。乘舲船余上沅兮④，齊吴榜以擊汰⑤。船容與而不進兮，淹回水而凝一作「疑」滯⑥。朝發枉陼兮⑦，夕宿辰陽⑧。苟余心其端直兮⑨，雖僻遠之何傷⑩。

①乘，登也。鄂渚，地名也。

②欸，嘆也。緒，餘也。言登鄂渚高岸，還望楚國，嚮秋冬北風，愁而長歎，中心憂思也。

③邸，舍也。方林，地名。言我馬强壯，行於山皐，無所驅馳；我車堅牢，舍於方林，無所載任也。以言己才德方壯，誠可任用，弃於草野，亦無所施也。

④舲船，船有牕牖。

⑤吴榜，船櫂也。汰，水波也。言己始去乘牕舲之船，西上沅、湘之水，士卒齊舉大櫂而擊水波，自傷去朝堂之上，而入湖澤之中也。或曰「齊悲歌」，言愁思也。

⑥凝，惑也。滯，留也。言士衆雖同力引櫂，船猶不進，隨水回流，使己疑惑，有還意也。

⑦枉陼，地名。

⑧辰陽，亦地名也。言己乃從枉陼，宿辰陽，自傷去國日遠。枉，曲也。陼，沚也。辰，時也。陽，明也。去枉曲之俗，而趣時明之鄉也。

⑨苟，誠也。

⑩僻，左也。言我推行正直之心，雖在遠僻之域，猶有善稱，無害疾也。故論語曰「子欲居九夷」也。

入漵浦余儃佪兮①，迷不知吾之所如②。深林杳以冥冥兮③，乃猨狖之所居④。山峻高以蔽日兮⑤，下幽晦以多雨⑥。霰雪紛其無垠兮⑦，雲霏霏而承宇⑧。哀吾生之無樂兮⑨，幽獨處乎山中⑩。吾不能變心而從俗兮⑪，固將愁苦而終窮⑫。

①漵浦，水名。

②迷，惑也。如，之也。言己思念楚國，雖循江水涯，意猶迷惑，不知所之也。

③草木茂盛。

④非賢士之道徑。

⑤言險阻危傾也。

⑥言暑濕泥濘也。

⑦涉冰凍之盛寒。

⑧室屋沉没，與天連也。或曰：日以喻君，山以喻臣，霰雪以興殘賊，雲以象佞人。「山峻高以蔽日」者，謂臣蔽君明也。「下幽晦以多雨」者，羣下專擅施恩也。「霰雪紛其無垠」者，殘賊之政害賢人也。「雲霏霏而承宇」者，佞人並進，滿朝庭也。

⑨遭遇讒佞，失官爵也。

⑩遠離親戚而斥逐也。

⑪終不易志，隨枉曲也。

⑫愁思無聊，身困窮也。

接輿髡首兮，桑扈臝行①。忠不必用兮，賢不必以②。伍子逢殃兮③，比干菹醢④。與前世而皆然兮⑤，吾又何怨乎今之人⑥。余將董道而不豫兮⑦，固將重昏而終身⑧。

①接輿，楚狂接輿也。髡，剔也。首，頭也。自刑身體，避世佯狂也。桑扈，隱士也。去衣裸裎，效夷狄也。言屈原自傷不容于世，引此隱者以自慰也。

②以，亦用也。

③伍子胥也。爲吴王夫差臣，諫令伐越，夫差不聽，遂賜劍而自殺。後越竟滅吴，故言「逢殃」。

④比干，紂之諸父也。紂惑妲己，作糟丘酒池，長夜之飲，斷斮朝涉，刳剔孕婦。比干正諫，紂怒曰：「吾聞聖人心有七孔。」於是殺比干，剖其心而觀之，故言「菹醢」也。

⑤謂行忠直，而遇患害，如比干、子胥者多也。

⑥言自古有迷亂之君，若紂、夫差，不用忠信，滅國亡身，當何爲復怨今之君乎？

⑦董，正也。豫，猶豫也。言己雖見先賢執忠被害，猶正身直行，不猶豫而狐疑也。

⑧昏，亂也。言己不逢明君，思慮交錯，心將重亂，以終年命也。

亂曰：鸞鳥鳳皇，日以遠兮①。燕雀烏鵲，巢堂壇兮②。露申辛夷，死林薄兮③。腥臊並御，芳不得薄兮④。陰陽易位，時不當兮⑤。懷信侘傺，忽乎吾將行兮⑥。

涉江

①鸞、鳳，俊鳥也。有聖德君則來，無德則去。以興賢臣難進易[六]退也。

②燕雀、烏鵲，多口妄鳴，以喻讒佞。言楚王愚闇，不親仁賢而近讒佞也。

③露，暴也。申，重也。叢木曰林。草木交錯曰薄。言重積辛夷，露而暴之，使死林薄之中，猶言取賢明君子，棄之山野，使之顛墜也。

④腥臊，臭也。御，用也。薄，附也。言不識味者，並甘臭惡。不知人者，信任讒佞。故忠信之士，不得附近而放逐也。

⑤陰，臣也。陽，君也。言楚王惑蔽，權臣將代君，與之易位。自傷不遇明時，而當暗世。

⑥言己懷忠信，不合於衆，故悵然住立，忽忘居止，將遂遠行，之他方也。

皇天之不純命兮①，何百姓之震愆②。民離散而相失兮，仲春而東遷③。去故鄉而就遠兮，遵江夏以流亡④。出國門而軫懷兮⑤，甲之鼂一作「朝」吾以行⑥。發郢都而去閭兮，怊荒忽之焉極⑦。楫齊揚以容與兮⑧，哀見君而不再得⑨。望長楸而太息兮⑩，涕淫淫其若霰⑪。過夏首而西浮兮⑫，顧龍門而不見⑬。心嬋媛而傷懷兮⑭，眇不知其一作「予」所蹠⑮。

順風波以從流兮，焉洋洋而爲客⑯。淩陽侯之氾濫兮⑰，忽翺翔之焉薄⑱。心絓結而不解兮⑲，思蹇產而不釋⑳。將運舟而下浮兮㉑，上洞庭而下江㉒。去終古之所居兮㉓，今逍遥而來東㉔。

①言德美大稱皇天，以興君。

②震，動也。愆，過也。言皇天不純一其施，則萬物大傷；人君不純一其政，則百姓震動以觸罪也。

③仲春，二月也。刑德合會嫁娶之時。言懷王不明，信用讒言，而放逐己，正仲春陰陽會時，徙我東行，遂與室家相失也。

④遵，循也。江夏，水名也。言[七]己東行，循江夏之水而遂亡，無還期也。

⑤軫，痛也。懷，思也。

⑥甲，日也。鼂[八]，旦也。屈原放出郢門，心痛而思，始去正以甲日之旦而行。紀時日清明者，刺君不聰明也。

⑦言己始發郢都，去我閭里，愁思荒忽，安有窮極之時。

⑧楫，船櫂。齊，同也。揚，舉也。

⑨言己去乘船，士卒齊舉楫櫂，低徊容與，咸有還意。自傷卒去，而不得再事於君也。

⑩長楸，大梓。

⑪淫淫，流貌也。言己顧望楚都，見其大道長樹，悲而太息，涕下淫淫如雨霰也。
⑫夏首，夏水口也。船獨流爲浮也。
⑬龍門，楚東門也。言己從西浮而東行，過夏水之口，望楚東門，蔽而不見，自傷日以遠也。
⑭嬋媛，猶牽引也。
⑮眇，遠也。蹠，踐也。言己顧視龍門不見，則心中牽引而痛，遠視眇然，足不知當所踐也。
⑯洋洋，無所歸也。言己憂不知所踐，則聽船順風，遂洋洋遠客，而無所歸也。
⑰淩，乘也。陽侯，大波之神。
⑱薄，止也。言己遂復乘大波而遊，忽然無所止薄。
⑲絓，懸。
⑳蹇產，詰屈也。言己乘船蹈波，愁而恐懼，則心肝縣結，思念詰屈，而不可解釋也。
㉑運，回也。舟，船也。
㉒言己憂思，身不能安處也。
㉓遠離先祖之宅舍也。
㉔遂行遊戲，涉江湖也。

羌靈魂之欲歸兮①，何須臾而忘反②。背夏浦而西思兮③，哀故都之日遠④。登大墳以遠望兮⑤，聊以舒吾憂心⑥。哀州土之平樂兮⑦，悲江介之遺風⑧。當陵陽之焉至兮⑨，淼南渡之焉如⑩。曾不知夏之爲丘兮⑪，孰兩東門之可蕪⑫？心不怡之長久兮⑬，憂與愁其相接⑭。惟郢路之遼遠兮⑮，江與夏之不可涉⑯。忽若去不信兮⑰，至今九年而不復⑱。慘鬱鬱而不開兮⑲，蹇侘傺而含慼⑳。

①精神夢遊，還故居也。
②倚住顧望，常欲去也。
③背水嚮家，念親屬也。
④遠離郢都，何遼遼也。
⑤想見宮闕與廊廟也。水中高者爲墳，詩云：「遵彼汝墳。」
⑥且展我情，渫憂思也。
⑦閔惜鄉邑之饒富也。
⑧遠涉大川，民俗異也。
⑨意欲騰馳，道安極也。
⑩淼瀁顧望，無際極也。
⑪夏，大殿也。丘，墟也。詩云：「於我乎夏屋渠渠。」懷王信用讒佞，國將危亡，曾不知其所居宮殿

當爲墟也。

⑫孰，誰。蕪，逋也。言郢城兩東門非先王所作耶？何使逋廢而無路？

⑬怡，樂貌也。

⑭接，續也。言己念楚國將墟，心常含戚，憂愁相續，無有解也。

⑮楚道逶迤，山谷隘也。

⑯分隔兩水，無以渡也。

⑰始從細微，遂見疑也。

⑱放且九歲，君不覺也。

⑲中心憂滿，慮悶塞也。

⑳悵然佇立，内結毒也。

外承歡之汋約兮①，諶荏弱而難持②。忠湛湛而願進兮③，妬被離而鄣之④。堯舜之抗行兮，瞭杳杳而薄天一作「杳冥冥而薄天」。衆讒人之嫉妬兮，被以不慈之僞名。憎⑤慍惀之修美兮，好夫人之忼慨。衆踥蹀而日進兮，美超遠而逾邁⑥。

①汋約，好貌。

②諶，誠也。言佞人承君歡顏，好其諂言，令之汋約，然小人誠難扶持之也。

③湛湛，重厚貌也。

④言己體性重厚，而欲願進，讒人妬害，加被離拆，鄣而蔽之。

⑤惡也。

⑥此皆解於九辨之中。

亂曰：曼余目以流觀兮①，冀壹反之何時②？鳥飛反故鄉兮③，狐死必首丘④。信非吾罪而棄逐兮⑤，何日夜而忘之⑥？

哀郢

①曼，猶曼曼，遠貌。

②言己放遠，日以曼曼，周流觀視，意想一還，知當何時也。

③思故巢也。

④念舊居也。

⑤我以忠信而獲過也。

⑥晝夜念君，不遠離也。

心鬱鬱之憂思兮①，獨永歎乎增傷②。思蹇產之不釋兮③，曼遭夜之方長④。悲夫秋風之動容兮⑤，何回極之浮浮⑥。數惟蓀之多怒兮⑦，傷余心之懮懮⑧。願摇起而横奔兮⑨，覽民尤以自鎮⑩。結微情以陳詞兮⑪，矯以遺夫美人⑫。昔君與我誠言兮⑬，曰黄昏以爲期⑭。羌中道而回畔兮⑮，反既有此他志⑯。憍吾以其美好兮⑰，覽余以其修姱⑱。與余言而不信兮⑲，蓋爲余而造怒⑳。

①哀憤結縎，慮煩寃也。
②哀悲太息，損肺肝也。
③心中詰屈，如連環也。
④憂不能眠，時難曉也。
⑤風爲政令。動，摇也。言風起而草木之類摇動，君令下而百姓之化行也。
⑥回，邪也。極，中也。浮浮，行貌。言懷王爲回邪之政，不合道中，則其化流行，羣下皆効也。
⑦數，紀也。蓀，香草也，以喻君。
⑧懮，痛貌也。言惟思君行，紀數其過，又多忿怒，無辠受罰，故我心懮懮而傷痛也。
⑨言己見君妄怒，無辜而受罰，則欲摇動而奔走。

⑩尤，過也。鎮，止也。言己覽觀衆民，多無過惡而被刑，非獨己身，故自鎮止而慰己也。
⑪結續妙思，作辭賦也。
⑫舉與懷王，使覽照也。
⑬始君與己謀政務也。
⑭且待日没閒静時也。
⑮信用讒人，更狐疑也。
⑯謂己不忠，遂外疏也。
⑰握持寶玩，以悔余也。
⑱陳列好色，以示我也。
⑲外若親己，内懷詐也。
⑳責其非職，語横暴也。

願承閒而自察兮①，心震悼而不敢②。悲夷猶而冀進兮③，心怛傷之憺憺④。兹歷情以陳辭兮⑤，蓀佯聾而不聞⑥。固切人之不媚兮⑦，衆果以我爲患⑧。初吾所陳之耿著兮⑨，豈不至今其庸亡⑩。何毒藥之謇謇兮⑪，願蓀美之可完⑫。望三五以爲像兮⑬，指彭咸以爲儀⑭。夫何極而不至兮⑮，故遠聞而難虧⑯。善不由外來兮⑰，名不可以虚作⑱。孰無施而有報兮⑲，孰不實而有穫⑳？

①思待清宴，自解説也。

②志恐動悸，心中怛也。

③意懷猶豫，幸拔擢也。

④肝膽剖破，血凝滯也。

⑤發此憤思，列謀謨也。

⑥君耳不聽，若風過也。

⑦琢瑳羣佞，具憎惡也。

⑧諂諛比己於劒戟也。

⑨論説政治，道明白也。

⑩文辭尚在，可求索也。

⑪忠信不美，如毒藥也。

⑫想君德化，可興復也。

⑬三王五伯，可修法也。

⑭先賢清白，我式之也。

⑮盡心修善，獲官爵也。

⑯功名布流，長不滅也。

⑰才德仁義，從己出也。

⑱愚欲强智，不能及也。

⑲誰不自施德而蒙福。

⑳空穗滿田，無所得也。以言上不惠施，則下不竭其力；君不履信誠，則臣下僞惑也。

少歌曰①：與美人抽怨兮②，并日夜而無正③。憍吾以其美好兮④，敖朕辭而不聽⑤。

①小唫謳謡以樂志也。

②爲君陳道，拔恨意也。

③君性不端，晝夜謬也。

④示我爵位及財賄也。

⑤慢我之言而不采聽也。

倡曰①：有鳥自南兮②，來集漢北③。好姱佳麗兮④，牉獨處此異域⑤。既惸獨而不羣兮⑥，又無良媒在其側⑦。道卓遠而日忘兮，願自申而不得。望北山而流涕兮⑧，臨流水而太息⑨。望孟夏之短夜兮⑩，何晦明之若歲⑪。惟郢路之遼遠兮⑫，䰟一夕而九逝⑬。曾不知路之曲直兮⑭，南指月與列星⑮。願徑逝而不得兮⑯，䰟識路之營營⑰。何靈䰟之信直兮⑱，人之心不與吾心同⑲。理弱而媒不通兮⑳，尚不知余之從容㉑。

①起唱發聲，造新曲也。
②屈原自喻，生楚國也。
③雖易水土，而志不革也。
④容貌説美，有俊德也。
⑤背離鄉黨，居他邑也。
⑥行與衆異，身孤特也。
⑦左右嫉妬，莫衒鬻也。
⑧瞻仰高景，愁悲泣也。
⑨顧念舊故，思親戚也。
⑩四月之末，陰盡極也。
⑪憂不能寐，常倚立也。

⑫隔以江湖，幽僻側也。

⑬精䰟夜歸，幾滿十也。

⑭忽往忽來，行極疾也。

⑮參差轉運，相遞代也。

⑯意欲直還，君不納也。

⑰精靈主行，往來數也。或曰：識路，知道路也。

⑱質又忠正，不枉曲也。

⑲我志清白，衆泥濁也。

⑳知反劣弱，又鄙朴也。

㉑未照我志之所欲也。

亂曰：長瀨湍流，泝江潭兮①。狂顧南行，聊以娛心兮②。軫石崴嵬，蹇吾願兮③。超回志度，行隱進兮④。低佪夷猶，宿北姑兮⑤。煩冤瞀容，實沛徂兮⑥。愁歎苦神，靈遥思兮⑦。路遠處幽，又無行媒兮⑧。道思作頌，聊自救兮。憂心不遂，斯言誰告兮⑨。

抽思

①湍，亦瀨也。逆流而上曰泝。潭，潤也。楚人名潤曰潭。言己思得君命，緣湍瀨之流，上泝江淵而歸郢也。

②狂，猶遽也。娱，樂也。君不肯還己，則復遽走南行，幽藏山谷，以娱己之本志也。

③軫，方也，故曰軫之方也，以象地。崴嵬，崔巍，高貌也。言己雖放棄，執履忠信，志如方石，終不可轉，行度益高，我常願之也。

④超，越也。言己動履正直，超越回邪，忘其法度，隱行忠信，日以進也。

⑤夷猶，猶豫也。北姑，地名。言所以低佪猶豫、宿北姑者，冀君覺寤而還己也。

⑥眘，亂也。實，是也。徂，去也。言己憂愁，思念煩冤，容貌憒亂，誠欲隨水沛然而流去也。

⑦「愁歎苦神」者，思舊鄉而神勞也。「靈遥思」者，神遠思也。

⑧「路遠處幽」者，道遠處僻也。「無行媒」者，無紹介也。

⑨「道思」者，中道作頌以舒怫鬱之念，救傷懷之心也。「憂心不遂」，不達也。「誰告」者，無所告愬也。

陶陶或云「滔滔」孟夏兮①，草木莽莽②。傷懷永哀兮③，汩徂南土④。眴兮杳杳⑤，孔靜幽默⑥。鬱史作「冤」結紆軫兮⑦，離慜而長鞠⑧。撫情効志兮⑨，俛屈以自抑⑩。

①陶陶，盛陽貌也。孟夏，四月也。

②言孟夏四月，純陽用事，煦成萬物，草木之類，莫不莽莽盛茂。自傷不蒙君惠，而獨放弃，不若草木也。

③懷，思也。永，長也。

④汩，行貌。徂，往也。言己見草木盛長，己獨汩然放流，往居江南之土、僻遠之處，故心傷而長悲思也。

⑤眴，視貌也。杳杳，深冥貌也。

⑥孔，甚也。詩曰：「亦恐之將。」默默，無聲也。言江南山高澤深，視之冥冥，野甚清浄，默無人聲。

⑦紆，屈也。軫，痛也。

⑧慜，痛也。鞠，窮也。言己愁思，心中鬱結，紆屈而痛，身疾病，長窮困，若恐不能自全也。

⑨効，猶覈也。撫，循也。

⑩抑，按也。言己多病長窮，恐遂巔沛，内撫己情意，考覈心志，無有過失，則屈志自抑而不懼。

刓方以爲圜兮①，常度未替②。易初本迪（史作「由」）兮③，君子所鄙④。章畫志（史作「職」）墨兮⑤，前圖（史作「度」）未改⑥。内厚質正（史作「内直質重」）兮，大人所盛⑦。巧倕（史作「匠」）不斲兮⑧，孰察其撥（一作「揆」）正⑨。

①刓，削。

②度，法也。替，廢也。言人刓削方木，欲以爲圜，其常法度尚未廢。以言讒人譖逐放己，欲使改行，亦終守正而不易也。

③本，常也。迪，道也。

④鄙，耻也。言人遭世遇，變易初行，遠離常道，賢人君子之所耻，不忍爲也。

⑤章，明也。志，念也。

⑥圖，法也。改，易也。言工明於所畫，念其繩墨，修前人之法，不易其道，則曲木直而惡木好也。以言人遵先聖之法度，修其仁義，不易其行，則德譽興而榮名立也。

⑦言人質性敦厚，心志正直，行無過失，則大人君子所盛美也。

⑧倕，堯巧工也。斲，斲也。

⑨察，知也。撥，治也。言倕不以斤斲，則曲木不治，誰知其工巧者乎？以言君子不居爵位，衆亦莫知其賢能也。

玄文處幽兮①，矇瞍謂之不章②。離婁微睇兮③，瞽以爲無明④。變白而爲黑兮⑤，倒上以爲下⑥。鳳皇在笯兮⑦，鷄鶩（史作「雉」）翔舞⑧。同糅玉石兮⑨，一槩而相量⑩。夫惟黨人鄙固（史作「妬」）兮，羌不知余之所臧⑪。任重載盛兮，陷滯而不濟⑫。懷瑾握瑜兮⑬，窮不得所示⑭。邑犬群吠兮，吠所恠也⑮。誹駿疑傑史作「桀」兮⑯，固庸態也⑰。文質疏内兮，衆不知余史作「吾」之異采⑱。材樸委積兮⑲，莫知余之所有⑳。

①玄，墨也。幽，冥也。

②矇，盲者也。詩云：「矇瞍奏工。」章，明也。言持玄墨之文，居於幽冥之處，則矇瞍以爲不明也。言持賢知之士，居於山谷，則衆愚以爲不賢也。

③離婁，古明目者也。孟子曰：「離婁之明。」睇，眄之也。

④瞽，盲者也。詩云：「有瞽有瞽。」言離婁明目，無所不見，微有所睇，盲人輕之，以爲無明也。言賢者遭困厄，俗人侮之，以爲癡也。

⑤世以濁爲清也。

⑥俗人以愚爲賢也。

⑦笯，籠落也。

⑧言聖人困厄，小人得志也。

⑨賢愚雜廁。

⑩忠佞不異。

⑪莫照我之善意也。

⑫陷，没也。濟，成也。言己才力盛壯，可任重載，而身放弃，陷没沉滯，不得成其本志。
⑬在衣爲懷，在手爲握。瑾、瑜，美玉也。
⑭示，語也。言己懷持美玉之德，遭世闇惑，不别美惡，抱寶窮困，而無所語也。
⑮言犬羣而吠者，恠非常之人而噪之也。以言俗人羣聚毁賢智者，亦以其行度異，故羣而謗也。
⑯千人才爲俊，一國高爲傑也。
⑰庸，厮賤之人也。言衆人所謗非傑異之士，斯庸夫惡態之人也。何者？德高者不合於衆，行異者不合於俗，故爲犬之所吠、衆人之所訕也。
⑱采，文采也。言己能文能質，内以疏達，衆人不知我有異藝之文采也。
⑲條直爲材，壯大爲朴也。
⑳言材木委積，非魯班則不能别其好醜。國民衆多，非明君則不知我之有能也。

重仁襲義兮①，謹厚以爲豐②。重華不可遌（史作「悟」）兮③，孰知余之從容④？古固有不並兮⑤，豈知其故也⑥。湯禹久遠兮，邈不可慕也⑦。懲違改忿兮⑧，抑心而自强⑨。離慜而不遷兮⑩，願志之有像⑪。進路北次兮⑫，日昧昧其將暮⑬。舒（史作「含」）憂娱（史作「虞」）哀兮⑭，限之以大故⑮。

①重，累也。襲，仍也。

②謹，善也。豐，大也。言衆人雖不同己，猶復重累仁德，及興禮義，修行謹善，以自廣大也。

③遌，逢。

④從容，舉動也。言聖辟重華，不可逢遇，誰得知我舉動欲行忠信也。

⑤並，俱。

⑥言往古之世，忠佞之臣不可俱並事君，必相尅害，故曰「豈知其故也」。

⑦慕，思也。言殷湯、夏禹聖德之君明於知人，然去久遠，不可思慕而得事之也。

⑧懲，止也。忿，恨也。

⑨抑，按也。言己知禹、湯不可得，則止己留連〔九〕之心，改其忿恨，按慰己心，以自勉强也。

⑩慜，病也。遷，即徙也。

⑪像，法也。言己自勉修身，雖遭病，心終不徙，願志行流於後世，爲人法也。

⑫路，道也。次，舍也。

⑬昧，冥也。言己思念楚國，願得君命，進道北行，以次舍止，冀遂還歸，日又將暮，不可去也。

⑭娭，樂。

⑮限，度也。大故，死亡也。言己自知不遇，聊作詞賦，以舒展憂思，樂己悲愁，自度以死亡而已，終無他志也。

亂曰：浩浩沅湘兮，分流汩兮①。修路幽蔽兮，道遠忽兮②。曾唫恒悲兮，永歎慨兮。世既莫吾知兮，人心不可謂兮。懷情抱質兮，獨無匹兮③。伯樂既殁兮，驥將焉程兮④。人生有命兮，各有所錯兮⑤。定心廣志，余何畏懼兮⑥。曾傷爰哀，永歎喟兮⑦。世溷不吾知，心不可謂兮⑧。知死不可讓兮，願勿愛兮⑨。明以告君子兮，吾將以爲類兮⑩。

懷沙

①浩浩，廣大貌也。汩，流也。言浩浩廣大乎沅、湘之水，分汩而流，將歸乎海。傷己放弃，獨無所歸也。

②修，長也。言雖在湖澤之中，幽深蔽闇，道路甚遠，且久長也。

③匹，雙也。言己懷敦篤之質，抱忠信之情，不與衆同，故孤煢獨行，無有雙疋也。

④伯樂，善相馬也。程，量也。言騏驥不遇伯樂，則無所程量其才力也。以言賢臣不遇明君，則無所施其智能也。

⑤錯，安也。言萬民稟受天命，生而各有所錯安，其志或安於忠信，或安其詐僞，其性不同也。

⑥言己既安於忠信，廣我志意，當復何懼乎？謂威不能動，法不能恐也。

⑦爰，於也。喟，息也。言己所以重傷，於是歎息，自恨懷道不得施用也。

⑧謂，猶說也。言己遭遇亂世，衆人不知我賢，亦不可户告人説。

⑨讓，辭也。言人知命將終，可以建忠，伏節死義，願勿辭讓，而自愛惜也。

⑩告，語也。類，法也。詩云：「永錫爾類。」言己將執忠死節，故以此明白告諸君子，宜以我爲法度也。

思美人兮①，攬涕而竚眙②。媒絶路阻兮③，言不可結而詒④。蹇蹇之煩冤兮⑤，陷滯而不發⑥。申旦以舒中情兮⑦，志沉菀而莫達⑧。願寄言於浮雲兮⑨，遇豐隆而不將⑩。因歸鳥而致辭兮⑪，羌迅高而難當⑫。高辛之靈盛兮⑬，遭玄鳥而致詒⑭。欲變節以從俗兮⑮，媿易初而屈志⑯。獨歷年而離愍兮⑰，羌凴心猶未化⑱。寧隱閔而壽考兮⑲，何變易之可爲⑳。

①言己憂思，念懷王也。

②竚立悲哀，涕交横也。

③黨友〔一〇〕隔絶，道壞崩也。

④秘密之語，難傳誦也。

⑤忠謀盤紆，氣盈胷也。

⑥言辭鬱結，不得揚也。

⑦誠欲日日陳己心也。
⑧思念沉積，不得通也。
⑨思託要謀於神雲也。
⑩雲師徑逝，不我聽也。
⑪思附鴻鴈，達中情也。
⑫飛集山林，道徑異也。
⑬帝嚳之德，茂神靈也。
⑭嚳妃吞燕卵以生契也。言殷契合神靈之祥知而生，契於是性有賢仁，爲堯三公。屈原亦得天地正氣而生，自傷不遭聖主而遇亂世也。
⑮念改忠直，隨讒佞也。
⑯慙耻本行，中回傾也。
⑰修德累歲，身疲病也。
⑱憤滿守節，不易性也。
⑲懷智佯愚，終年命也。
⑳心不改更，死中正也。

知前轍之不遂兮①，未改此度②。車既覆而馬顛兮③，蹇獨懷此異路④。勒騏驥而更駕兮⑤，造父爲我操之⑥。遷逡次而勿驅兮⑦，聊假日以須旹⑧。指嶓冢之西隈兮⑨，與纁黃以爲期⑩。

①比干、子胥，蒙禍患也。
②執心不回，志不困也。
③君國傾側，任小人也。車以喻君，馬以喻臣。言車覆者，國君危也。馬顛仆者，所任非人。
④遭逢艱難，思忠臣也。
⑤舉用才德，任俊賢也。
⑥御民以道，須明君也。
⑦使臣以禮，得中和也。
⑧朞月考功，知德化也。
⑨澤流山野，被流沙也。嶓冢，山名也。尚書曰「嶓冢導漾」也。
⑩待閒靜時與賢謀也。纁黃，蓋昏時。

開春發歲兮①，白日出之悠悠②。吾將蕩志而愉樂兮③，遵江夏以娛憂④。擥大薄之芳茝兮⑤，搴長洲之宿莽⑥。惜吾不及古人兮⑦，吾誰與玩此芳草⑧？解篇薄與雜菜兮⑨，備以爲交佩⑩。佩繽紛以繚轉兮⑪，遂萎絶而離異⑫。吾且儃佪以娛憂兮⑬，觀南人之變態⑭。竊快中心兮⑮，揚厥憑而不竢⑯。

①承陽施惠，養百姓也。
②君致温仁，體光明也。
③滌我憂愁，弘佚豫也。
④循兩水涯，以娛志也。
⑤欲援芳茝以爲佩也。
⑥采取香草，用飾己也。楚人名冬生草曰宿莽。
⑦生後殷湯、周文王也。
⑧誰與竭節，盡忠厚也。
⑨篇，篇畜也。雜菜，雜香之菜。
⑩交，合也。言己解折篇蓄，雜以香菜，合而佩之，言修飾彌盛也。
⑪德行純美，能絶異也。
⑫終以放斥而見疑也。

⑬聊以遊戲，樂所志也。
⑭覽察楚俗，化改易也。
⑮私懷僥倖，而欣喜也。
⑯思舒憤懣，無所待也。

芳與澤其雜糅兮①，羌芳華自中出②。紛郁郁其遠承兮③，滿内而外揚④。情與質信可保兮⑤，羌居蔽而聞章⑥。令薜荔而爲理兮⑦，憚舉趾而緣木⑧。因芙蓉而爲媒兮⑨，憚褰裳而濡足⑩。登高吾不説兮⑪，入下吾不能⑫。固朕形之不服兮⑬，然容與而狐疑⑭。廣遂前畫兮⑮，未改此度也⑯。命則處幽吾將罷兮⑰，願及白日之未暮⑱。獨煢煢而南行兮，思彭咸之故也。

思美人

①正直温仁，德茂盛也。
②生含天姿，不外受也。
③法度文辭，行四海也。
④修善於身，名譽起也。

⑤言行相副，無表裏也。
⑥雖在山澤，名宣布也。
⑦意欲升高，事貴戚也。
⑧憚，難也。誠難抗足，屈蹺跼也。
⑨意欲下求，從風俗也。
⑩又恐汙泥，被垢濁也。
⑪事上得位，我不好也。
⑫隨俗榮顯，非所樂也。
⑬我性婞直，不曲撓也。
⑭徘徊進退，觀衆意也。
⑮恢廓仁義，弘聖道也。
⑯心終不變，内自守也。
⑰受禄當窮，身勞苦也。
⑱思得進用，先年老也。

惜往日之曾信兮①，受命詔以昭詩②。奉先功以照下兮③，明法度之嫌疑④。國富强而法立兮⑤，屬貞臣而日娭⑥。祕密事之載心兮⑦，雖過失猶弗治⑧。心純厖而不泄兮⑨，遭讒人而嫉之⑩。君含怒而待臣兮⑪，不清澂其然否⑫。蔽晦君之聰明兮⑬，虚惑誤又以欺⑭。弗參驗以考實兮⑮，遠遷臣而弗思⑯。信讒諛之溷濁兮⑰，盛氣志而過之⑱。何貞臣之無罪兮⑲，被離謗而見尤⑳。慙光景之誠信兮㉑，身幽隱而備之㉒。臨沅湘之玄淵兮㉓，遂自忍而沉流㉔。卒沉身而絶名兮㉕，惜壅君之不昭㉖。君無度而弗察兮㉗，使芳草爲藪幽㉘。焉舒情而抽信兮㉙，恬死亡而不聊㉚。獨鄣壅而蔽隱兮㉛，使貞臣而一作「爲」無由㉜。

①先時見任，身親近也。
②君告屈原，明典文也。
③承宣祖業，以示民也。
④草創憲度，定衆難也。
⑤楚以熾盛，無盜姦也。
⑥委政忠良，而遊息也。
⑦天災地變，乃存念也。
⑧臣有過差，猶赦寬也。

⑨素性敦厚，慎語言也。
⑩遭遇靳尚及上官也。
⑪上懷忿恚，欲刑殘也。
⑫内弗省察其侵冤也。
⑬專擅威恩，握主權也。
⑭誣罔戲弄，若轉丸也。
⑮不審窮覈其端原也。
⑯放逐徙我，不肯還也。
⑰聽用邪僞，自亂惑也。
⑱呵罵遷怒，妄誅戮也。
⑲忠正之行，少𠎝忒也。
⑳虚蒙誹訕，獲過𠎝也。
㉑質性謹厚，貌純慤也。
㉒雖處草野，行彌篤也。
㉓觀視流水，心悲惻也。
㉔遂赴深水，自害賊也。

㉕名字斷絶，刑朽腐也。
㉖懷王壅蔽，不覺悟也。
㉗上無檢押，以知下也。
㉘賢仁放竄，弃草野也。
㉙安所展思，披愁苦也。
㉚忍不貪生，而顧老也。
㉛遠放隔塞，在裔土也。
㉜欲竭忠節，靡其道也。

聞百里之爲虜兮，伊尹烹於庖厨。呂望屠於朝歌兮，甯戚歌而飯牛。不逢湯武與桓繆兮，世孰云而知之？吴信讒而弗味兮①，子胥死而後憂②。介子忠而立枯兮③，文君寤而追求④。封介山而爲之禁兮，報大德之優游⑤。思久故親身兮，因縞素而哭之⑥。或忠信而死節兮⑦，或訑謾而不疑⑧。弗省察而按實兮⑨，聽讒人之虚辭⑩。芳與澤其雜糅兮⑪，孰申旦而别之⑫？何芳草之早殀兮⑬，微霜降而下戒⑭。諒不聰明而蔽壅兮⑮，使讒諛而日得⑯。自前世之嫉賢兮⑰，謂蕙若其不可佩⑱。妬佳冶之芬芳兮⑲，嫫母姣而自好⑳。雖有西施之美容兮㉑，讒妬入以自代㉒。願陳情以白行兮㉓，得罪過之不意㉔。情冤見之日明兮㉕，如列宿之錯置㉖。乘騏驥而馳騁兮㉗，無轡銜而自載㉘。乘氾泭以下流兮㉙，無舟檝而自備㉚。背法度而心治兮㉛，辟與此其無異㉜。寧溘死而流亡兮㉝，恐禍殃之有再㉞。不畢辭而赴淵兮㉟，惜壅君之不識㊱。

惜往日

①宰嚭阿諛，甘如蜜也。

②竟爲越國所誅滅也。

③介子，介子推也。

④文君，晉文公也。寤，覺也。昔文公被孋姬之譖，出奔齊、楚，介子推從行，道乏糧，割股肉以食文公。得國，賞諸從行者，失忘子推。子推遂逃介山隱。文公覺寤，追而求之，子推遂不肯出。文公因燒其山，子推抱樹燒而死，故言「立枯」也。七諫中「推自割而食君」，亦解此也。

⑤言文公遂以介山之民封子推，使祭祀之。又禁民不得有言「燒死」，以報其德，優游其靈魂也。

⑥言文公思子推親自割其身，恩義尤篤，因爲變服，悲而哭之也。

⑦仇牧、荀息與梅伯也。

⑧張儀詐欺，不能誅也。

⑨君不參錯而思慮也。

⑩諂諛毀呰而加誣也。

⑪質性香潤，德之厚也。

⑫世無明智，惑賢愚也。

⑬賢臣被讒，命不久也。

⑭嚴刑卒至，死有時也。

⑮君知淺短，無所照也。

⑯佞人位高，家富饒也。

⑰憎惡忠直，若仇怨也。

⑱賤弃仁智，言難用也。

⑲嫉害美善之婉容也。

⑳醜嫗自飾以粉黛也。

㉑世有好女之異貌也。

㉒衆惡推遠，不附近也。

㉓列己忠心，所趨務也。

㉔讃怒横異，無宿戒也。

㉕行度清白，皎如素也。

㉖皇天羅宿，有度數也。

㉗如駕鶩馬而長驅也。

㉘不能制御，乘車將仆。

㉙乘舟氾船而涉渡也。編竹木曰泭。楚人曰柎，秦人曰橃也。

㉚身將沉没而危殆也。

㉛背弃聖制，用愚意也。

㉜若乘船車，無轡櫂也。

㉝意欲淹没，隨水去也。

㉞睾及父母與親屬也。

㉟陳言未終，遂自投也。

㊱哀上愚蔽，心不照也。

后皇嘉樹，橘徠服兮①。受命不遷，生南國兮②。深固難徙，更壹志兮③。緑葉素榮，紛其可喜兮④。曾枝剡棘，圓果摶兮⑤。青黄雜糅，文章爛兮⑥。精色内白，類可任兮⑦。紛緼宜修，姱而不醜兮⑧。

①后，后土也。皇，皇天也。服，習。言皇天后土生美橘樹，異於衆木，來服習南土，便其性也。屈原自喻才德如橘樹，亦異於衆也。

②南國，謂江南也。遷，徙也。言橘受命於江南，不可移徙。種於北地，則化而爲枳也。屈原自比志節如橘，亦不可移徙也。

③屈原見橘根深堅固，終不可徙，則專一己志，守忠信也。

④緑，猶青也。素，白也。言橘青葉白華，紛然盛茂，誠可喜也。以言己行清白，可信任者也。

⑤剡，利也。棘，橘枝刺若棘也。摶，圜也。楚人名圜爲摶。言橘枝重累，又有利棘，以象武也。實圓摶，又像文也。以喻己有文武，能方圓。

⑥言橘葉青，其實黄，雜糅俱盛，爛然而明。言己敏達道德，亦爛然有文章也。

⑦精，明也。類，猶貌也。言橘實赤黄，其色精明，内懷潔白。以言賢者亦然，外有精明之貌，内有潔白之志，故可任以道而事用之也。

⑧紛緼，盛貌也。醜，惡也。言橘類紛緼而盛，如人宜有修飾，形容盡好，無有醜惡也。

嗟爾幼志，有以異兮①。獨立不遷，豈不可喜兮②。深固難徙，廓其無求兮。蘇世獨立，横而不流兮③。閉心自慎，終不失過兮④。秉德無私，參天地兮⑤。願歲并謝，與長友兮⑥。淑離不淫，梗其有理兮⑦。年歲雖少，可師長兮⑧。行比伯夷，置以爲像兮⑨。

橘頌

①爾，汝也。幼，小也。言嗟乎臣，女少小之人，其志易徙，有異於橘也。

②屈原言己之行度，獨立堅固，不可遷徙，誠可喜也。

③蘇，寤也。言屈原自知爲讒佞所害，心中覺寤，然不可變節，猶行忠直，横立自持，不隨俗人也。

④言己閉心捐欲，勑慎自守，終不敢有過失也。

⑤秉，執也。言己執履忠正，行無私阿，故參配天地，通之神明，使知之也。

⑥謝，去也。言己願與橘同心并志，歲月雖去，年且衰老，長爲朋友，不相遠離也。

⑦淑，善也。梗，强也。言己雖設與橘離別，猶善持己行，梗然堅强，終不淫惑而失義也。

⑧言己年雖幼少，言有法則，行[一二]有節度，誠可師用長老而事之。

⑨像，法也。伯夷，孤竹君之子也。父欲立伯夷，伯夷讓弟叔齊，叔齊不肯受，兄弟弃國，俱去首陽山下。周武王伐紂，伯夷、叔齊諫之，曰：「父死不葬，謀及干戈，可謂孝乎？以臣弑君，可謂忠乎？」左右欲殺之。太公曰：「不可。」引而去之。遂不食周粟而餓死。屈原亦自以修飾潔白之行，不容於世，將餓餧而終。故曰以伯夷爲法也。

悲回風之搖蕙兮①，心冤結而内傷②。物有微而隕性兮③，聲有隱而先倡④。夫何彭咸之造思兮，暨志介而不忘⑤。萬變其情豈可蓋兮⑥，孰虛僞之可長⑦。鳥獸鳴以號群兮⑧，草苴比而不芳⑨。魚葺鱗以自别兮⑩，蛟龍隱其文章⑪。故荼苦一作「薺」不同晦兮⑫，蘭茝幽而獨芳⑬。惟佳人之永都兮⑭，更統世而自貺⑮。眇遠志之所及兮⑯，憐浮雲之相佯⑰。介眇志之所惑兮⑱，竊賦詩之所明⑲。

①回風謂之飄風，飄風回邪，以興讒人。
②言飄風動摇芳草，使不得安。以言讒人亦别離忠直，使得皋過也。故己見之，心冤結而傷痛也。
③隕，落也。言芳草爲物，其性微眇，易以隕落。言賢者用志精微，亦易傷害也。
④倡，始也。言讒言隱匿其聲，先倡導君，使亂惑也。
⑤暨，與也。尚書曰：「讓于稷契，暨皋繇。」言己見讒人倡君爲惡，則志念古世彭咸，欲與齊志節，不能忘也。
⑥蓋，覆也。言讒人長於巧詐，情意萬變，轉易其辭，前後反覆，如明君察之，則知其態也。
⑦言讒人虛造言，其行邪僞，不可久長，必遇害也。
⑧號，呼。
⑨生曰草，枯曰苴。比，合也。言飛鳥走獸，羣鳴相呼，則芳草合其莖葉，芬芳以不暢也。以言讒人口衆多，盈君之耳，亦可令忠直之士失其本志也。

⑩葺，累也。

⑪言衆魚張其鬐尾，葺累其鱗，則蛟龍隱其文章而避之也。言俗人朋黨，恣其口舌，則賢者〔一二〕亦伏匿深藏也。

⑫二百四十步爲畝。言枯草荼〔一三〕苦不同畝而俱生，以言忠佞亦不同朝而俱用之也。

⑬以言賢人雖居深山，不失其忠正之行也。

⑭佳人，謂懷、襄王也。邑有先君之廟曰都也。

⑮更，代也。貺，與也。言己念懷王長居郢都，世統其位，父子相舉，今不任賢，亦將危殆也。

⑯言己常眇然高志，執行忠正，冀上及先賢也。

⑰相徉，無所據依之貌也。言己放弃，若浮雲之氣，東西無所據依。

⑱介，節也。言己能守耿介之眇節，以自惑誤，不用於世也。

⑲賦，鋪也。詩，志也。言己守高眇之節，不用於世，則鋪陳其志，自證明也。

惟佳人之獨懷兮①，折芳椒以自處②。增歔欷之嗟嗟兮③，獨隱伏而思慮④。涕泣交而凄凄兮⑤，思不眠以至曙⑥。終長夜之曼曼兮⑦，掩此哀而不去⑧。寤從容以周流兮⑨，聊逍遥以自恃⑩。傷太息之愍歎兮⑪，氣於邑而不可止⑫。糺思心以爲纕兮⑬，編愁苦以爲膺⑭。折若木以蔽光兮⑮，隨飄風之所仍⑯。存髣髴不見兮⑰，心踊躍其若湯⑱。撫珮衽以案志兮⑲，超惘惘而遂行⑳。歲曶曶一作「忽忽」其若頹兮㉑，旹亦冉冉而將至㉒。蘋蘅稿而節離兮㉓，芳以歇而不比㉔。憐思心之不可懲兮㉕，證此言之不可聊㉖。寧逝死而流亡兮㉗，不忍此心之常愁㉘。孤子唫而抆淚兮㉙，放子出而不還㉚。孰能思而不隱兮㉛，昭彭咸之所聞㉜。

①懷，念也。

②處，居也。言己獨念懷王，雖見放逐，折香草以自修飾，行善終不怠也。

③歔欷，啼貌。

④言己思念懷王，悲啼歔欷，雖獨隱伏，猶思道德，欲輔助之。

⑤凄凄，流貌。

⑥曙，明。

⑦曼曼，長貌也。

⑧心常悲慕。

⑨覺立徙倚而行步也。

⑩且徐游戲，内自娛也。

⑪憂悴心重，歎辛苦也。

⑫氣逆憤懑，結不下也。
⑬糺，戾也。纕，佩帶也。
⑭編，結也。膺，㔽也。結㔽者，言動以憂愁自係結也。
⑮光，謂日光。
⑯仍，因也。言己願折若木以蔽日，使之稽留，因隨羣小而遊戲也。
⑰髣髴，謂形貌也。
⑱言己設欲隨從羣小，存其形貌，察其情志，不可得知，故中心沸熱若湯也。
⑲整飭衣裳，自寬慰也。
⑳失志偟遽，而直逝也。
㉑年歲轉去，而流没也。
㉒春秋更到，與老會也。
㉓喻己年衰，齒隨落也。
㉔志意以盡，知慮闕也。
㉕履信被害，志不忩〔一四〕也。
㉖明己之詞不空設也。
㉗意欲終命，心乃快也。

㉘心情悁悁，常如愁也。
㉙自哀煢獨，心悲愁也。
㉚遠離父母，無依歸也。屈原傷己無安樂之志而有孤放之辠也。
㉛誰有悲哀而不憂也。隱，憂也。詩云「如有隱憂」也。
㉜覩見先賢之法則也。

登石巒以遠望兮①，路眇眇之默默②。入景嚮之無應兮③，聞省想而不可得④。愁鬱鬱之無快兮⑤，居戚戚而不解⑥。心鞿羈而不開兮⑦，氣繚轉而自締⑧。穆眇眇之無垠兮⑨，莽芒芒之無儀⑩。聲有隱而相感兮⑪，物有純而不可爲⑫。藐蔓蔓之不可量兮⑬，縹綿綿之不可紆⑭。愁悄悄之常悲兮⑮，翩冥冥之不可娱⑯。淩大波而流風兮⑰，託彭咸之所居⑱。

①昇彼高山，瞰楚國也。
②郢道遼遠，居僻陋也。
③竄在山野，無民域也。
④目視耳聽，嘆寂默也。
⑤中心煩冤，常懷忿也。

⑥思念憔悴，相連接也。
⑦肝膽係結，難解釋也。
⑧思念纏綣而成結也。
⑨天與地合，無垠形也。
⑩草木彌望，容貌盛也。
⑪鶴鳴九皋，聞於天也。
⑫松柏冬生，稟氣純也。
⑬八極道理，難筭計也。
⑭細微之思，難斷絶也。
⑮憂思慘慘，恒涕泣也。
⑯身處幽冥，心不樂也。
⑰意欲隨水而自退也。
⑱從古賢俊，自沉没也。

上高巖之峭岸兮①，處雌蜺之標顛②。據青冥而攄虹兮③，遂儵忽而捫天④。吸湛露之浮涼兮⑤，漱凝霜之雰雰⑥。依風穴以自息兮⑦，忽傾寤以嬋媛⑧。馮崐崙以瞰霧露兮⑨，隱岷山以清江⑩。憚涌湍之磕磕兮⑪，聽波聲之洶洶⑫。紛容容之無經兮⑬，罔芒芒之無紀⑭。軋洋洋之無從兮⑮，馳委移一作「逶迤」之焉止⑯。漂翻翻其上下兮⑰，翼遥遥其左右⑱。氾潏潏其前後兮⑲，伴張弛之信期⑳。觀炎氣之相仍兮，窺煙液之所積㉑。悲霜雪之俱下兮，聽潮水之相擊㉒。借光景以往來兮，施黄棘之枉策㉓。求介子之所存兮㉔，見伯夷之放迹㉕。心調度而弗去兮，刻著志之無適㉖。

①升彼山石之峻峭也。

②託乘風氣，遊天際也。

③上至玄冥，舒光耀也。

④所至高眇，不可逮也。

⑤湛，厚也。詩云：「湛湛露斯。」

⑥雰，霜貌也。言己雖昇青冥，猶能食霜露之精以自潔浄也。

⑦伏聽天命之緩急也。

⑧心覺自傷，又痛惻也。

⑨遂處神山，觀濁亂之氣也。

⑩隱，伏也。岷山，江所出也。尚書曰：「岷山導江。」言己雖遠遊戲，猶依神山而止，欲清澄邪惡

者也。

⑪憚，難也。湧湍，危阻也。以興讒賊危害賢也。

⑫水得風而波，以喻俗人言也。欲懲清邪惡，復爲讒人所危、俗人所謗訕也。

⑬言己欲隨衆〔一五〕容容，則無經緯於世人也。

⑭人欲罔然芒芒，與衆同志，則無以立紀綱，垂號謚也。

⑮言欲軋愓己心，彷徉立功，則其道無從至也。

⑯雖欲長軀，無所及也。

⑰登山入水，周六合也。

⑱雖遠念君在旁側〔一六〕也。

⑲思如流水，遊楚國也。

⑳伴，俱也。弛，毁也。言己悲君國，而衆人俱共毁己，言内無誠信，不可與期之也。

㉑炎氣，南方火也。火氣烟上天爲雲，雲出湊流而爲雨也。「相仍」者，相〔一七〕從也。「烟液所積」者，所聚也。

㉒言己上觀炎陽烟液之氣，下視霜雪江之潮流，憂思在心，無所告也。

㉓黄棘，棘刺〔一八〕也。枉，曲也。言己願借神光電景，飛注往來，施黄棘之刺，以爲馬策。言其利用急疾也。

㉔介子推也。

㉕伯夷，叔齊兄也。放，放逐也。迹，行也。

㉖無適，言己思慕子推、伯夷清白之行，尅心導樂，志無復所適也。

曰：吾怨往昔之所冀兮①，悼來者之逖逖②。浮江淮而入海兮，從子胥而自適③。望大河之洲渚兮，悲申徒之抗迹④。驟諫君而不聽兮⑤，任重石之何益⑥。心絓結而不解兮⑦，思蹇産而不釋⑧。

悲回風

①冀，幸也。言己怨往古以邪事君而幸蒙富貴也。

②逖逖，欲利貌也。言傷今世人見利逖逖然。

③適，之。

④申徒狄也。遭遇闇君，遁世離俗，自擁石赴河，故言「抗迹」也。

⑤驟，數。

⑥任，負也。百二十斤爲石[一九]。言己數諫君，而不見聽。雖欲自任以重石，憂終無益於萬分也。

⑦絓，懸。

⑧蹇産，猶結屈。言己乘水蹈[二〇]波，乃愁而恐懼，則心懸結詰屈，不可解也。

【校勘記】

[一]君，原作「君子」，據莊本刪「子」字。

[二]父，原作「交」，據補注本改。

[三]忩，原作「念」，據馮本、莊本改。

[四]遂，原作「逐」，據馮本、朱本、莊本改。

[五]糗，原作「粮」，據補注本改。

[六]易，原作「異」，據隆慶本、馮本、俞本、朱本、莊本改。

[七]言，原作「信」，據隆慶本、馮本、俞本、朱本、莊本改。

[八]鼂，原作「朝」，據正文改。

[九]「留連」二字下，原衍一「連」字，據隆慶本、馮本、俞本、朱本、莊本刪。

[一〇]友，原作「有」，據馮本、朱本、莊本改。黨，補注本作「良」。

[一一]行，原作「我」，據馮本、俞本、朱本、莊本改。

[一二]者，原作「有」，據隆慶本、馮本、俞本、朱本、莊本改。

[一三]荼，原作「茶」，據正文改。

〔一四〕忩，原作「忘」，據馮本、莊本改。

〔一五〕衆，原作「泉」，據補注本改。

〔一六〕側，原作「測」，據隆慶本、馮本、俞本、朱本、莊本改。

〔一七〕相，原脱，據補注本補。

〔一八〕剌，原作「刻」，據馮本、俞本、朱本、莊本改。隆慶本作「剱」。

〔一九〕「百二十斤爲石」，原作「百三十斤爲重」，據補注本及漢書改。漢書律曆志：「三十斤爲鈞，四鈞爲石。」

〔二〇〕蹈，原作「陷」，據補注本改。

楚辭卷第五

漢劉向子政編集　王逸叔師章句
後學西蜀高第　吴郡黄省曾校正

遠遊章句第五

遠遊者，屈原之所作也。屈原履方直之行，不容於世。上爲讒佞所譖毁，下爲俗人所困極，章皇山澤，無所告訴。乃深惟元一，修執恬漠。思欲濟世，則意中憤然，文采秀發，遂敘妙思，託配仙人，與俱遊戲，周歷天地，無所不到。然猶懷念楚國，思慕舊故，忠信之篤，仁義之厚也。是以君子珍重其志，而瑋其辭焉。

悲時俗之迫阨兮①，願輕舉而遠遊②。質菲薄而無因兮③，焉託乘而上浮④。遭沉濁而汙穢兮⑤，獨鬱結其誰語⑥！夜炯炯而不寐兮⑦，魂營營而至曙⑧。

①哀衆嫉妬，迫脅賢也。
②翺翔避世，求道真也。
③質性鄙陋，無所因也。
④將何引援而升雲也。
⑤逢遇闇主，觸讒佞也。
⑥思慮煩冤，無告陳也。
⑦憂以愁戚，目不眠也。耿耿，猶儆儆，不寐貌也。詩云：「耿耿不寐。」
⑧精魂怔忪不寐，故至曙也。

惟天地之無窮兮①，哀人生之長勤②。往者余弗及兮③，來者吾不聞④。步徙倚而遥思兮⑤，怊惝怳而永懷⑥。意荒忽而流蕩兮⑦，心愁悽而增悲⑧。神儵忽而不返兮⑨，形枯槁而獨留⑩。内惟省以端操兮⑪，求正氣之所由⑫。漠虛静以恬愉兮⑬，澹無爲而自得⑭。

①乾坤體固，居常寧也。
②傷己命禄，多慮患也。
③三皇五帝，不可逮也。

④後雖有聖，我身不見。

⑤徬徨東西，意愁憒也。

⑥惆悵失望，志乖錯也。

⑦情思罔兩，無據依也。

⑧愴然感結，涕霑懷也。

⑨䰟靈遠逝，遊四維也。

⑩身體寥廓，無識知也。

⑪捐棄我情，慮專一也。

⑫棲神藏情，治心術也。

⑬恬然自守，内樂佚也。

⑭滌除嗜欲，獲道實也。

聞赤松之清塵兮①，願承風乎遺則②。貴真人之休德兮③，羡往世之登仙④。與化去而不見兮⑤，名聲著而日延⑥。奇傅説之託辰星兮⑦，羡韓衆之得一⑧，形穆穆以浸遠兮⑨，離人群而遁逸⑩。因氣變而遂曾舉兮⑪，忽神犇而鬼怪⑫。時髣髴以遥見兮⑬，精皎皎以往來⑭。絶氛埃而淑尤兮⑮，終不反其故都⑯。免衆患而不懼兮⑰，世莫知其所如⑱。

①想聽真人之徽美也。

②思奉長生之法式也。

③珍瑋道士，壽無窮極。

④羡門子喬，古登真也。

⑤變易儀容，遠藏匿也。

⑥姓字彌章，流千億也。

⑦賢聖雖終，精著天也。辰星，房星，東方之宿，蒼龍之體也。傅説，武丁之相。傅説死後，其星著於房、尾也。

⑧喻古先聖，獲道純也。

⑨卓絶鄉黨，無等倫也。

⑩遁去風俗，獨隱存也。

⑪乘風蹈霧，升皇庭也。

⑫往來奄忽，出杳冥也。

⑬託貌雲氣，象其形也。

⑭神靈照耀，皎如星也。

⑮超越垢穢，過先祖也。淑，善也。尤，過也。言行道修善，所以過先祖也。

⑯去背舊都，遂登仙也。

⑰得離羣小，脱艱難也。

⑱奮翼高舉，升天衢也。自此以上，皆美仙人超世離俗，免脱患難。屈原想慕其道，以自慰緩，愁思復至，志意悵然，自傷放逐，恐命不延，顧念年時，復吟嘆也。

恐天時之代序兮①，耀靈曅而西征②。微霜降而下淪兮③，悼芳草之先零④。聊仿佯而逍遥兮⑤，永歷年而無成⑥。誰可與玩斯遺芳兮⑦，晨一作「長」向風而舒情⑧。高陽邈以遠兮⑨，余將焉所程⑩。

①春秋迭更，年老暮也。

②託乘雷電以馳騖。靈曅，電貌也。詩云：「曅曅震雷。」西方少陰，其神蓐收，主刑罰也。屈原欲急西行者，將令行其神，務寛大也。

③淪者，用法之刻深也。

④不誅邪僞[二]，害仁賢也。

⑤聊且戲蕩而觀聽也。

⑥身以過老，無功名也。

⑦世莫足與議忠質也。
⑧想承君命，竭誠信也。
⑨顓頊久矣，在其前也。
⑩安取法度，修我身也。

重曰①：春秋忽其不淹兮②，奚久留此故居③？軒轅不可攀援兮④，吾將從王喬而娛戲⑤。飡六氣而飲沆瀣兮⑥，漱正陽而含朝霞⑦。保神明之清澄兮⑧，精氣入而麤穢除⑨。順凱風以從遊兮⑩，至南巢而壹息⑪。見王子而宿之兮⑫，審壹氣之和德⑬。

①憤懣未盡，復陳辭也。
②四時運轉，往若流也。
③何必舊鄉，可浮遊也。
④黄帝〔二〕以往，難攀引也。軒轅，黄帝也。始作車服，天下號之爲軒轅氏也。
⑤上從真人，與戲娱也。
⑥遠弃五穀，吸道滋也。
⑦飡吞日精，食元符也。淩陽子明經言：「春食朝霞。朝霞〔三〕者，日始出赤黄氣。秋食淪陰。淪陰者，

日没以後赤黄氣也。冬飲沆瀣。沆瀣[四]者，北方夜半氣也。夏食正陽。正陽者，南方日中之氣是也。并天地玄黄之氣，是爲六合氣也。」

⑧常含天地之英華也。

⑨納新吐故，垢濁清也。

⑩乘風戲蕩，觀八區也。南風曰凱風。詩曰：「凱風自南。」

⑪觀視朱雀之所居也。

⑫屯[五]車留止，偶子喬也。

⑬究問元精之秘要也。

曰：道可受兮①，不可傳②。其小無内兮③，其大無垠④；無淈滑而魂兮⑤，彼將自然⑥；壹氣孔神兮⑦，於中夜存⑧。虚以待之兮⑨，無爲之先⑩。庶類以成兮⑪，此德之門⑫。

①言易者也。

②誠難論也。

③靡兆形也。

④覆天地也。

⑤亂爾精也。

⑥應氣臻也。

⑦專己心也。

⑧恒在身也。

⑨執清浄也。

⑩閑情欲也。

⑪衆法陳也。

⑫仙路徑也。

聞至貴而遂徂兮①，忽乎吾將行②。仍羽人於丹丘兮③，留不死之舊鄉④。朝濯髮於湯谷兮⑤，夕晞余身兮九陽⑥。吸飛泉之微液兮⑦，懷琬琰之華英⑧。玉色頩以脕顔兮⑨，精醇粹而始壯⑩。質銷鑠以汋約兮⑪，神要眇以淫放⑫。嘉南州之炎德兮⑬，麗桂樹之冬榮⑭。山蕭條而無獸兮⑮，野寂寞乎無人⑯。載營魄而登霞兮⑰，掩浮雲而上征⑱。命天閽其開關兮⑲，排閶闔而望予⑳。召豐隆使先導兮㉑，問太微之所居㉒。集重陽入帝宫兮㉓，造旬始而觀清都㉔。

①見彼王侯而奔驚也。
②周視萬宇，涉四遠也。
③因就衆仙於明光也。丹丘，晝夜常明也。九懷曰：「夕宿乎明光。」明光，則丹丘也。山海經言有羽人之國，不死之民。或曰：人得道，身生羽毛也。
④遂居蓬萊，處崑崙也。
⑤朝沐浴於温泉。湯谷，在東方少陽之位。淮南言：日出湯谷，入虞淵也。
⑥晞我形〔六〕體於天垠也。九陽，謂天地之涯也。
⑦含吮玄澤之肥潤也。
⑧咀嚼玉英以養神也。
⑨面目光澤已鮮好也。
⑩我靈强健而茂盛也。
⑪身體癯瘦，柔媚善也。
⑫寬寬漂然而遠征也。
⑬奇美大陽，氣和正也。
⑭元氣温煖，不隕零也。
⑮溪谷寂寥而少禽也。

⑯林澤空虛，罕有人也。霞，謂朝霞，赤黄氣也。
⑰抱我靈䰟而上升也。
⑱攀緣蹈氣而飄騰也。
⑲告帝衛臣，啓楚門也。
⑳立排天門而須我也。
㉑呼吾雲師，使清路也。
㉒博訪天庭在何處也。
㉓得升五帝之寺舍也。
㉔遂至天皇之所居。旬始，皇天名也。

朝發軔於太儀兮①，夕始臨乎微於閭②。屯余車之萬乘兮③，紛容與而並馳④。駕八龍之婉婉兮⑤，載雲旗之逶蛇⑥。建雄虹之采旄兮⑦，五色雜而炫燿⑧。服偃蹇以低昂兮⑨，驂連蜷以驕鶩⑩。騎膠葛以雜亂兮⑪，斑漫衍而方行⑫。撰余轡而正策兮⑬，吾將過乎鈎芒⑭。歷太皓以右轉兮⑮，前飛廉以啓路⑯。陽杲杲其未光兮⑰，淩天地以徑度⑱。風伯爲余先驅兮⑲，辟氛埃而清涼⑳。鳳凰翼其承旂兮㉑，遇蓐收乎西皇㉒。擥彗星以爲旍兮㉓，舉斗柄以爲麾㉔。叛陸離其上下兮㉕，遊驚霧之流波㉖。旹晻曀一作「曖䁱」其曭莽兮㉗，召玄武而奔屬㉘。後文昌使掌行兮㉙，選署衆神以並轂㉚。路曼曼其悠遠兮㉛，徐弭節而高厲㉜。左雨師使徑侍兮㉝，右雷公以爲衛㉞。欲遠度世以忘歸兮㉟，意恣睢以担撟㊱。内欣欣而自美兮㊲，聊媮娱以自樂㊳。涉青雲以汎濫游兮㊴，忽臨睨夫舊鄉㊵。僕夫懷余心悲兮㊶，邊馬顧而不行㊷。思舊故以想像兮㊸，長太息而掩涕㊹。氾泛音容與而遐舉兮㊺，聊抑志而自弭㊻。指炎神而直馳兮㊼，吾將往乎南疑㊽。

①旦早趨駕於天庭。太儀，天之帝庭，習威儀之所處也。

②暮至東方之玉山也。爾雅曰：「東方之美者，有醫無閭之珣玗琪焉。」

③百神侍從，無不有也。

④車騎籠茸而競駈也。

⑤虬螭沛艾，屈偃蹇也。

⑥旄旐竟天，皆霓霄也。

⑦係綴蝃蝀，文采紛錯。

⑧衆采雜厠而明朗也。

⑨駟馬駊騀而鳴驤也。

⑩驂騑驕騖，怒過顛狂。

⑪參差駢錯〔七〕而縱横也。
⑫繽紛容裔以並升也。
⑬我欲遠馳，路何從也。
⑭就少陽神於東方也。
⑮遂過庖犧而諮訪也。甲乙，其帝太皓，其神鈎芒。太皓始結罔罟，以畋以漁，制立庖廚，天下號爲庖犧也。
⑯風伯先導以開徑也。
⑰日耀旭曙，旦欲明也。
⑱超越乾坤之形〔八〕體也。
⑲飛廉犇馳而在前也。
⑳掃除霧霾與埃塵也。
㉑俊鳥夾轂而扶轉也。
㉒遇少陰神於海津也。西方庚辛，其帝少皓，其神蓐收。西皇，即少昊也。離騷經曰：「召西皇使涉予。」知西皇所居於海津也。
㉓引援孛光以翳身也。
㉔握持招摇，東西指也。

㉕僚隸叛散，以別分也。

㉖蹈履雲氣，浮微清也。

㉗日月晻黮而無光也。

㉘呼太陰神，使承衛也。

㉙顧命中宮，勑百官也。天有三宮，謂紫宮、太微、文昌也。故言中宮也。

㉚悉召羣靈，皆侍從也。

㉛天道蕩蕩，長無窮也。

㉜安心抑意，徐從容也。

㉝告使屏翳，備不虞也。

㉞進近猛將，任威武也。

㉟遂濟于世，追先祖〔九〕也。

㊱縱心肆志，所願高也。

㊲忠心悦喜，德純深也。

㊳且戲觀望，以忘憂也。

㊴隨從豐隆而相佯也。

㊵觀視楚國之堂殿也。

㊶思我祖宗，哀懷王也。

㊷騑驂徘徊，睨故鄉也。

㊸戀慕朋友，念兄弟也。

㊹喟然增歎，泣沾裳也。屈原謂修身念道，得遇仙人，託與俱遊周歷，方升天乘雲，役使百神，而非所樂，猶思楚國，念故舊，欲竭忠信，以寧國家。精誠之至，德義之厚也。

㊺進退俛仰〔一〇〕，復欲去也。

㊻且自厭按而踟躕也。

㊼將候祝融以諮謀也。南方丙丁，其帝炎帝，其神祝融。

㊽過衡山而觀九疑也。

覽方外之荒忽兮①，沛罔象而自浮②。祝融戒而蹕御兮③，騰告鸞鳥迎宓妃④。張樂咸池奏承雲兮⑤，二女御九韶歌⑥。使湘靈鼓瑟兮⑦，令海若舞馮夷⑧。玄螭蟲象並出進兮⑨，形蟉虯而逶迤⑩。雌蜺便娟以增撓兮⑪，鸞鳥軒翥而翔飛⑫。音樂博衍無終極兮⑬，焉乃逝以俳佪⑭。舒并節以馳騖兮⑮，逴絶垠乎寒門⑯。軼迅風於清源兮⑰，從顓頊乎增冰⑱。歷玄冥以邪徑兮⑲，乘間維以反顧⑳。召黔嬴而見之兮㉑，爲余先乎平路㉒。經營四荒兮㉓，周流六漠㉔。上至列缺兮㉕，降望大壑㉖。下峥嶸而無地兮㉗，上寥廓而無天㉘。視儵忽而無見兮㉙，聽惝怳而無聞㉚。超無爲以至清兮㉛，與泰初而爲鄰㉜。

①遂究帥土，窮海嵎也。

②外與天合，物漂流也。

③南神止我，令北征也。

④馳呼洛神，使侍余也。

⑤思樂黄帝與唐堯。咸池，堯樂。承雲、雲門，黄帝樂也。屈原得祝融止己，即時還車，將即中土，乃使仁賢若鸞鳳之人，因迎貞女如洛水之神，使達己於聖君，得若黄帝、帝堯者，欲與建德成化，制禮作樂以安黎庶也。

⑥美堯二女助成化。韶，舜樂名也。九成，九奏。屈原美舜遭值於堯，妻以二女，以治天下。内之大麓，任之以職，則羣僚師師，百官維時，於是遂禪以位，升爲天子，乃作韶樂，鐘鼓鏗鏘，九奏乃成。屈原自傷不值於堯，而遭濁世，見斥逐也。

⑦百川之神，皆謡歌也。

⑧河海之神咸〔一二〕相和也。海若，神名也。馮夷，水仙人也。淮南言「馮夷德道，以潛於大川」也。

⑨鬼魅神獸，喜樂逸豫。螭，龍類。象，罔象也。皆水中神物。

⑩形體蜿蟺相銜受也。

⑪神女周旋，侍左右也。

⑫鵾鵬〔一二〕玄鶴，奮翼舞也。

⑬五音安舒，靡有窮也。

⑭遂往周流，究九野也。

⑮縱舍銜轡而長驅也。

⑯經過后土，出北區。寒門，北極之門〔一三〕。

⑰遂〔一四〕入八風之藏府也。

⑱過觀黑帝之邑宇也。

⑲道絶幽都，路窮塞也。

⑳攀持天紘以休息也。

㉑問造化之神以得失。

㉒開導我入道域。

㉓周遍八極。

㉔旋天一帀。

㉕窺天間隙。

㉖視海廣狹。

㉗淪幽虚也。
㉘怳無形也。
㉙目瞑眩也。
㉚窈無聲也。
㉛登天庭也。
㉜與道并也。

【校勘記】

［一］僞，原作「爲」，據隆慶本、馮本、俞本、朱本、莊本改。
［二］黄帝，原作「皇帝」，據莊本改。下「皇帝」同。
［三］朝霞，原脱，據馮本、莊本補。
［四］沆瀣，原脱，據馮本、莊本補。
［五］屯，原作「毛」，據馮本、朱本、莊本改。
［六］形，原脱，據補注本補。
［七］錯，原作「鍇」，據隆慶本、馮本、俞本、朱本、莊本改。
［八］形，原脱，據莊本補。

〔九〕祖，原作「阻」，據隆慶本、馮本、俞本、朱本、莊本改。
〔一〇〕仰，原作「抑」，據隆慶本、馮本、俞本、朱本、莊本改。
〔一一〕咸，原作「也」，據馮本、俞本、朱本、莊本改。
〔一二〕鵬，原作「鵬」，據補注本改。
〔一三〕門，原作「内」，據莊本改。
〔一四〕遂，原作「逐」，據補注本改。

楚辭卷第六

漢劉向子政編集　王逸叔師章句

後學西蜀高第　吳郡黃省曾校正

卜居章句第六

卜居者，屈原之所作也。屈原履忠貞之性，而見嫉妬。念讒佞之臣，承君順非，而蒙富貴。己執忠直而身放弃，心迷意惑，不知所爲。乃往至太卜之家，稽問神明，决之蓍龜，卜己居世何所宜行，冀聞異策，以定嫌疑。故曰卜居也。

屈原既放三年①，不得復見②，竭知盡忠③，而蔽鄣於讒④。心煩慮一作「意」也亂⑤，不知所從⑥。乃往見太卜⑦鄭詹尹⑧，曰：「余有所疑⑨，願因先生决之。」⑩詹尹乃端策拂龜⑪，曰：「君將何以教之？」⑫屈原曰⑬：「吾寧悃悃款款⑭朴以忠乎⑮？將送往勞來⑯斯無窮乎⑰？寧誅鋤草茅⑱以力耕乎⑲？將游大人⑳以成名乎㉑？寧正言不諱㉒以危身乎㉓？將從俗富貴㉔以婾生乎㉕？寧超然高舉㉖以保真乎㉗？將哫訾音足貲也慄斯㉘，喔咿儒兒一作「嚅唲」㉙以事婦人乎㉚？寧廉潔正直㉛以自清乎㉜？將突梯滑稽㉝，如脂如韋㉞以潔楹乎㉟？寧昂昂㊱若千里之駒乎㊲？將氾氾㊳若水中之鳧乎㊴？與波上下㊵，偷以全吾軀乎㊶？寧與騏驥亢軛乎㊷？將隨駑馬之迹乎㊸？寧與黃鵠比翼乎㊹？將與鷄鶩争食乎㊺？此孰吉孰凶㊻？何去何從㊼？世溷濁而不清㊽，蟬翼爲重㊾，千鈞爲輕㊿；黃鐘毁棄(51)，瓦釜雷鳴(52)；讒人高張(53)，賢士無名(54)。吁嗟默默兮(55)，誰知吾之廉貞！」(56)詹尹乃釋策而謝(57)，曰：「夫尺有所短(58)，寸有所長(59)，物有所不足(60)，智有所不明(61)，數有所不逮(62)，神有所不通(63)。用君之心(64)，行君之意(65)，龜策誠不能知此事(66)。」

①遠出郢都，處山林也。

②道路僻遠，所在險也。

③建立策謀，披心胷也。

④遇諂佞也。

⑤慮憒悶也。

⑥迷所著也。

⑦稽神明也。

⑧其姓名也。
⑨意遑惑也。
⑩斷吉凶[二]也。
⑪整儀容也。
⑫願聞其要。
⑬吐詞情也。
⑭志純一也。
⑮竭誠信也。
⑯追俗人也。
⑰不困貧也。
⑱刈蒿菅也。
⑲種稼穡也。
⑳事貴戚也。
㉑榮譽立也。
㉒諫君惡也。
㉓被刑戮也。

㉔食重禄也。
㉕身安樂也。
㉖讓官爵也。
㉗守玄默也。
㉘承顔色也。
㉙强笑噱也。
㉚詘蜷局也。
㉛志如玉也。
㉜修潔白也。
㉝轉隨俗也。
㉞柔弱曲也。
㉟順滑澤也。
㊱志行高也。
㊲才絶殊也。
㊳普愛衆也。
㊴群戲遊也。

㊵隨衆卑高。
㊶身免患憂。
㊷沖天區也。
㊸安徐步也。
㊹飛雲嵎也。
㊺啄糠糟也。
㊻誰喜憂也。
㊼安所由也。
㊽貨賂行也。
㊾近佞讒也。
㊿遠忠良也。
(51)賢智匿也。
(52)群言進也。
(53)居朝堂也。
(54)身窮困也。
(55)世莫論也。

㊱不別賢也。

㊲愚不能明者也。

㊳騏驥不驟中庭者也。

㊴雞鶴知時而鳴。

㊵地毀東南。

㊶孔子厄於陳也。

㊷天不可計量也。

㊸日不能夜光也。

㊹所念慮也。

㊺遂本志也。

㊻不能決之也。

【校勘記】

［一］「吉凶」二字，原作「凶吉」，據俞本、莊本乙。

楚辭卷第七

漢劉向子政編集　王逸叔師章句
後學西蜀高第　吴郡黄省曾校正

漁父章句第七

漁父者，屈原之所作也。屈原放逐，在江、湘之間，憂愁嘆吟，儀容變易。而漁父避世隱身，釣魚江濱，欣然自樂。時遇屈原川澤之域，怪而問之，遂相應答。楚人思念屈原，因敍其辭以相傳焉。

屈原既放①，遊於江潭②，行吟澤畔③，顔色憔悴④，形容枯槁⑤。漁父見而問之⑥曰：「子非三閭大夫與⑦？何故至於斯⑧？」屈原曰：「舉世皆濁⑨而我獨清⑩，衆人皆醉⑪而我獨醒⑫，是以見放⑬。」漁父曰⑭：「夫聖人者不凝滯於物⑮，而能與世推移⑯。

舉世皆濁，何不淈其泥⑰而揚其波⑱？衆人皆醉，何不餔其糟⑲而歠其釃⑳？何故懷瑾握瑜㉑，而自令見放爲㉒？」屈原曰：「吾聞之㉓，新沐者必彈冠㉔，新浴者必振衣㉕。安能㉖以身之察察㉗，受物之汶汶者乎㉘？寧赴湘流㉙，葬於江魚之腹中㉚。又安能以皎皎㉛之白㉜，而蒙世俗之塵埃乎㉝？」漁父莞爾而笑㉞，鼓枻而去㉟。

①身斥逐也。
②戲水側也。史云「至於江濱，被髮」。
③履荊棘也。
④皯黴黑也。
⑤癯〔二〕瘦瘠也。
⑥怪屈原也。
⑦本其故官。
⑧曷爲遭放於斯也。史云「何故而至此」。
⑨衆貪鄙也。
⑩己忠良也。
⑪惑財賄也。

⑫廉自守也。

⑬棄草野也。

⑭隱士言也。

⑮不困辱其身也。

⑯隨俗方圓。

⑰同其風也。史云「隨其流」。

⑱與沉浮也。

⑲從其俗也。

⑳食其祿也。

㉑獨行忠直。

㉒遠在他域。

㉓受聖人之制也。

㉔拂塵坌也。

㉕袪土穢也。

㉖史云「人又誰能」。

㉗察己清潔也。

㉘蒙垢塵也。

㉙自沉淵也。

㉚身消爛也。史云「而葬乎江魚腹中耳」。

㉛史云「皓皓」。

㉜皎皎明也。

㉝被點污也。史云「而蒙世之温蠖乎」。

㉞笑離齗〔三〕也。

㉟叩船鳴也。

歌曰：「滄浪之水清兮①，可以濯吾纓②；滄浪之水濁兮③，可以濯吾足④。」遂去，不復與言⑤。

①喻世昭明。

②沐浴升朝廷也。

③喻世昏闇。

④宜隱遁也。

⑤合道真也。

【校勘記】

［一］瓙，原作「瘿」，據莊本、補注本、文選本改。

［二］離斷，原作「難斷」，據莊本、補注本改。

楚辭卷第八

漢劉向子政編集　王逸叔師章句
後學西蜀高第　吴郡黄省曾校正

九辨章句第八

九辨者，楚大夫宋玉之所作也。辨者，變也，謂陳道德以變説稅音君也。九者，陽之數，道之綱紀也。故天有九星，以正機衡；地有九州，以成萬邦；人有九竅，以通精明。屈原懷忠貞之性，而被讒邪，傷君闇蔽，國將危亡，乃援天地之數，列人形之要，而作九歌、九章之頌，以諷諫懷王。明己所言，與天地合度，可履而行也。宋玉者，屈原弟子也。閔惜其師忠而放逐，故作九辨以述其志。至於漢興，劉向、王褒之徒咸悲其文，依而作詞，故號爲楚詞。亦承其「九」以立義焉。

悲哉秋之爲氣也①！蕭瑟兮②，草木摇落③而變衰④。憭慄兮⑤若在遠行⑥，登山臨水兮⑦送將歸⑧。泬血音寥兮⑨天高而氣清⑩，宗寂音廖廖音兮⑪收潦而水清⑫。憯悽增欷兮⑬，薄寒之中人⑭，愴怳懭口朗反悢音朗，又音亮兮⑮，去故而就新⑯，坎廩兮⑰，貧士失職⑱而志不平⑲。廓落兮⑳，羈旅而無友生㉑，惆悵兮㉒而私自憐㉓。燕翩翩其辭歸兮㉔，蟬宗漠而無聲㉕。鴈廱廱而南遊兮㉖，鵾鷄啁張流反哳上竹交，下陟轄而悲鳴㉗。獨申旦而不寐兮㉘，哀蟋蟀之宵征㉙。時亹亹而過中兮㉚，蹇淹留而無成㉛。

①寒氣聊戾，歲將暮也。

②陰氣[一]促急，風疾暴也。

③華葉隕零，肥潤去也。

④形體易色，枝葉枯槁也。自傷不遇，將與草木俱衰老也。

⑤思念暴[二]戾，心自傷也。

⑥遠客出去，之他方也。

⑦升高遠望，視江河也。

⑧族親別逝，還故鄉也。

⑨泬寥，曠蕩而虛静也。或曰：泬寥，猶蕭條。蕭條者，無雲貌。

⑩秋天高朗，體清明也。言天高朗，照見無形。傷君昏亂，不聰明也。

⑪源瀆順流，漠無聲也。
⑫溝無溢潦，百川静也。言川水夏濁而秋清，傷君無有清明之時。
⑬愴痛感動，歎累息也。
⑭傷我肌膚，變顔色也。
⑮中情悵惘，意不得也。
⑯初會鉏鋙，志未合也。
⑰數遭患禍，身困極也。
⑱亡財遺物，逢寇賊也。
⑲心常憤懣，意未服也。
⑳喪志失耦，魄獨立也。
㉑遠客寄居，孤單特也。
㉒後黨失輩，惘愁毒也。
㉓竊内念己，自憫傷也。
㉔將入大海，飛徊翔也。
㉕螗蜩斂翅而伏藏也。
㉖雄雌和樂，群戲行也。

㉗奮翼嗚呼而低昂也。夫燕、蟬遇秋寒，將入穴處，而懷憂懼，候鴈、鶤鷄喜樂而逸豫。言己無有候鴈、鶤鷄之喜樂，而有蟬燕之憂懼也。

㉘夜坐視瞻而達明也。

㉙見蟄蛩之夜行，自傷放棄，與昆蟲爲雙也。或曰：宵征，謂「七月在野，八月在宇，九月在户，十月蟋蟀入我牀下」，是其宵征。征，行也。

㉚年已過半，日進往也。亹亹，進貌也。詩云：「亹亹文王。」

㉛雖久壽考，無成功也。

悲憂窮慼兮①獨處廓②，有美一人兮③心不繹④。去鄉離家兮⑤徠遠客⑥，超逍遥兮⑦今焉薄⑧？專思君兮⑨不可化⑩，君不知兮⑪可奈何⑫！蓄怨兮積思⑬，心煩憺兮忘食事⑭。願一見兮道余一作「我」意⑮，君之心兮與余異⑯。車既駕兮朅而歸⑰，不得見兮心傷悲⑱。倚結軨兮長太息⑲，涕潺湲兮下霑軾⑳。忼慨絶兮不得㉑，中瞀戊音亂兮迷惑㉒。私自憐兮何極㉓，心怦怦披綳反兮諒直㉔。

①脩德見過，愁懼惶也。

②孤立特止，居一方也。

③位尊服好，謂懷王也。
④常念弗解，内結藏也。
⑤背違邑里，之他邦也。
⑥去郢南征，濟沅、湘也。
⑦遠去浮遊，離州域也。
⑧欲止無賢，皆讒賊也。
⑨執心壹意，在胷臆也。
⑩同姓親聯，恩義篤也。
⑪聰明淺短，志迷惑也。
⑫頑嚚難啓，長歎息也。
⑬結恨在心，慮憤鬱也。
⑭思君念主，忽不食也。
⑮舒寫忠誠，自陳列也。
⑯方圓殊性，猶白黑也。
⑰回逝言邁，欲反故國也。
⑱自傷流離，路隔塞也。

⑲伏車重軾而號泣也。

⑳泣下交流，濡茵席也。

㉑中情恚恨，心切剥[三]也。

㉒思念煩惑，忘南北也。

㉓哀禄命薄，常含慼也。

㉔志行中正，無所告也。

皇天平分四時兮①，竊獨悲此凜秋②。白露既下百草兮③，奄離披此梧楸④。去白日之昭昭兮⑤，襲長夜之悠悠⑥。離芳藹之方壯兮⑦，余萎透音約而悲愁⑧。秋既先戒之以白露兮⑨，冬又申之以嚴霜⑩。收恢炱徒來反之孟夏兮⑪，然欿口咸反傺丑例反而沈藏⑫。葉菸菸音於[四]，或音飫鬱也邑而無色兮⑬，枝煩挐女除反而交横⑭；顔淫溢而將罷疲音兮⑮，柯彷彿而萎黄⑯；萷梢櫹先彫反椮森音，又所感反之可哀兮⑰，形銷鑠而瘀於去反[五]傷⑱。惟其紛糅立將落兮⑲，恨其失時而無當⑳。擥慳音，又啟妍反騑菲音轡而下節兮㉑，聊逍遥以相佯㉒。歲忽忽而遒即秋反盡兮㉓，恐余壽之弗將㉔。悼余生之不時兮㉕，逢此世之俇匡音攘汝章反㉖。澹容與預音而獨倚兮㉗，蟋蟀鳴此西堂㉘。心怵惕而震盪兮㉙，何所憂之多方㉚！仰明月而太息兮㉛，步列星而極明㉜。

①何直春生而秋殺也。

②微霜淒愴，寒慄列也。

③萬物群生，將被害也。

④病傷茂木，又[六]芟刈也。

⑤違離天明而湮没也。

⑥永處冥冥而覆蔽也。

⑦去己盛美之光容也。

⑧身體疲病而憂窮也。

⑨君不弘德而嚴令也。

⑩刑罰劇峻而重深也。

⑪上無仁恩以養民也。夫天制四時，春生夏長，人君則之，以養萬物。秋殺冬藏，亦合其宜而行刑罰。故君賢臣忠，政合大中，則品庶安寧，萬物豐茂。上闇下僞，用法殘虐，則忠良被害，草木枯落。故宋玉援引天時，託譬草木。以茂美之樹興於仁賢，早遇霜露，懷德君子忠而被害也。

⑫民無住足，竄巖穴也。楚人謂住曰傺也。

⑬顏容變易而蒼黑也。

⑭柯條糾錯而崱嶷也。

⑮形貌羸瘦，無潤澤也。
⑯肌肉空虛，皮乾腊也。
⑰華葉已落，莖獨立也。
⑱身體焦枯，疲病久也。
⑲蓬茸顛仆，根蠹朽也。
⑳不值聖王而年老也。
㉑安步徐行而勿驅也。
㉒且徐徘徊以戲遊也。
㉓年歲逝往之若流也。
㉔懼我性命之不長也。
㉕傷己幼少，後三王也。
㉖卒遇譖讒而遽惶也。
㉗煢煢獨立，無朋黨也。
㉘自傷閔己，與蟲並也。
㉙思慮惕動，沸如湯也。
㉚内念君父及弟兄也。

㉛上告昊旻，愬神靈也。

㉜周覽九天，仰視星宿，不能卧寐，乃至明也。

竊悲夫蕙華之曾敷兮①，紛旖旎乎都房②。何曾華之無實兮③，從風雨而飛颺④。以爲君獨服此蕙兮⑤，羌無以異於衆芳⑥。閔奇思之不通兮⑦，將去君而高翔⑧。心閔憐之慘悽兮⑨，願一見而有明⑩。重無怨而生離兮⑪，中結軫而增傷⑫。豈不鬱陶而思君兮⑬？君之門以九重⑭。猛犬狺狺而迎吠兮⑮，關梁閉而不通⑯。皇天淫溢而秋霖兮⑰，后土何時而得漧⑱！塊獨守此無澤兮⑲，仰浮雲而永歎⑳。

①蕙草紛芳，以興在位之貴臣也。

②被服盛飾於宫殿也。旖旎，盛貌也。詩云：「旖旎其華。」

③外貌若忠，内心佞也。

④隨君嗜欲而回傾也。夫風爲號令，雨爲德惠，故風動而草木摇，雨降而萬物殖，故以風雨喻君。言政令德惠所由出也。

⑤體受正氣而高明也。

⑥乃與佞臣而同情也。

⑦傷己忠策無由入也。
⑧適彼樂土，之他域也。
⑨内自哀念，心隱惻也。
⑩分别貞正與僞惑也。
⑪身無罪過而放逐也。
⑫肝膽破裂，心剖煏也。
⑬憤念蓄積，盈胷臆也。
⑭閨闥扃閉，道路塞也。
⑮讒佞喧呼而在側也。
⑯閽人承指，呵問急也。
⑰久雨連日，澤深厚也。
⑱山阜濡澤，草木茂也。
⑲不蒙恩施，獨枯槁也。
⑳愬天語神，我何咎也。

何時俗之工巧兮①，背繩墨而改錯②！却騏驥而不乘兮③，策駑駘而取路④。當世豈無騏驥兮⑤，誠莫之能善御⑥。見執轡者非其人兮⑦，故跼跳而遠去⑧。鳧鴈皆唼夫粱藻兮⑨，鳳愈飄翔而高舉⑩。圜鑿而方枘兮⑪，吾固知其鉏鋙而難入⑫。衆鳥皆有所登棲兮⑬，鳳獨惶惶或作「遑」而無所集⑭。願銜枚而無言兮⑮，嘗被君之渥洽⑯。太公九十乃顯榮兮⑰，誠未遇其匹合⑱。謂騏驥兮安歸⑲？謂鳳皇兮安棲⑳？變古易俗兮世衰㉑，今之相者兮舉肥㉒。騏驥伏匿而不見兮㉓，鳳皇高飛而不下㉔。鳥獸猶知懷德兮㉕，何云賢士之不處㉖？驥不驟進而求服兮㉗，鳳亦不貪餧而妄食㉘。君棄遠而不察兮㉙，雖願忠其焉得㉚？欲寂寞而絕端兮㉛，竊不敢忘初之厚德㉜。獨悲愁其傷人兮㉝，馮鬱鬱其安一作「何」極㉞！

①世人辯慧，造詐僞也。

②違廢聖典，背仁義也。夫繩墨者，工之法度也。仁義者，民之正路也。繩墨用，則曲木截；仁義進，則讒佞滅。二者殊義，不可不察也。

③斥逐子胥與比干也。

④信任豎貂與椒、蘭也。

⑤家有稷、契與管、晏也。

⑥世無堯、舜及桓、文也。

⑦遭值桀、紂之亂昏也。

⑧被髮爲奴，走横奔也。
⑨群小在位，食重禄也。
⑩賢者伏匿，竄山谷也。
⑪正直邪枉，行殊則也。
⑫所務不同，若粉墨也。
⑬群佞並進，處官爵也。
⑭孔子棲棲而困厄也。
⑮意欲括囊而静默也。
⑯前蒙寵遇，錫祉福也。
⑰吕尚耇老然後貴也。
⑱遭值文王，功冠世也。
⑲躊躇吴坂，遇伯樂也。
⑳集棲梧桐，食竹實也。
㉑以賢爲愚，時闇惑也。
㉒不量才能，視顔色也。
㉓仁者幽處而隱藏也。

㉔智者遠逝，之四方也。
㉕慕歸堯、舜之聖明也。
㉖上〔七〕老太公，歸文王也。
㉗干木闔門而辭相也。
㉘顔闔鑿培〔八〕而逃亡也。
㉙介推割股而自放也。
㉚申生至孝而被謗也。
㉛甯武佯愚而不言也。
㉜嘗受禄惠，識舊德也。
㉝思念纏結，摧肝肺也。
㉞憤懣盈胷，終年歲也。

霜露慘悽而交下兮①，心尚幸其弗濟一云「尚羊」②。霰雪雰糅其增加兮③，乃知遭命之將至④。願徼幸而有待兮⑤，泊莽莽兮與壄草同死⑥。願自往而徑遊兮一云「願自直而徑往」⑦，路壅絶而不通⑧。欲循道而平驅兮⑨，又未知其所從⑩。然中路而迷惑兮⑪，自壓按而學誦⑫。性愚陋以褊淺兮⑬，信未達乎從容⑭。

①君政嚴急，而刑罰峻也。
②冀過[九]不成，得免脱也。
③威怒益盛，刑酷烈也。
④卒遇誅戮，身顛沛也。
⑤冀蒙貰赦，宥罪法也。
⑥將與百卉俱徂落也。
⑦不待左右之紹介也。
⑧讒臣嫉妬，無由達也。
⑨遵放衆人，所長爲也。
⑩不識趣舍，何所宜也。
⑪舉足猶豫，心回疑也。
⑫彌情定志，吟詩禮也。
⑬資質鄙鈍，寡所知也。
⑭君不照察其真僞也。

竊美申包胥之氣盛兮①，恐時世之不固②。何時俗之工巧兮③？滅規榘而改鑿在到反④。獨耿介而不隨兮⑤，願慕先聖之遺教⑥。處濁世而顯榮兮⑦，非余心之所樂所教反⑧。與其無義而有名兮⑨，寧窮處而守高⑩。食不媮而爲飽兮⑪，衣不苟而爲温⑫。竊慕詩人之遺風兮⑬，願託志乎素餐⑭。蹇充倔而無端兮⑮，泊莽莽而無垠⑯。無衣裘以禦冬兮⑰，恐溘死而不得見乎陽春⑱。

①申包胥，楚大夫也。昔伍子胥得罪於楚，將適於吴，見申包胥，謂曰：「我必亡郢。」申包胥答曰：「子能亡之，我能存之。」遂出奔吴，爲吴王闔閭臣。興兵而伐楚，破郢。昭王出奔。於是申包胥乃之秦請救兵，鶴立於秦庭，啼呼悲泣，七日七夜不絶於聲，勺飲不入於口。秦伯哀之，爲發兵救楚。昭王復國，故言「氣盛」也。

②俗人執誓多不堅也。

③静言諓諓而莫信也。

④棄捐仁義，信讒佞也。

⑤執節守度，不枉傾也。

⑥循行道德，遵典經也。

⑦謂仕亂君，爲公卿也。

⑧彼雖富貴，我不願也。

⑨宰嚭專吴，握君權也。
⑩思從夷、齊於首陽也。
⑪何必秔粱與芻豢也。
⑫非貴錦綺及綾紈也。
⑬勤身修德，樂伐檀也。
⑭不空食禄而曠官也。詩云：「彼君子兮，不素餐兮。」謂居其位食禄，無有功德，名曰「素餐」也。
⑮媒理斷絶，無因緣也。
⑯幽處山野而無鄰也。
⑰言己飢寒，家困貧也。
⑱懼命奄忽，不踰年也。

靚杪秋之遥夜兮①，心繚悷一作「悷」，音列。而有哀②。春秋逴逴敕角反而日高兮③，然惆悵而自悲④。四時遞來而卒歲兮⑤，陰陽不可與儷偕⑥。白日晼晚其將入兮⑦，明月銷鑠而減毁⑧。歲忽忽而遒盡兮⑨，老冉冉而愈弛⑩。心摇一作「遥」悦而日幸兮⑪，然怊抽音悵而無冀⑫。中憯惻之悽愴兮⑬，長太息而增欷⑭。年洋洋以日往兮⑮，老嵺廓而無處⑯。

事亹亹而覬進兮⑰，蹇淹留而躊躇⑱。

①盛陰脩夜，何難曉也。
②思念糾戾，腸折摧也。
③年齒已老，將晚暮也。
④功名不立，自矜哀也。
⑤冬夏更運，去若頹也。
⑥寒往暑來，難追逐也。
⑦年時欲暮，才力衰也。
⑧形容減少，顔色虧也。
⑨時忽晻晻，若騖馳也。
⑩年命逝往，促急危也。
⑪意中私喜，想用施也。
⑫内無所恃，失本義也。
⑬志願不得，心肝沸也。
⑭憂懷感結，重歎悲也。

⑮歲月已盡，去奄忽也。

⑯亡官失禄，去家室也。

⑰思想君命，幸復位也。

⑱久處無成，卒放棄也。

何氾濫之浮雲兮①，猋壅蔽此明月②！忠昭昭而願見兮③，然霒陰音〔一〇〕，一作「雺」曀而莫達④。願晧日之顯行兮⑤，雲濛濛而蔽之⑥。竊不自聊而願忠兮⑦，或黕丁感反點而汙之⑧。堯舜之抗行兮⑨，瞭杳音冥冥而薄天⑩。何險巇之嫉妬兮⑪，被以不慈之僞名⑫。彼日月之照明兮⑬，尚黯黮禫音而有瑕⑭。何況一國之事兮⑮，亦多端而膠加⑯。

①浮雲晻翳，興讒佞也。

②妨遮忠良，害妬仁賢也。夫浮雲行則蔽月之光，讒佞進則忠良壅也。

③思竭蹇蹇而陳誠也。

④邪僞推排而隱蔽也。

⑤思望聖君之聘請也。日以喻君。詩云：「杲杲出日。」

⑥羣小專恣，掩君明也。

⑦意欲竭死，不顧生也。

⑧讒人誣謗，被以惡名也。

⑨聖迹顯著，高無顛也。

⑩茂德焕炳，配乾坤也。

⑪亂惑之主，嫉其榮也。

⑫言堯有不慈之過，以其不傳丹朱也；舜有卑父之謗，以其不立瞽瞍也。

⑬三光照察，鏡幽明也。

⑭雲霓之氣，蔽其精也。

⑮衆職叢務，君異政也。

⑯賢愚反戾，人異形也。

被荷裯之晏晏兮①，然潢（晃音）洋（養音）而不可帶②。既驕美而伐武兮③，負左右之耿介④。憎慍惀之脩美兮⑤，好夫人之慷慨⑥。衆踥蹀（上思協反，下音牒）而日進兮⑦，美超遠而逾邁⑧。農夫輟耕而容與（音預）兮⑨，恐田野之蕪穢⑩。事綿綿而多私兮⑪，竊悼後之危敗⑫。世雷同而炫曜兮⑬，何毁譽之昧昧⑭！今脩飾而窺鏡兮⑮，後尚可以竄藏⑯。願寄言夫流星兮⑰，羌倏（音條）忽而難當⑱。卒壅蔽此浮雲兮⑲，下暗漠而無光⑳。堯舜皆有所舉一作「專」任兮㉑，故高枕而自適㉒。諒無怨於天下兮㉓，心焉取此怵惕㉔。椉音乘騏驥之瀏瀏兮㉕，馭安用夫强策㉖？諒城郭之不足恃兮㉗，雖重介之何益㉘？邅翼翼而無終兮㉙，忳屯音惛昬音惛而愁約㉚。生天地之若過兮㉛，功不成而無効㉜。願沈滯而無見兮㉝，尚欲布名乎天下㉞。然潢洋而不遇兮㉟，直怐愗而自苦㊱。莽洋洋而無極兮㊲，忽翱翔之焉薄㊳？國有驥而不知椉兮㊴，焉皇皇而更索㊵？甯戚謳於車下兮㊶，桓公聞而知之㊷。無伯樂之善相兮㊸，今誰使乎訾〔一一〕之㊹。罔流涕以聊慮兮㊺，惟著意而得之㊻。紛純純之願忠兮㊼，妬被離而彰之㊽。

①荷，芙蕖也。裯，衹裯也，若襜褕矣。晏晏，盛貌也。

②潢洋，猶浩蕩。不著人貌也。言以荷葉爲衣，雖香好，然浩浩蕩蕩而不可帶，又易敗也。以諭懷王自以爲有賢明之德，猶以荷葉爲衣，必壞敗也。

③懷王自謂有懿德，又勇猛。

④恃怙衆士被甲兵也。懷王内無文德，不納忠言，外好武備而無名將，所以爲秦所誘，客死不還。

⑤惡孫叔敖與子文也。

⑥愛重囊瓦與莊蹻也。

⑦無極之徒在帷幄也。

⑧接輿避世，辭金玉也。
⑨愁苦賦斂之重數也。
⑩生不耨鋤，亡五穀也。
⑪政由細微以亂國也。
⑫子孫絶嗣，失社稷也。
⑬俗人羣黨，相稱舉也。
⑭論善與惡，不分析也。
⑮言與行副，面不慙也。
⑯身雖隱匿，名顯彰也。
⑰欲託忠策於賢良也。
⑱行疾去亟，路不阻也。
⑲終爲讒佞所覆冒也。。
⑳忠臣喪精，不議謀也。
㉑稷、契、禹、益與咎繇也。
㉒安卧垂拱，萬國治也。
㉓己之行度，信無尤也。

㉔内省審己，無畏懼也。
㉕衆賢並進，職事脩也。
㉖百姓乘化，刑不用也。
㉗信哉險阻，何足恃也？
㉘身被甲鎧，猶爲虜也。
㉙竭身恭敬，何有極也。
㉚憂心悶瞀，自約束也。
㉛忽若雲馳，駟過隙也。
㉜道德不施，志不遂也。
㉝思欲潛匿，自屏棄也。
㉞敷名四〔一二〕海，垂號謚也。
㉟佷倡後時，無所逮也。
㊱守死忠信，以自畢也。
㊲周行曠野，將何之也。
㊳浮遊四海，無所集也。
㊴推遠周邵與伊摯也。

㊵不識賢愚，尚暗昧也。

㊶飯牛而歌，廝賤役也。

㊷言合聖道，應經術也。

㊸驥與駑鈍，幾不別也。

㊹後世歎譽，稱其德也。

㊺愴然深思而悲泣也。

㊻知天生賢，不空出也。

㊼思碎首脛〔一三〕而伏節也。

㊽讒邪妬害而壅遏也。

願賜不肖之軀而別離兮①，放遊志乎雲中②。椉精氣之摶摶佐官反兮③，鶩諸神之湛湛耽音④。驂白霓之習習兮⑤，歷群靈之豐豐⑥。左朱雀之茇茇兮⑦，右蒼龍之躍躍⑧。屬雷師之闐闐兮⑨，通飛廉之衙衙⑩。前輕輬之鏘鏘兮⑪，後輜椉之從從⑫。載雲旗之委蛇兮⑬，扈屯騎之容容⑭。計專專之不可化兮⑮，願遂推而爲臧⑯。賴皇天之厚德兮⑰，還及君之無恙⑱。

①乞丐骸骨而自退也。

②上從豐隆而觀望也。

③託載日月之光耀也。楚人名「員」曰「摶」也。

④追逐羣靈之遺風也。

⑤驂駕素虹而東西也。言己雖去舊土，猶脩潔白以厲身也。

⑥周過列宿，在六宗也。

⑦朱雀奉送，飛翩翻也。

⑧青虯負轂而扶轅也。

⑨整理車駕而鼓嚴也。

⑩風伯次且[一四]而掃塵也。

⑪軒車先[一五]導，聲轔轔也。

⑫輜輧侍從，響雷震也。

⑬旂旗盤紆，背[一六]霄雲也。

⑭羣馬分布，列前後也。

⑮我心匪石，不變轉也。

⑯執履忠信，不離善也。

⑰靈神覆祐，無疾病也。

⑱願楚無憂，君康寧也。言己雖升雲遠遊，隨從百神，志猶念君而不能忘者也。

【校勘記】

［一］氣，原作「冷」，據文選本改。
［二］卷，原作「暴」，據文選本改。
［三］「切剥」二字，原作「剥切」。按，「切」字失韻，蓋剥、切誤倒，本書他處均作「切剥」。慧琳音義引亦作「切剥」，蓋所據章句本未倒。今據以乙正。
［四］於，原脱，據補注本補。
［五］反，原作「也」，據文意改。
［六］又，原作「人」，據馮本、莊本改。
［七］上，原作「大」，據文選秀州本改。補注本作「二」。按：二，即古「上」字。
［八］培，補注本作「坏」，文選秀州本作「墻」，明州本作「坯」。
［九］過，原脱，據馮本、莊本補。
［一〇］「陰」字爲注音，據例脱「音」字，當補。
［一一］砦，補注本作「礜」。
［一二］四，原作「曰」，據隆慶本、馮本、俞本、朱本、莊本改。

〔一三〕脛，補注本作「腦」。
〔一四〕「次且」二字，原作「決直」，據馮本、莊本改。
〔一五〕先，原作「無」，據馮本、朱本、莊本改。
〔一六〕背，原作「皆」，據補注本改。

楚辭卷第九

漢劉向子政編集　王逸叔師章句
後學西蜀高第　吴郡黄省曾校正

招䰟章句第九

招䰟者，宋玉之所作也。招者，召也。以手曰招，以言曰召。䰟者，身之精也。宋玉憐哀屈原忠而斥棄，愁懣山澤，䰟䰟放佚，厥命將落，故作招䰟，欲以復其精神，延其年壽，外陳四方之惡，内崇楚國之美，以諷諫懷王，冀其覺悟而還之也。

朕幼清以廉潔兮①，身服義而未沫音妹②。主此盛德兮，牽於俗而蕪穢③。上無所考此盛德兮④，長離殃而愁苦⑤。帝告巫陽⑥曰：「有人在下，我欲輔之⑦。䰟䰟離散，汝筮予之。」⑧巫陽對曰：「掌瘳⑨。」上帝其命難從⑩。「若必筮予之，恐後之謝，不能復用巫陽焉。」⑪

①朕，我也。不求曰清，不受曰廉，不污曰潔。

②沬，已也。言我少小脩清潔之行，身服仁義，未曾有懈已之時也。

③牽，引也。不治曰蕪，多草曰穢。言己施行，常以道德爲主，以忠事君，以信結交，而爲俗人所推引，德能蕪穢，無所用也。

④考，校。

⑤殃，禍也。言己履行忠信而遇暗主，上則無所考校己之盛德，長遭殃禍，愁苦而已也。

⑥帝，謂天帝也。女曰巫，陽，其名也。

⑦人，謂賢人，則屈原也。宋玉上設天意，祐祚貞良，故曰帝告巫陽，有賢人屈原在於下方，我欲輔成其志，以厲黎民也。

⑧魂者，身之精也。魄者，性之決也。所以經緯五藏，保守形體也。筮，卜問也。蓍曰筮。尚書曰：「決之蓍龜。」言天帝哀閔屈原魂魄離散，身將顛沛，故使巫陽筮問求索，得而與之，使反其身也。

⑨巫陽對天帝曰，言招魂者，本掌㝱之官所職主也。

⑩言天帝難從掌㝱之官，欲使巫陽也。

⑪謝，去也。巫陽言：如必欲先筮問求魂魄所在，然後與之，恐後世怠懈，必去卜筮之法，不能復脩用，但招之可也。

乃下招曰①：䰟兮歸來②，去君之恒幹③，何爲四方些蘇賀反，一云「何爲乎四方」④？舍君之樂處，而離彼不祥些⑤。䰟兮歸來，東方不可以託些⑥。長人千仞，唯䰟是索些⑦。十日代出⑧，流金鑠石些⑨。彼皆習之，䰟往必釋些⑩。歸來歸來，不可以託些⑪。䰟兮歸來，南方不可以止些⑫。雕題黑齒⑬，得人肉而祀，以其骨爲醢些⑭。蝮蛇蓁蓁⑮，封狐千里些⑯。雄虺九首⑰，往來儵忽，吞人以益其心些⑱。歸來歸來，不可以久淫些⑲。䰟兮歸來，西方之害，流沙千里些⑳。旋入雷淵㉑，糜一作「靡」散而不可止些㉒。幸而得脱，其外曠宇些㉓。赤蟻若象㉔，玄蠭若壺些㉕。五穀不生，藂菅是食些㉖。其土爛人，求水無所得些㉗。彷徉無所倚，廣大無所極些㉘。歸來歸來，恐自遺賊些㉙。䰟兮歸來，北方不可以止些。增冰峨峨，飛雪千里些㉚。歸來歸來，不可以久些㉛。䰟兮歸來，君無上天些㉜。虎豹九關，啄害下人些㉝。一夫九首，拔木九千些㉞。豺狼從目，往來侁侁些㉟。懸人以娭許其反，投之深淵些㊱。致命於帝，然後得瞑些㊲。歸來歸來，往恐危身些㊳。䰟兮歸來，君無下此幽都些㊴。土伯九約，其角觺觺牛力反，又五其反些㊵。敦脄音每血拇㊶，逐人駓駓些㊷。參目虎首，其身若牛些㊸。此皆甘人，歸來歸來，恐自遺災些㊹。䰟兮歸來，入脩門些㊺。工祝招君，背行先些㊻。秦篝齊縷㊼，鄭綿絡些㊽。招具該備，永嘯呼些㊾。䰟兮歸來，反故居些㊿。

①巫陽受天帝之命，因下招屈原之䰟。

②還歸屈原之身。

③恒，常也。幹，體也。易曰：「貞者，事之幹也。」

④言魂靈當扶人養命，何爲去君之常體而遠之四方乎？夫人須魂而生，魂待人而榮，二者別離，命則霣也。或曰「去君之恒閈」。閈，里也。楚人名里曰閈也。

⑤舍，置也。祥，善也。言何爲舍君楚國饒樂之處，而陸離走不善之鄉，以犯觸衆惡也。

⑥託，寄也。論語曰：「可以託六尺之孤。」言東方之俗，其人無義，不可託命寄身也。

⑦七[二]尺曰仞。索，求也。言東方有長人之國，其高千仞，主求人魂而食之。

⑧代，更。

⑨鑠，銷也。言東方有扶桑之木，十日並在其上，以次更行，其熱[三]酷烈，金石堅剛，皆爲銷釋也。

⑩釋，解也。言彼十日之處，自習其熱。魂行往到，身必解爛也。

⑪言魂魄宜急來歸，此誠不可以託附，留而居之也。

⑫言南方之俗，其人無信，不可久留也。

⑬雕，畫。題，額。

⑭醢，醬也。言南極之人，雕畫其額，齒牙盡黑，常食蠃蜯，得人之肉，用祭祀先祖，復以骨爲醢醬也。

⑮蝮，大蛇也。蓁蓁，積聚之貌。

⑯封狐，大狐也。言炎土之氣，多蝮虺惡蛇，積聚蓁蓁，爭欲齧人。又有大狐，健走，千里求食，不可逢遇也。

⑰首，頭也。

⑱儵忽，疾急貌也。言復有雄虺，一身九頭，往來奄忽，常喜吞人魂魄，以益其心，賊害之甚也。

⑲淫，遊也。言其惡如此，不可久遊，必被害也。

⑳流沙，沙流而行也。尚書曰：「餘波入於流沙。」言西方之地，厥土不毛，流沙滑滑，晝夜流行，縱橫千里，又無舟航也。

㉑旋，轉也。淵，室也。

㉒爢，碎也。言欲涉流沙，則回入雷公之室，轉還而行，身雖靡碎，尚不可得休息也。

㉓曠，大也。宇，野也。言從雷淵雖免脱，其外復有曠遠之野，無民之土也。

㉔螘，蚍蜉也。小者爲螘，大者爲蚍蜉也。

㉕壺，乾瓠也。言曠野之中，有赤蟻，其大如象。又有飛蠭，腹大如壺。皆有蠚毒，能殺人也。

㉖柴棘爲藂。菅，茅也。言西極之地，不生五穀，但食柴草，若羣牛也。

㉗言西方之土温暑而熱，燋爛人肉，渴欲求水，無有源泉，不可得也。

㉘倚，依也。言欲彷徉東西，無民可依。其野廣大，行不可極也。

㉙賊，害也。言魂魄欲往者，自予賊害也。

㉚言北方常寒，其冰重累，峨峨如山，凉風急時，疾雪隨之，飛行於千里，乃至地也。
㉛言其寒殺人，不可久留也。
㉜天不可得上也。
㉝啄，齧也。言天門九重，使神虎豹執其關閉，主啄齧天下欲上之人而殺之。
㉞言有丈夫一身九頭，强梁多力，從朝至暮，拔大木九千枚也。
㉟侁侁，行聲也。詩曰：「侁侁征夫。」言天上有豺狼之獸，其目皆從，奔走往來，其聲侁侁，争欲啗人也。
㊱投，擿也。言豺狼得人，不即啗食，先懸其頭，用之娱戲，疲倦已後，乃擿於深淵之底而棄之。
㊲瞑，卧也。言投人已訖，上致命於玉帝，然後乃得眠卧也。
㊳往即逢害，身危殆也。
㊴幽都，地下，后土所治也。地下幽冥，故稱「幽都」。
㊵土伯，后土之侯伯也。約，屈也。觺觺，猶狺狺，角利貌也。言地有土伯，執衛門户，其身九屈，有角觺觺，主觸害人也。
㊶敦，厚也。脄，背也。拇，手拇指也。
㊷駓駓，走貌也。言土伯之狀，廣肩厚背，逐人駓駓，其走捷疾，以手中血漫污人也。
㊸言土伯之頭，其貌如虎，而有三目，身又肥大，狀如牛也。

㊹甘，美也。災，害也。言此物食人以爲甘美，往必自害不旋踵也。

㊺脩門，郢城門也。宋玉設呼屈原之䰟歸楚都，入郢門。欲以感激懷王，使還之也。

㊻工，巧也。男巫曰祝。背，倍也。言選擇名工巧辨之巫，使招呼君，倍道先行，導以在前，宜隨之也。

㊼篝，絡。縷，綫也。

㊽綿，纏也。絡，縛也。言爲君䰟作衣，乃使秦人織其篝絡，齊人作綵縷，鄭國之工纏而縛之，堅而且好也。

㊾該，亦備也。言撰設甘美，招䰟之具，靡不畢備。故長嘯大呼，以招君也。夫嘯者，陰也。呼者，陽也。陽主䰟，陰主魄。故必嘯呼以感之也。

㊿反，還也。故，古也。言宜急來歸，還古昔之處。

天地四方，多賊姦些①。像設君室②，靜閒安些③。高堂邃宇④，檻層軒些⑤。層臺累榭⑥，臨高山些⑦。網户朱綴⑧，刻方連些⑨。冬有突夏⑩，夏室寒些⑪。川谷徑復⑫，流潺湲些⑬。光風轉蕙⑭，氾崇蘭些⑮。經堂入奥⑯，朱塵筵些⑰。砥室翠翹⑱，挂曲瓊些⑲。翡翠珠被⑳，爛齊光些㉑。蒻阿拂壁㉒，羅幬張些㉓。纂組綺縞㉔，結琦璜些㉕。室中之觀，多珍怪些㉖。蘭膏明燭㉗，華容備些㉘。二八侍宿㉙，射遞代些㉚。九侯淑女㉛，多迅衆些㉜。盛鬋不同制㉝，實滿宮些㉞。容態好比㉟，順彌代些㊱。弱顔固植㊲，謇其有意些㊳。姱容脩態㊴，絙洞房些㊵。蛾眉曼睩㊶，目騰光些㊷。靡顔膩理㊸，遺視矊綿、泫二音些㊹。離榭脩幕㊺，侍君之閒閑音些㊻。翡帷翠幬，飾高堂些㊼。紅壁沙版㊽，玄玉之梁些㊾。仰觀刻桷，畫龍蛇些㊿。坐堂伏檻(51)，臨曲池些(52)。芙蓉始發(53)，雜芰荷些(54)。紫莖屏風(55)，文緣波些(56)。文異豹飾，侍陂陁些(57)。軒輬既低(58)，步騎羅些(59)。蘭薄户樹(60)，瓊木籬些(61)。䰟兮歸來！何遠爲些(62)？

①賊，害也。姦，惡也。言天有虎豹，地有土伯，東有長人，西有赤蟻，南有雄虺，北有增冰，皆爲姦惡，以賊害己也。

②像，法。

③無聲曰静，空寬曰閒。言乃爲君造設第室，法像舊廬，所在之處，清静寬閒而安樂也。

④邃，深也。宇，屋也。

⑤檻，楯也。從曰檻，横曰楯。軒，版也。言所造之堂室，其堂高顯，屋宇深邃，下有檻楯，上有樓板，形容異制，且鮮明也。

⑥層、累，皆重也。無木謂之臺，有木謂之榭。

⑦言復作層重之臺，累石之榭，其顛眇眇，上[三]乃臨於高山也。或曰：臨高山而作臺榭。

⑧網户，綺文鏤也。朱，丹也。綴，緣也。

⑨刻，鏤也。横木關柱爲連。言門户之楣，皆刻鏤[四]綺文，朱丹其椽，雕鏤連木，使之方好也。

⑩突，複室也。夏，大屋也。詩云：「於我乎夏屋渠渠。」

⑪言隆冬凍寒，則有大屋，複突温室。盛夏暑熱，則有洞達陰堂，其内寒涼也。

⑫流源爲川，注谿爲谷。徑，過也。復，反也。

⑬言所居之舍，激導川水，徑過園庭，回通反復，其流急疾，又潔净也。

⑭光風，謂雨已日出而風，草木有光也。轉，摇也。

⑮氾，猶汎汎，摇動貌也。崇，充也。言天雨霽日明，微風奮發，動摇草木，皆令有光，充實蘭蕙，使之芬芳而益暢茂也。

⑯西南隅謂之奥。

⑰朱，丹也。塵，承塵也。筵，席也。詩云：「肆筵設机。」言升殿過堂，入房至室奥處，上則有朱畫承塵，下則有簟筵好席，可以休息也。或曰：朱塵筵，謂承塵搏壁，曼延相連接也。

⑱砥，石名也。翠，鳥名也。翹，羽也。

⑲挂，懸也。曲瓊，玉鈎也。言内卧之室，以砥石爲壁，平而滑澤，以翠鳥之羽，雕飾玉鈎，以懸衣物也。或曰：僵室，謂僵佪曲房也。

⑳雄曰翡，雌曰翠。被，衾也。

㉑齊，同也。言牀上之被則飾以翡翠之羽及與珠璣，刻畫衆華，其文爛然而同光明也。

㉒蒻，蒻席。阿，曲隅也。拂，薄也。

㉓羅，綺屬也。張，施也。言房内則以蒻席薄牀、四壁及與曲隅，復施羅幬，輕且涼也。

㉔纂、組，綬類也。

㉕璜，玉名也。言幬帳之細，皆用綺縞，又以纂組結束玉璜，爲帷帳飾也。

㉖金玉爲珍，詭異爲恠。言縱觀房室之中，四方珍琦，玩好恠物，無不畢具也。

㉗蘭膏，以蘭香煉膏也。

㉘容，貌也。言日暮遊宴，燃香蘭之膏，張施明燭。觀其鐙錠，雕鏤百獸，華奇好備也。

㉙二八，二列也。言大夫有二列之樂，故晉悼公賜魏絳［五］女樂二八、歌鍾二肆也。

㉚射，猒也。詩云：「服之無射。」遞，更也。言使好女十六人，侍君宴宿，意有猒倦，則使更相代也。或曰：夕遞代。夕，暮也。

㉛淑，善。

㉜迅，疾也。言復有九國諸侯好善之女，多才長意，用心齊疾，勝於衆人也。

㉝鬋，鬢也。制，法也。

㉞宮，猶室也。爾雅曰：「宮謂之室。」言九侯之女，工巧妍雅，裝飾兩結，垂髮鬢下鬋，形貌奇異，不與衆同，皆來實滿後宮也。

㉟態，姿也。比，親也。

㊱彌，久也。言美女衆多，其貌齊同，姿態好善，自相親比，承順上意，久則相代也。

㊲固，堅也。植，志也。

㊳謇，正言貌。言美女内多廉恥，弱顔易愧，心志堅固，不可侵犯，則謇然發言，中禮意也。

㊴姱，好貌。脩，長也。

㊵緪，竟也。房，室也。言復有美好之女，其貌姱好，多意長智，群聚羅列，竟於洞達，滿於房室也。

㊶曼，澤也。睩，視貌。

㊷騰，馳也。言美女之貌，蛾眉玉白，好目曼澤，時睩睩然視，精光騰馳，驚惑人心也。

㊸靡，緻也。膩，滑也。

㊹遺，竊視也。矊，脉也。言諸美女顔容脂緻，身體柔滑，心中矊脉，時時竊視，安詳審諦，志不可動也。

㊺離，别[六]也。脩，長也。幕，大帳也。

㊻閒，静也。言願令美女於離宫别觀帳幕之中，侍君閒静而宴遊也。

㊼言復以翡翠之羽，雕飾幬帳，張高堂以樂君也。

㊽紅，赤白也。沙，丹沙也。

㊾玄，黑也。言堂上四壁皆堊色，令之紅白，又以丹沙畫飾軒版，承以黑玉之梁，五采分别也。

㊿言仰觀視屋之榱橑，皆刻畫龍蛇而有文章也。

(51)檻，楯也。

(52)言坐於堂上，前伏檻楯，下臨曲水清池，可漁釣也。

㊾芙蓉，蓮花也。

㊿芰，菱也。秦人謂之薢茩。言池水之中有芙蓉，始發其華，芰菱雜錯，羅列而生，俱盛茂也。或曰：倚荷，謂荷立生水中，持倚之也。

(55)屏風，水葵也。

(56)言復有水葵生於池中，其莖紫色，風起水動，波緣其葉上而生文也。或曰：紫莖，言荷莖紫色也。屏風，謂荷葉鄣風也。

(57)陂陁，長陛也。言侍從之人，皆衣虎豹之皮、異采之飾，侍君堂隅，衛階陛也。或曰：侍陂陀，謂侍從於君遊陂池之中也。

(58)軒、輬，皆輕車名也。低，屯也。

(59)徒行爲步，乘馬爲騎。羅，列也。言官屬之車，既已屯止，步騎士衆，羅列而陳，竢須君命也。

(60)薄，附也。樹，種也。

(61)柴落爲籬。言所造舍，種樹蘭蕙，附於門户，外以玉木爲其籬落，守禦堅重，又芬香也。

(62)遠爲四方而不歸也。

室家遂宗①，食多方些②。稻粢穱音捉麥③，挐黄粱些④。大苦鹹酸⑤，辛甘行些⑥。肥牛之腱居言反⑦，臑⑧儒音若芳些⑨。和酸若苦，陳吴羹些⑩。臑鼈炮羔⑪，有柘漿些⑫。鶴酸臇婌兗反臯⑬，煎鴻鶬些⑭。露雞臛蠵音攜，又音惟⑮，厲而不爽些⑯。粔音巨籹音女蜜餌，有餦餭音張皇些⑰。瑤漿蜜勺⑱，實羽觴些⑲。挫糟凍飲⑳，酎清涼些㉑。華酌既陳㉒，有瓊漿些㉓。歸來反故室，敬而無妨些㉔。肴羞未通㉕，女樂羅些㉖。敶鍾按鼓㉗，造新歌些㉘。涉江采菱，發揚荷些㉙。美人既醉，朱顔酡些㉚。娭光眇視㉛，目曾波些㉜。被文服纖㉝，麗而不奇些㉞。長髮曼鬋㉟，豔陸離些㊱。二八齊容㊲，起鄭舞些㊳。衽若交竿，撫案下些㊴。竽瑟狂會㊵，搷鳴鼓些㊶。宫庭震驚㊷，發激楚些㊸。吴歈蔡謳㊹，奏大吕些㊺。士女雜坐，亂而不分些㊻。放敶組纓㊼，班其相紛些㊽。鄭衛妖玩，來雜陳些㊾。激楚之結㊿，獨秀先些(51)。菎蔽象棊(52)，有六簙些(53)。分曹並進(54)，遒相迫些(55)。成梟而牟(56)，呼五白些(57)。晉制犀比(58)，費白日些(59)。鏗鍾搖簴(60)，揳梓瑟些(61)。娱酒不廢(62)，沈日夜些(63)。蘭膏明燭，華鐙錯些(64)。結撰至思(65)，蘭芳假格音些(66)。人有所極，同心賦些(67)。酎飲盡歡，樂先故些(68)。魂兮歸來！反故居些(69)。

①宗，衆也。

②方，道也。言君九族室家以衆盛，人人曉味，故飲食之和，多方道也。

③稻，稌。粢，稷也。穱，擇也。擇麥中先熟者。

④挐，糅也。言飯則以秔稻糅稷，擇新麥糅以黄粱，和而柔嬬，且香滑也。

⑤大苦，豉也。

⑥辛，謂椒、薑也。甘，謂飴蜜也。言取豉汁，調和以椒薑醎酸，和以飴蜜，則辛甘之味皆發而行也。

⑦腱，筋頭也。

⑧嫩，軟也。

⑨臑若，熟爛也。言取肥牛之腱，爛熟之，則肥濡美也。

⑩言吳人工作羹，和調甘酸，其味若苦而復甘也。

⑪羔，羊子也。

⑫柘，藷蔗也。言復以飴蜜臑鼈炮羔，令之爛熟，取藷蔗之汁爲漿飲也。或曰：血鼈炰羔，和牛五藏爲羔，臑鶩爲羹。

⑬臇，小臛也。

⑭鴻，鴻鴈也。鶬，鶬鶴也。此言復以酢醬烹鵠爲羹，小臇臛鳧，煎熬鴻鶬，令之肥美也。

⑮露雞，露棲之雞也。有菜曰羹，無菜曰臛。蠵，大龜也。

⑯厲，列也。爽，敗也。楚人名羹敗曰爽。言乃復烹露棲之肥雞，臛蠵龜之肉，則其味清烈不敗也。

⑰餦餭，餳也。言以蜜和米麪，熬煎作粔籹，擣黍作餌，又有美餳，衆味甘美也。

⑱瑤，玉也。勺，沾也。

⑲實，滿也。羽，翠羽也。觴，觚也。言食已復有玉漿，以蠠沾之，滿於羽觴，以嗽口也。

⑳挫，捉也。凍，冰也。

㉑酎，醇酒也。言盛夏則爲覆蹙乾釀，捉去其糟，但取清醇，居之冰上，然後飲之，酒寒涼，又長味好飲也。

㉒酌，酒斗也。

㉓言酒罇在前，華酌陳列，復有玉漿，恣意所用也。

㉔妨，害也。言君寃急來歸，還反所居故室，子孫承事恭敬，長無禍害也。

㉕魚肉爲肴。羞，進也。

㉖言肴膳已具，進舉在前，賓主之禮，殷勤未通，則女樂倡蕩，羅列在堂下也。

㉗按，徐。

㉘言乃奏樂作音，而撞鍾徐鼓，造爲新曲之歌，與衆絶異也。

㉙楚人歌曲也。言己涉渡大江，南入湖池，采取菱芰，發揚荷葉。喻屈原背去朝堂，隱伏草澤，失其所也。

㉚朱，赤也。酡，著也。言美女飲唱醉飽，則面著赤色而鮮好也。

㉛娭，戲也。眇，眺也。

㉜波，華也。言美女酣樂，顧望娛戲，身有光文，眺視曲眄，目采盻然，白黑分明，若水波而重華也。

㉝文，謂綺繡也。纖，謂羅縠也。

㉞麗，美好也。不奇，奇也。猶詩云：「不顯文王。」不顯，顯也。言美女被服綺繡，曳羅縠，其容靡

麗，誠獨奇侹者也。

㉟曼，澤。

㊱豔，好貌也。左氏傳曰：「宋華督見孔父之妻，目逆而送之，曰：『美而豔。』」言美人長髮工結，鬋鬢滑澤，其狀豔美，儀貌陸離，而難具形也。

㊲齊，同。

㊳鄭舞，鄭國之舞也。言二八美女，其儀容齊一，被服同飾，奮袂俱起而鄭舞也。或曰：鄭舞，鄭重屈折而舞也。

㊴撫，抵也。言舞者使便旋，衣衽掉摇，回轉相鉤，狀若交竹竿，以手抵案而徐來行也。

㊵狂，猶並也。

㊶搷，擊也。言衆樂並會，吹竽彈瑟。又搷擊鳴鼓，以進八音爲之節。

㊷震，動也。驚，駭也。

㊸激楚［七］，清聲也。言吹竽擊鼓，衆樂並會，宫庭之内，莫不震動驚駭，復作激楚清聲，以發其音也。

㊹吳、蔡，國名也。歈、謳，皆歌也。

㊺大吕，六律名也。周官曰：「舞雲門，奏大吕。」言乃復使吳人歌謡，蔡人謳吟，進雅樂，奏大吕，五音六律，聲和調也。

㊻言醉飽酣樂，合罇促席，男女雜坐，比肩齊膝，恣意調戲，亂而不分別也。

㊼組，綬。

㊽紛，亂也。言男女共坐，除去威嚴，放其冠纓，舒敶印綬，班然相亂，不可整理。

㊾雜，厠也。陳，列也。言鄭、衛二國復遺妖玩之好女，來雜側俱坐而陳列也。

㊿激，感也。結，頭髻也。

(51)秀，異也。言鄭、衛妖女工於服飾，其結殊形，能感楚人，故異之，使之先進也。

(52)菎，玉。蔽，簙箸，以玉飾之也。或言：菎蕗，今之箭囊也。

(53)投六箸，行六棊，故爲六簙也。言宴樂既畢，乃設六簙，以菎蕗作箸，象牙爲棊，妙而且好也。

(54)曹，偶。

(55)遒，亦迫也。言分曹列偶，並進技巧，投箸行棊，轉相遒迫，使不得擇行也。或曰：「分曹並進」者，謂並用射禮進也。

(56)倍勝爲牟。

(57)五白者，簙齒也。言己棊已梟，當成牟勝，射張食棊，下兆於屈，故呼「五白」，以助投也。兆於屈，一作「逃於窟」。

(58)晉，國名也。制，作也。比，集也。

(59)費，光貌也。言晉國工作簙棊箸，比集犀角，以爲雕飾，投之皜然如日光也。

(60)鏗，撞也。摇，動也。

(61)揳，鼓也。言衆賓既集，共簙以相娭樂，堂下復鳴大鍾，左右歌吟，鼓瑟琴也。

(62)娭，樂。

(63)言雖以酒相娭樂，不廢政事，晝夜沈湎，以忘憂也。或曰：「娭酒不發。」發，旦也。詩云：「明發不寐。」言娭樂日夜湛樂。又曰：「和樂且湛。」言晝夜以酒相樂也。

(64)言鐙錠盡雕琢錯鏤，飾以禽獸，有英華也。

(65)撰，猶博也。

(66)假，至也。書曰：「假于上下。」蘭芳，以喻賢人也。言君能結撰博專至之心，以思賢人，賢人即自至也。

(67)賦，誦也。言衆坐之人，各欲盡情，與己同心者，猶誦忠信與道德也。

(68)故，舊也。言飲酒作樂，盡己歡欣者，誠欲樂我先祖及與故舊人也。

(69)言魂神宜急來歸，還反楚國，居舊故之處，安無憂也。

亂曰：獻歲發春兮①，汩吾南征②，菉蘋齊葉兮③白芷生④。路貫廬江兮左長薄⑤，倚沼畦瀛兮⑥遥望博⑦。青驪結駟兮⑧齊千乘⑨，懸火延起兮玄顔烝⑩。步及驟處兮⑪誘騁先⑫，抑騖若通兮⑬引車右還⑭。與王趨夢兮課後先⑮。君王親發兮⑯憚青兕兕，一作

「兕」⑰，朱明承夜兮⑱時不可以淹一作「時不見淹」⑲。皐蘭被徑兮⑳斯路漸音尖㉑。湛湛江水兮㉒上有楓㉓，目極千里兮傷心悲一作「傷春心」㉔。魂兮歸來哀江南㉕。

①獻，進。

②征，行也。言歲始來進，春氣奮揚，萬物皆感氣而生。自傷放逐，獨南行也。

③菉，王芻也。

④言屈原放時，菉蘋之草，其葉適齊，白芷萌芽，方始欲生。據時所見，自傷哀也。猶詩云「昔我往矣，楊柳依依」也。

⑤貫，出也。廬江、長薄，地名也。言屈原行先出廬江，過歷長薄。長薄在江北，時東行，故言「左」也。

⑥沼，池也。畦，猶區也。瀛，池中也，楚人名池澤中曰瀛。

⑦遥，遠也。博，平也。言己循江而行，遂入池澤，其中區瀛，遠望平博，無人民也。

⑧純黑爲驪。結，連也。四馬爲駟。

⑨齊，同也。言屈原嘗與君俱獵於此，官屬齊駕駟馬，或青或黑，連車千乘，皆同服也。

⑩懸火，懸鐙也。玄，天也。言己時從君夜獵，懸鐙林木之中，其火延燒於野澤，煙上烝天，使之黑色也。

⑪驟，走也。處，止也。

⑫誘，導也。騁，馳也。言獵時有步行者，有乘馬走驟者，有處止者，分以圍獸者，己獨馳騁，爲君之先導也。

⑬抑，止也。鶩，馳也。若，順也。

⑭還，轉也。言抑止馳鶩者，順通共獲，引車右轉，以遮獸也。

⑮夢，澤中也。楚人名澤爲夢中。左氏傳曰：「楚大夫鬬伯比與邧公之女婬而生子，棄諸夢中。」言己與懷王俱獵於夢澤之中，課第羣臣，先至後至也。

⑯發，射。

⑰憚，驚也。言懷王是時親自射獸，驚青兕牛而不能制也。以言嘗侍從君獵，今乃放逐，歎而自傷閔也。

⑱朱明，日也。承，續也。

⑲淹，久也。言歲月逝往，晝夜相續，年命將老，不可久處，當急來歸也。

⑳皐，澤也。被，覆也。徑，路也。

㉑漸，没也。言澤中香草茂盛，覆被徑路，人無采取者，水卒增益，斷没其道，將至棄捐也。以言賢人久處山野，君不事用，亦將隕顛也。

㉒湛湛，水貌。

㉓楓，木名也。言湛湛江水，浸潤楓木，使之茂盛。傷己不蒙君惠，而身放棄，曾不若樹木得其所也。或曰：水旁林木中，鳥獸所聚，不可居之也。
㉔言湖澤博平，春時草短，望見千里，令人愁思而傷心也。或曰：蕩[八]春心。蕩，滌也。言春時澤平，望遠可以滌蕩愁思之心也。
㉕言寃魂當急來歸，江南土地僻遠，山林嶮阻，誠可哀傷，不足處也。

【校勘記】

［一］七，原作「土」，據隆慶本、馮本、俞本、朱本、莊本改。
［二］熱，原作「勢」，據補注本改。
［三］上，原作「土」，據隆慶本、馮本、俞本、朱本、莊本改。
［四］鏤，原作「縷」，據隆慶本、馮本、俞本、朱本、莊本改。
［五］絳，原作「降」，據補注本改。參見左傳襄公四年、史記魏世家。
［六］別，原作「列」，據補注本改。
［七］楚，原脱，據文選本補。
［八］蕩，原作「傷」，據馮本、莊本改。

楚辭卷第十

漢劉向子政編集　王逸叔師章句
後學西蜀高第　吴郡黄省曾校正

大招章句第十

大招者，屈原之所作也。或曰景差，疑不能明也①。屈原放流九年，憂思煩亂，精神越散，與形離别，恐命將終，所行不遂，故憤然大招其魂，盛稱楚國之樂，崇懷、襄之德，以比三王，能任用賢，公卿明察，能薦舉一無「明」字人，宜輔佐之，以興至治。因以風諫，達己之志也。

①屈原賦二十五篇，漁父以上是也。大招恐非屈原作。

青春受謝謝，一作「謝」①，白日昭只②。春氣奮發③，萬物遽只④。冥淩浹行⑤，魂無逃一作「伏陰」只⑥。魂魄一作「䰟䰠」歸徠一作「徠歸」，無遠遥只⑦。魂乎古本「乎」皆作「兮」歸徠一作「徠歸」。一云「魂乎歸兮」，無東無西，無南無北只一云「無東西而南北只」⑧。東有大海，溺水浟浟只⑨。螭龍並流，上下悠悠悠，一作「攸」。古作「儵儵」只⑩。霧雨淫淫⑪，白皓皓皓，一作「浩」膠只⑫。魂乎乎，一作「兮」無東，湯谷宋一本「宋」下有「寥」字只⑬。魂乎無南，南有炎火千里⑭，蝮蛇蜒只⑮。山林險隘林，一作「陵」，虎豹蜿只⑯。鰅鱅短狐⑰，王虺鶱只⑱。䰟乎無南，蜮傷躬只⑲。魂乎無西，西方流沙，漭洋洋只⑳。豕首縱目縱，一作「從」，被髮鬤只㉑。長爪踞牙，誒笑狂只㉒。䰟乎無西，多害傷只㉓。䰟乎無北，北有寒山，逴龍赩只㉔。代水〔二〕不可涉，深不可測只㉕。天白顥顥，寒凝凝只㉖。魂乎無往，盈北極只㉗。魂魄歸徠，間以靜只㉘。

①青，東方春位，其色青也。遯，去也。

②昭，明也。言歲始春，青帝用事，盛陰已去，少陽受之，則日色黃白，昭然光明，草木之類皆含氣，芽蘗而生。以言魂魄亦宜順陽氣而長養也。

③春，蠢也。發，洩也。

④遽，猶競也。言春陽氣奮起，上帝發洩，和氣温燠，萬物蠢然競起而生，各欲滋茂，以言精魂亦宜奮發精明，令已盛壯也。

⑤冥，玄冥，北方之神也。淩，猶馳也。浹，偏也。

⑥逃，竄也。言歲始春，陽氣上陞，陰氣下降，玄冥之神，偏行淩馳於天地之間，收其陰氣，閉而藏之。故魂不可以逃，將隨太陰下而沈没也。
⑦遥，猶漂遥，放流貌也。䰟者，陽之精也。魄者，陰之形也。言人體含陰陽之氣，失之則死，得之則生。屈原放在草野，憂心愁悴，精神散越，故自招其䰟魄。言宜順陽氣始生而徠歸己，無遠漂遥，將遇害也。
⑧言我精䰟可徠歸矣，無散東西南北，四方異俗，多賊害也。
⑨浟浟，流貌也。言東方有大海，廣遠無涯，其水淖溺，沈没萬物，不可度越。其流浟浟，又迅疾也。
⑩悠悠，螭龍行貌也。言海水之中，復有螭龍神獸，隨流上下，並行遊戲，其狀悠悠，可畏懼也。
⑪地氣發泄，天氣不應曰霧。淫淫，流貌也。
⑫皓膠，水凍貌也。言大海之涯，多霧惡氣，天常甚雨，如注壅水。冬則疑凍，皓然正白，回錯膠戾，與天相薄也。
⑬言䰟神不可東行，又有湯谷，日之所出，其地無人，視聽宋然，無所見聞。或曰：宋，水蘸之貌。
⑭炎，火盛貌也。尚書曰：「火曰炎上。」
⑮蜒，長貌也。言南方太陽，有積火千里，又有惡蛇，蜿蜒而長，有蠚毒也。
⑯蜿，虎行貌也。言南方有高山深林，其路險阸，又多虎豹，匍匐蜿蜒，以候伺人也。〔二〕
⑰鰅鱅，短狐類也。短狐，鬼蜮也。
⑱王虺，大蛇也。爾雅曰：「蟒，王蛇也。」騫，舉頭貌也。言復有鰅鱅鬼蜮，射傷害人。大蛇羣聚，舉

頭而望，其狀鶱然也。

⑲蜮，短狐也。詩云：「爲鬼爲蜮。」言䰟乎無敢南行，水中多蜮鬼，必傷害於爾躬也。

⑳洋洋，無涯貌也。言西方有流沙，漭然平正視之，洋洋廣大無涯，不可過也。

㉑豕，猪也。首〔三〕，頭也。鬤，亂貌也。

㉒誒，猶强也。言西方有神，其狀猪頭從目，被髮鬤鬤，手足長爪出，齒倨牙，得人强笑，憙而狂獝也。

㉓言西方金行，其神獸剛强，皆傷害人也。

㉔逴龍，山名。赩，赤色，無草木貌。言北方有常寒之山，陰不見日，名曰逴龍。其土赤色，不生草木，不可過之，必凍殺人也。

㉕言復有伐水廣大，不可過度，其深無底，不可窮測，沈没人也。

㉖言北方冬夏積雪，其光顥顥，天地皆白，冰凍重累，其狀凝凝，其寒酷烈，傷肌骨也。

㉗言我䰟歸乎北極，空虚不可盈滿，往必隕墜，不得出也。

㉘言己䰟䰰宜急徠還，歸我之身，隨己遊戲，心既閑樂，居清净也。

自恣荆楚，安以定只①。逞志究欲，心意安只②。窮身安樂，年壽延只③。魂乎歸徠，樂不可言只④。五穀六仞，設菰粱〔四〕只⑤。鼎臑盈望，和致芳只⑥。内鶬鴿鵠，味豺羹只⑦。魂乎歸徠，恣所嘗只⑧。鮮蠵甘鷄，和楚酪只⑨。醢豚苦狗，膾苴蓴只⑩。吴酸蒿蔞，不沾薄只⑪。魂兮歸徠，恣所擇只⑫。炙鴰烝鳧，煔鶉敶只⑬。煎鰿臛雀，遽爽存只⑭。魂乎歸徠，麗以先只⑮。四酎并孰⑯，不歰嗌只⑰。清馨凍歙⑱，不歠役只⑲。吴醴白櫱⑳，和楚瀝只㉑。魂乎歸徠一作「徠歸」，不遽惕只㉒。

①言四方多害，不可以遊，獨荆楚饒樂，可以恣意居之，無危殆也。

②言楚國珍奇所聚集，尤多妖女，可以快志意，窮情欲，心得意安，樂而無憂也。

③言居於楚，窮身長樂，終無憂患，而年復可延也。

④言楚國饒樂，不可勝敶也。

⑤設，施也。苽粱，蔣實，謂雕葫也。言楚國土地肥美，堪用種植五穀，其穗六仞，又有苽粱之飯，芬香且柔滑也。

⑥臑，熟。致，致鹹酸也。芳，椒、薑也。言乃以小鼎鑊臑熟羹臛，調和鹹酸，甚芬芳[五]，望之滿案，有行列也。

⑦言宰夫巧於調和，先定甘酸，乃内鶬鴿黄鵠，重以豺肉，故羹味尤美也。

⑧言羹飯既美，䰟宜急徠歸，恣意所用，快己口也。

⑨言取鮮潔大龜，烹之作羹，調以飴蜜，復用肥鷄之肉，和以酢酪，其味清烈也。

⑩言以肉醬啗烝豚，以膽和醬，啗狗肉[六]，雜用膾炙，切蘘荷以爲香，備衆味也。

⑪言吳人工調鹹酸，爚蒿蔞以爲虀，其味不醲不薄，適甘美也。
⑫言衆味盛多，恣䨣志意擇用也。
⑬炶，爚也。言復炙鴰鵯，烝鳧鴈，炶爚鶉鷃，𠻳列衆味，無所不具也。
⑭遽，趣也。爽，差也。存，前也。言乃復煎鰿魚，臛黄雀，敕趣宰人，差次衆味，持之而前也。
⑮言先進靡麗美物，以快〔七〕神心也。
⑯醇酒爲酎。并，俱也。
⑰嗌，餶也。言乃醖釀醇酒，四器俱熟，其味甘美，飲之醲滑，入口消釋，不苦澀，令人不餶滿也。
⑱馨，香之遠聞者也。凍，猶寒也。
⑲歠，飲也。役，賤也。言醇醲之酒，清而且香，宜於寒飲，不可以飲役賤之人。即以飲役賤之人，即易醉顛仆，失禮敬。
⑳再宿爲醴。蘖，米麴也。
㉑瀝，清酒也。言使吳人釀醴，和以白米之麴，以作楚瀝，其清酒尤醲美也。
㉒言飲食醲美，安意敖遊，長無惶遽怵愓之憂也。

代秦鄭衛，鳴竽張只①。伏戲駕辯，楚勞商只②。謳和揚阿③，趙簫倡只④。魂乎歸徠，定空桑只⑤。二八接舞，投詩賦只⑥。叩鍾調磬⑦，娱人亂只⑧。四上競氣⑨，極聲變只⑩。魂乎歸徠，聽歌譔只⑪。朱脣朱脣，一作「美人」皓齒⑫，嫭以姱只⑬。比德好閒，習以都只⑭。豐肉微骨⑮，調以娛只⑯。魂乎歸徠，安以舒只⑰。嫮目宜笑，娥眉曼只⑱。容則秀雅⑲，穉朱顔只⑳。魂乎歸徠，静以安只㉑。姱脩滂浩一作「修廣婉心」㉒，麗以佳只㉓。曾頰倚耳㉔，曲眉規只㉕。滂心綽態㉖，姣麗施只㉗。小腰秀頸，若鮮卑只㉘。魂乎歸徠，思怨移只㉙。易中利心，以動作只㉚。粉白黛黑，施芳澤只㉛。長袂拂面㉜，善留客只㉝。魂乎歸徠，以娱昔只㉞。青色直眉，美目媔只㉟。靨輔奇牙，宜笑嗎只㊱。豐肉微骨，體便娟只㊲。魂乎歸徠，恣所便只㊳。

①言代、秦、鄭、衛之國，工作妙音，使吹嗚竽箎，作爲衆樂，以樂君也。

②伏戲，古王者也，始作瑟。駕辯、勞商，皆曲名也。言伏戲氏作瑟，造駕辯之曲，楚人因之作勞商之歌，皆要妙之音，可樂聽也。或曰：伏戲、駕辯，皆要妙歌曲也。勞，絞也。以楚聲絞商音，爲之清激也。

③徒歌曰謳。揚，舉也。阿，曲也。

④趙，國名也。簫，樂器也。先歌爲倡。言樂人將歌，徐且謳吟，揚舉善曲，乃俱相和。又使趙人吹簫先倡，五聲乃發也。

⑤空桑，瑟名也。周官云：「古者言空桑而爲瑟。」言魂急徠歸，定意楚國，聽瑟之樂也。

⑥投，合也。詩賦，雅樂也。古者以琴瑟歌詩賦爲雅樂，關雎、鹿鳴是也。言有美女十六人，聯接而舞，發聲舉足，與詩雅相合，且有節度也。

⑦叩，擊也。金曰鍾，石曰磬也。

⑧娱，樂也。亂，理也。言美女起舞，叩鍾擊磬。得其節度，則諸樂人各得其理，有條序也。

⑨四上，謂上四國，代、秦、鄭、衛也。

⑩言四國競發善氣，窮極音聲，變易其曲，無終已也。

⑪譔，具也。言觀聽衆樂，無不具也。

⑫皓，白。

⑬嫭、姱，好貌也。言美人朱脣白齒，嫭眄美[八]姿，儀狀姱好可近，而親侍左右也。

⑭言選擇美人，比其才德、容貌都閑，習於禮節，乃敢進也。

⑮豐，厚也。微，細也。

⑯言美人肥白潤澤，小骨厚肉，肌膚柔弱，心志和調，宜侍燕居，以自娱樂也。

⑰言美女鮮好，可以安意，舒緩憂思也。

⑱嫮，眄瞻貌。曼，澤也。言復有異女，工於嫮眄，好口宜笑，蛾眉曼澤，異於衆人也。

⑲則，法也。秀，異也。

⑳穉，幼也。朱，赤也。言美女儀容閒雅，動有法則，秀異於人，年又幼穉，顏色赤白，體香潔也。

㉑言美好之女，可以静居安精神也。

㉒脩，長也。滂浩，廣大也。

㉓佳，善也。言美女身體脩長，用意廣大，多於所知，又性婉順，善心腸也。

㉔曾，重也。倚，辟也。

㉕規，圜也。言美女之面，丰容豐滿，頰肉若重，兩耳郭辟，曲眉正圜，貌絶殊也。

㉖綽，猶多也。態，姿也。

㉗姣，好也。言美女心意廣大，寬能容衆，多姿綽態，調戲不窮，既好有智，無所不施也。

㉘鮮卑，衮帶頭也。言好女之狀，腰支細小，頸鋭秀長，靖然而特異，若以鮮卑之帶，約而束之也。

㉙移，去也。言美女可以忘憂，去怨思也。

㉚言復有美女，用志滑易，心意和利，動作合禮，能順人意，可以自侍也。

㉛言美女又工糚飾，傅著脂粉，面白如玉，黛畫眉鬢，黑而光净，又施芳澤，其芳香鬱渥也。

㉜袂，袖也。拂，拭也。

㉝言美女工舞，揄其長袖，周旋屈折，拂拭人面，芬香流衍，衆客喜樂，留不能去也。

㉞昔，夜也。詩云：「樂酒今昔。」言可以終夜，自娱樂也。

㉟嫕，黠也。言復有美女，體色青白，顔眉平直，美目竊眄，嫕然黠慧，知人之意也。

㊱嗎，笑貌也。言美女頰有靨輔，口有奇牙，嗎然而笑，尤媚好也。

㊲便娟，好貌也。已解於上。

㊳便，猶安也。言所選美女五人，儀貌各異，恣䰟所安，以侍棲宿也。

夏屋廣大，沙堂秀只①。南房小壇②，觀絶霤只③。曲屋步壛④，宜擾畜只⑤。騰駕步遊⑥，獵春囿只⑦。瓊轂錯衡⑧，英華假只⑨。茝蘭桂樹，鬱彌路只⑩。魂乎歸徠！恣志慮只⑪。孔雀盈園，畜鸞皇只⑫。鵾鴻群晨⑬，雜鶖鶬只⑭。鴻鵠代遊，曼鷫鷞只⑮。魂乎歸徠，鳳皇翔只⑯。曼澤怡面，血氣盛只⑰。永宜厥身，保壽命只（一云「長保命只」）⑱。室家盈廷，爵祿盛只⑲。魂乎歸徠，居室定只⑳。接徑千里，出若雲只㉑。三圭重侯㉒，聽類神只㉓。察篤夭隱㉔，孤寡存只㉕。魂兮歸徠，正始昆只㉖。

①沙，丹沙也。言乃爲䰟造作高殿峻屋，其中廣大，又以丹沙朱畫其堂，其形秀異，宜居處也。

②房，室也。壇，猶堂也。

③觀，猶樓也。霤，屋宇也。言有南房別室，閒静小堂，樓觀特高，與大殿宇絶遠，宜遊宴也。

④曲屋，周閣也。步壛，長砌也。

⑤擾，謹也。言南堂之外，復有曲屋，周旋閣道，步壛長砌，其路險陜，宜乘擾謹之馬，周旋屈折，行遊觀也。

⑥騰，馳。

⑦春草始生，囿中平易也。言從曲閣之路，可駕馬騰馳，而臨平易，又可步行，遂往田獵於春囿之中，取禽獸也。

⑧金銀爲錯。

⑨假，大也。言所乘之車，以玉飾轂，以金錯衡，英華照燿，大有光明也。

⑩言所行之道，皆羅桂樹，茝蘭香草，鬱鬱然滿路，動履芳潔，德義備也。

⑪言冤乎徠歸，居有大殿，宴有小堂，遊有園囿，恣君所志而處之也。

⑫畜，養也。言園中之禽，則有孔雀羣聚，盈滿其中，又養鸞鳥、鳳皇，皆神智之鳥，可珍重也。

⑬鵾，鵾雞。鴻，鴻鶴也。

⑭鶖鶬，鵚鶖也。詩云：「有鶖在梁。」言鵾雞鴻鶴，羣聚候時，鶴知夜半，鵾雞晨鳴，各知其職也。雜以鶖鶬之屬，鳴聲啾啾，各有節度也。

⑮曼，曼衍也。鸘鷞，俊鳥也。言復有鴻鵠，往來遊戲，與鸘鷞俱飛，翩翻曼衍，無絶已也。

⑯言所居園圃，皆多俊大之鳥，咸有智謨，冤宜來歸，若鳳皇之翔，歸有德，就同志也。或曰：鸞、皇以下皆大鳥，以喻仁智之士。言楚國多賢，冤宜來歸也。

⑰言冤來歸己，則心志説樂，肌膚曼緻，面貌怡懌，血氣充盛，身體強壯也。

⑱言冤既還歸，則與己身相共俱生，長保壽命，終百年也。

⑲言己既保年壽，室家宗族，盈滿朝廷，人有爵禄，豪强族盛也。

⑳言官爵既崇，宗族既盛，則居家之道，大安定也。

㉑言楚國境界，徑路交接，方千餘里，中有隱士，慕己徠出，集聚若雲也。

㉒三圭，謂公、侯、伯也。公執桓圭，侯執信圭，伯執躬圭，故言三圭也。重侯，謂子、男也，子、男共一爵，故言「重侯」也。或曰：公、侯、伯、子、男，同謂之諸侯。三圭比子、男爲重，非也。

㉓言楚國所包，中有公、侯、伯、子、男執玉圭之君，明於知人，聽愚賢之類，别其善惡，昭然若神，能薦達賢人也。

㉔篤，病也。早死爲夭。隱，匿也。

㉕言三圭之君，不但知賢愚之類，乃察知萬民之中，被篤疾病早殀死及隱逸之士，存視孤寡，而振贍之也。

㉖昆，後也。言楚國公侯昭明，魂宜來歸，遂忠信之志，正終始之行，必顯用也。

田邑千畛①，人阜昌只②。美冒衆流，德澤章只③。先威後文，善美明只④。魂乎歸徠一作「徠歸」，賞罰當只⑤。名聲若日，照四海只⑥。德譽配天，萬民理只⑦。北至幽陵⑧，南交阯只⑨。西薄羊腸⑩，東窮海只⑪。魂乎歸徠，尚賢士只一云「進賢士只」⑫。發政獻行，禁苛暴只⑬。舉傑壓陛⑭，誅譏罷只⑮。直贏在位，近禹麾只⑯。豪傑執政⑰，流澤施只⑱。魂乎徠歸，國家爲只⑲。雄雄赫赫，天德明只⑳。三公穆穆㉑，登降堂只㉒。諸侯畢極，立九卿只㉓。昭質既設㉔，大侯張只㉕。執弓挾矢，揖辭讓只一云「揖讓辭只」㉖。魂乎徠歸，尚三王只㉗。

①田，野也。畛，田上道也。邑，都邑也。詩云：「徂隰徂畛。」

②阜，盛也。昌，熾也。言楚國田野廣大，道路千數，都邑衆多，人民熾盛，所有肥饒，樂於他國也。

③冒，覆。[九]章，明也。言楚國[一〇]有美善之化，覆冒羣下，流於衆庶，德澤之惠，甚著明也。

④言楚國爲政，先以威武嚴民，後以文德撫之，用法誠善美，而君明臣直，寃宜還歸也。

⑤言君明臣正，賞善罰惡，各當其所也。

⑥言楚王方建道德，名聲光輝若日之明，照見四海，盡知賢愚也。

⑦言楚王修德於内，榮譽外發，功德配天，能理萬民之寃結也。

⑧幽陵，猶幽州也。

⑨交阯，地名。

⑩羊腸，山名。

⑪言榮譽流行，周遍四極，無遠不聞也。

⑫言寃急歸徠，楚方尚進賢士，必見進用也。

⑬言楚王發教施令，進用仁義之行，而禁絶苛刻暴虐之人也。
⑭一國之高爲傑。壓，抑也。陛，階次也。
⑮譏，非也。罷，駑也。言楚國選舉，必先升用傑俊之士，壓抑無德不由階次之人，非惡罷駑，誅而去之。
⑯禹，聖王，明於知人。麾，舉手也。言忠直之人皆在顯位，復有贏餘賢俊以爲儲副，誠近夏禹指麾取士，一國之人悉進之也。一云：誠近夏禹所稱舉賢人之意也。
⑰千人才曰豪，萬人才曰傑。
⑱言豪傑賢士，執持國政，惠澤流行，無不被其施也。
⑲言寬乎急徠歸，爲國家作輔佐也。
⑳雄雄赫赫，威勢盛也。言楚王有雄雄之威，赫赫之勇，德配天地，體性高明，宜爲盡節也。
㉑穆穆，和美貌。
㉒言楚有三公，其位尊高，穆穆而美，上下玉堂，與君議政，宜急徠歸，處履之也。
㉓言楚選置三公，先用諸侯盡極，乃立九卿以續之，用士有道，不失其次序也。
㉔昭質，謂明旦也。
㉕侯，謂所射布也。王者當制服諸侯，故名布爲侯而射之。古者選士必於鄉射。心端志正，射則能中，所以别賢不肖也。言楚王選士，必於鄉射，明旦既設禮，張施大侯，使衆射之。中則舉進，不中退却，各以能陞，民無怨望也。

㉖上手爲揖。言衆士將射，已持弓箭，必先舉手以相辭讓，進退有禮，不失威儀也。

㉗尚，上也。三王，禹、湯、文王也。言冤急徠歸，楚國舉士〔一二〕，法夏、殷、周，衆賢並進，無有遺失，宜速還也。

【校勘記】

〔一〕代水，原作「伐水」，據補注本改。下注同。

〔二〕此條注，原列於「短狐」句下，據隆慶本乙。

〔三〕首，原作「言」，據隆慶本、馮本、俞本、朱本、莊本改。

〔四〕粱，原作「梁」，據補注本改。下注同。

〔五〕芳，原作「芬」，據隆慶本、馮本、俞本、朱本、莊本改。

〔六〕「肉」字原誤置「言」字上，據隆慶本、馮本、俞本、朱本、莊本乙。

〔七〕快，原作「使」，據莊本及補注本改。

〔八〕美，原作「姜」，據隆慶本、馮本、俞本、朱本、莊本改。

〔九〕「冒覆」，原作「覆冒」，據馮本、俞本、朱本、莊本乙。

〔一〇〕「言楚國」三字原誤置「章明也」上，據補注本乙。

〔一一〕士，原作「上」，據隆慶本、馮本、俞本、朱本、莊本改。

楚辭卷第十一

漢劉向子政編集　王逸叔師章句
後學西蜀高第　吴郡黄省曾校正

惜誓章句第十一

惜誓者，不知誰所作也。或曰賈誼，疑不能明也。惜者，哀也。誓者，信也，約也。言哀惜懷王，與己信約，而復背之也。古者君臣將共爲治，必以信誓相約，然後言乃從，而身以親也。蓋刺懷王有始無終也。

惜余年老而日衰兮，歲忽忽而不反①。登蒼天而高舉兮，歷衆山而日遠②。觀江河之紆曲兮，離四海之霑濡③。攀北極而一息兮，吸沆瀣以充虚④。飛朱鳥使先驅兮，駕太一之象輿⑤。蒼龍蚴虬於左驂兮，白虎騁而爲右騑⑥。建日月以爲蓋兮，載玉女於後車⑦。馳騖於杳冥之中兮，休息虖崑崙之墟⑧。樂窮極而不猒兮，願從容虖神明⑨。涉丹水而駝騁兮⑩，右大夏之遺風⑪。鴻鵠之一舉兮，知山川之紆曲。再舉兮，睹天地之圜方⑫。臨中國之衆人兮，託回飈乎尚羊⑬。乃至少原之壄兮⑭，赤松王喬皆在旁⑮。二子擁瑟而調均兮⑯，余因稱乎清商⑰。澹然而自樂兮，吸衆氣而翱翔⑱。念我長生而久僊兮，不如反余之故鄉⑲。黄鵠後時而寄處兮，鴟梟羣而制之⑳。神龍失水而陸居兮，爲螻蟻之所裁㉑。夫黄鵠神龍猶如此兮，况賢者之逢亂世哉㉒！壽冉冉而日衰兮，固儃回而不息㉓。俗流從而不止兮，衆枉聚而矯直㉔。或偷合而苟進兮，或隱居而深藏㉕。苦稱量之不審兮㉖，同權槩而就衡㉗。或推迻（迻，一作「移」）而苟容兮，或直言之諤諤㉘。傷誠是之不察兮，并紉茅絲以爲索㉙。方世俗之幽昏兮㉚，眩白黑之美惡㉛。放山淵之龜玉兮㉜，相與貴夫礫石㉝。梅伯數諫而至醢兮㉞，來革順志而用國㉟。悲仁人之盡節兮，反爲小人之所賊㊱。比干忠諫而剖心兮，箕子被髮而佯狂㊲。水背流而源竭兮，木去根而不長㊳。非重軀以慮難兮，惜傷身之無功㊴。已矣哉！獨不見夫鸞鳳之高翔兮，乃集太皇之壄㊵。循四極而回周兮，見盛德而後下㊶。彼聖人之神德兮，遠濁世而自藏㊷。使麒麟可得羈而係兮，又何以異虖犬羊㊸？

①言哀己年歲已老，氣力衰微，歲月卒過，忽然不還，而功不成、德不立也。
②言己想得道真，上升蒼天，高抗志行，經歷衆山，去我鄉邑，日以遠也。
③言己遂見江河之紆曲，志爲盤結；過四海之風波，衣爲濡濕。心愁身苦，憂悲且思也。
④言己周流，行求道真，冀得上攀北極之星，且休息，吸清和之氣，以充空虛，療飢渴也。
⑤言己吸天元氣，得道真。即朱雀神鳥爲我先導，遂乘太一神象之轝而遊戲也。
⑥言己德合神明，則駕蒼龍，驂白虎，其狀蚴虬，有威容也。
⑦言乃立日月之光，以爲車蓋。載玉女於後車，以侍棲宿也。
⑧言己雖馳騖杳冥之中，修善不倦，休息崑崙之山，以遊觀也。
⑨言己周行觀望，樂無窮極，志猶不厭，願復與神明俱遊行也。
⑩丹水，猶赤水也。淮南言：赤水出崑崙也。
⑪大夏，外國名也，在西南。言己復渡丹水而馳騁，顧見大夏之俗，思念楚國也。
⑫言鴻鵠養其羽翼，一舉則見山川之屈曲，再舉則知天地之圜方。身居益高，所睹愈遠也。以言賢者亦宜高望遠慮，以知君之賢愚也。
⑬尚羊，遊戲也。言己臨見楚國之中，衆人貪佞，女託回風，遠行遊戲也。
⑭少原之墊，仙人所居。
⑮言遂至衆仙所居，而見赤松子與王喬也。

⑯均，亦調也。
⑰清商，歌曲也。言赤松、王喬見己歡喜，持瑟調弦而歌，我因稱清商之曲最爲善也。
⑱衆氣，謂朝霞、正陽、淪陰、沆瀣之氣也。言己得與松、喬相對，心中澹然而自欣樂，但吸衆氣而遊戲也。
⑲言屈原設去世離俗，遭遇真人，雖得長生久僊，意不甘樂，猶思楚國，念故鄉。忠信之至，恩義之篤也。
⑳言黄鵠一飛千里，常集高山茂林之上，設後時而欲寄處，則鴟梟群聚，禁而制之，不得止也。言賢者失時後輩，亦爲讒佞所排逐之。
㉑螻，螻蛄也。蟻，蚍蜉也。裁，制也。言神龍常潛深水，設其失水，居於陵陸之地，則爲螻蟻、蚍蜉所裁制而見啄齧也。以言賢者不居廟堂，則爲俗人所戕害也。
㉒言黄鵠能飛翔，神龍能存能亡，奄然失所，爲鴟梟、螻蟻所制，其困如此。何況賢者身無爵禄，爲俗人所困侮，固其宜也。
㉓儃回，運轉也。言己年壽日以衰老，而楚國羣臣承順君非，隨之運轉，常不止息也。
㉔枉，邪也。矯，正也。言楚國俗人流從諂諛，不可禁止，衆邪群聚，反欲正忠直之士，使隨之也。
㉕言士有偷合於世，苟欲進取以得爵位。或有脩行德義，隱藏深山，而君不照知也。
㉖稱，所以知輕重；量，所以别多少。
㉗槩，平也。權、衡，皆稱也。言患苦衆人，稱物量穀，不知審其多少，同其稱平，以失情實，則使衆

人怨也。以言君不稱量士之賢愚而同用之，則使智者恨也。

㉘言臣承順君非，可推可遂，苟自容入，以得高位。有直言諤諤，諫正君非，而反放棄之也。

㉙單爲紉，合爲索。言己誠傷念君待遇苟合之人與忠直之士曾無別異，猶并紉絲與茅共爲索也。

㉚幽昏，不明也。

㉛眩，惑也。言方今之世，君臣不明，惑於貪濁，眩於白黑，不能知人善惡之情也。

㉜龜，可以決言吉凶，人亦寶之，今放棄也。

㉝小石爲礫。言世人皆棄崑山之玉、大澤之龜，反相與重貴小石也。言闇君貴佞僞，賤忠直也。

㉞已解於前也。

㉟來革，紂佞臣也。言來革佞諂，從順紂意，故得顯用，持國權也。

㊱言哀傷梅伯盡忠直之節，諫正於紂，反爲來革所譖，而被賊害也。

㊲已解於九章。

㊳言水橫流，背其源泉則枯竭，木去其根株，則枝葉不長也。以言人背仁義，違忠信，亦將遇害也。

㊴言己非重愛我身，以慮難而不竭忠，誠傷生於世間，無功德於民也。

㊵太皇之壄，太荒之藪。

㊶言鸞鳥、鳳皇乃高飛於天，大荒之野，循於四極，回周而戲，見仁聖之王，乃下來集，歸於有德也。以

言賢者亦宜處山澤之中，周流觀望，見高明之君，乃當仕也。

㊷言彼神智之鳥，乃與聖人合德。見非其時，則遠藏匿迹。言己亦宜效之也。

㊸言麒麟仁智之獸，遠見避害，常藏隱不見，有聖德之君，乃肯來出。如使可得羈係而畜之，則與犬羊無異，不足貴也。言賢者亦以不可枉屈爲高，如可趨走，亦不足稱也。

楚辭卷第十二

漢劉向子政編集　王逸叔師章句
後學西蜀高第　吴郡黄省曾校正

招隱士章句第十二

招隱士者，淮南小山之所作也。昔淮南王安博雅好古，招懷天下俊偉之士。自八公之徒，咸慕其德，而歸其仁，各竭才智，著作篇章，分造辭賦，以類相從，故或稱小山，或稱大山。其義猶詩有小雅、大雅也。小山之徒閔傷屈原，又怪其文昇天乘雲，役使百神，似若仙者，雖身沈没，名德顯聞，與隱處山澤無異，故作招隱士之賦，以章其志也。

桂樹叢生兮①山之幽②，偃蹇連蜷兮③枝相繚④。山氣巄嵸兮⑤石嵯峨⑥。谿谷嶄巖兮⑦水曾波⑧。猨狖羣嘯兮⑨虎豹嗥⑩，攀援桂枝兮⑪聊淹留⑫。王孫游兮⑬不歸⑭，春草生兮⑮萋萋⑯。歲暮兮⑰不自聊⑱，蟪蛄鳴兮⑲啾啾⑳。坱兮軋㉑，山曲岪㉒，心淹留兮㉓洞荒忽㉔。罔兮沕㉕，憭兮慄㉖，虎豹穴㉗，叢薄深林兮㉘人上慄㉙。嶔崟碕礒兮，碅磳磈硊㉚，樹輪相糾兮㉛林木茷骫㉜，青莎雜樹兮，薠草靃靡㉝。白鹿麏麚兮，或騰或倚㉞，狀貌崟崟兮峨峨㉟，淒淒兮漇漇㊱。獼猴兮熊羆㊲，慕類兮以悲㊳。攀援桂枝兮㊴聊淹留㊵，虎豹鬬兮㊶熊羆咆㊷。禽獸駭兮㊸亡其曹㊹，王孫兮歸來㊺，山中兮不可以久留㊻。

①桂樹芬香，以興屈原之忠貞也。

②遠去朝廷而隱藏也。

③容貌美好，悳茂盛也。

④仁義交錯，條理成也。以言才德高明，宜輔賢君爲貞幹也。

⑤岑崟嵾嵯，雲滃鬱也。

⑥嵯峨巀嶭，峻蔽日也。

⑦崎嶇閜窵，險阻偏也。

⑧涌躍澧沛，流迅疾也。

⑨禽獸所居，志樂佚也。

⑩猛獸争食，欲相齕也。以言山谷之中，幽深險阻，非君子之所處也，猨狖虎豹，非賢者之偶也。

⑪登引山木，遠望愁也。
⑫便旋中野，立踟躕也。
⑬隱士避世，在山隅也。
⑭違背舊土，棄家室也。
⑮萬物蠢動，抽萌芽也。
⑯垂條吐葉，紛榮華也。
⑰年齒已老，壽命衰也。
⑱中心煩亂，常含憂也。
⑲蜩蟬得夏，喜呼號也。
⑳秋節將至，悲嘹噍也。以言物盛則衰，樂極則憂，不宜久隱，失盛時也。
㉑霧氣昧也。
㉒盤詰屈也。
㉓志望絶也。
㉔亡妃匹也。
㉕精氣失也。
㉖心剥切也。

㉗嵺穿岤也。

㉘攢荆棘也。

㉙恐變色也。

㉚山阜㟳㠁，崔巍嵯嵯也。

㉛交錯扶疏也。

㉜枝葉盤紆也。

㉝草木列居，隨風披敷也。

㉞衆禽並遊，走住殊異也。

㉟頭角甚殊也。

㊱淒淒漇漇，毛衣若濡也。

㊲百獸皆具也。

㊳哀己不遇也。從此已上，皆陳山林傾危，草木茂盛，麋鹿所居，虎兕所聚，不宜育道德，養情性，欲屈原還歸郢也。

㊴配託香木，誓同志也。

㊵踟躕徘徊，待明時也。

㊶殘賊之獸，忽急〔一〕怒也。

㊷貪殺之獸，跳梁吼也。
㊸雉兔之羣，驚犇走也。
㊹違離鄉黨，失羣偶也。
㊺旋反舊邑，入故宇也。
㊻誠多患害，難隱處也。

【校勘記】

［一］急，原作「忽」，據隆慶本改。

楚辭卷第十三

漢劉向子政編集　王逸叔師章句
後學西蜀高第　吴郡黄省曾校正

七諫章句第十三

初放　沈江　怨世　怨思
自悲　哀命　謬諫

七諫者，東方朔之所作也。諫者，正也。謂陳法度以諫正君也。古者人臣三諫不從，退而待放。屈原與楚同姓，無相去之義，故加爲七諫。殷懃之意，忠厚之節也。或曰：七諫者，法天子有争臣七人也。東方朔追憫屈原，故作此辭，以述其志，以昭忠信、矯曲朝也。

平生於國兮①，長於原壄②。言語訥譅兮③，又無彊彊，一作「强」輔④。淺智褊能兮，聞見又寡⑤。數言便事一作「數嗽便事」兮，見怨門下⑥。王不察其長利兮，卒見棄乎原壄⑦。伏念思過兮，無可改者⑧。羣衆成朋兮，上浸以惑⑨。巧佞在前兮，賢者滅息⑩。堯舜聖已没兮，孰爲忠直⑪？高山崔巍兮⑫，水流湯湯⑬。死日將至兮，與麋鹿同坑⑭。塊鞠兮⑮，當道宿⑯，舉世皆然兮，余將誰告⑰？斥逐鴻鵠兮⑱，近習鴟梟⑲。斬伐橘柚兮⑳，列樹苦桃㉑。便娟之脩竹兮，寄生乎江潭㉒。上葳蕤而防露兮㉓，下泠泠而來風㉔。孰知其不合兮，若竹栢之異心㉕。往者不可及兮㉖，來者不可待㉗。悠悠蒼天兮，莫我振理㉘。竊怨君之不寤兮，吾獨死而後已㉙。

初放

①平，屈原名也。

②高平曰原，坰外曰野。言屈原少生於楚國，與君同朝，長大見遠棄於山野，傷有始而無終也。

③出口爲言，相答曰語。訥者，鈍也。譅者，難也。

④言己質性忠信，不能巧利辭令，言語訥鈍，復無彊友黨輔，以保達己志也。

⑤褊，狹也。寡，少也。屈原多才有智，博聞遠見，而言「淺狹」者，是其謙也。

⑥門下，喻親近之人也。言己數進忠言，陳便宜之事以助治，而見怨恨於左右，欲害己也。

⑦言懷王不察己忠謀可以安國利民，反信讒言，終弃我於原野而不還也。

⑧言己伏自思念，行無過失可改易也。

⑨上，謂君也。浸，稍也。言佞人相與群聚，朋黨成衆，君稍以惑亂而不自知也。

⑩滅，消也。言佞臣巧好其言，順意承旨，旦夕在於君前，而使忠賢之士心懷恐懼，吞聲小語，消滅謇謇之氣，以避禍患也。

⑪言堯、舜聖明，今已没矣，誰爲盡忠直也？

⑫崔巍，高貌。

⑬湯湯，流貌。言己仰視高山，其形崔巍，而不知頹弛。俛視水流，湯湯流行，而不知竭。自傷不如山水之性，身將顛沛也。

⑭陂池曰坑。言己年歲衰老，死日將至，不得處國朝，輔政治，而與麋鹿同坑，鳥獸同伍，將墜陷坑穽，不復久也。

⑮塊，獨處貌。匍匐爲鞠。

⑯夜止曰宿。言己孤獨無耦，塊然獨處，鞠然匍匐，當道而蹎卧，無所棲宿也。

⑰舉，與也。言舉當世之人皆行佞僞，當何所告我忠信之情。

⑱鴻鵠，大鳥。

⑲鴟梟，惡鳥。

⑳橘、柚，美木。

㉑苦桃，惡木。言君親近貪賊姦惡之臣，而遠仁賢之臣也。

㉒便娟，好貌。屈原以竹自喻，言有便娟長好之竹，生於江水之潭，被蒙潤澤而茂盛，自恨放流而獨不蒙君之惠也。

㉓葳蕤，盛貌。防，蔽也。

㉔泠泠，清涼貌。言竹被潤澤，上則葳蕤而防蔽霧露，言上能有所覆也。下則泠泠清涼，可休庇也。以言己德上能覆蓋於君，下能庇廕於民。

㉕竹心空，屈原自喻志通達也。栢心實，以喻君闇閉塞也。言己性達道德，而君閉塞，其志不合，若竹栢之異心也。

㉖謂聖明之王堯、舜、禹、湯、文、武也。

㉗欲須賢君，年齒已老，命不可待也。

㉘悠悠，憂貌。振，救也。言己憂愁思想，則呼蒼天。言己懷忠正，而君不知，群下無有救理我之侵冤者。

㉙言己私怨懷王用心闇惑，終不覺寤，令我獨抱忠信，死於山野之中而已。

惟往古之得失兮①，覽私微之所傷②。堯舜聖而慈仁兮，後世稱而弗忘③。齊桓失於專任兮，夷吾忠而名彰④。晉獻惑於孋姬兮，申生孝而被殃⑤。偃王行其仁義兮，荆文寤而徐亡⑥。紂暴虐以失位兮，周得佐乎呂望⑦。修往古以行恩兮，封比干之丘隴⑧。賢俊慕而自附兮，日浸淫而合同⑨。明法令而修理兮，蘭芷幽而有芳⑩。

①言己思念古者，人君得道則安，失道則危，禹、湯以王，桀、紂以亡。

②傷，害也。言己又觀人君私愛佞讒，受其微言，傷害賢臣者，國以危殆也。楚之無極、吳之宰嚭是也。

③言堯舜所以有聖明之德者，以任賢能，慈愛百姓，故民至今稱之也。

④夷吾，管仲名也。管仲將死，戒桓公曰：「竪刁自割，易牙烹子，此二臣者不愛其身，不慈其子，不可任也。」桓公不從，使專國政。桓公卒，二子各欲立其所傅公子。諸公子並爭，國亂無主，而桓公尸不棺積六十日，蟲流出户，故曰「失於專任」，夷吾忠而名著也。

⑤已解於九章篇中。

⑥荆，楚也。徐，偃王國名也，周宣王之舅申伯所封也。詩曰：「申伯番番，既入于徐。」周衰，其後僭號稱王也。偃，謚也。言徐偃王修行仁義，諸侯朝之三十餘國，而無武備。楚文王見諸侯朝徐者衆，心中覺悟，恐爲所并，因興兵擊之而滅徐也。故司馬法曰：「國雖强大，忘戰必危。」蓋謂此也。

⑦卒怒曰暴，賊善曰虐。言殷紂暴虐以失其位，周得吕望而有天下也。

⑧小曰丘，大曰壟。言武王脩先古之法，敬愛賢能，克紂，封比干之墓以彰其德，宣示四方也。

⑨才敵千人爲俊。淫，多貌也。言天下賢英俊慕周之德也，日來親附，浸淫盛多，四海並合，皆同志也。

⑩言周家選賢任士，官得其人，法令修理，故幽隱之士皆有嘉名也。

苦衆人之妬予兮①，箕子寤而佯狂②。不顧地以貪名兮，心怫鬱而内傷③。聯蕙芷以爲佩兮，過鮑肆而失香④。正臣端其操行兮，反離謗而見攘⑤。世俗更而變化兮而，一作「以」，伯夷餓於首陽⑥。獨廉潔而不容兮，叔齊久而逾明⑦。浮雲陳而蔽晦兮，使日月乎無光⑧。忠臣貞而欲諫兮，讒諛毁而在旁⑨。秋草榮其將實兮其，一作「而」，微霜下而夜降⑩。商風肅一作「肅肅」而害生兮⑪，百草育而不長⑫。衆並諧以妬賢兮，孤聖特一云「聖孤特」而易傷⑬。懷計謀而不見用兮，巖穴處而隱藏⑭。成功隳而不卒兮⑮，子胥死而不葬⑯。世從俗而變化兮，隨風靡而成行⑰。信直退而毁敗兮，虚僞進而得當⑱。追悔過之無及兮之，一作「而」；無，一作「不」，豈盡忠而有功豈，一作「覬」⑲。廢制度而不用兮，務行私而去公⑳。終不變而死節兮，惜年齒之未央㉑。將方舟而下流兮，冀幸君之發矇㉒。痛忠言之逆耳兮，恨申子之沈江㉓。願悉心之所聞兮心，一作「余」，遭值君之不聰㉔。不開寤而難道兮道，一作「導」，不別横之與縱㉕。聽姧臣之浮説兮姧，一作「姦」，絶國家之久長㉖。滅規榘而不用兮，背繩墨之正方㉗。離憂患而乃寤兮離，一作「罹」，若縱火於秋蓬㉘。業失之而不救兮，尚何論乎禍凶㉙？彼離畔而朋黨兮，獨行之士其何望㉚？日漸染而不自知兮㉛，秋毫微哉而變容㉜。衆輕積而折軸兮，原咎雜而累重㉝。赴湘沅之流澌兮，恐逐波而復東㉞。懷沙礫而自沈兮，不忍見君之蔽壅㉟。

沈江

①言己患苦楚國衆人妬我忠直，欲害己也。

②箕子，紂之庶兄，見比干諫而被誅，則被髪佯狂以脱其難也。

③言己欲效箕子佯狂而去，不顧楚國之地，貪忠直之名，念君闇昧，心爲傷痛，怫鬱而傷病也。

④言仁人聯結蕙茝芬香之草，服之於身，過鮑魚之肆，則失其性而不芬香也。以言己積絫忠信，爲讒人所毁，失其忠名也。

⑤謗，訕也。擯，排也。言正直之臣，端其心志，欲以輔君，反爲讒人所謗訕，身見排逐而遠放也。

⑥言當世俗人皆改其清潔，化爲貪邪，當若伯夷餓於首陽，而身垂功名也。

⑦叔齊，伯夷弟也。言己獨行廉潔，不容於世，雖饑餓而死，幸若叔齊久而有榮名也。

⑧言讒佞陳列在側，則使君不聰明也。

⑨言忠臣正其心，欲諫其君，讒毁在旁而不敢言也。

⑩微霜殺物，以喻讒諛。言秋時百草將實，微霜夜下而殺之，使不得成熟也。以言讒人晨夜毁己，亦將害己身，使其忠名不得成也。

⑪商風，西風。肅，急貌。

⑫言秋氣起，則西風急疾而害生物，使百草不得盛長。以言君令急促，剗傷百姓，使不得保其性命也。

⑬言衆佞相與並同，以妬賢者，雖有聖明之智，孤特無助，易傷害也。

⑭士曰隱，寶曰藏。言己懷忠信之計，不得列見，獨處巖穴之中，隱藏而已。

⑮隳，壞也。

⑯言子胥爲吳伐楚破郢，謀行功成，後用讒言，賜劒棄死，故言死而不葬也。

⑰言當世之人見子胥被害，則變心從俗，以承上意，若風靡草，群聚成行而羅列。

⑱言信直之臣，被蒙譖毁而身敗弃。虚僞之人，進用在位而當顯職也。

⑲言君進用虚僞之臣，則國傾危，追而自悔，亦無所及也。己欲盡忠直之節，終不能成其功也。

⑳言在位之臣，廢先王之制度，務從私邪，背去公正，争欲求利也。

㉑言己執守清白而死忠直，終不變節，惜年齒尚少，壽命未盡，而將夭逝也。

㉒大夫方舟，士特舟。矇，僮矇也。言我將方舟隨江而浮，冀幸懷王開其矇惑之心而還己也。

㉓申子，伍子胥也。吴封之於申，故號爲申子也。哀痛忠直之言忤逆君耳，使之恚怒，若申胥諫，吴王殺而沈之江流也。

㉔悉，盡也。聽遠曰聰。言己欲盡忠，竭其所聞，陳列政事，遭值懷王闇不聰明，而不見納也。

㉕緯曰横，經曰縱。言君心常惑而不可開寤，語以政道，尚不别繒布經緯横縱，不能知賢愚亦明矣。

㉖言君好聽邪説之臣，虚言浮説，以自誤亂，將絶國家累世久長之禄也。

㉗言君爲政，滅先聖之法度而不施用，背棄忠直之臣，以自傾危。

㉘蓬，蒿也，秋時枯槁。言君信任佞諛，不慮艱難，卒遭憂患，然後乃覺，若放火於秋蒿，不可救制也。

㉙言君施行，業以失道，身將危殆，尚復論國之禍凶，豈不晚哉？

㉚言彼讒佞相與朋黨，並食重禄，獨行忠直之士當復何望？宜窮困也。

㉛稍積爲漸，汙變爲染。

㉜鋭毛爲毫，夏落秋生。言君用讒邪，日以漸染，隨之變化而不自知，若秋毫更生，其容微眇而日長大也。

㉝咎，過也。言車載衆輕之物，以折其軸而不可乘，其過咎由重衆雜載衆多之故也。以言國君聽用群小之言，則壞敗法度而自傾危也。

㉞言己心清潔，不能久居濁世，故赴湘、沅之水，與流澌俱浮，恐遂乘波而東入大海也。

㉟礫，小石也。言己所以懷沙負石，甘樂死亡，自沈於水者，不忍久見懷王壅蔽於讒佞也。

世沈淖而難論兮①，俗岭峨而嵾嵯②。清泠泠而殲滅兮一云「而日瀸兮」③，溷湛湛而日多④。梟鴞既以成羣兮，玄鶴弭翼而屏移⑤。蓬艾親入御於床笫兮⑥，馬蘭踸踔而日加⑦。棄捐葯芷與杜衡兮，余奈世之不知芳何一云「余奈夫世不知芳何」，一云「余奈夫不知芳何」⑧。何周道之平易兮，然蕪穢而險戲⑨。高陽無故而委塵兮⑩，唐虞點灼而毁議⑪。誰使正其真是兮⑫，雖有八師而不可爲⑬。

①沈，没也。淖，溺也。

②岭峨、嵾嵯，不齊貌。言時世之人沈没財利，用心淖溺，不論是非，不别忠佞，風俗毁譽，高下嵾嵯，賢愚合同，上不任賢，化使然也。

③清泠泠，以喻潔白。殲，盡也。滅，消也。

④溷湛湛，喻貪濁也。言泠泠清潔之士盡棄銷滅，不見論用；貪濁之人進在顯位，日以盛多。

⑤言貪狠之人並進成羣，廉潔之士斂節而退也。

⑥笫，牀簀也。以喻親密。

⑦馬蘭，惡草也。踸踔，暴長貌也。加，盛也。言蓬蒿蕭艾入御房中，則馬蘭之草踸踔暴長而茂盛也。以言佞諂見親近，則邪僞之徒踊躍而欣喜也。

⑧言棄捐芳草忠正之士，當奈世人不知賢何。

⑨險戲，猶言傾危也。言周家建立德化，其道平直公方，所履無失，而言蕪穢傾危者，心惑意異也。以平直爲傾危，則以忠正爲邪枉也。詩曰：「周道如砥，其直如矢。」

⑩高陽，帝顓頊也。委塵，坋塵也。言帝顓頊聖明克讓，然無故被塵翳，言與帝共工爭天下也。

⑪點，汙也。灼，灸也。猶身有病，人點灸之。言堯、舜至聖，道德擴被，尚點灸謗毀，言有不慈之過，卑父之累也。

⑫言佞人妄論，以善爲惡，乃非訕聖王，當誰使正其真僞乎？已以忠被罪，固其宜也。

⑬八師，謂禹、稷、卨、皋陶、伯夷、倕、益、夔也。言堯、舜有聖賢之臣八人，以爲師傅，不能除去虛僞之謗。平疾讒之辭也。

皇天保其高兮，后土持其久①。服清白以逍遙兮，偏與乎玄英異色②。西施媞媞而不得見兮③，嫫母勃屑而日侍④。桂蠹不知所淹留兮⑤，蓼蟲不知徙乎葵菜⑥。處涽涽之濁世兮，今安所達乎吾志一云「今安達乎吾志」⑦。意有所載而遠逝兮，固非衆人之所識⑧。驥躊躇於弊輂兮⑨，遇孫陽而得代⑩。吕望窮困而不聊生兮，遭周文而舒志。甯戚飯牛而商歌兮，桓公聞而弗置⑪。路室女之方桑兮⑫，孔子過之以自侍⑬。

①言皇天保其高明之姿，不可踰越也。后土持其久長，不可掘發也。賢人守其志分，亦不可傾奪也。一

云「不可輕脱」。

②玄英，純黑也，以喻貪濁。言己被服芬香，履修清白，偏與貪濁者異行，不可同趣也。

③西施，美女也。媞媞，好貌也。詩曰「好人媞媞」也。

④嫫母，醜女也。勃屑，猶媻姗，膝行貌。言西施媞媞，儀容姣好，屏不得見。嫫母醜惡，反得媻姗而侍左右也。以言親近小人，斥逐君子也。

⑤桂蠹，以喻食禄之臣也。言桂蠹食芬香，居高顯，不知留止，妄欲移徙，則失甘美之木，亡其處也。以言衆臣食君之禄，不建忠信，妄行佞諂，亦將失其位，喪其所也。

⑥言蓼蟲處辛烈，食苦惡，不能知徙於葵菜，食甘美，終以困苦而癯瘦也。以喻己修潔白，不能變志易行，以求禄位，亦將終身貧賤而困窮也。

⑦言己居濁溷之世，無有達我清白之志也。

⑧識，知也。言己心載忠正之志，欲遠去以求賢人君子，固非衆人所能知也。

⑨躊躇，不行貌。

⑩孫陽，伯樂姓名也。言衆人不識騏驥，以駕敗車，則不肯進，遇伯樂知其才力，以車代之，則至千里，流名德也。以言俗人不識己志，亦將遇明君，建道流化，垂功業也。

⑪皆解於離騷經。

⑫路室，客舍也。

⑬言孔子出遊，過於客舍，其女方采桑，一心不視，喜其貞信，故以自侍。

吾獨乖剌而無當兮①，心悼怵而耄思②。思比干之恲恲兮③，哀子胥之慎事④。悲楚人之和氏兮，獻寶玉以爲石。遇厲武之不察兮，羌兩足以畢斮⑤。小人之居勢兮⑥，視忠正之何若⑦。改前聖之法度兮前，一作「先」，喜囁嚅而妄作⑧。親讒諛而疏賢聖兮，訟謂閭娵爲醜惡⑨。愉近習而蔽遠兮，孰知察其黑白⑩。卒不得效其心容兮卒，一作「來」，安眇眇而無所歸薄⑪。專精爽以自明兮，晦冥冥而壅蔽⑫。年既已過太半兮，然輡軻而留滯⑬。欲高飛而遠集兮，恐離罔而滅敗⑭。獨冤抑而無極兮，傷精神而壽夭⑮。皇天既不純命兮，余生終無所依⑯。願自沈於江流兮，絶橫流而徑逝徑，一作「遠」。寧爲江海之泥塗兮，安能久見此濁世⑰？

怨世

①乖，差也。剌，邪也。

②耄，亂也，九十曰耄。言古賢俊皆有遭遇，我獨乖差，與時邪剌，故心中自傷怵惕，而思志爲耄亂。

③恲恲，忠直之貌。

④子胥臨死曰：「抉吾兩目，置吳東門，以觀越兵之入也。」死不忘國，故言慎事也。

⑤斮，斷也。昔卞和得寶玉之璞，而獻之楚厲王。或毁之以爲石。王怒，斷其左足。武王即位，和復獻之。武王不察視，又斷其右足。和乃抱寶泣於荆山之下，悲極血出，於是曁成王，乃使工人攻之，果得美玉，世所謂和氏之璧也。或曰「兩足畢索」。索，盡也。以言玉石易别，於忠佞尚不能知，己之獲罪，是其常也。

⑥志狹智少，爲小人也。

⑦言小人智少慮狹，苟欲承順求媚，以居位勢，視忠正之人當何如乎？甚於草芥也。

⑧囁嚅，小語，謀私貌也。言小人在位，以其愚心，改更先聖法度，背違仁義，相與耳語謀利，而妄造虚僞，以譖毁賢人也。

⑨讙譁爲訟。閭娵，好女也。言君親信讒諛之臣，斥逐忠正，背先聖法度，衆人讙譁之訟，以好爲惡，心惑意迷而不自知也。

⑩言君近諂諛，習而信之，蔽遠賢者，言不見用，誰當知己之清白、彼之貪濁也。

⑪薄，附也。言己放流，不得内竭忠誠，外盡形體，東西眇眇，無所歸附也。

⑫言己專壹忠情，竭盡耳目之精明，欲以助君，而爲佞人之所壅蔽，不得進也。

⑬輡軻，不遇也。言己年已過五十，而輡軻沈滯，卒無所逢遇也。

⑭罔以喻法。言己欲高飛遠止他方，恐遭罪法，以滅敗忠厚之志也。

⑮壽命夭也。

⑯依，保也。

⑰言己思委命於江流，沈爲泥塗，不忍久見貪濁之俗也。

怨 思

賢士窮而隱處兮士，一作「者」，廉方正而不容①。子胥諫而靡軀兮，比干忠而剖心。子推自剖而飤君兮一云「推自割而食君兮」，德日忘而怨深②。行明白而曰黑兮，荆棘聚而成林③。江離棄於窮巷兮，蒺藜藜，一作「蔾」蔓乎東廂④。賢者蔽而不見兮，讒諛進而相朋相朋，一作「在位」。朋，一作「明」。梟鴞並進而俱鳴兮，鳳皇飛而高翔⑤。願壹往而徑逝兮壹，或作「一」，道壅絶而不通⑥。

①言時貪亂者衆，賢者隱蔽，廉正之士不能容於世也。

②已解於九章也。

③荆棘多刺，以喻讒賊。言己修行清白，皎然日明，而讒人聚而蔽之謂之暗昧，使不得通也。

④廧序之東爲東廂。以言賢者棄捐閭巷，小人親近左右也。

⑤言小人相舉而論議，賢智隱而深藏也。

⑥言己思壹見君，盡忠言而遂徑去，障蔽於讒佞而不得至也。

居愁懃其誰告兮，獨永思而憂悲①。內自省而不慙兮，操愈堅而不衰②。隱三年而無決兮，歲忽忽其若頽③。憐余身不足以卒意兮憐，一作「怜」，冀一見而復歸④。哀人事之不幸兮，屬天命而委之咸池⑤。身被疾而不閒兮⑥，心沸熱其若湯⑦。冰炭不可以相並兮⑧，吾固知乎命之不長一云「固知余命之不長」，一云「吾乎固知命之不長」⑨。哀獨苦死之無樂兮，惜予年之未央⑩。悲不反余之所居兮一本「不」下有「得」字，恨離予之故鄉⑪。鳥獸驚而失羣兮⑫，猶高飛而哀鳴⑬。狐死必首丘兮，夫人孰能不反其真情⑭？故人疏而日忘兮，新人近而俞好一云「新人愈近而日好」⑮。莫能行於杳冥兮，孰能施於無報⑯？

①言己放在山澤，心中愁苦，無所告愬，長憂悲而已。

②言己自念懷抱忠誠，履行清白，內不慙於身，外不媿於人，志愈堅固，不衰懈也。

③言己放在山野，滿三年矣。歲月迫促，去若頽下，年且老也。古者人臣三諫不從，待放三年，君命還則復，無則遂行也。

④言己自憐身老，不足以終志意。幸復一見君，陳忠言，還鄉邑也。

⑤咸池，天神也。言己自哀不能修人事以見愛於君，屬禄命於天，委之神明而已。

⑥閒，差也。

⑦言己修行仁義，身反被病而不閒差。憂道不立，心中怛然，而氣熱若湯之沸也。

⑧並，併也。

⑨言冰見炭則消，炭得冰則滅，以喻忠佞不可並處，則相傷害，固知我命之不得長久，將消滅也。

⑩自哀惜死年尚少也。

⑪不得歸郢見故居也。

⑫飛者爲鳥，走者爲獸。

⑬言鳥獸失其羣偶，尚哀鳴相求，以刺同位之人曾無相念之意也。

⑭真情，本心也。言狐狸之死，猶嚮丘穴，人年老將死，誰有不思故鄉乎？言己尤甚也。

⑮言舊故忠臣，日以疏遠；讒諛新人，日近而見親也。

⑯言衆人誰能有執心正行於杳冥之中，施於無報之人乎？言皆苟且而行以求利也。

苦衆人之皆然兮，乘回風而遠遊①。淩恒山其若陋兮②，聊愉愉，一作「媮」娛以忘憂③。

悲虛言之無實兮④，苦衆口之鑠金⑤。過故鄉而一顧兮，泣歔欷而霑衿⑥。厭白玉以爲面兮⑦，懷琬琰以爲心⑧。邪氣入而感内兮，施玉色而外淫⑨。何青雲之流瀾兮瀾，一作「爛」，微霜降之蒙蒙⑩。徐風至而徘徊兮而，一作「之」，疾風過之湯湯一云「疾風舒之蕩蕩」⑪。聞南藩樂而一本無「樂而」二字欲往兮⑫，至會稽而且止⑬。見韓衆而宿之兮，問天道之所在⑭。借浮雲以送予兮，載雌霓而爲旌一云「載虹霓而爲旍」⑮。駕青龍以馳騖兮，班衍衍之冥冥⑯。忽容容其安之兮，超慌忽其焉如⑰。苦衆人之難信兮，願離羣而遠舉⑱。登巒山一云「登巒」，無「山」字而遠望兮⑲，好桂樹之冬榮一云「好桂茂而冬榮」⑳。觀天火之炎煬兮，聽大壑之波聲㉑。引八維以自道兮㉒，含沆瀣以長生㉓。居不樂以時思兮以，一作「而」。一云「思時」，食草木之秋實㉔。飲菌若之朝露兮，構桂木而爲室㉕。雜橘柚以爲囿兮囿，一作「圃」，列新夷與椒楨㉖。鵾鶴孤而夜號兮，哀居者之誠貞㉗。

自悲

①言己患苦衆人皆行苟且，故乘風而遠去也。

②凌，乘也。恒山，北嶽也。陋，小也。

③言己乘騰高山，以爲庳小，陟險猶易，聊且愉樂，以忘悲憂也。

④讒言無誠，君不察也。

⑤已解於九章中。

⑥言己遠行，猶思楚國而悲泣也。

⑦厭，著也。

⑧言己施行清白，心面若玉，内外相副。

⑨淫，潤也。言讒邪之言，雖自内感，己志而猶不變，玉色外潤，而内愈明也。

⑩蒙蒙，盛貌。詩云：「零雨其蒙。」言遭佞人群聚，造作虚辭，君政用急，天早下霜，則害草木，傷其貞節也。

⑪風爲號令。言君命寬則風舒，風舒則己徘徊而有還志也。令急風疾，則己惶遽，欲急去也。

⑫藩，蔽也。南國諸侯爲天子藩蔽，故稱「藩」也。

⑬會稽，山名也。言己聞南國饒樂，而欲往至會稽山且休息也。

⑭韓衆，仙人也。天道，長生之道也。

⑮旌，旗也。有鈴爲旌也。

⑯言極疾也。

⑰不知所之也。

⑱舉，去也。言苦見俗人多言無信，不可據任，故願離衆而遠去也。

⑲巒，小山也。

⑳南方有不死之草，北方有不釋之冰也。

㉑大壑，海水也。言己仰觀天火，下覩海水，心愁思也。

㉒天有八維，以爲綱紀也。

㉓言己乃攣持八維，以自導引，含沆瀣之氣，以不死也。

㉔秋實，謂棗栗之屬也。
㉕言飲食潔清，所處芬香也。
㉖雜聚衆善，以自修飭也。
㉗言鶡雞、鵜鶘大鳥猶知賢良，哀惜己之履行正直而不施用也。

哀時命之不合兮，傷楚國之多憂①。内懷情之潔白兮潔，一作「質」，遭亂世而離尤②。惡耿介之直行兮，世溷濁而不知③。何君臣之相失兮，上沅湘而分離④。測汨羅之湘水兮⑤，知時固而不反⑥。傷離散之交亂兮，遂側身而既遠⑦。處玄舍之幽門兮，穴巖石而窟伏⑧。從水蛟而爲徒兮，與神龍乎休息⑨。何山石之嶄巖兮，靈魂屈而偃蹇⑩。含素水而蒙深兮，日眇眇而既遠⑪。哀形體之離解兮解，一作「懈」，神罔兩而無舍⑫。惟椒蘭之不反兮⑬，魂迷惑而不知路⑭。願無過之設行兮，雖滅没之自樂⑮。痛楚國之流亡兮，哀靈脩之過到⑯。固時俗之溷濁兮，志瞀迷而不知路⑰。念私門之正匠兮⑱，遥涉江而遠去⑲。念女嬃之嬋媛兮，涕泣流乎於悒⑳。我決死而不生兮，雖重追吾何及一云「吾其何及」㉑。戲疾瀨之素水兮，望高山之蹇産㉒。哀高丘之赤岸兮，遂没身而不反㉓。

哀命

①言己自哀生時禄命，好行公正，不與君合，憐傷楚國無有忠臣，國家多憂也。
②言己懷絜白之志，以得罪過於衆人也。
③言衆人惡明正之直士，以君闇昧，不知用之故也。
④言讒佞害己，使明君放逐忠臣，上下分離，失其所也。
⑤汨水在長沙羅縣，下注湘水中。
⑥言己沈身汨水，終不還楚國也。
⑦遂去而流遷也。
⑧巖，穴也。言己修德不用，欲伏巖穴之中，以自隱藏也。
⑨自喻德如蛟龍而潛匿也。
⑩言山石高巖，非己所居，靈魂偃蹇難上，欲去之也。
⑪素水，白水也。言雖遠行，不失清白之節也。
⑫罔兩，無所據依貌也。舍，止也。自哀身體陸離，遠行解倦，精神罔兩，無所據依而舍止也。
⑬椒，子椒也。蘭，子蘭也。
⑭言子椒、子蘭不肯反己，魂魄迷惑，不知道路當如何也。

⑮言願設陳己行，終無過惡，雖身没名滅，猶自樂不改易也。

⑯言懷王之過，已至於惡，楚國將危亡，失賢之故也。

⑰眢，悶也。迷，惑也。言己遭遇亂世，心中煩惑，不知所行也。

⑱匠，教也。

⑲言己念衆臣皆營其私，相教以利，乃以其邪心，欲正國家之事，故己遠去也。

⑳於悒，增歎貌也。已解於離騷經。

㉑言亦無所復還也。

㉒言己履清白，其志如水，雖遇棄放，猶志仰高遠而不懈也。

㉓言己哀楚有高丘之山，其岸峻嶮，赤而有光明，傷無賢君，將以阽危，故沈身於湘流而不還也。

怨靈修之浩蕩兮①，夫何執操之不固②？悲太山之爲隍兮③，孰江河之可涸④。願承間而效志兮，恐犯忌而干諱⑤。卒撫情以寂寞兮，然怊悵而自悲⑥。玉與石其同匱兮⑦，貫魚眼與珠璣⑧。駑駿雜而不分兮⑨，服罷牛而驂驥⑩。年滔滔而日遠兮⑪，壽冉冉而俞衰⑫。心悇憛而煩冤兮⑬，蹇超摇而無冀⑭。

①已解於離騷經。

②操，志也。固，堅也。言己念懷王信用讒佞，志數變移而不堅固也。
③隍，城下池也。易曰「城復于隍」也。
④涸，塞也。言太山將頹爲池，以喻君且失其位，用心迷惑，過惡已成，若江河之決，不可涸塞也。
⑤所畏爲忌，所隱爲諱。干，觸也。言己願承君閒暇之日，時竭効忠言，恐犯上忌，觸衆人諱，而見刑誅也。
⑥怊悵，恨貌也。言己終撫我情，寂寞不言，然怊悵自恨，心悲毒也。
⑦匱，匣也。
⑧圜澤爲珠，麤隅〔二〕爲璣。以言君不知賢愚忠佞之士，猶雜魚眼與珠璣，同貫而不別也。
⑨駑，鈍馬也。良馬爲駿也。
⑩在轅爲服，外騑爲驂。言君選士用人，雜用駑駿，不異賢愚，若駕罷牛，驂以騏驥，才力殊也。
⑪滔滔，行貌。
⑫自傷不遇，年衰老也。
⑬悇憛，憂愁貌也。
⑭蹇，辭也。超搖，不安也。言己自念年老，心中悇憛，超搖不安，終無所冀望也。

固時俗之工巧兮，滅規榘而改錯。却騏驥而不乘兮，策駑駘而取路。當世豈無騏驥兮，誠無王良之善馭。見執轡者非其人兮，故駒跳而遠去①。不量鑿而正枘[二]兮，恐榘矱之不同②。不論世而高舉兮，恐操行之不調③。弧弓弛而不張兮④，孰云知其所至⑤。無傾危之患難兮，焉知賢士之所死⑥。俗推佞而進富兮，節行張而不著。賢良蔽而不群兮，朋曹比而黨譽。邪枉説飾而多曲兮，正法弧而不公⑦。直士隱而避匿兮，讒諛登乎明堂⑧。棄彭咸之娱樂兮⑨，滅巧倕之繩墨⑩。菎蕗雜於黀[三]蒸一云「菎蔬雜於黀筮」兮⑪，機蓬矢以射革⑫。駕蹇驢而無策兮⑬，又何路之能極⑭。以直鍼而爲釣兮釣，一作「鉤」，又何魚之能得⑮？伯牙之絶弦兮⑯，無鍾子期而聽之⑰。和抱璞而泣血兮一云「和氏」，安得良工而剖之⑱？

①皆已解在九辯。

②已解於離騷經也。

③調，和也。言人不論世之貪濁，而高舉清白之行，恐不知於俗而見憎於衆也。

④弛，解。

⑤言弧弓雖强，弛而不張，誰知其力之所至乎？以言賢者不在職位，亦不知其才德也。

⑥言國無傾危之難，則不知賢士之伏節死義也。

⑦弧，戾也。言世俗之人佞以爲賢，進富以爲能，故君之正法膠戾不用，衆皆背公而歸私也。

⑧明堂，布政之宮也。言忠直之士隱身辟匿，讒諛之人反登明堂而爲政也。

⑨言棄彭咸清潔之行，娛樂之風俗，則爲貪佞也。

⑩言工滅巧倕之繩墨，則枉直失其制也。言君背先王之法，則自亂惑也。

⑪枲翮曰黀，煏竹曰蒸。言持菎蕗香直之草，雜於黀蒸，燒而燃之，則不識於物也。以言取忠直，棄之林野，亦不知賢也。

⑫矢，箭也。言張强弩之機，以蓬蒿之箭以射犀革之盾，必摧折而無所能入也。言使愚巧任政，必致荒亂，無所能成也。

⑬蹇，跛也。策，箠也。

⑭極，竟也。言君任駑頓之臣，使在顯職，如駕跛蹇之驢，又無鞭箠，終不竟道，將傾覆也。

⑮言君不能以禮敬聘請賢者，猶以直鍼釣魚，無所能得也。

⑯伯牙，工鼓琴也。

⑰鍾子期，識音者也。言鍾子期死，伯牙破琴絶絃［四］，不肯復鼓，以世無知音也。言己不遇明君識忠直者，亦宜鉗口而不語言也。

⑱和，卞和也。剖，猶治也。已解於上篇也。

同音者相和兮①，同類者相似②。飛鳥號其羣兮，鹿鳴求其友③。故叩宮而宮應兮，彈角而角動一云「叩宮而商應，彈角而徵動」④。虎嘯而谷風至兮⑤，龍舉而景雲往⑥。音聲之相和兮一云

「音擊〔五〕而相和兮」，言物類之相感也一無「言」及「也」字⑦。

①謂清濁也。

②謂好惡也。以言君清明則潔白之士進，君闇昧則貪濁之人用。易曰：「方以類聚，物以羣分。」

③同志爲友。言飛鳥登高木，志意喜樂則和鳴，求其羣而呼其耦。鹿得美草，口甘其味，則求其友而號其侶也。以言在位之臣，不思賢念舊，曾不若鳥獸也。詩曰：「嚶其鳴矣，求其友聲。」又曰：「呦呦鹿鳴，食野之苹。」

④叩，擊也。彈，揳也。宮、角，五音也。言叩擊五音，各以其聲感而相應也。以言君求仁則仁至，修正則下直也。

⑤虎，陽物也。谷風，陽氣也。言虎悲嘯而吟，則谷風至而應其類也。以言君修德行正，則百姓隨而化也。

⑥龍，介蟲，陰物也。景雲，大雲而有光者。雲亦陰也。言神龍將舉陞天，則景雲覆而扶之，輔其類也。言君好賢士，則英俊往而並集也。

⑦言鳥獸相呼，雲龍相感，無不應其類而從其耦也。傷君獨無精誠之心以動賢也。

夫方圜之異形兮一云「若夫」。圜，一作「圓」，勢不可以相錯①。列子隱身而窮處兮②，世莫可以以，一作「與」寄託③。衆鳥皆有行列兮，鳳獨翱翔而無所薄④。經濁世而不得志兮，願側身巖穴而自託⑤。欲闔口而無言兮，嘗被君之厚德⑥。獨便悁而懷毒兮，愁鬱鬱之焉極⑦。念三年之積思兮，願壹見而陳詞⑧。不及君而騁説兮⑨，世孰可爲明之⑩。身寢疾而日愁兮⑪，情沉抑而不揚⑫。衆人莫可與論道兮，悲精神之不通⑬。

謬諫

①言君性所爲，不與己合，若方與圜不可錯雜，勢不相安也。

②列子，古賢士也。

③言列子所以隱佚不仕而窮處者，以世多詐僞，無可以寄命託身也。

④已解於九辯也。

⑤言己歷貪濁之世，終不得展其志意，但甘處巖穴之中，卒[六]而隱伏也。

⑥闔，閉也。言己欲閉口結舌而不復言，以嘗被君之厚禄，故不能默也。

⑦言憂愁之無窮也。

⑧思一見君而陳忠言也。

⑨騁，馳也。

⑩言己不及賢君，而騁極忠説，則時世闇蔽，無可爲明真僞也。

⑪寢，卧也。

⑫言己身被疾病，卧而愁思，自傷忠誠沈抑而不得揚達也。

⑬言當世之人，無可與議事君之道者，哀我精神所志，而不得通於君也。

亂曰：鸞皇孔鳳一云「鸞孔鳳皇」日以遠兮①，畜鳧駕鵝一云「畜梟駕鵝」。雞鶩滿堂壇兮②，鼃黽游乎華池③。要裹奔亡兮，騰駕橐駝要，一作「騕」。鉛刀進御兮，遥棄太阿④。拔搴玄芝兮⑤，列樹芋荷。橘柚萎枯兮⑥，苦李旖旎⑦。甂甌登於明堂兮⑧，周鼎潛乎深淵⑨。自古而固然兮，吾又何怨乎今之人⑩！

①孔，孔雀也。

②高殿敞揚爲堂，平場廣坦爲壇。

③鼃，蝦蟇也。華池，芳華之池也。言君推遠孔鳳，斥逐賢智，畜養鵝鶩，親近小人，滿於堂庭。鼃黽，喻讒諛弄口得志也。

④要裹，駿馬。太阿，利劍也。言君放遠要裹英俊之士，而駕橐駝，任使罷駑頓朽之人，而棄明智之士也。

⑤玄芝，神草也。

⑥橘、柚，美木也。

⑦旖旎，盛貌也。言君乃拔去芝草，賤棄橘柚，種殖芋荷，養育苦李，愛重小人，斥逐君子也。

⑧甂甌，瓦器名也。

⑨周鼎，夏禹所作鼎也。左氏傳曰：「昔夏禹之有德，遠方圖物，貢金九牧，鑄鼎象物。桀有昏德，鼎遷于商。商紂暴虐，鼎遷于周。」是爲周鼎。言甂甌之器登明堂，周鼎反藏於深淵之水。言小人任政，賢者隱匿也。

⑩言往古嫉妒忠直而不肯進用，我何爲獨怨今世之人乎？自慰之詞。

【校勘記】

[一]隅，原作「瑀」，據馮本改。

[二]枘，原作「柄」，據隆慶本、馮本、俞本、朱本、莊本改。

[三]巖，原作「叢」，據補注本及下王逸注改。

[四]紘，原作「紭」，據隆慶本、馮本、俞本、朱本、莊本改。

[五]擊，原作「繫」，據補注本改。

[六]卒，原作「中」，據隆慶本、朱本改。

楚辭卷第十四

漢劉向子政編集　王逸叔師章句
後學西蜀高第　吳郡黃省曾校正

哀時命章句第十四

哀時命者，嚴夫子之所作也。夫子名忌，與司馬相如俱好辭賦，客遊於梁，梁孝王甚奇重之。忌哀屈原受性忠貞，不遭明君，而遇暗世，斐然作辭，歎而述之，故曰哀時命也。

哀時命之不及古人兮，夫何予生之不遘時①。往者不可扳援兮，倈者不可與期②。志憾恨而不逞兮③，杼中情而屬詩④。夜烱烱而不寐兮，懷隱憂而歷茲⑤。心鬱鬱而無告兮，衆孰可與深謀⑥？欿愁悴而委惰兮⑦，老冉冉而逮之⑧。居處愁以隱約兮居，一作「尻」。以，一作「㠯」，志沈抑而不揚⑨。道壅塞而不通兮通，一作「達」，江河廣而無梁⑩。願至崑崙之懸圃兮，采鍾山之玉英⑪。掔瑶木之橝枝兮掔，一作「擥」。橝，一作「撢」，望閬風之板桐⑫。弱水汩其爲難兮⑬，路中斷而不通⑭。勢不能凌波以徑度兮以，一作「而」。度，一作「渡」，又無羽翼而高翔⑮。然隱憫而不達兮憫，一作「閔」，獨徙倚而彷徉一作「仿佯」⑯。悵惝罔㠯永思兮㠯，一作「而」，心紆軫而增傷⑰。倚躊躇以淹留兮以，一作「㠯」，日飢饉而絶糧⑱。廓抱景而獨倚兮，超永思乎乎，一作「兮」故鄉一云「超永思乎此故鄉」⑲。廓落寂而無友兮，誰可與玩此遺芳⑳。白日晼晚其將入兮，哀余壽之弗將㉑。車既弊而馬罷兮，蹇邅徊而不能行㉒。身既不容於濁世兮，不知進退之宜當㉓。

①遘，遇也。詩云：「遘閔既多。」言己自哀生時年命，不及古賢聖之出遇清明之時，而當貪亂之世也。

②言往者聖帝不可扳引而及，後世明王亦不可須待與期，傷生不遇時，遭困戹也。

③憾，亦恨也。論語曰：「與朋友共，弊之而無憾。」逞，解也。

④屬，續也。言己上下無所遭遇，意中憾恨，憂而不解，則杼我中情，屬續詩文，以敶己志也。

⑤言己中心愁怛，目爲炯炯而不能眠，如遭大憂，常懷戚戚，經歷年歲，以至於此也。

⑥言己心中憂毒，而無所告語，衆皆諂諛，無可與議忠信也。

⑦欿，愁貌也。委惰，懈倦也。

⑧言己欲行忠信，而不得進，欲然愁悴，意中懈倦，年復已過，爲老所及，而志不立也。
⑨言己放於山澤，隱身守約，而志意沈抑，不得揚見於君，而永憂恨也。
⑩言己欲竭忠謀，讒邪壅塞而不得達，若臨江河，無橋梁以濟也。
⑪鍾山，在崑崙山西北。淮南言：鍾山之玉，燒之三日，其色不變。言己自知不用，願避世遠去，上崑崙山，遊於懸圃，采玉英咀而嚼之，以延壽也。
⑫板桐，山名也，在閬風之上。言己既登崑崙，復欲引玉樹之枝，上望閬風、板桐之山，遂陟天庭而遊戲也。
⑬尚書曰：道弱水至於合黎也。
⑭言己想得登神山，顧以娱憂，迫弱水不得涉渡，路絶不通，所爲無可也。
⑮言己勢不能爲船乘波渡水，又無羽翼可以飛翔，當亦窮困也。
⑯徙倚，猶低佪也。言己隱身山澤，内自憫傷，志不得達，獨徘徊彷徉而遊戲也。
⑰言己含憂彷徉，意中悵然，惝罔長思，心屈纏痛，苦重傷也。
⑱蔬不熟曰饉。言己欲躊躇久留，恐百姓飢餓，糧食絶乏也。
⑲言己在於山澤，廓然無耦，獨抱形景而立，長念楚國，心不能已，惝惘長思故鄉也。
⑳玩，習也。言己居處廓落，又無知友，當誰與講習忠信之謀也。
㉑將，猶長也。言日月西流，晼晚而殁，天時不可留，哀我年命不得長久也。

㉒言己周行四方，車以弊敗，馬又罷極，蹇然邅徊，不能復前，而不遇賢君也。

㉓言己執貞潔之行，不能自入貪濁之世，愁不知進止之宜當，何所行者也。

冠崔嵬而切雲兮，劒淋離而從横①。衣攝葉以儲與兮②，左袪挂於榑桑③。右衽拂於不周兮，六合不足以肆行④。上同鑿枘於伏戲兮戲，一作「羲」，下合矩矱於虞唐⑤。願尊節而式高兮，志猶卑夫禹湯⑥。雖知困其不改操兮，終不以邪枉害方⑦。世並舉而好朋兮，壹斗斛而相量⑧。衆比周以肩迫兮⑨，賢者遠而隱藏一云「隱而退藏」⑩。爲鳳皇作鶉籠兮，雖翕翅其不容⑪。靈皇其不寤知兮，焉陳詞而効忠⑫？俗嫉妬而蔽賢兮，孰知余之從容⑬？願舒志而抽馮兮馮，一作「憑」，一作「懣」，一作「愁」，庸詎知其吉凶⑭？璋珪一作「珪璋」雜於甑窐兮⑮，隴廉與孟娵同宮⑯。舉世以爲恒俗兮⑰，固將愁苦而終窮⑱。幽獨轉而不寐兮，惟煩懣而盈匈⑲。魂眇眇而馳騁兮，心煩冤之忳忳⑳。

①淋離，長貌也。言己雖不見容，猶整飾衣服，冠則崔嵬，上摩於雲，劒則長好，文武並盛，與衆異也。

②攝葉、儲與，不舒展貌。

③袪，袖也。詩云：「羔裘豹袪。」言己衣服長大，攝葉儲與，不得舒展，德能弘廣，不得施用，東行

則左衽挂於榑桑，無所不覆也。

④六合，謂天地四方也。言己西行則右衽拂於不周之山，以六合爲小，不足肆行。言道德盛大，無所不包也。

⑤言己德能純美，宜上輔伏羲，與同制量，下佐堯、舜，與合法度，而共治也。

⑥言己雖不見用，猶尊高節度，意卑禹、湯，不欲事也。

⑦言己雖自知貧賤困極，不能變志易操，終不能邪枉其身，以害公方之行也。

⑧言今世之人皆好朋黨，並相薦舉，持其貪佞之心，以量清潔之士也。

⑨比，親也。周，合也。

⑩言衆佞相與合同，並肩親比，故賢者遠逝而藏匿也。

⑪爲鳳皇作棲以鶉鴳之籠，雖翕其翅翼，猶不能容其形體也。以言賢者遭世亂，雖屈其身，亦不能自容入。

⑫言懷王闇蔽，心不覺寤，安所陳詞，効己之忠信乎？

⑬言楚國風俗嫉妬蔽賢，無有知我進退執守忠信也。

⑭庸，用也。言己思舒志意，援引憤懣，盡極忠信，當何緣知其逢吉將被凶也？

⑮璋、珪，玉名也。窒，甑下〔一〕孔。

⑯隴廉，醜婦也。孟娵，好女也。言世人不識善惡，乃以甑窒之土雜廁圭玉，又使醜婦與好女同室也。

以言君闇惑，不別賢愚也。

⑰恒，常。

⑱言舉世不識賢愚，以爲常俗，我固當終身窮苦而已。

⑲懣，憤也。言己愁思展轉而不能卧，心中煩憤，氣結滿匈也。

⑳言己精䰟眇眇獨馳，心中煩懣，𢥞𢥞而憂也。

志欲憾而不憺兮①，路幽昧而甚難②。塊獨守此曲隅兮，然欿切而永歎③。愁脩夜而宛轉兮而，一作「之」，氣涫瀥其若波④。握剞劂而不用兮⑤，操規榘而無所施一云「而無施」⑥。騁騏驥於中庭兮，焉能極夫遠道⑦？置猨狖於櫺檻兮，夫何以責其捷巧⑧？駟跛鼈而上山兮，吾固知其不能陞⑨。釋管晏而任臧獲兮⑩，何權衡之能稱⑪？箟簬雜於廢蒸兮，機蓬矢以䠶革⑫。負檐荷以丈尺兮，欲伸要而不可得⑬。外迫脅於機臂兮⑭，上牽聯於矰隿⑮。肩傾側而不容兮一云「不得容」，固陿腹而不得息⑯。務光自投於深淵兮⑰，不獲世之塵垢⑱。孰魁摧之可久兮，願退身而窮處⑲。鑿山楹而而，一作「以」爲室兮⑳，下被衣於水渚㉑。霧露濛濛其晨降兮一作「朦朦」，雲依斐而承宇㉒。虹霓紛其朝霞兮霓，一作「蜺」，夕淫淫而淋雨㉓。怊茫茫而無歸兮茫，一作「芒」，悵遠望此曠曠，一作「廣」野㉔。下垂釣於谿谷兮，上要求於僊者㉕。與赤松而結友兮一無「而」字，比王僑而爲耦㉖。使梟楊先導兮㉗，白虎爲之前後。浮雲霧而入冥兮，騎白鹿而容與㉘。

①儃，安。

②言己心中欿恨，意識不安，欲復遠去，以道路深冥，難數移也。

③言己獨處山野，塊然守此山曲，心爲切痛，長歎而已。

④言己心憂宛轉而不能卧，愁夜之長，氣爲涫灢，若水之波也。

⑤剞劂，刻鏤刀也。

⑥言己懷德不用，若工握剞劂而無所刻鏤，持方圜而無所錯也。

⑦言騏驥壹馳千里，乃騁之中庭促狹之處，不得展足，以極遠道也。以言使賢者執洒掃之役，亦不得展志意也。

⑧言猨狖當居高木茂林，見其才力，而置之櫺檻之中、迫局之處，責其捷巧，非其理也。以言君子當在廟堂爲政，而棄之山林，責其智能，亦非其宜也。

⑨言己念君信用衆愚，欲以致治，猶若駕跛鼈而欲上山，我固知其不能登也。

⑩臧，爲人所賤繫也。獲，爲人所係得也。

⑪言君欲爲政，反置管仲、晏嬰，任用敗軍賤辱係獲之士，何能稱權衡，興至治乎？或曰：臧，守藏者也。獲，主禽者也。皆卑賤無知之人。

⑫已解於七諫也。

⑬背曰負，荷曰檐。言己居於衰亂之世，常低頭俛視，若以背肩負檐，丈尺而步，不敢伸要仰首，以遠罪過也。

⑭迫脅，近附也。機臂，弩身也。

⑮言己居常怖懼，若附强弩機臂，畏其妄發，上恐牽聯於𨿅䠇，身被矰繳也。

⑯言己欲傾側肩背，容頭自入，又不見納，故陿腹小息，畏懼患禍也。

⑰務光，古清白之士也。

⑱言古有賢士務光，憎惡濁世，言不見從，自投深淵而死，不爲讒佞所塵汙。己慕其行也。

⑲言己爲諛佞所譖，被過魁摧，不可久止，願退我身，處於貧窮而已。

⑳楹，柱。

㉑渚，水涯也。言己雖窮，猶鑿山石以爲室柱，下洗浴水涯，被己衣裳，不失清潔也。

㉒言幽居山谷，霧露濛濛而晨來下，浮雲依斐，承我屋霤，晝夜闇冥也。

㉓言天雲雜色，虹霓揚光，紛然炫燿，日未明旦，復有朝霞，則夕淋雨，愁且思也。

㉔言己幽居遇雨，愁思茫茫，無所依歸，但見曠野草木盛茂也。

㉕言己幽居無事，下則垂釣餌於谿谷，上則要結僊人，從之受道也。

㉖言己執守清潔，遂與二子爲羣黨也。

㉗梟楊，山神名也，即狒狒也。

㉘言己與仙人俱出，則山神先道，乘雲霧、騎白鹿而游戲也。

冤眐眐以寄獨兮①，汩徂往而不歸②。處卓卓而日遠兮③，志浩蕩而傷懷④。鸞鳳翔於蒼雲兮，故矰繳而不能加一無「而」字。蛟龍潛於旋淵兮，身不挂於罔羅⑤。知貪餌而近死兮，不如下游乎清波⑥。寧幽隱以遠禍兮，孰侵辱之可爲⑦？子胥死而成義兮，屈原沈於汨羅。雖體解其不變兮其，一作「而」，豈忠信之可化？志怦怦而內直兮，履繩墨而不頗⑧。執權衡而無私兮，稱輕重而不差⑨。摡摡，一作「漑」塵垢之枉攘一作「枉攘」，一作「狂壤」兮⑩，除穢累而反真⑪。形體白而質素兮，中皎潔而淑清⑫。時猒飫而不用兮，且隱伏而遠身⑬。聊竄端而匿迹兮，嘆寂默而無聲⑭。獨便悁而煩毒兮便悁，一作「悁悒」，焉發憤而抒情⑮？時曖曖其將罷兮，遂悶歎而無名⑯。伯夷死於首陽兮一作「首山」。一云「首陽之山」，卒夭隱而不榮⑰。太公不遇文王兮，身至死而不得逞⑱。懷瑤象而佩瓊兮，願陳列而無正⑲。生天墜之若過兮，忽爛漫而無成⑳。邪氣襲余之形體兮一無「體」字，疾憯怛而萌生㉑。願壹見陽春之白日兮，恐不終乎永年㉒。

①眐眐，獨行貌也。

②言我冤神眐眐獨行，寄居而處，汨然遂往而不還也。
③卓卓，高貌。
④言己隨從仙人上游，所居卓卓，日以高遠，中心浩蕩，罔然愁思，念楚國也。
⑤言鸞鳳飛於千仞，蛟龍藏於旋淵，故矰繳不能逮，羅罔不能加也。以言賢者亦宜高舉隱藏，法令不能拘也。
⑥清波，清潔之流，無人之處也。言蛟龍明於避害，知貪香餌必近於死，故下游於清波無人之處也。以言賢者亦不宜貪禄位，以危其身也。
⑦言己亦寧隱身幽藏，以遠患禍，不能久被侵辱，誠爲難也。
⑧皆已解於離騷、九辯、七諫。
⑨差，過也。言己如得執持權衡，能無私阿，稱量賢愚，必不過差，各如其理也。
⑩摡，滌也。枉攘，亂貌。
⑪言己又欲摡激濁亂之臣，使君除去穢累，而反於清明之德。
⑫言己自念形體潔白，表裏如素，心中皎潔，内有善性，清明之質也。
⑬言時君不好忠直之士，猒倦其言而不肯用，故且隱伏山澤，斥遠己身也。
⑭言己竭忠而不見用，且逃頭匿足，竄伏自藏，執守寂寞，吞舌無聲也。
⑮言己懷忠直之志，獨悁悒煩毒，無所發我憤懣，泄己忠心也。

⑯言己遭時不明，行善罷倦，心遂煩悶，傷無美名，以流後世也。

⑰言伯夷餓於首陽，夭命而死，不饗其爵禄，得其榮寵也。

⑱言太公不遇文王，至死不得解於廝賤也。

⑲言己懷玉象，履忠信，願陳列己志，無有明正之君聽而受之也。

⑳爛漫，猶消散也。言己生於天地之間，忽若風雨之過，晻然而消散，恨無成功也。

㉑襲，及也。言己常恐邪惡之氣及我形體，疾病憯痛，横發而生，身僵仆也。

㉒言己被疾憂懼，恐隨草木徂落，不能至陽春見白日，不終年命，遂委棄也。

【校勘記】

［一］下，原作「土」，據四庫本改。

楚辭卷第十五

漢劉向子政編集　王逸叔師章句
後學西蜀高第　吳郡黄省曾校正

九懷章句第十五

匡機　通路　危俊　昭世　尊嘉
蓄英　思忠　陶壅　株昭

九懷者，諫議大夫王褒之所作也。懷者，思也，言屈原雖見放逐，猶思念其君，憂國傾危，而不能忘也。褒讀屈原之文，嘉其温雅，藻采敷衍，執握金玉，委之污瀆，遭世溷濁，莫之能識。追而愍之，故作九懷，以裨其詞。史官録第，遂列于篇。

極運兮不中①，來將屈兮困窮②。余深愍兮慘怛③，願一列兮無從④。乘日月兮上征⑤，顧遊心兮鄗酆⑥。彌覽兮九隅⑦，彷徨兮蘭宮一作「仿偟」⑧。芷閭兮葯房⑨，奮摇兮衆芳⑩。菌閣兮蕙樓⑪，觀道兮從横⑫。寶金兮委積⑬，美玉兮盈堂⑭。桂水兮潺湲⑮，揚流兮洋洋⑯。蓍蔡兮踊躍⑰，孔鶴鶴，一作「鵠」兮回翔⑱。撫檻兮遠望⑲，念君兮不忘⑳。怫鬱兮莫陳㉑，永懷兮内傷㉒。

匡機

①周轉求君，道不合也。

②還就農桑，修播植也。

③我内憤傷，心切剥也。

④欲陳忠謀，道隔塞也。

⑤想託神明，陞天庭也。

⑥回眄周京，念先聖也。文王都酆，武王都鄗。二聖有德，明於用賢，故顧其都，冀遭逢也。

⑦歷觀九州，求英俊也。

⑧遊戲道室，誦五經也。

⑨居仁履義，守忠貞也。

⑩動作應禮，行馨香也。
⑪節度彌高，德成就也。
⑫衆人瞻望，聞功名也。
⑬志意堅固，策謀明也。
⑭懿譽光明，滿朝廷也。
⑮芳流衍溢，周四境也。
⑯潔白之化，動百姓也。
⑰蓍龜喜樂，慕清高也。蓍，筮也。蔡，大龜也。論語曰「臧文仲居蔡」也。
⑱畏怖羅網，陞青雲也。
⑲登樓伏楯，觀楚郢也。
⑳思慕懷王，結中情也。
㉑忠言藴積，不列聽也。
㉒長思切切，中心痛也。

天門兮墬户①，孰由兮賢者②？無正兮溷廁③，懷德兮何覩④？假寐兮愍斯⑤，誰可與兮寤語⑥？痛鳳兮遠逝⑦，畜鴳兮近處⑧。鯨鱏兮幽潛⑨，從蝦兮遊陼⑩。乘虬兮登陽⑪，載象兮上行⑫。朝發兮葱嶺⑬，夕至兮明光⑭。北飲兮飛泉⑮，南采兮芝英⑯。宣遊兮列宿⑰，順極兮彷徉⑱。紅采兮騂衣⑲，翠縹兮爲裳⑳。舒佩兮綝纚㉑，竦余劍兮干將㉒。騰蛇兮後從㉓，飛駏兮步旁㉔。微觀兮玄圃㉕，覽察兮瑶光㉖。啓匱兮探筴㉗，悲命兮相當㉘。紉蕙兮永詞㉙，將離兮所思㉚。浮雲兮容與㉛，道余兮何之㉜？遠望兮仟眠㉝，聞雷兮闐闐㉞。陰憂兮感余㉟，惆悵兮自憐㊱。

通路

①金闈玉闑，君之舍也。

②誰當涉履英俊路也。

③邪佞雜亂，來並居也。

④忠信之士不見用也。

⑤衣冠而寢，自憐傷也。不脱冠帶而卧曰假寐。詩云：「假寐永歎。」

⑥衆人愚闇，誰與謀也？

⑦仁智之士遁世去也。

⑧畜養佞諛而親附也。

⑨大賢隱匿，竄林藪也。

⑩小人並進在朝廷也。鯨、鱏，大魚也。蝦，小魚也。
⑪意欲駕龍而陞雲也。
⑫遂騎神獸，用登天也。神象，白身赤頭，有翼能飛也。
⑬旦發西極之高山也。
⑭暮宿東極之丹巒也。
⑮吮嗽天液之浮源也。
⑯咀嚼靈草，以延年也。
⑰徧歷六合，視衆星也。
⑱周繞北辰，觀天庭也。
⑲婆娑五采，芬華英也。
⑳衣色瓌瑋，耀青葱也。
㉑緩帶徐步，五玉鳴也。
㉒握我寶劒，立延頸也。
㉓神虵侍從，慕仁賢也。
㉔駏驉奮飛，承轂輪也。
㉕上睨帝囿，見天園也。

㉖觀視斗杓與玉衡也。
㉗發匣引籌，考禄相也。
㉘不獲富貴，值流放也。
㉙結草爲誓，長訣行也。
㉚背去九族，遠懷王也。
㉛天氣滃溶，乍東西也。
㉜來迎導我，難隨從也。
㉝遥視楚國，闇未明也。
㉞君好妄怒，威武盛也。
㉟内愁鬱伊，害我性也。
㊱悵然失志，嗟厥命也。

林不容兮鳴蜩①，余何留兮中州②？陶嘉月兮總駕③，搴玉英兮自脩④。結榮茝兮逶逝⑤，將去烝兮遠遊⑥。徑岱土兮魏闕⑦，歷九曲兮牽牛⑧。聊假日兮相佯⑨，遺光燿兮周流⑩。望太一兮淹息⑪，紆余轡兮自休⑫。晞白日兮皎皎⑬，彌遠路兮悠悠⑭。顧列孛兮縹縹⑮，觀幽雲兮陳浮⑯。鉅寶遷兮砏磤⑰，雉咸雊兮相求⑱。泱莽莽兮究志⑲，懼吾心兮懤幬⑳。步余馬兮飛柱㉑，覽可與兮匹儔㉒。卒莫有兮纖介㉓，永余思兮怞怞㉔。

危俊

①國不養民，賢宜退也。
②我去諸夏，將遠逝也。
③嘉及吉時，驅乘駟也。
④采取瓊華，自修飾也。
⑤束草陳信，遂奔邁也。
⑥違離於君，之四裔也。
⑦行出北荒，山高桀也。
⑧過觀列宿，九天際也。
⑨且徐遊戲，竟年歲也。
⑩敷揚榮華，垂顯烈也。
⑪觀天貴將，上沈滯也。
⑫緩我馬勒，留寢寐也。
⑬天精光明而照察也。

⑭周望八極，究地外也。

⑮邪視彗星，光瞥瞥也。

⑯山氣滃鬱而羅列也。

⑰太歲轉移，聲礚磑也。

⑱飛鳥驚鳴，雌雄合也。

⑲周望率土，遠廣大也。

⑳惟我憂思，意愁毒也。

㉑徘徊神山，且休息也。

㉒歷觀羣英，求妃合也。

㉓衆皆邪佞，無忠直也。

㉔愁心長慮，憂無極也。

世溷兮一云「世溷濁也」冥昏①，違君兮一云「臣違君兮」歸真②。乘龍兮偃蹇③，高回翔兮上臻④。襲英衣兮緹緡⑤，披華裳兮芳芬⑥。登羊角兮扶輿⑦，浮雲漠兮自娛⑧。握神精兮雍容⑨，與神人兮相胥⑩。流星墜兮成雨⑪，進瞵盼兮上丘墟⑫。覽舊邦兮滃鬱⑬，余安能兮久居⑭？志懷逝兮心懰慄⑮，紆余轡兮躊躇⑯。聞素女兮微歌⑰，聽王后兮吹竽⑱。魂悽愴兮感哀⑲，腸回回兮盤紆⑳。撫余佩兮繽紛㉑，高太息兮自憐㉒。使祝融兮先行㉓，令昭明兮開門㉔。馳六蛟兮上征㉕，竦余駕兮入冥㉖。歷九州兮索合㉗，誰可與兮終生㉘？忽反顧兮西囿㉙，覩軫丘兮崎傾㉚。横垂涕兮泫流㉛，悲余后兮失靈㉜。

昭世

①時君闇蔽，臣貪佞也。

②將去懷王，就仁賢也。

③驂駕神獸，挐紛紜也。

④行戲遨遊，遂至天也。

⑤重我絳袍，采色鮮也。

⑥徐曳文衣，動馨香也。詩曰：「婆娑其下。」

⑦陞彼高山，徐顧睨也。

⑧乘雲歌吟而遊戲也。

⑨握持神明，動容儀也。

⑩留待松、喬，與伴儷也。

⑪陰精並降，如墮雨也。

⑫天旦欲明，至山溪也。
⑬下見楚國之亂危也。
⑭將背舊鄉之九夷也。
⑮心中欲去，内傷悲也。
⑯緩我馬勒而低佪也。
⑰神仙謳吟，聲依違也。
⑱伏妃作樂，百蟲至也。
⑲精神惆悵而思歸也。
⑳意中毒悶，心紆屈也。
㉑持我玉帶，相糾結也。
㉒長歎傷己遠放棄也。
㉓俾南方神開軌轍也。
㉔炎神前驅，關梁發也。
㉕乘龍直驅，陞閶闔也。
㉖遂馳我車，上寥廓也。
㉗周遍天下，求雙匹也。

㉘莫足與友爲親密也。

㉙見彼隴蜀道阻阸也。

㉚山陵嵚岑，難涉歷也。

㉛悲思念國，泣雙下也。

㉜哀惜我后，違天法也。

季春兮陽陽①，列草兮成行②。余悲兮蘭生③，委積兮從横④。江離兮遺捐⑤，辛夷兮擠臧⑥。伊思兮往古⑦，亦多兮遭殃⑧。伍胥兮浮江⑨，屈子兮沈湘⑩。運余兮念兹⑪，心内兮懷傷⑫。望淮兮沛沛一云「淵沛沛」⑬，濱流兮則逝⑭。榜舫兮下流⑮，東注兮礚礚⑯。蛟龍兮一云「蛟龍沃兮」導引⑰，文魚兮上瀨⑱。抽蒲兮陳坐⑲，援芙蕖兮爲蓋一云「援英兮爲蓋」，一云「拔英」⑳。水躍兮余旌㉑，繼以兮微蔡㉒。雲旗兮電鶩㉓，儵忽兮容裔㉔。河伯兮開門㉕，迎余兮歡欣㉖。顧念兮舊都㉗，懷恨兮艱難㉘。竊哀兮浮萍㉙，汎淫兮無根㉚。

尊嘉

①三月温和，氣清明也。

②百卉垂條，吐榮華也。

③哀彼香草獨隕零也。
④枝條摧折，傷根莖也。
⑤忠正之士棄山林也。
⑥仁智之士抑沈没也。
⑦惟念前世諸賢俊也。
⑧仁義遇罰，禍及身也。
⑨吴王棄之於江濱也。
⑩懷沙負石，赴汨淵也。
⑪轉思念此，志煩冤也。
⑫腸中惻痛，摧肺肝〔一〕也。
⑬臨水恐慄，畏禍患也。
⑭意欲隨水而隱遁也。
⑮乘舟順水，遊海濱也。
⑯濤波踴躍，多險難也。
⑰虬螭水禽，馳在前也。
⑱巨鱗扶己，渡涌湍也。

⑲拔草爲席，處薄單也。

⑳引取荷華，以覆身也。

㉑風波動我，摇旗旛也。

㉒續以草芥，入己船也。

㉓遂乘風雹，驅横奔也。

㉔往來亟疾若鬼神也。

㉕水君竢望，開府寺也。

㉖喜笑迎己，愛我善也。

㉗還視楚國，思郢城也。

㉘抱念恚恨，常欲還也。

㉙自比如蘋，生水瀨也。

㉚隨水浮游，乍東西也。

秋風兮蕭蕭①，舒芳兮振條②。微霜兮眇眇③，病殀兮鳴蜩④。玄鳥兮辭歸⑤，飛翔兮靈丘⑥。望谿兮滃鬱⑦，熊羆兮呴嗥⑧。唐虞兮不存⑨，何故兮久留⑩？臨淵兮汪洋⑪，顧林兮忽荒⑫。修余兮袿衣⑬，騎霓兮南上⑭。乘雲兮回回⑮，亹亹兮自强⑯。將息兮蘭皋⑰，失志兮悠悠⑱。蒶藴兮黴黧⑲，思君兮無聊⑳。身去兮意存㉑，愴恨〔二〕兮懷愁㉒。

蓄英

①陰氣用事，天政急也。
②動摇百草，使芳熟也。
③霜凝微薄，寒深酷也。
④飛蟬卷曲而寂默也。
⑤燕將入海化爲蛤也。
⑥悲鳴神仙，奮羽翼也。
⑦川谷吐氣，雲闇昧也。
⑧猛獸應秋，將害賊也。
⑨堯舜已過，難追逐也。
⑩宜更求君，之他國也。
⑪瞻望大川，廣無極也。
⑫回視喬木與山薄也。
⑬整我袗裳，自結束也。

⑭託乘赤霄，登張翼也。
⑮載氣溶溶，意中惡也。
⑯稍稍陞進，遂自力也。
⑰且欲中休，止方澤也。
⑱從高視下，目眩惑也。
⑲愁思蓄積，面垢黑也。
⑳想念懷王，忘寢食也。
㉑體遠情近，在胷臆也。
㉒心中憂恨，內悽惻也。

登九靈兮遊神神，一作「精」①，静女歌兮微晨②。悲皇丘兮積葛，衆體錯兮交紛③。貞枝抑兮枯槁④，枉車登兮慶雲⑤。感余志兮慘慄⑥，心愴愴兮一云「心悲兮」自憐⑦。駕玄螭兮北征⑧，鄉吾路兮葱嶺⑨。連五宿兮建旄⑩，揚氛氣兮爲旌⑪。歷廣漠兮馳騖⑫，覽中國兮冥冥⑬。玄武步兮水母⑭，與吾期兮南榮⑮。登華蓋兮乘陽⑯，聊逍遥兮播光⑰。抽庫婁兮酌醴⑱，援瓟瓜兮接粮⑲。畢休息兮遠逝⑳，發玉軔兮西行㉑。惟時俗兮疾正，弗可久兮此方㉒。寤辟摽兮永思㉓，心怫鬱兮內傷㉔。

思忠

①想登九天，放精神也。

②神女夜吟，聲激清也。

③言己見美大之丘，葛草緣之而生，交錯茂盛，人不異而采取，則不成絺綌也。以言楚國士民衆多，君不異而舉用，則不知其有德也。

④貞，正。

⑤慶雲，喻尊顯也。言葛有正直之枝，抑棄枯槁而不見采。枉壤惡者，滿車陞進，反見珍重，御尊顯也。以言貞正之人棄於山野，佞曲之臣陞於顯朝也。

⑥動踊我心，如柝割也。

⑦意中切傷，憂悲楚也。

⑧將乘山神而奔走也。

⑨欲踰高山，度險阻〔三〕也。

⑩係續列星，爲旗旐也。

⑪舉布霾霧，作旗表也。

⑫徑過長沙，馳騆馬也。

⑬顧視諸夏，尚昧晦也。

⑭天黿水神，侍送余也。

⑮與己爲誓，會炎野也。南方冬温，草木常茂，故曰南榮。

⑯上攀北斗，躡房星也。

⑰且徐遊戲，布文采也。

⑱引持二星以斟酒也。

⑲啗食神果，志猒飽也。

⑳周徧留止而復去也。

㉑引支車木，遂馳驅也。

㉒世憎忠信，愛諂諛也。

㉓心常長愁，擗心踊也。辟，擗心貌也。

㉔憂思積結，肝腑爛也。

覽杳杳兮世惟①，余惆悵兮何歸②？傷時俗兮溷亂③，將奮翼兮高飛④。駕八龍兮連蜷⑤，建虹旌兮威夷⑥。觀中宇兮浩浩⑦，紛翼翼兮上躋⑧。浮溺水兮舒光⑨，淹低佪兮京沚⑩。屯余軍兮索反⑪，覲皇公兮問師⑫。道莫遺兮歸真⑬，羡余術兮可夷⑭。吾乃逝兮南娭⑮，道幽路兮九疑⑯。越炎火兮萬里⑰，過萬首兮嶷嶷嶷嶷，一作「旎旎」⑱。濟江海兮蟬蜕⑲，絶北梁兮永辭⑳。浮雲鬱兮晝昏㉑，霾土忽兮塺塺㉒。息陽城兮廣夏㉓，衰色罔兮中怠㉔。意曉陽兮燎寤㉕，乃息軫兮存茲㉖。思堯舜兮襲興㉗，幸咎繇兮獲謀㉘。悲九州兮靡君㉙，撫軾歎兮作詩㉚。

陶壅

①觀楚泥濁，俗愚蔽也。

②罔然失志，無依附也。

③哀愍當世，衆貪暴也。

④振翅翱翔，絶塵埃也。

⑤乘虬翱翔，見容貌也。

⑥樹蝃蝀旗，紛光耀也。

⑦大哉天下，難徧照也。

⑧盛氣振迅，陞天衢也。

⑨遂渡沉流，揚精華也。

⑩且留水側，息河洲也。水中可居爲洲，小洲爲渚，小渚爲沚。京沚者，即高洲也。

⑪住我之駕，求松、喬也。
⑫遂見天帝，詔祕要也。
⑬執守無爲，修朴素也。
⑭念己道藝，可悦樂也。詩云：「既見君子，我心則夷。」夷，喜也。
⑮往之大陽，遊九野也。
⑯陟歷深山，過舜墓也。
⑰積熱彌天，不可處也。
⑱見海中山，數萬頭也。海中山名，嶷嶷嶽嶽，屬交趾也。
⑲遂渡大水，解形體也。
⑳超過海津，長訣去也。
㉑楚國潰亂，氣未除也。
㉒風俗塵濁，不可居也。
㉓遂止炎野，大屋廬也。
㉔志欲懈倦，身罷勞也。
㉕心中燎明，内自覺也。
㉖徐自省視，至此處也。

㉗喜慕二聖，相繼代也。
㉘冀遇虞舜，與議道也。
㉙傷今天下無聖主也。
㉚伏車浩歎，作風雅也。

悲哉于嗟兮①，心内切嗟②。欸冬而生兮③，凋彼葉柯④。瓦礫進寶兮⑤，捐棄隨和⑥。鉛刀厲御兮⑦，頓棄太阿⑧。驥垂兩耳兮⑨，中坂蹉跎⑩。蹇驢服駕兮⑪，無用日多⑫。修潔處幽兮⑬，貴寵沙劘⑭。鳳皇不翔兮⑮，鶉鴳飛揚⑯。乘虹驂蜺兮⑰，載雲變化⑱。鷦鵬開路兮⑲，後屬青蛇⑳。步驟桂林兮㉑，超驤卷阿㉒。丘陵翔儛兮㉓，谿谷悲歌㉔。神章靈篇兮㉕，赴曲相和㉖。余私娱兹兮㉗，孰哉復加㉘。還顧世俗兮㉙，壞敗罔羅㉚。卷佩將逝兮㉛，涕流滂沲㉜。

株昭

①愁思憤滿，長歎息也。
②意中激感，腸病痛[四]也。
③物叩盛陰，不滋育也。

④傷害根莖，枝卷曲也。
⑤佞僞愚戇，侍帷幄也。
⑥貞良君子，棄山澤也。
⑦頑嚚之徒，任政職也。
⑧明智忠賢，放斥逐也。
⑨雄俊佯愚，閉口目也。
⑩衆無知己，不盡力也。
⑪駑鈍之徒，爲輔翼也。
⑫僮蒙並進，填滿國也。
⑬執履清白，居陋側也。
⑭權右大夫，佯不識也。
⑮賢智隱處，深藏匿也。
⑯小人得志，作威福也。
⑰託駕神氣而遠征也。
⑱陞高去俗，易形貌也。
⑲仁士智鳥，導在前也。

⑳介蟲之長，衛惡姦也。

㉑馳逐正道，德香芬也。

㉒騰越曲阜，過阸難也。

㉓山丘踴躍，而歡喜也。

㉔川瀆作樂，進五音也。

㉕河圖、洛書，緯讖文也。

㉖宮商並會，應琴瑟也。

㉗我誠樂此，發中心也。

㉘天下歡悅，莫如今也。

㉙回視楚國及衆民也。

㉚廢棄仁義，修諂諛也。

㉛袪衣束帶，將横奔也。

㉜思君念國，泣霑衿也。

亂曰：皇門開兮一云「皇開門兮」①照下土②，株穢除兮③蘭芷覩④。四佞放兮⑤後得禹⑥，聖舜攝兮⑦昭堯緒⑧，孰能若兮⑨願爲輔⑩。

①王門啓闢，路四通也。
②鏡覽幽冥，見萬方也。
③邪惡已消，遠逃亡也。
④俊乂英雄，在朝堂也。
⑤驩、共、苗、鮌，竄四荒也。
⑥乃獲文命，治江河也。
⑦重華秉政，執紀綱也。
⑧著明唐業，致時雍也。
⑨誰能知人，如唐虞也。
⑩思竭忠信，備股肱也。

【校勘記】

［一］肺肝，原作「肝肺」，據韻乙正。
［二］悢，原作「恨」，據慧琳音義引改。
［三］險阻，原作「阻險」，據韻乙正。
［四］病痛，補注本作「痛惻」。

楚辭卷第十六

漢劉向子政編集　王逸叔師章句
後學西蜀高第　吴郡黄省曾校正

九歎章句第十六

逢紛　靈懷　離世　怨思　遠逝
惜賢　憂苦　愍命　思古

九歎者，護左都水使者光禄大夫劉向之所作也。向以博古敏達，典校經書，辯章舊文。追念屈原忠信之節，故作九歎。歎者，傷也，息也。言屈原放在山澤，猶傷念君，歎息無已，所謂讚賢以輔志，騁詞以曜德者也。

伊伯庸之末胄兮①，諒皇直之屈原②。云余肇祖于高陽兮，惟楚懷之嬋連③。原生受命于貞節兮，鴻永路有嘉名④。齊名字於天地兮⑤，並光明於列星⑥。吸精粹而吐氛濁兮⑦，横邪世而不取容⑧。行叩誠而不阿兮⑨，遂見排而逢讒⑩。后聽虛而黜實兮⑪，不吾理而順情⑫。腸憤悁而含怒兮，志遷蹇而左傾⑬。心㦂慌而不我與兮⑭，躬速速而不吾親⑮。辭靈修而隕意兮⑯，吟澤畔之江濱⑰。椒桂羅已顛覆兮⑱，有竭信而歸誠⑲。讒夫藹藹而曼著兮⑳，曷其不舒予情㉑？

①胄，後也。左氏傳曰：「戎子駒支，四嶽之裔胄也。」

②諒，信也。論語曰：「君子貞而不諒。」以言屈原承伯庸之後，信有忠直美德，甚於衆人也。

③嬋連，族親也。言屈原、懷王俱顓頊之孫，有嬋連之族親，恩深而義篤也。

④鴻，大也。永，長也。路，道也。言屈原受陰陽之正氣，體合大道，故長有美善之名也。

⑤謂名平、字原也。

⑥謂心達道要，文章光耀，若天有列星也。

⑦氛，惡氣也。左氏傳曰：「楚氛甚惡。」言己吸天地精明之氣，而吐其塵濁，内潔浄之氣也。

⑧言己體清潔之行，在横邪貪枉之世，而不能自容入於衆也。

⑨叩，擊也。阿，曲也。

⑩言己心不容非，以好叩擊人之過，故遂爲讒佞所排逐也。
⑪黜，貶也。實，誠也。
⑫言君聽讒佞虚言，以貶忠誠之實，不理我言，而順邪僞之情，故見放流也。
⑬言己執忠誠而見貶黜，腸中憤懣，悁悒而怒，則志意遷移，左傾而去也。
⑭儻慌，無思慮貌。
⑮速速，不親附貌。言君心儻慌而無思慮，不肯與我謀議，用志速速，不與己相親附也。
⑯隕，墮也。易曰「有隕自天」也。
⑰畔，界也。濱，涯也。言己與懷王辭訣，志意墮落，長吟江澤之涯而已。
⑱顛，頓也。覆，仆也。
⑲言己見先賢，若椒桂之人以被禍，其身顛仆，然猶竭信歸誠，而志不懼也。
⑳藹藹，盛多貌。詩云：「藹藹王多吉士。」漫，污也。
㉑曷，何也。言讒人相聚，藹藹而盛，欲漫污人以自著明，君何其不舒我忠情以詰責之乎？

始結言於廟堂兮①，信中塗而叛之②。懷蘭蕙與蘅芷兮，行中壄而散之③。聲哀哀而懷高丘兮，心愁愁而思舊邦④。願承間而自恃兮，徑淫曀而道壅⑤。顏黴黧以沮敗兮⑥，精越裂而衰耄⑦。裳襜襜而含風兮⑧，衣納納而掩露⑨。赴江湘之湍流兮，順波湊而下降⑩。徐徘徊一作「低徊」於山阿兮⑪，飄風來之洶洶⑫。馳余車兮玄石⑬，步余馬兮洞庭⑭。平明發兮蒼梧，夕投宿兮石城⑮。芙蓉蓋而蔆華車兮，紫貝闕而玉堂⑯。薜荔飾而陸離薦兮⑰，魚鱗衣而白蜺裳⑱。登逢龍而下隕兮⑲，違故都之漫漫一作「曼曼」⑳。思南郢之舊俗兮，腸一夕而九運㉑。揚流波之潢潢兮㉒，體溶溶而東回㉓。心怊悵以永思兮，意晻晻而自頹㉔。白露紛紛以塗塗兮㉕，秋風瀏瀏以蕭蕭㉖。身永流而不還兮，魂長逝而常愁㉗。

①結，猶聯也。廟者，先祖所居也。言人君爲政舉事，必告於宗廟，議之於明堂。

②塗，道也。叛，倍也。言君始嘗與己結議連謀於明堂之上，今信用讒言，中道而更背我也。

③言己懷忠信之德，執芬香之志，遠行中野，散而弃之，傷不見用也。

④言己放斥山野，發聲而吟，其音哀哀，心愁思者，念高丘之山，阻歸故國也。

⑤淫曀，闇昧也。詩云：「不日有曀。」言己思承君閒暇，心中自恃，冀得竭忠，而徑路闇昧，遂以壅塞也。

⑥黧，黑也。沮，壞也。

⑦越，去也。裂，分也。耄，老也。言己欲進不得，中心憂愁，顏色黧黑，面狀癄敗，精神越去，氣力衰老也。

⑧襘襘，搖貌。

⑨納納，濡濕〔一〕貌也。上曰衣，下曰裳。言己放行山野，下裳襜襜而含疾風，上衣濡濕而掩霜露，單行獨處，身苦寒也。
⑩湊，聚也。言己乘船赴江、湘之疾流，順驟波而下行，身危殆也。
⑪阿，曲隅也。
⑫洶洶，讙聲也。言己至於山之隈曲，且徐徘徊，冀想君命，飄風卒至，復聞乎讒佞匈匈，欲來害己也。
⑬玄石，山名。
⑭洞庭，水名。
⑮石城，山名也。言己動履大水，宿止名山，用志清潔且堅固也。
⑯紫貝，水蟲名。援神契曰：「江水出大貝。」
⑰陸離，美玉也。薦，卧席也。
⑱魚鱗衣，雜五綵爲衣，如鱗文也。言所居清潔，被服芬芳，德體如玉，文綵耀明也。
⑲逢龍，山名。
⑳言己登逢龍之山，而遂下顧，去楚國之遼遠也。
㉑言己思念郢都邑里故俗，腸中愁悴，一夕九轉，欲還歸也。
㉒潢潢，大貌。
㉓溶溶，波貌。言己隨流而行，水盛廣大，波高溶溶，將東入於海也。

㉔言己將至於海，心中怊悵而長思，意晻晻而稍下，恐不復還也。
㉕塗塗，厚貌。
㉖瀏瀏，風疾貌。言四時欲盡，白露已降，秋風急疾，年歲且老，愁憂思也。
㉗言己身隨水長流，不復旋反，則䨲䨲遂去，常愁念楚國也。

歎曰：譬彼流水，紛揚磕兮。波逢洶涌，紛滂沛兮①。揄揚滌盪，漂流隕往，觸岑石兮②。龍邛脟力轉圈，繚戾力結反宛轉，阻相薄兮③。遭紛逢凶，蹇離尤兮④。垂文揚采，遺將來兮⑤。

逢紛

①水性清潔平正，順而不爭，故以喻屈原也。言水逢風紛亂，揚波滂沛，失其本性。以言屈原志行清白，遭逢貪佞，被過放逐，亦失其本志也。
②岑，鋭也。言風揄揚，水流隕往，觸鋭利之石，使之危殆。以言讒人亦揚己過，使得辠罰也。
③言水得風則龍邛繚戾，與險阻相薄，不得順其流性也。以言忠臣逢讒人，亦匡攘惶遽而竄伏也。
④言己遭逢紛濁之世而遇百凶，以蹇蹇之故，而遂以得過也。
⑤言己雖不得施行道德，將垂典雅之文，揚美藻之采，以遺將來賢君，使知見己志也。

靈懷其不吾知兮，靈懷其不吾聞①。就靈懷之皇祖兮，愬靈懷之鬼神②。靈懷曾不吾知兮，即聽夫人讒之諛辭③。余辭上參於天墜兮，旁引之於四時④。指日月使延照兮⑤，撫招摇㠯質正⑥。立師曠俾端詞兮⑦，命咎繇使並聽⑧。兆出名曰正則兮，卦發字曰靈均⑨。余幼既有此鴻節兮，長愈固而彌純⑩。不從俗而詖卜寄反行兮⑪，直躳指而信志⑫。不枉繩以追曲兮，屈情素以從事⑬。端余行其如玉兮，述皇輿之踵跡⑭。群阿容以晦光兮⑮，皇輿覆以幽辟⑯。輿中塗以回畔兮，駟馬驚而横犇⑰。執組者不能制兮⑱，必折軛而摧轅⑲。斷鑣銜㠯馳鶩兮⑳，暮去次而敢止㉑。路蕩蕩其無人兮㉒，遂不禦乎千里㉓。

①言懷王闇惑，不知我之忠誠，不聞我之清白，反用讒言而放逐己也。

②言己所言，忠正而不見信，願就懷王先祖，告語其寃，使照己心也。鬼神明察，故欲愬之以自證明也。

③言懷王之心，曾不與我合，又聽用讒諛之辭，言以過惡於己也。

④言己所言，輒上參之於天，下合之於地，旁引四時之神，㠯爲符驗也。

⑤延，長也。照，知也。

⑥招摇，北斗杓星也，斗主建天時。言己上指語日月，使長視己，撫斗柄杓，使質正我之志，動告神明，以自徵驗也。

⑦師曠，聖人，字子壄，生無目而善聽，晉平公時。端，正也。

⑧言己之言信而有徵，誠可據行，願立師曠使正其詞，令咎繇並而聽之，二聖聰明，長於人情，知真僞之心也。
⑨言己生有形兆，伯庸名我爲正則𠂢法天。筮而卜之，卦得坤，字我曰靈均以法地也。
⑩言己幼少有大節度𠂢應天地，長大修行而彌純固也。
⑪詖，猶傾也。
⑫言己執履忠信，不能隨從俗人，傾易其行，直身而言，以信己之志，終不回移也。
⑬言己心正直，不能枉性以追曲俗，屈我素志以從衆人，而承事之也。
⑭言思正我行，令之如玉，不匿瑕惡，以承述先王正治之法，繼續其業而大之也。
⑮晦，冥也。光，明也。
⑯幽僻，暗昧也。言羣臣皆行枉曲，以蔽君之聰明，使楚國闇昧，將危覆也。
⑰馬以喻賢臣也。言君爲無道，國人中道倍畔而去，賢臣驚怖犇亡，争欲遠也。
⑱執組，猶織組也。織組者，動之於此，而成文於彼，善御者亦動之於手，而盡馬力也。詩云：「執轡如組。」
⑲言騆馬驚犇，雖有執轡之御，猶不能制，必摧車軛而折其轅也。以言賢臣奔亡，使國荒亂而傾危也。
⑳鑣，勒也。銜，飾口鐵也。
㉑暮，夜也。次，舍也。止，制也。言車敗馬犇，鑣銜斷絶，猶自馳騖，至於暮夜乃舍，無有制止之者

也。以言人臣一去君，亦不復得拘留也。

㉒蕩蕩，平易貌也。尚書曰：「王道蕩蕩。」

㉓禦，禁也。言君國之道路蕩蕩，空無賢人，以不待遇之故，遂行千里，遠之他方也。

身衡陷而下沈兮①，不可獲而復登②。不顧身之卑賤兮，惜皇輿之不興③。出國門而端指兮，方冀壹寤而錫還④。哀僕夫之坎苦敢反毒兮⑤，屢離憂而逢患⑥。九年之中不吾反兮，思彭咸之水遊⑦。惜師延之浮渚兮⑧，赴汨羅之長流⑨。遵曲江之逶移一作「虵」兮⑩，觸石碕而衡遊⑪。波澧澧而揚澆力交反，又音鬧兮⑫，順長瀨之濁流⑬。淩黃沱而下低兮⑭，思還流而復反⑮。玄輿馳而並集兮⑯，身容與而日遠⑰。櫂舟杭以橫濿兮⑱，湓古文「濟」字湘流而南極⑲。立江界而長吟兮，愁哀哀而累息⑳。情慌忽以忘歸兮，神浮遊以高厲㉑。志蚤蚤而懷顧兮㉒，寃眷眷而獨逝㉓。

①衡，横也。

②言己遠去千里，身必横陷沈没，長不可復得登引而用之也。

③言己遠行千里，不敢顧念身之貧賤，欲慕高位也，惜君國失賢，道德不得盛也。

④言放出國門，正心直指，執履誠信，幸君覺寤，賜己以還命也。

⑤坎，恨也。毒，恚也。

⑥屢，數也。言己不自念惜身之放逐，誠哀僕御之夫，坎然恚恨，以數逢憂患，無已時也。

⑦言己放出九年，君不肯反我，中心愁思，欲自沈於水，與彭咸俱遊戲也。

⑧師延，殷紂之臣也，爲紂作新聲北里之樂。紂失天下，師延抱其樂器，自投濮水而死也。

⑨言己復貪慕師延自投於水，身浮渚涯，冀免於刑罰，故遂赴汨水長流而去也。

⑩逶移，長貌。

⑪言己願循江水逶移而行，反觸石碕而復橫流，所爲無可也。

⑫〔澆〕，湍也。澧澧，波聲也。回波爲澆也。

⑬言己橫流而行，水長波澧澧，回而揚澆，邪引己船，則順長瀨之流，以避其難也。

⑭黃沱，江別名也，江別爲沱也。

⑮言己淩乘黃沱，低船而下，將入於海，心思還水之流，冀幸復還反也。

⑯玄者，水也。

⑰言己以水爲車，與船並馳而流，故身容與，日以遠也。

⑱濿〔二〕，渡也。由膝以上爲濿也。

⑲溢，亦渡也。言己乃櫂船橫行，南渡湘水，極其源流也。

⑳言己還入大江之界，遠望長吟，心中悲嘆而太息，哀不遇也。

㉑言己心愁，情志慌忽，思歸故鄉，則精神浮遊，高厲而遠行也。

㉒蛩蛩，懷憂貌也。

㉓眷眷，顧貌。詩曰：「眷眷懷顧。」言己心中蛩蛩，常懷大憂，內自顧哀，則蒐神眷眷獨行，無有還意也。

靈懷

歎曰：余思舊邦，心依違兮。日暮黃昏，嗟幽悲兮①。去郢東遷，余誰慕兮？讒夫黨旅，其曰茲故兮②。河水淫淫，情所願兮③。顧瞻郢路，終不返兮④。

①言我思念故國，心中依違，不能遠去。日暮黃昏，無所歸附，中心悲愁而憂思也。

②旅，衆也。言己去郢東徙，我誰思慕而欲遠去乎？誠以讒夫朋黨衆多之故，而見放弃也。

③淫淫，流貌。

④言河水淫淫，流行日遠，誠我中心之所願慕也。觀視楚郢之道路，終不復還反，內自哀傷也。

惟鬱鬱之憂毒兮，志坎壈而不違①。身憔悴而考旦兮②，日黃昏而長悲③。閔空宇之孤子兮④，哀枯楊之冤鶵⑤。孤雌吟於高墉兮⑥，鳴鳩棲於桑榆⑦。玄蝯失於潛林兮，獨偏弃而遠放⑧。征夫勞於周行兮⑨，處婦憒而長望⑩。申誠信而罔違兮，情素潔於紉帛⑪。光明齊於日月兮，文采燿於玉石⑫。傷厭次而不發兮⑬，思沈抑而不揚⑭。芳懿懿而終敗兮⑮，名糜一作「靡」散而不彰⑯。

①坎壈，不遇貌也。言己放逐，心中鬱鬱，憂而愁毒，雖坎壈不遇，志不離於忠信也。

②憔悴，憂貌也。考，猶終也。旦，明也。

③言己心憂憔悴，從夜終明，不能寢寐。日入黄昏，復涕泣而長悲也。

④宇，居也。無父曰孤。

⑤冤，煩冤也。生哺曰鷇，生啄曰鶵。言己既放，傷念坐於空室之中，孤子煢煢，東西無所依歸，又悲哀飛鳥生鶵，其身煩冤而不得出，在於枯楊之樹，居危殆也。言己有孤子之憂，冤鶵之危也。

⑥墉，墻也。易曰：「射隼於高墉之上。」言冤鶵之生，早失其雄，其母孤居，吟於高墻墉之上，將復遇害也。言己亦失其所居，在於林澤，居非其處，恐顛仆也。

⑦言鳴鳩鳥輕佻巧利，乃棲於桑榆，居茂木之上，鼓翼而鳴，得其所也。此言讒佞弄口妄説，以居尊位，得志意也。

⑧言玄蝯捷敏，失於高深之林，則獨偏逐放弃，忘其能也。以言賢人弃在山澤，亦失其志也。

⑨行，道也。詩云：「苕苕公子，行彼周道。」

⑩言征行之夫，罷勞周道，行役過時而不得歸，則處婦憤懣，長望而思之也。吕言己放在山澤之中，曾無思也。

⑪申，重。罔，無也。紉，結束也。易曰：「束帛戔戔。」言己放弃，雖無有思之者，然猶重行誠信，無有違離，情志潔浄，有如束帛者也。

⑫言己耳目聰明，如日月之光，無所不照。發文序詞，爛然成章，如玉石有文采也。

⑬壓，鎮壓也。次，失次也。

⑭言己懷文、武之質，自傷壓鎮失次，不得發揚其美德，思慮沈抑而不得揚見也。

⑮懿懿，芳貌。

⑯靡散，猶消滅也。言己有芬芳懿美之德，而放弃不用，身將終敗，名字消滅，不得彰名於後世也。

背玉門以犇鶩兮①，蹇離尤而干詬②。若龍逢之沈首兮，王子比干之逢醢③。念社稷之幾危兮，反爲讎而見怨④。思國家之離沮兮，躳獲愆而結難⑤。若青蠅[三]之僞質兮⑥，晉驪姬之反情⑦。恐登階之逢殆兮，故退伏於末庭⑧。孽子之號咷兮⑨，本朝蕪而不治⑩。犯顔色而觸諫兮，反蒙辜而被疑⑪。菀蘼蕪與菌若兮⑫，漸藁本於洿瀆⑬。淹芳芷於腐井兮⑭，弃雞駭於筐簏⑮。執棠谿吕刜蓬兮⑯，秉干將吕割肉⑰。筐澤瀉吕豹鞹兮⑱，破荆和吕繼築⑲。時溷濁猶未清兮，世殽亂猶未察⑳。欲容與吕竢時兮，懼年歲之既晏㉑。顧屈節以從流兮，心鞏鞏一作「蛩蛩」。而不夷㉒。寧浮沅而馳騁兮，下江湘㠯邅迴㉓。

①玉門，君門。

②干，求也。言己背君門犇馳而去者，以己忠信之故，得過於衆，而自求辱也。

③聖賢忠諫而見誅也。

④言己念君信用讒佞，社稷幾危，㠯故正言極諫，反爲衆臣所讐，而見怨惡也。

⑤言己思念國家綱紀將㠯離壞，而竭忠言，身㠯得過，結爲患難也。

⑥僞，猶變也。青蠅變白使黑，變黑成白，㠯喻讒佞。詩云：「營營青蠅。」

⑦言讒人若青蠅變轉其語，㠯善爲惡，若晉驪姬㠯申生之孝，反爲悖逆也。

⑧末，遠也。言己思欲登君階陛，正言直諫，恐逢危殆，故復退身於遠庭而竄伏者也。

⑨號咷，讙呼。

⑩言佞臣妖孽，委曲其聲，相聚讙譁，君㠯迷惑，國將傾危，朝用蕪薉而不治也。

⑪言己㠯犯君之顏色，觸禁而諫，反蒙辠辜而被猜疑，不見信也。

⑫菀，積。

⑬汙瀆，小溝也。

⑭淹，漬也。腐，臭也。

⑮雞駭，文犀也。筐篚，竹器也。言積潰衆芳於汙泥臭井之中，弃文犀之角，置於筐篚而不帶佩，蔽其美質，失其性也。㠯言弃賢智之士於山林之中，亦失其志也。

⑯棠谿，利劒也。剸，斫也。

⑰干將，亦利劒也。利劒宜㠯爲威，誅無狀㠯征不服，今乃用斫蓬蒿、割熟肉，非其宜也。㠯言使賢者爲僕隸之徒，非其宜也。論語曰：「割鷄焉用牛刀。」

⑱筐，滿也。澤瀉，惡草也。鞹，革也。論語曰：「虎豹之鞹。」言取澤瀉惡草，盛於革囊，滿而藏之，無益於用也。㠯言養育小人，置之高堂，亦無益於政治也。

⑲築，木杵也。言破和氏之璧，㠯繼築杵而舂，敗玉寶，失其好也。㠯言取賢人，刑傷使執厮役，亦害忠良，失其宜也。

⑳察，明也。言時世貪濁，善惡殽亂，尚未清明也。

㉑晏，晚也。言己欲遊戲㠯待明君，恐年歲已晚，身衰老也。

㉒蛩蛩，拘攣貌也。夷，悦也。言思屈己忠直之節，隨俗流行，心中蛩蛩拘攣，仁義不舒，而志不悦樂。

㉓邅迴，運轉也。言己不能隨俗，寧浮身於沅水，馳騁而去，遂下湘江，運轉而行也。

歎曰：山中檻檻，余傷懷兮①。征夫皇皇，其孰依兮②。經營原野，杳冥冥兮③。乘騏騁驥，舒吾情兮④。歸骸舊邦，莫誰一作「余」語兮⑤。長辭遠逝，乘湘去一作「流」兮⑥。

離世

①檻檻，車聲貌也。詩云：「大車檻檻。」言己放去山中，車行檻檻，鳴有節度，自傷不遇，心愁思也。

②皇皇，惶遽貌。言己惜征行之夫，心常惶遽，一身獨處，無所依附者也。

③南北爲經，東西爲營。言己放行山野之中，但見草木，杳冥無有人民也。

④言己願欲乘騏驥，馳騁㠯求賢君，舒肆忠節，展我之情也。

⑤言己念故鄉，雖死欲歸骸骨於楚國，無誰告語，達於己之心也。

⑥言己欲歸骸骨於楚國，而衆不知，故復長辭乘水，而欲遠去也。

志隱隱而鬱怫兮①，愁獨哀而冤結②。腸紛紜㠯繚轉兮③，涕漸漸其若屑④。情慨慨而長懷兮⑤，信上皇而質正⑥。合五嶽與八靈兮⑦，訊九魁與六神⑧。指列宿㠯白情兮，訴五帝㠯置詞⑨。北斗爲我質中兮，太一爲余聽之⑩。云服陰陽之正道兮⑪，御后土之中和⑫。佩蒼龍之蚴虬兮⑬，帶隱虹之逶虵⑭。曳彗星之皓旰兮⑮，撫朱爵與鵕鸃⑯。遊清霧之颯戾兮⑰，服雲衣之披披⑱。杖玉策與朱旗兮，垂明月之玄珠⑲。舉霓旌之墆翳兮⑳，建黄昬一作

「纁」之總旄㉑。貽純粹而罔愆兮，承皇考之妙儀㉒。

①隱隱，憂也。詩云：「憂心殷殷。」

②言己放流，心中隱隱而憂愁，思念怫鬱，獨自哀傷，執行忠信而被讒邪，冤結曾無解已也。

③紛紜，亂貌也。繚，繞也。

④漸漸，泣流貌也。言己憂愁，腸中運亂，繚繞而轉，涕泣交流，若磨屑之下，而無絶時也。

⑤慨慨，難貌也。詩云：「慨我寤歎。」

⑥上皇，上帝也。言己中情憤懣，慨然長歎，欲自理信於上帝，使天正其意也。

⑦五嶽，五方之山也，王者巡狩考校政化之處也。東爲泰山，西爲華山，南爲衡山，北爲恒山，中央爲嵩山。八靈，八方之神也。

⑧訊，問也。詩云：「執訊獲醜。」九魁，謂北斗九星也。言己忠直而不見信用，願合五嶽與八方之神，察己之志，上問九魁、六宗之神，㠯照明之也。

⑨言己願復指語二十八宿，㠯列己清白之情，告訴五方之帝，令受我詞而聽之也。

⑩質，正也。言己乃復使北斗爲我正其中和，太一之神聽其善惡也。

⑪陽爲仁也，陰爲義也。

⑫土色黄，其味甘，故言「中和」也。言羣神動作，承天奉地，服循仁義，處中和之行，無有違離也。

⑬蚴虬，龍貌。

⑭隱，大也。逶虵，長貌。

⑮曳，引也。晧旰，光也。

⑯朱爵、鵔鸃，皆神俊之鳥也。言己動㠯神物自喻，諸神勸我行當如蒼龍，能屈能申；志當如大虹，能揚文采；精當若彗星，能耀光明；舉當若鵔鸃，飛能沖天也。

⑰颯戾，清涼貌。

⑱披披，長貌也。言積德不亡，乃上遊清冥清涼之庭，被服雲氣而通神明也。

⑲朱，赤也。黑光曰玄也。

⑳墆翳，陰翳貌。

㉑緫，合也。黄昏時天氣玄黄，故曰「黄昏」也。言己修善彌固，手乃杖執美玉之華，帶明月之珠，揚赤霓㠯爲旌，雜五色㠯爲旗旄，志行清明，車服又殊也。

㉒儀，法也。言己行度純粹而無過失，上㠯承美先父高妙之法，不敢解也。

惜往事之不合兮，横汨羅而下厲①。乘隆波而南度兮②，逐江湘之順流。赴陽侯之潢洋兮，下石瀨而登洲③。陸魁堆㠯蔽視兮④，雲冥冥而闇前。山峻高㠯無垠兮，遂曾閎而迫身⑤。雪雰雰而薄木兮⑥，雲霏霏而隕集⑦。阜隘狹而幽險兮⑧，石嶜嵯㠯翳日⑨。悲故鄉而發忿兮⑩，去余邦之彌久⑪。背龍門而入河兮⑫，登大墳而望夏首⑬。橫舟航而濟湘兮，耳聊啾而戃慌⑭。波淫淫而周流兮，鴻溶溢而滔蕩⑮。路曼曼其無端兮，周容容而無識⑯。引日月㠯指極兮⑰，少須臾而釋思⑱。水波遠㠯冥冥兮，眇不睹其東西。順風波㠯南北兮，霧宵晦㠯紛闇⑲。日杳杳以西頹兮，路長遠而窘迫⑳。欲酌醴㠯娛意一作「憂」兮㉑，蹇騷騷而不釋㉒。

①言己貪惜以忠事君，而志不合，故欲橫渡汨水㠯自沈没也。

②隆，盛也。

③言己願乘盛波，逐湘江之流，赴陽侯之大波，過石瀨之湍，登水中之洲，身歷危殆，不遑安處也。

④魁堆，高貌。

⑤埌，岸，涯也。曾，重也。閎，大也。言己所在之處，前有高陵，蔽不得視，後有峻大之山，迫附於己，幽藏山野，心中愁思也。

⑥雱雱，雪霜貌。

⑦隕，下也。集，會也。

⑧大陵曰阜。狹，漏也。

⑨翳，蔽也。言己居隘險之處，山石蔽日，霜雪並會，身既憂愁，又寒苦也。

⑩忿，恚也。
⑪言己不得還歸，中心發恚忿，自恨去我國邑之甚久也。
⑫龍門，郢東門也。
⑬言己虛被讒言，背郢城門而奔走，將入大河，登其高墳㠯望夏水之口，泄思念也。
⑭聊啾，耳鳴也。愥慌，憂愁也。言舟航渡湘水，寂無人聲，耳中聊啾而自鳴，意中憂愁而愥慌，無所依歸也。
⑮滔蕩，廣大貌也。言己愁思愥慌，又見水中波滔滔相隨，鴻溶廣大，悵然失志也。
⑯言己所行，山澤廣遠，道路悠長，周流容容而無知識也。
⑰極，中也，謂北辰星也。
⑱釋，解也。言己施行正直，願引日月使照我情，上指北辰，訴告於天，冀君覺寤，且解憂思須臾之間也。
⑲宵，夜也。詩云：「肅肅宵征。」言己渡廣水，心迷不[四]知東西，霧氣晦冥，而白晝若夜也。
⑳言日已西頹，年歲卒盡，道路長遠，不得復還，憂心迫窘，下無所舒志也。
㉑醴，醴酒也。詩云：「爲酒爲醴。」
㉒蹇，難也。言己欲酌醴酒，㠯自娱樂，心中愁思不可解釋也。

歎曰：飄風蓬龍，埃拂拂兮①。中木搖落，時槁悴兮②。遭傾遇禍，不可救兮。長吟永欷，涕焭焭兮③。舒情敶詩，冀㠯自免兮。頹流下逝，身日㠯遠兮④。

①蓬龍，猶蓬轉，風貌。拂拂，塵埃貌。

②槁，枯也。悴，病也。言飄風轉運，揚起塵埃，搖動中木，使之即時枯槁，莖葉被病，不得盛長也。以言讒人亦運轉其言，紛壓忠直，使之被病而傷刑也。

③焭焭，不止貌也。言己遭傾危之世而遇患禍，不可復救，故長歎戲欷而啼涕滂流，不可止也。

④言己舒展中情，敶序志意，冀得脱免患禍，然身頹流日遠，不得還也。

怨思

悲余性之不可改兮，屢懲艾而不迻①。服覺酷酷，一作「浩」㠯殊俗兮②，貌揭揭㠯巍巍③。譬若王僑之乘雲兮，載赤霄而淩太清④。欲與天地參壽兮，與日月而比榮⑤。登崑崙而北首兮⑥，悉靈圉而來謁⑦。選鬼神於太陰兮，登閶闔於玄闕⑧。回朕車俾西引兮，褰虹旗於玉門⑨。馳六龍於三危兮⑩，朝四靈於九濱⑪。結余軫於西山兮，橫飛谷㠯南征⑫。絶都廣以直指兮⑬，歷祝融於朱冥⑭。枉玉衡於炎火兮⑮，委兩館於咸唐⑯。貫澒濛㠯東朅兮⑰，維六龍於扶桑⑱。

①言己體受忠直之性，雖數爲讒人所懲艾，而心終不移易也。

②覺，較也。詩云：「有覺德行。」酷，猶明也。

③揭揭，高貌也。巍巍，大貌也。言己被服衆芳，履行忠正，較然盛明，志願高大，與俗人異也。

④言己志意高大，上切於天，譬若仙人王僑乘浮雲，載赤霄，上淩太清，遊天庭也。

⑤言己修行衆善，冀若仙人王僑得道不死，遂與天地同其壽命，與日月比其光榮，流名於後世，不腐滅也。

⑥首，嚮。

⑦悉，盡也。靈圉，崑崙衆神也。言己設得道輕舉，登崑崙之山，北向天門，衆神盡來謁見，尊有德也。

⑧言己乃選擇衆鬼神之中行忠正者，與俱登於天門，入玄闕，拜天皇，受勑誨也。

⑨褰，祛也。玉門，山名。言乃旋我之車而西行，褰舉虹旗，驅上玉門之山，以趣疾也。

⑩三危，西方山也。

⑪朝，召也。濱，水涯也。言乃馳騁六龍，過於三危之山，召四方之神，會於大海九曲之涯者也。

⑫結，旋也。飛谷，日所行道也。言乃旋我車軫，横度飛泉之谷，已南行也。

⑬都廣，野名也。山海經曰：「都廣在西南，其城方三百里，蓋天地之中。」

⑭朱，赤色也。言己行乃横絶於都廣之野，過祝融之神於朱冥之野也。

⑮枉，屈也。衡，車衡也。

⑯委，曲也。館，舍也。咸唐，咸池也。言己從炎火，又曲意至於咸池，而再舍止宿也。

⑰澒濛，氣也。朅，去也。

⑱言遂貫出澒濛之氣而東去，繫六龍於扶桑之木也。

周流覽於四海兮，志升降吕高馳①。徵九神於回極兮②，建虹采吕招指③。駕鸞鳳吕上遊兮，從玄鶴與鷦朋一作「明」④。孔鳥飛而送迎兮，騰群鶴於瑶光⑤。排帝宫與羅囿兮⑥，升縣圃吕眩滅⑦。結瓊枝吕雜佩兮，立長庚吕繼日⑧。淩驚靁吕軼駭電兮，綴鬼谷於北辰⑨。鞭風伯使先驅兮，囚靈玄於虞淵。遡高風吕徘一作「低」佪兮，覽周流於朔方⑩。就顓頊而陳詞兮，考玄冥於空桑⑪。旋車逝於崇山兮⑫，奏虞舜於蒼梧⑬。洤楊舟於會稽兮⑭，就申胥於五湖⑮。見南郢之流風兮，殞余躬於沅湘⑯。望舊邦之黯黮兮⑰，時溷濁猶未央⑱。懷蘭茝之芬芳兮，妬被離而折之⑲。張絳帷吕襜襜兮，風邑邑而蔽之⑳。日暾暾其西舍兮，陽炎炎而復顧㉑。聊假日吕須臾兮，何騷騷而自故㉒。

①言己既周行遍於四海之外，意欲上下高馳，吕求賢士也。

②徵，召也。回，旋也。極，中也。謂會北辰之星於天之中也。

③虹采，旗也。招指，旗所㠯招指語人也。言己乃召九天之神，使會北極之星，舉虹采㠯指麾四方也。

④鵕朋，俊鳥。

⑤鶴，白鳥也，㠯喻潔白之士。言己乃駕乘鸞鳳明智之鳥，從鵕朋羣鶴潔白之士，過於瑶光之星，質己修行之要也。

⑥羅囿，天苑。

⑦言遂排開天帝之宫，入其羅囿，出升縣圃之山而望，目爲炫燿，精明消滅，心愁思也。

⑧長庚，星名也。詩云：「西有長庚。」言己精明雖消滅，猶結玉枝申修忠誠，立長庚之星，㠯繼日光，晝夜常行，志意明也。

⑨綴，係也。北辰，北極星也。論語曰：「譬如北辰，居其所而衆星拱之。」言遂淩乘驚駭之雷，追逐犇軼之電，㠯至於天，使北辰係綴百鬼，勿令害賢者也。

⑩靈玄，玄帝也。虞淵，日所入也。淮南言：日出湯谷，入于虞淵。言乃鞭風伯使之掃塵，因玄帝之神使無陰冥，周遍流行於北方也。

⑪空桑，山名也。玄冥，太陰之神，主刑殺也。言乃就聖帝顓頊，陳列己詞，考問玄冥之神於空桑之山，何故害賢也。

⑫崇山，驩兜所放山也。

⑬言己從崇山見驩兜，㠯佞見放，因至蒼梧告愬聖舜，己行忠直，而遇斥弃，冀蒙異謀也。

⑭楊，木名也。詩云：「汎汎楊舟。」會稽，山名。

⑮湖，大池也。言己復乘楊木之輕舟，就伍子胥於五湖之中，問志行之見者也。

⑯言還見楚國風俗，妬害賢良，故自沈於沅、湘而不悔也。

⑰黯黮，不明貌也。

⑱言己望見故國，君闇不明，羣下貪亂，其化未盡，心憂愁也。

⑲言己懷忠信之行，故爲衆佞所妬，欲共被離摧折而弃之也。

⑳邑邑，微弱貌也。言君張朱帷，襜襜鮮明，宜與賢者共處其中，而政令微弱，適以自蔽者也。

㉑言日暾暾西行，將舍入太陰之中，其餘陽氣，猶尚炎炎，而顧欲還也。㠯言己年亦老暮，亦思還返故鄉也。

㉒言己思年命欲暮，願且假日遊戲須臾之間，然中心愁思如故，終不解也。

歎曰：譬彼蛟龍，乘雲浮兮。汎淫澒溶，紛若霧兮①。潺湲轇轕，雷動電發，馺高舉兮②。升虛淩冥，沛濁浮清，入帝宮兮③。搖翹奮羽，馳風騁雨，遊無窮兮④。

遠逝

①言己懷德不用，譬若蛟龍潛於川澤，忽然乘雲汎淫而遊，紛紜若霧，而乃見之也。

②言蛟龍升天，其形潺湲，若水流，縱横轇轕，遂乘雷電而高舉也。㠯言己亦想遭明時，舉而進用。

③言龍能登虚無，淩清冥，弃濁穢，入天帝之宫。言己亦想升賢君之朝，斥去貪佞之人也。

④言龍既升天，奮摇翅羽，馳使風雨。言己亦願奮竭智謀，㠯輔事賢君，流恩百姓，長無窮極也。

覽屈氏之離騷兮，心哀哀而怫鬱①。聲嗷嗷以寂寥兮②，顧僕夫之憔悴③。撥諂諛而匡邪兮④，切淟涊之流俗⑤。盪渨涹之姦咎兮⑥，夷蠢蠢之溷濁⑦。懷芬香而挾蕙兮⑧，佩江蘺之菲菲。握申椒與杜若兮，冠浮雲之峨峨⑨。登長陵而四望兮，覽芷圃之蠡蠡⑩。遊蘭皋與蕙林兮，睨玉石之嵾嵯⑪。揚精華㠯炫燿兮⑫，芳鬱渥而純美⑬。結桂樹之旖旎兮⑭，紉荃蕙與辛夷⑮。芳若兹而不御兮，捐林薄而菀死⑯。

①言己觀屈原所作離騷之經，愽達温雅，忠信懇惻，而懷王不寤，心爲之悲而怫鬱也。

②嗷嗷，呼聲也。寂寥，空無人民之貌也。

③言己思爲屈原訟理冤結，嗷嗷而呼，山野寂寥，空無人民，顧視僕御，心皆憔悴而有憂色也。

④撥，治也。匡，正也。

⑤切，猶槩也。淟涊，垢濁也。言己如得進用，則治讒諛之人，止其邪僞，槩貪濁之俗，使之清净也。

⑥盪，滌也。渨涹，汙穢也。亂在内爲姦。咎，惡也。

⑦夷，滅也。蠢蠢〔五〕，無禮義貌也。詩云：「蠢爾蠻荆。」言己欲盪滌讒佞汙穢之臣，旨除姦惡，夷滅貪殘無禮義之人也。
⑧挾，持。
⑨峩峩，高貌也。言己獨懷持香草，執忠貞之行，志意高厲，冠切浮雲，不得而施用也。
⑩圃，野也。詩云：「東有圃草。」蠡蠡，猶歷歷，行列貌也。言己登高大之陵，周而四望，觀香芷之圃，歷歷而有行列，傷人不采而佩帶也。言己亦修德行義，動有節度，而不見進用也。
⑪顧視爲睨。玉石，目喻君之門也。嵾嵯，不厽貌也。言己放流，猶喜居蘭皐蕙林芬芳之處，修行清白，動不離身，上睨君門，賢愚並進，嵾嵯不厽同也。
⑫眩燿，光貌。
⑬渥，厚。
⑭旖旎，盛貌。詩云：「旖旎其華。」
⑮言己揚耳目之精，其明炫燿，姿質純美，猶復結桂枝，索蘭蕙，脩善益固，德行彌盛也。
⑯菀，積也。言己修行衆善若此，而不見用，將弃林澤，菀積而死，恨功不立而志不成也。

驅子僑之奔走兮①，申徒狄之赴淵②。若夷由之純美兮③，介子推之隱山④。晉申生之離殃兮，荆和氏之泣血。吴子胥之抉眼兮，王子比干之横廢⑤。欲卑身而下體兮，心隱惻而不置⑥。方圜殊而不合兮，鉤繩用而異態⑦。欲竢時於須臾兮，日陰曀其將暮⑧。時遲遲其日進兮⑨，年忽忽而日度⑩。妄周容而入世兮，内距閉而不開⑪。竢時風之清激兮⑫，愈氛霧其如壓⑬。進雄鳩之耿耿兮，讒紛紛而蔽之⑭。默順風㠯偃仰兮⑮，尚由由而進之⑯。心憤恨㠯冤結兮⑰，情舛錯㠯曼憂⑱。搴薜荔於山野兮，采撚枝於中洲⑲。望高丘而歎涕兮，悲吸吸而長懷⑳。孰契契而委棟兮㉑，日晻晻而下頹㉒。

①驅，馳也。子僑，王子僑也。

②申徒狄，賢者，避世不仕，自投赴河也。言己修善不見進用，意欲驅馳，待王子僑，隨之犇走，㠯學道真。又見申徒狄避世赴河，意中紛亂，不知所行也。

③夷，伯夷也。由，許由也。

④言己又有清高之行如許由，堯讓㠯天下，辭而不肯受。伯夷、叔齊讓國餓死。介子推逃晉文公之賞，隱身深山，忽爵位而有顯榮也。

⑤皆已解於九章。

⑥言己欲卑身下體，㠯順風俗，心中惻然而痛，不能置中正而行佞諛也。

⑦言方與圜其性不同，鉤曲繩直，其態殊異而不可合也。㠯言忠佞異志，猶鉤繩也。

⑧日㠯喻君。陰曀，闇昧也。言己欲待盛世明時，君又闇昧，年歲已暮，身將老也。

⑨遲遲，行貌。詩云：「行道遲遲。」

⑩度，去也。言天時轉運日進，遲遲而行，己年忽去，日㠯衰老也。

⑪言己欲妄行周比，苟容自入於君，心内距閉而意不開，敏於忠正而愚於讒諛也。

⑫風㠯喻政。激，感也。

⑬壓，塵也。言己欲待明君之政，清潔之化，㠯感激風俗，而君愈貪濁，如氛霧之氣來塵壓人也。

⑭耿耿，小節貌。言己欲如雄鳩，進其耿耿小節之誠信，讒人尚復分隔，蔽而障之，况有鸞鳳之志，當獲譖毀，固其宜也。

⑮默，寂。

⑯由由，猶豫也。言己欲寂默不語，㠯順風俗，隨衆俛仰，而不敢毀譽，然尚猶豫不肯進也。

⑰憤恨，失志貌也。

⑱言己欲隨從風俗，尚不肯進，志中憤恨，心爲冤結，情意舛錯而長憂苦也。

⑲撚〔六〕枝，香草也。言己雖憂愁，猶采取香草，㠯自約束，修善不怠也。

⑳言己遥望楚國而不得歸，心爲悲歎，涕出長思也。

㉑契契，憂貌也。詩云：「契契寤歎。」

㉒言誰有契契憂國念君，欲委其梁棟之謀若己者乎？然日頹暮，傷不得行也。

歎曰：油油江湘，長流汩兮①。挑揄揚波，盪迅疾兮②。憂心展轉，愁怫鬱兮③，冤結未舒，長隱忿兮④。丁時逢殃，孰可奈何兮⑤。勞心悁悁，涕滂沲兮⑥。

①油油，流貌也。詩云：「河水油油。」言己見江、湘之水油油長流，將歸於海，自傷放流，獨無所歸也。
②言水尚得順其經脉，揚蕩其波，使之迅疾，自傷不得順其天性，揚其志意，常屈伏也。
③展轉，不寐貌。詩云：「展轉反側。」言己放弃，不得竭其忠誠，心中愁悶，展轉怫鬱，不能寐也。
④言己抱守冤結，長隱山野，心中忿恨無已時也。
⑤丁，當也。言己之生，唯當逢遇殃咎，安可奈何自悶而已。
⑥言己欲竭節盡忠，終不見省，但勞我心，令我悁悁，滂沲悲涕而橫流也。

惜賢

悲余心之悁悁兮，哀故邦之逢殃①。辭九年而不復兮，獨煢煢而南行②。思余俗之流風兮③，心紛錯而不受④。遵壄莽㠯呼風兮⑤，步從容於山藪⑥。巡陸夷之曲衍兮⑦，幽空虛以寂寞⑧。倚石巖㠯流涕兮，憂憔悴而無樂⑨。登巑岏㠯長企兮⑩，望南郢而闚之⑪。山修遠其遼遼兮⑫，塗漫漫其無時⑬。聽玄鶴之晨鳴兮，于高岡之峨峨⑭。獨憤積而哀娛兮，翔江洲而安歌⑮。三鳥飛飛以自南兮，覽其志而欲北⑯。願寄言於三鳥兮，去飄疾而不可得⑰。

①言己所以悲哀，心中悁悒者，哀念楚國信用讒佞，將逢殃咎也。
②煢煢，獨貌也。言己與君辭訣而出，至今九年，不肯反己，常獨煢煢南行度江也。
③風，化。
④紛錯，憒亂也。言己念我楚國風俗餘化，好行讒佞，心爲憒亂，不能受其邪僞也。
⑤莽，草。
⑥藪，隈也。言己循山野之中，㠯呼風俗之人，欲語㠯忠正之道，故徐步山隈，遊戲㠯須之也。
⑦大阜曰陸。夷，平也。衍，澤也。
⑧言己巡行陵陸，經歷曲澤之中，空虛杳冥，寂寞無有人聲也。
⑨言己依倚巖石之山，悲而涕流，中心憔悴，無歡樂之時也。
⑩巑岏，鋭山也。企，立貌。詩云：「企予望之。」
⑪闚，視也。言己乃登高鋭之山，立而長望，顧視南郢楚邦，悲且思之也。
⑫遼遼，遠貌。
⑬塗，道也。言己遥視楚國，山林長遠，遼遼難見，道路漫漫，誠無時至也。

⑭玄鶴，俊鳥也。君有德則來，無德則去，若鸞鳳矣。故師曠鼓琴，天下玄鶴皆銜明月之珠吕舞也。言己聽玄鶴振音晨鳴，乃於高岡之上，峩峩之顛，見有德之君乃來下也。以言賢者亦宜自安處，吕須明君禮敬己，然後仕也。

⑮言己在山澤之中，思慮憤積，一哀一樂，故遊江水之中洲，安意歌吟，自寬慰也。

⑯言己在於湖澤之中，見三鳥飛從南來，觀察其志，欲北渡江，縱恣自在也。自傷不得北歸，曾不若飛鳥也。

⑰言己既不得北歸，願因三鳥飛寄善言以遺其君，去又急疾而不可得，心爲結恨也。

欲遷志而改操兮，心紛結其未離①。外彷徨而遊覽兮，内惻隱而含哀②。聊須臾以時忘兮，心漸漸其煩錯③。願假簧以舒憂兮④，志紆鬱其難釋⑤。歎離騷以揚意兮，猶未殫於九章⑥。長噓吸以於悒兮⑦，涕横集而成行⑧。傷明珠之赴泥兮，魚眼璣之堅藏⑨。同駑贏與乘駔兮⑩，雜班駮與闒茸⑪。葛藟虆於桂樹兮⑫，鴟鴞集於木蘭⑬。偓促談於廊廟兮⑭，律魁放乎山間⑮。惡虞氏之簫韶兮，好遺風之激楚⑯。潛周鼎於江淮兮，爨土鬵於中宇⑰。且人心之有舊兮，而不可保長⑱。邅彼南道兮，以征夫宵行⑲。思念郢路兮，還顧睠睠。涕流交集兮，泣下漣漣⑳。

①言己欲徙意改操，隨俗佞僞，中心亂結，未能離於忠信也。
②言己外雖彷徨於山野之中以遊戲，隨俗佞僞，然心中常惻隱含悲而念君，心亂結而憂哀者也。
③言己且欲須臾曰忘憂思，中心漸漸錯亂，意不能已也。
④笙中有舌曰簧。詩云：「吹笙鼓簧。」
⑤紆，屈也。鬱，愁也。言己欲假笙簧，吹以舒憂，意中紆鬱，誠難解釋也。
⑥殫，盡也。言己憂愁不解，乃歎唫離騷之經以揚己志，尚未盡九章之篇，而愁思悲結也。
⑦嘘吸、於悒，皆啼泣貌也。
⑧言己唫歎九章未盡，自知言不見省用，故長呼吸而啼，涕下交集，自閔傷也。
⑨言忠良弃捐，讒佞珍用也。
⑩馬母驢父生子曰驘。駔，駿馬也。
⑪班駮，雜色也。闒茸，駑頓也。言己君不明智，斥逐忠良，而任用佞諛，委弃明珠而貴魚眼，乘駑驘，雜駿馬，重班駮，喜闒茸，心迷意惑，終不悟也。
⑫藟，葛荒也。虆，緣也。詩曰：「葛藟虆之。」
⑬鵙鴞，鶚鳩，貪鳥也。言葛藟惡草，乃緣於桂樹，鵙鴞貪鳥，而集於木蘭。以言小人進在顯位，貪佞升爲公卿者也。
⑭偓促，拘愚之貌。

⑮律，法也。魁，大也。言拘愚蔽闇之人，反談論廊廟之中；明於大法賢智之士，弃在山間而不見用也。

⑯言世人愚惑，惡虞舜簫韶之樂，反好俗人淫泆激楚之音也。猶言惡典謨中正之言，而好諂諛之說也。

⑰爨，炊竈也。詩曰：「執爨踖踖。」鬵，釜也。詩云：「漑之釜鬵。」言乃藏九鼎於江、淮之中，反炊土釜於堂宇之上，猶言弃賢智，近愚頑者也。

⑱言賢人君子，其心所志，自有舊故，執守信義，不可長保而行之也。

⑲言己放流，轉彼江南之道，晨夜而行，身勤苦也。

⑳漣漣，流貌也。詩[七]云：「泣涕漣漣。」言己思念楚郢之路，冀得復歸還，顧睠眄視，心中悲感，涕泣交會，漣漣而流也。

歎曰：登山長望，中心悲兮①。菀彼青青，泣如頽兮②。留思北顧，涕漸漸兮③。折鋭摧矜，凝氾濫兮④。念我煢煢，魂誰求兮⑤？僕夫慌悴，散若流兮⑥。

憂苦

①言己登於高山，長望楚國，則心中悲思而結毒也。

②菀，盛貌也。詩云：「有菀者柳。」言己觀彼山澤草木，莫不茂盛，青青而生，己獨放弃，身將萎

枯，故自傷悲，涕泣俱下也。

③言己所以留精思，常北顧而視郢都，想見鄉邑，思念君也，故涕漸漸而下也。

④摧，挫也。矜，嚴也。凝，止也。氾濫，猶沈浮也。言己欲折我精鋭之志，挫我矜嚴忠直之心，止與俗人更相沈浮，而意不能也。

⑤言己自念，煢煢東西，冤冤惶遽，不求忠直之士，欲與事君，亦誰乎？此不能沈浮之道也。

⑥慌，亡也。言己欲求賢人而未遭遇，僕御之人感懷愁悴，欲散亡而去，若水之流，不可復還也。

昔皇考之嘉志兮，喜登能而亮賢①。情純潔而罔薉兮，姿（姿，一作「資」）盛質而無愆②。放佞人與諂諛兮，斥讒夫與便嬖③。親忠正之悃誠兮④，招貞良與明智⑤。心溶溶其不可量兮⑥，情澹澹其若淵⑦。回邪辟而不能入兮，誠願藏而不可遷⑧。逐下袟於後堂兮⑨，迎宓妃於伊雒⑩。刜讒賊於中廇兮⑪，選呂管於榛薄⑫。叢林之下無怨士兮，江河之畔無隱夫⑬。三苗之徒以放逐兮⑭，伊皋之倫以充廬⑮。

①言昔我美父伯庸，體有嘉善之德，喜升進賢能、信愛仁智以爲行也。

②言己愛先人美烈，情性純厚，志意潔白，身無瑕穢，姿質茂盛，行無過失也。

③便，利也。嬖，愛也。以言君如使己爲政，則放遠巧佞諂諛之人，斥逐讒夫與便利嬖愛之臣，而去

之也。

④悃，厚也。

⑤言己如得秉執國政，則使君親任忠正之士，招致幽隱明智之人，令典衆職也。

⑥溶溶，廣大貌。

⑦澹澹，不動貌也。言己之心，智謀溶溶，廣大如川，不可度量，情意深奥，澹澹若淵，不可妄動。

⑧言己執志淵静，回邪之言，淫辟之人，不能自入於己，誠願執藏此行以承事君，心終不移也。

⑨下袟，謂妾御也。

⑩宓妃，神女，蓋伊雒水之精也。言己願令君推逐妾御出之，勿令亂政，迎宓妃賢女於伊雒之水，以配於君，則化行也。

⑪�，去也。中霤，堂中央也。

⑫吕，吕尚也。管，管仲也。言己欲爲君斫去讒賊之臣於堂霤之中，選進吕尚、管仲之徒以爲輔佐，則邦國安寧也。

⑬畔，界也。言己欲舉士，必先於叢林側陋之中，使無怨恨，令江河之界無隱佚之夫，賢人盡升，道可興也。

⑭三苗，堯之佞臣也。尚書曰：「竄三苗於三危。」

⑮伊，伊尹也。臯，臯陶也。充，滿也。言放逐佞諛之徒，若三苗者，置之四裔，進用伊尹、臯陶之徒，

使滿國廬，則讒邪道塞者也。

今反表以爲裹兮，顛裳以爲衣①。戚宋萬於兩楹兮②，廢周邵於遐夷③。却騏驥以轉運兮④，騰驢臝以馳逐⑤。蔡女黜而出帷兮⑥，戎婦入而綵繡服⑦。慶忌囚於阱室兮⑧，陳不占戰而赴圍⑨。破伯牙之號鍾兮⑩，挾人筝而彈緯⑪。藏瑉石於金匱兮⑫，捐赤瑾於中庭⑬。韓信蒙於介胄兮⑭，行夫將而攻城⑮。莞芎棄於澤洲兮⑯，瓟蠡蠹於筐簏⑰。麒麟奔於九皐兮⑱，熊羆群而逸囿⑲。折芳枝與瓊華兮，樹枳棘與薪柴⑳。掘荃蕙與射干兮㉑，耘藜藿與蘘荷㉒。惜今世其何殊兮，遠近思而不同㉓。或沉淪其無所達兮㉔，或清激其無所通㉕。哀余生之不當兮，獨蒙毒而逢尤㉖。雖謇謇以申志兮，君乖差而屏之㉗。誠惜芳之菲菲兮，反以兹爲腐也㉘。懷椒聊之蔼蔼兮㉙，乃逢紛以罹詬㉚。

①顛，倒也。言今世之君，迷惑讒佞，反表以爲裹，倒裳以爲衣，而不能知也。

②宋萬，宋閔公之臣也。與閔公博争道，以手搏之，絶其脰。戚，親也。楹，柱也。兩楹之間，户牖之前，尊者所處也。

③不用曰廢。周，周公旦也。邵，邵公奭也。遐，遠也。言君反親愛篡逆之臣，若宋萬者，置於兩楹之間，與謀政事。廢弃仁賢若周公、邵公者，放於遠夷之外而不近也。

④却，退也。轉，移也。

⑤騰，乘也。言退却駃騠以轉物徙重車，乘駑頓驢羸，反以奔走，馳逐急疾，失其性也。以言役使賢者，令之負檐，進用頑愚，以任政職，亦失其志也。

⑥蔡女，蔡國賢女也。黜，貶也。

⑦戎，戎狄也。言蔡女美好，反見貶黜，而去離帷幄。戎狄醜婦，反入椒房，被五綵之繡，衣夫人之服也。

⑧慶忌，吴之公子，勇而有力。阱，深陷也。

⑨陳不占，齊臣，有義而怯，聞其君戰，將赴之，飯則失匕，輿則失軾。既至，聞鍾鼓之聲，因怖而死。言乃囚勇猛之士若吴慶忌於阱陷之中，使陳不占赴圍而戰，軍必敗也。以言君用臣顛倒，失其人也。

⑩號鍾，琴名。

⑪挾，持也。箏，小琴也。緯，張絃也。言乃破伯牙號鍾所鼓之鳴琴，反持凡人小箏，急張其弦而彈之也。以言世憎惡大賢之言，親信小人之語也。

⑫瑉，石次玉者。匵，匣也。

⑬赤瑾，美玉也。言乃藏瑉石置於金匵，反弃美玉於中庭。言不知别於善惡也。言人而不别玉石，則不知忠佞之明分也。

⑭韓信，漢名將也。介，鎧也。冑，兜鍪也。

⑮言漢使韓信猛將被鎧兜鍪，守於屯陣，藏其智謀，令在行伍，怯夫反爲將軍而攻城，必失利而無功也。

⑯莞，符蘺也。芎，芎窮也。皆香草也。

⑰瓟，瓠也。蠡，瓢也。方爲筐，圓爲篚。言弃符蘺、芎藭於草澤之中，藏枯匏之瓢置於筐篚，令之腐蠹。言愛小人，憎君子也。或曰：蠹，囊。

⑱麒麟，仁獸也。君有德則至，無德則去也。

⑲熊羆，猛獸，以喻貪殘也。囿，苑也。言騏驎犇竄於九臯之中，熊羆逸踊於君之苑也。以言斥遠仁德之士，而養貪殘之人也。

⑳小棗爲棘，枯枝爲柴。

㉑射干，香草。

㉒耘，耨耔也。詩云：「千耦其耘。」蘘荷，蓴菹也。藿，豆葉也。言折弃芳草及與玉華，列種柴棘，掘拔射干，而耨耘藜藿，失其所珍也。以言賤弃君子而育養小人也。

㉓言己哀惜今世之人，賢愚異性，其思慮或遠或近，智謀不同也。

㉔淪，没。

㉕清，明也。激，感也。言或有耳目，沈没無所照見，或有欲感激，行於清明，亦復不能通達，分别其

臧否者也。
㉖言哀我之生，不當昭明之世、舉賢之時，獨蒙苦毒，而遇辠過也。
㉗言己雖竭忠謇謇，以重達其志，君心乃乖差而不與我同，故遂屏弃而不見用也。
㉘腐，臭也。言己自惜被服芳香，菲菲而盛，君反以此爲腐臭不可用也。
㉙在袖曰懷。椒聊，香草也。詩曰：「椒聊且。」藹藹，香貌。
㉚言己懷持椒聊，其香藹藹，循行清潔，動有節度，而逢亂世，遂爲讒佞所害，而見耻辱也。

歎曰：嘉皇既歿，終不返兮①，山中幽險，郢路遠兮②。讒人諓諓，孰可愬兮③。征夫罔極，誰可語兮④。行唫累欷，聲喟喟兮⑤。懷憂含戚，何侘傺兮⑥。

愍命

①嘉，美也。皇，君也。以言懷王不用我謀，以歿於秦，遂死而不歸，終無遺命，使己得還也。
②言己被放，在此山中深險之地，去我郢道，甚遼而遠也。
③諓諓，讒言貌也。尚書曰：「諓諓靖言。」言讒人諓諓，承順於君，不可告以忠直之意也。
④言己放逐遠行，憂愁無極，衆皆佞諛，不可與語忠信也。
⑤欷，歎貌。喟，歎聲也。

⑥言己常歌唫，增歎累息，懷憂含戚，悵然侘傺而失意也。

冥冥深林兮，樹木鬱鬱。山參差以嶄巖兮，阜杳杳以蔽日①。悲余心之悁悁兮，目眇眇而遺泣②。風騷屑以摇木兮③，雲吸吸以湫戾④。悲余生之無歡兮，愁倥傯於山陸⑤。旦徘徊於長阪兮，夕仿偟而獨宿⑥。髮披披以鬤鬤兮⑦，躬劬勞而瘏悴⑧。䰻傂傂而南行兮⑨，泣霑襟而濡袂⑩。心嬋媛而我告兮，口噤閉而不言⑪。違郢都之舊閭兮⑫，回湘沅而遠遷⑬。念余邦之横陷兮，宗鬼神之無次⑭。閔先嗣之中絶兮⑮，心惶惑而自悲⑯。聊浮遊於山陿兮⑰，步周流於江畔⑱。臨深水而長嘯兮，且倘佯而氾觀⑲。

①言己放在草野，處於深林冥冥之中，山阜高峻，樹木蔽日，望之無人，但見鳥獸也。

②遺，墮也。言己居於山林，心中愁思，目視眇眇而泣下墮也。

③騷屑，風聲貌。

④吸吸，雲動貌也。湫戾，猶卷戾也。言己心既憂悲，又見疾風動摇草木，其聲騷屑，浮雲吸吸，卷戾而相隨，重愁思也。

⑤倥傯，猶困苦也。言悲念我之生，遭遇亂世，心無歡樂之時，身常困苦於山陸之中也。

⑥言己旦起徘徊，行於長阪之上，夕暮獨宿山谷之間，憂且懼也。

⑦披披、鬤鬤，解亂貌。

⑧劬，亦勞也。詩云：「劬勞于野。」瘏，病也。詩云：「我馬瘏矣。」言己履涉風霜，頭髮解亂，而身罷病也。

⑨伀伀，惶遽之貌。

⑩袂，袖也。言己中心憂戚，用志不安，蒐蒐伀伀，惶遽南行，悲感感發，涕泣交下，霑衣襟也

⑪閉口爲噤也。言己愁思，心中牽引而痛，無所告語，閉我之口，不知所言，衆皆佞僞，無可與謀也。

⑫閭，里。

⑬言己放逐，去我郢都故閭，回於湘、沅之水，而遠移徙，失其所之也。

⑭同姓爲宗。次，第也。言我思念楚國，任用讒佞，將横陷危殆己之宗族，先祖鬼神，失其次第，而不見祀也。

⑮嗣，繼。

⑯言己傷念先祖，乃從屈瑕建立基功，子孫世世承而繼之，至於己身而當中絶，心爲惶惑，内自悲哀也。

⑰陿，山側也。

⑱畔，界。

⑲氾，博也。言己憂愁不能寧處，出升山側，遊戲博觀，臨水長嘯，思念楚國而無解已也。

興離騷之微文兮，冀靈修之壹悟。還余車於南郢兮，復往軌於初古①。道修遠其難遷兮，傷余心之不能已②。背三五之典刑兮③，絶洪範之辟紀④。播規榘以背度兮⑤，錯權衡而任意⑥。操繩墨而放弃兮，傾容幸而侍側⑦。甘棠枯於豐草兮⑧，藜棘樹於中庭⑨。西施斥於北宫兮，仳倠倚於彌楹⑩。烏獲戚而驂乘兮，燕公操於馬圉⑪。蒯聵登於清府兮，咎繇棄於壄外一作「棄而在野」⑫。蓋見兹以永歎兮，欲登階而狐疑⑬。乘白水而高鶩兮，因徙弛弛，一作「施」而長詞⑭。

①軌，車轍也。中庸曰：「車同軌。」言己雖見放逐，猶興離騷之文以諷諫其君，冀其心一寤，有命還己，己復得乘車周行楚國，修古始之轍跡也。

②言己後或歸郢，其路長遠，誠難遷徙，然我心中想念於君，不能已也。

③典，常。刑，法。

④洪範，尚書篇名，箕子所爲武王陳五行之道也。言君施行，背三皇五帝之常典，絶去洪範之法紀，任意妄爲，故失道也。

⑤播，弃。

⑥錯，置也。衡，稱也，所以銓物輕重也。言君弃先王之法度而不奉循，猶置衡稱不以量物，更任其意

而商輕重，必失道、違人情也。

⑦側，旁也。言賢者執持法度而見放弃，傾頭容身讒諛之人，反得親近侍於旁側也。

⑧甘棠，杜也。詩云：「蔽芾甘棠」。

⑨堂下謂之庭。言甘棠香美之木，枯於草中而不見御，反種蒺藜棘刺之木，滿於中庭。以言遠仁賢、近讒賊也。

⑩西施，美女也。仳倠，醜女也。彌，猶徧也。楹，柱也。言西施美好，弃於後宫不見進御。仳倠醜女，反倚立徧兩楹之間，侍左右也。

⑪烏獲，多力士也。燕公，邵公也，封於燕，故曰燕公也。養馬曰圉。言與多力烏獲同車驂乘，令仁賢邵公執役養馬，失其宜者也。

⑫蒯聵，衛靈公太子也，不順其親，欲害其後母。清府，猶清廟也。言使蒯聵無義之人，登於清廟而執綱紀，放弃聖人咎繇於外野，政必亂，身危殆也。

⑬言己見君親愛惡人，斥逐忠良，誠欲進身登階，竭盡謀慮，意中狐疑，恐遇患害也。

⑭言己恐登階被害，欲乘白水，高馳而遠遊，遂清潔之志，因徙弛却退而長訣也。

歎曰：倘佯壚阪，沼水深兮①。容與漢渚，涕淫淫兮②。鍾牙已死，誰爲聲兮③？纖阿不遇，焉舒情兮④？曾哀悽欷，心離離兮⑤。還顧高丘，泣如灑兮⑥。

思古

①倘佯，山名也。壚，黄黑色土也。沼，池也。詩云：「王在靈沼。」言倘佯之山，其阪土玄黄，其下有池，水深而且清，宜以避世而長隱身也。

②漢，水名也。尚書曰：「嶓冢導漾，東流爲漢。」又言己將欲避世，遊戲漢水之岸，心中哀悲不能去，涕流淫淫也。

③鍾，鍾子期。牙，伯牙也。言二子曉音，今皆已死，無知音者，誰爲作善聲也。以言君不曉忠信，亦不可爲竭謀盡誠也。

④纖阿，古善御者。言纖阿不執轡而御，則馬不爲盡其力。言君不任賢者，賢者亦不盡其節。

⑤離離，剥裂貌。

⑥言己不遭明君，無御用者，重自哀傷，悽愴累息，心爲剥裂，顧視楚國，悲感泣下，如以水灑地也。

【校勘記】

［一］濡濕，原作「漏漏」，據馮本、俞本、朱本、莊本改。

［二］瀨，原作「厲」，據隆慶本、馮本、俞本、朱本、莊本改。

［三］蠅，原作「繩」，據隆慶本、馮本、朱本、莊本改。下注文同。

〔四〕「心迷不」下原衍一「不」字，據隆慶本、馮本、俞本、朱本、莊本删。

〔五〕「蠢蠢」下原衍一「蠢」字，據馮本、俞本、朱本、莊本删。

〔六〕撚，原作「然」，據隆慶本、馮本、朱本、莊本改。下注文同。

〔七〕「詩」下原衍一「詩」字，據隆慶本、馮本、俞本、朱本、莊本删。

楚辭卷第十七

後漢校書郎南郡王逸叔師章句
後學西蜀高第　吴郡黄省曾校正

九思章句第十七

逢尤　怨上　疾世　憫上　遭厄
悼亂　傷時　哀歲　守志

九思者，王逸之所作也。自屈原終没之後，忠臣介士、遊覽學者讀離騷、九章之文，莫不愴然，心爲悲感，高其節行，妙其麗雅。至劉向、王襃之徒，咸嘉其義，作賦騁[二]辭，以讚其志。則皆列於譜録，世世相傳。逸與屈原同土共國，悼傷之情與凡有異。竊慕向、襃之風，作頌一篇，號曰九思，以裨其辭。未有解脱，故聊訓誼焉。辭曰：

悲兮愁，哀兮憂①。天生我兮當闇時②，被諑譖兮虛獲尤③。心煩憒兮意無聊④，嚴載駕兮出戲遊⑤。周八極兮歷九州⑥，求軒轅兮索重華⑦。世既卓兮遠眇眇⑧，握佩玖兮中路躇⑨。羨皐繇兮建典謨⑩，懿風后兮受瑞圖⑪。愍余命兮遭六極，委玉質兮於泥塗⑫。遽傽遑兮驅林澤，步屏營兮行丘阿⑬。車軏[二]折兮馬虺頹⑭，惷悵立兮涕滂沲⑮。思丁文兮聖明哲⑯，哀平差兮迷謬愚⑰。吕傅舉兮殷周興⑱，忌嚭專兮郢吴虛⑲。仰長歎兮氣餶結⑳，悒殟絶兮活復蘇㉑。虎兕争兮於廷中㉒，豺狼鬬兮我之隅㉓。雲霧會兮日冥晦㉔，飄風起兮揚塵埃㉕。走鬯堂兮作東西㉖，欲竄伏兮其焉如㉗。念靈閨兮奥重深㉘，輒願竭節兮隔無由。望舊邦兮路委隨㉙，憂心悄兮志勤劬㉚。冤煢煢兮不遑寐，目眩眩一作「脉脉」兮寤終朝㉛。

逢尤

①傷不遇也。
②君不明也。
③爲佞人所傷害也。諑，毁。尤，過也。
④愁君迷蔽，忿姦興也。憒，亂也。聊，樂也。
⑤將以釋憂憒也。
⑥求賢君也。

⑦覬遇如黄帝、堯、舜之聖明者也。
⑧去前聖遠，然不可得也。卓，遠也。
⑨懷寶不舒，悵仿偟也。
⑩樂古賢臣，遇明君也。
⑪懿，深也。屈原之喻也。風后，黄帝師，受天瑞也。
⑫且放逐汙辱，若陷泥塗中也。
⑬憂憒不知所爲，徒經營奔走也。
⑭驅騁不能寧定，車弊而馬病也。
⑮憂悴而涕流也。
⑯丁，當也。文，文王也。心志不明，願遇文王時也。
⑰平，楚平王。差，吴王夫差也。平王殺忠臣伍奢，奢子員仕吴以破楚。夫差不用子胥，而爲越所滅也。
⑱吕，吕望。傅，傅説。兩賢舉用，而二代以興盛也。
⑲忌，楚大夫費無忌。嚭，吴大夫宰嚭。虚，空也。忌、嚭佞僞，惑其君而敗，二國空虚。郢，楚都也。
⑳仰將訴天。餉，結也。
㉑憤忿晻絶，徐乃蘇也。

㉒廷，朝廷也。虎兕，惡獸，以喻姦臣。

㉓隅，旁也。言衆佞辯争，常在我傍也。

㉔衆僞蔽君，如雲霧之隱日，使不可得見也。

㉕回風爲飄，以喻小人。造設姦僞，賊害仁賢，爲君垢穢，如回風之起塵埃也。

㉖動觸諂毁，東西趣走。

㉗無所逃難。

㉘靈，謂懷王。閨，閤也。言欲訴論，輒爲群邪所逆，不能得通達。

㉙委隨，迂[三]遠也。近而障隔，則與遠同也。

㉚悄，猶慘也。劬，勞也。

㉛眩眩，視貌也。終朝，自旦及夕，言通夜不能瞑也。

令尹兮謷謷①，羣司兮譨譨②。哀哉兮淈淈③，上下兮同流④。菽藟兮蔓衍⑤，芳藺兮挫枯⑥。朱紫兮雜亂，曾莫兮别諸⑦。倚此兮巖穴⑧，永思兮窈悠⑨。嗟懷兮眩惑⑩，用志兮不昭⑪。將喪兮玉斗，遺失兮鈕樞⑫。我心兮煎熬，惟是兮用憂⑬。集慕一作「進惡」兮九旬⑭，退一作「復」顧兮彭務⑮。擬斯兮二蹤⑯，未知兮所投。謡吟兮中壄⑰，上察兮璇璣。大火兮西睨，攝提兮運低⑱。雷霆兮硠磕⑲，雹霰兮霏霏⑳。奔電兮光晃，涼風兮愴悽㉑。

鳥獸兮驚駭，相從兮宿棲㉒。鴛鴦兮噰噰㉓，狐狸兮嶽嶽㉔。哀吾兮介特㉕，獨處兮罔依㉖。螻蛄兮鳴東，蟊蠿兮號西。載緣兮我裳，蠋入兮我懷。蟲豸兮夾余，惆悵兮自悲㉗。佇立兮忉怛㉘，心結縎兮折摧。

怨上

①令尹，楚官，掌政者也。謷謷，不聽話言而妄語也。

②羣司，衆僚。譨譨，猶偬偬也。言皆競於佞也。

③淈淈，一國並亂也。

④君臣俱愚，意無別也。

⑤菽藟，小草也。蔓衍，廣延也。

⑥虈，香草名也。挫枯，棄不用也。

⑦君不識賢，使紫奪朱，世無別知之者。

⑧退遁逃也。

⑨長守忠信，念無違，而塗悠遠也。

⑩懷，懷王也。爲衆佞所欺曜，目盡迷瞀。

⑪獨行忠信，無明己者。

⑫鈕樞，所以校玉斗。玉斗既喪，將失其鈕樞。言放賢者，逐去之也。
⑬熬，亦煎也，憂無已也。
⑭紂爲長夜之飲，而不聽政。
⑮彭，彭咸。務，務光。皆古介士，恥受汙辱，自投於水而死也。
⑯擬，則也。蹤，跡也。言願効此二賢之迹，亦當自沈。
⑰未得所死，且仿徨也。
⑱璇璣天中，故先察之。大火西流，攝提運下，夜分之候。愁思不寐，起視星辰，以解戚者也。
⑲雷聲。
⑳霏霏，集貌。
㉑獨處愁思不寐，見雹電涼風之至，益憂多也。
㉒言鳥獸驚惶，尚相從就，傷己單獨，心用悲也。
㉓和鳴貌也。
㉔相隨貌也。
㉕介特[四]，獨也。
㉖罔，無也。
㉗言己獨處山野，與衆蟲爲伍，心悲感也。

㉘佇，停。

周徘徊兮漢渚①，求水神兮靈女②。嗟此國兮無良③，謀女詘音訥兮謰謱④。鴳雀列兮譁讙⑤，鴝鵒鳴兮聒余⑥。抱昭華兮寶璋⑦，欲衒鬻兮莫取⑧。言逝邁兮北徂⑨，叫我友兮配耦⑩。日陰曀兮未光⑪，闃睄音蕭霓徒弔反兮靡睹⑫。紛載驅兮高馳⑬，將諮詢兮皇羲⑭。遵河皋兮周流，路變易兮時乖⑮。濿滄海兮東遊，沐盥浴兮天池⑯。訪太昊兮道要⑰，云靡貴兮仁義⑱。志欣樂兮反征，就周文兮邠岐⑲。秉玉英兮結誓⑳，日欲暮兮心悲㉑。惟天祿兮不再㉒，背我信兮自違㉓。踰隴堆兮渡漠㉔，過桂車兮合黎㉕。赴崑山兮嶨騄㉖，從廬敖一云「邛遨」兮棲遲㉗。吮玉液兮止渴，齧芝華兮療飢㉘。居嵺廓兮尠疇㉙，遠梁昌兮幾迷㉚。望江漢兮濩渃㉛，心緊音袪引絭兮傷懷㉜。時昢昢兮且旦㉝，塵漠漠兮未晞㉞。憂不暇兮寢食，吒增歎兮如雷。

疾世

①言居山中愁憤，復之漢水之涯，庶欲以釋思念也。

②冀得水中神女，以慰思念。

③此國，楚國也。言君臣無善，皆凶愚也。

④謰謱，不正貌。

⑤鴳雀，小鳥，以喻小人列位。言小人在位，患失之，競爲佞諂，聲呶呶也。

⑥鴝鵒，鴳雀類也。多聲亂耳爲聒。

⑦昭華，玉名。

⑧行賣曰衒。鬻，賣也。言己竭忠信以事君而不見用，猶抱此昭華寶璋衒賣之。璋，玉名。

⑨己不見用，欲遠去也。

⑩叫，急叫也。言此國無良廉，北行遇賢友，而以自耦也。

⑪北方多陰。

⑫闚，窺也。睄䨪，幽冥也。

⑬適北無所遇，故欲馳而去。

⑭羲，伏羲，伏羲稱皇也。諮，問。詢，謀。所以安己也。

⑮所志不遇，無所用其志也。

⑯天池，則滄海也。

⑰太昊，東方青帝也。將問天道之要務。

⑱太昊答：惟仁義爲上。

⑲聞惟仁義，故欣喜，復之西方，就文王也。邠、岐，周本國。

⑳願與文王約信，以玉英爲贄幣也。

㉑日暮而歲邁，年將老，悲不見進用也。

㉒福不再至，年歲一過，則終訖也。

㉓若背忠信以趨時俗，則違本心，故不忍爲。

㉔隴堆，山名。漠，沙漠也。一云漢水也。

㉕桂車、合黎，皆西方山之名。

㉖崑山，崑崙也。言渡隴堆，適桂車、合黎，乃至崑崙，取駿馬而絆之。騄，駿馬名。

㉗邛，獸名。遨，遊也。羣騄從邛而棲遲顧望也。

㉘玉液，瓊蘂之精氣。芝，神草。渴啜玉精，飢食芝華，欲僊去也。

㉙嵺廓，空洞而無人也。尠，少也。疇，匹也。言獨行而抱影也。

㉚梁昌，陷據失所也。迷惑欲還也。

㉛濩渃，大貌也。還見江、漢水大也。

㉜緊紊，糾繚也。望舊土而心感傷也。

㉝日月始出，光明未盛爲朏。

㉞漠漠，合也。晞，消也。朝陽未開，霧氣尚盛也。

哀世兮睩睩①，諓諓兮嗌喔②。衆多兮阿媚③，骫靡兮成俗④。貪枉兮黨比，貞良兮煢獨⑤。鵠竄兮枳棘，鵜集兮帷幄⑥。蘮蕠音女猪兮青蔥⑦，槀本兮萎落⑧。覩斯兮僞惑⑨。心爲兮隔錯⑩。逡巡兮圃藪⑪，率彼兮畛陌⑫。川谷兮淵淵⑬，山阜兮硌硌⑭。叢林兮崟崟⑮，林榛兮岳岳⑯。霜雪兮漼溰⑰，冰凍兮洛澤⑱。東西兮南北，罔所兮歸薄⑲。庇廕兮枯樹，匍匐兮巖石⑳。踡跼兮寒局數，獨處兮志不申㉑，年齒盡兮命迫促。魁纍擠摧兮常困辱㉒，含憂强老兮愁無樂㉓。鬚髮蔓顇兮顠鬢白㉔，思靈[五]澤兮一膏沐㉕。懷蘭英兮把瓊若㉖，待天明兮立躑躅㉗。雲濛濛兮電儵爍㉘，孤鶵驚兮鳴呴呴音握。思怫鬱兮肝切剥，忿悁悒兮孰訴告。

憫上

①睩睩，視貌。賢人不用，小人持勢也。

②諓諓，竊言。嗌喔，容媚之聲。

③阿，曲。

④委靡，面柔也。

⑤詩云：「獨行煢煢。」

⑥木帳曰帷。言大人處卑賤，小人在尊位也。

⑦薠蘋，草名。青莎，見養有光色也。
⑧槀本，香草也。喻賢愚易所。
⑨惑，思。
⑩隔錯，失其性也。
⑪蓁[六]林曰藪。
⑫田間道曰畛。陌，塍分界也。
⑬深貌。
⑭硌硌，長而多有貌也。
⑮崯崯，衆嶢貌。
⑯岳岳，衆木植也。
⑰積聚貌。
⑱洛，竭也。寒而水澤竭成冰。
⑲言四方皆無所停止也。
⑳穴可居者。
㉑蹺，傴僂也。
㉒魁纍，促迫也。擠摧，折屈也。

㉓愁早老曰强也。

㉔蔓，亂也。顥，雜白也。

㉕靈澤，天之膏潤也。蓋喻德政也。

㉖英，華。瓊若，食也。

㉗言懷蘭把若，無所施之，欲待明君，未知其時，故屏營躑躅。

㉘儵爍，疾也。闇多而明少也。

悼屈子兮遭厄①，沈玉躬兮湘汨②。何楚國兮難化③，迄于今兮不易④。士莫志兮羔裘⑤，競佞諛兮讒閲閲⑥。指正義兮爲曲，訿璧玉兮爲石。鵰鶚遊兮華屋，鵕鸃棲兮柴蔟。起奮迅兮奔走，違羣小兮一云「鵕鸃偆兮」，偆音竄謑音傒訽⑦。載青雲兮上昇，適昭明兮所處⑧。躡天衢兮長驅，踵九陽兮戲蕩⑨。越雲漢兮南濟，秣余馬兮河鼓⑩。霄霓紛兮晻翳，參辰回兮顛倒⑪。逢流星兮問路，顧指我兮從左⑫。俓娵觜音觜兮直馳，御者迷兮失軌。遂踢達兮邪造⑬，與日月兮殊道。志閼絶兮安如⑭，哀所求兮不耦。攀天階兮下一作「俛」視，見鄢郢兮舊宇⑮。意逍遥兮欲歸，衆穢盛兮沓沓⑯。思哽饐兮詰詘，涕流瀾兮如雨⑰。

遭厄

①子，男子之通稱也。
②賢者質美，故以比玉。湘、汨，皆水名。
③言楚國君臣之亂，不可曉喻也。
④政教荒阻，不可變也。
⑤言政穢則士貪鄙，無有素絲之志、皎潔之行也。
⑥閬閬，不相聽。
⑦謑，耻辱垢陋之言也。
⑧終無所舒情，故欲乘雲升就日處矣。昭明，日暉。
⑨衢，路也。九陽，日出處。
⑩河鼓，牽牛别名。
⑪參、辰，皆宿名。夜分而易次，故顛倒失路也。
⑫流星發所從也。
⑬流星雖甚，猶不得道。踼達，誤過也。
⑭志望已訖，不知所之。
⑮鄢郢，楚都也。言上天所求不得，意欲還下視，見舊居也。
⑯衆穢，喻佞人。言將復害己。

⑰還爲衆僞所害，故悲泣也。

嗟嗟兮悲夫①，殽亂兮紛挐②。茅絲兮同綀③，冠屨兮共絇④。督萬兮侍宴⑤，周邵兮負蒭⑥。白龍兮見䠶，靈龜兮執拘⑦。仲尼兮困厄⑧，鄒衍兮幽囚⑨。伊余兮念茲⑩，奔遁兮隱居⑪。將升兮高山，上有兮猴猿。欲入兮深谷，下有兮虺蛇。左見兮鳴鵙，右睹兮呼梟⑫。惶悸兮失氣⑬，踊躍兮距跳⑭。便旋兮中原，仰天兮增歎。菅蒯兮壄莽，雚葦兮千眠一作「仟綿」。鹿蹊兮躖躖，貒貉兮蟫蟫⑮。鸇鷂兮軒軒⑯，鶉鴽兮甄甄⑰。哀我兮寡獨，靡有兮匹倫⑱。意欲兮沈吟，迫日兮黄昏⑲。玄鶴兮高飛，增逝兮青冥⑳。鶬鶊兮喈喈㉑，山鵲兮嚶嚶㉒。鴻鸕兮振翅㉓，歸鴈兮于征㉔。吾志兮覺悟，懷我兮聖京。垂屣兮將起，跓竢兮須明。

悼亂

①傷時民惑。

②君任佞巧，競疾忠信，交亂紛挐也。

③不別好惡。

④上下無別。

⑤華督、宋萬二人，宋大夫，皆弒其君者也。
⑥周公、邵公。言楚君使忠賢如周、邵者負芻，反以督、萬之人侍宴。
⑦白龍，川神。靈龜，天瑞。
⑧仲尼，聖人，而厄於陳、蔡也。
⑨鄒衍，賢人，而爲佞邪所攝，齊遂執之。
⑩伊，惟也。玆，此也。
⑪欲避世也。
⑫鵙，伯勞也。山有猴猿，谷有虺蛇，左右衆鳥，聞無人民，所以愁懼也。
⑬悸，懼也。失氣，晻然而將絶。
⑭以泄憤懣也。
⑮蟫蟫，相隨之貌。
⑯軒軒，將止之貌。
⑰甄甄，小鳥飛貌。
⑱齊偶。
⑲意且欲遲，望又促暮，當棲宿也。
⑳青冥，太清。

㉑鶬鶊，鸝黄也。喈喈，鳴之和。

㉒嚶嚶，鳴之清也。

㉓鴈之大者曰鴻。鸕，鸕鷀也。振翅，將飛也。

㉔征，行也。言將去。

惟昊天兮昭靈①，陽氣發兮清明。風習習兮龢煖，百草萌兮華榮。堇荼茂兮敷疏②，蘅芷彫兮瑩嫇③。愍貞良兮遇害，將夭折兮碎糜一作「靡」。時混混兮澆饡④，哀當世兮莫知。覽往昔兮俊彥，亦詘辱兮係纍。管束縛兮桎梏，百貿易兮傳賣。遭桓繆兮識舉⑤，才德用兮列施。且從容兮自慰⑥，玩琴書兮遊戲。迫中國兮迮陿⑦，吾欲之兮九夷⑧。超五嶺兮嵯峨⑨，觀浮石兮崔嵬⑩。陟丹山兮炎野⑪，屯余車兮黄支。就祝融兮稽疑⑫，嘉己行兮無爲⑬。乃回朅兮北逝⑭，遇神孈兮宴娭⑮。欲静居兮自娛⑯，心愁慼兮不能。放余轡兮策駟⑰，忽風騰兮雲浮。蹠飛杭兮越海，從安期兮蓬萊⑱。緣天梯兮北上，登太一兮玉臺⑲。使素女兮鼓簧，乘戈龢兮謳謡⑳。聲噭誂兮清和㉑，音晏衍兮要婬㉒。咸欣欣兮酣樂，余眷眷兮獨悲㉓。顧章華兮太息㉔，志戀戀兮依依。

傷時

①昊天，夏天也。昭，明也。靈，神也。
②堇，葪。荼，苦菜也。
③蘅，杜蘅。芷，若芷[七]。皆香草。
④饡，餐也。混混，濁也。言如澆饡之亂也。
⑤管，管仲。百，百里奚也。管仲爲魯所囚，齊桓釋而任之。百里奚爲晉徒役，秦繆以五羖之皮贖之爲相也。
⑥以古賢者皆然，緩己憂也。
⑦無所用志，故云窄陋。
⑧子欲居九夷，疾時之言也。
⑨超，越也。將之九夷，先歷五嶺之山，言艱難也。
⑩東海有浮石之山。崔嵬，山形也。
⑪復之南方。丹山、炎野，皆在南方。
⑫黄支，南極國也。祝融，赤帝之神，稽，合。所以折謀求安己之處也。
⑬嘉，善也。言祝融善己之處。
⑭復旋至北方也。
⑮媽，北方之神名也。言面神晏而待之也[八]。

⑯言己遇神而宴樂，亦欲安居自娱也。
⑰復欲去也。
⑱蓬萊，海中山名也。安期生，仙人名也。言欲往求仙也。
⑲太一，天帝所在，以玉爲臺也。［九］
⑳乘戈，仙人也。和素女而歌也。
㉑嗷誂，清暢貌。
㉒要婬，舞容也。
㉓言天神衆舞，皆喜樂，獨己懷悲哀也。
㉔章華，楚臺名也。太息，憂意也。

旻天兮清涼①，玄氣兮高朗②。北風兮潦烈③，草木兮蒼唐④。蛜蚗兮噍噍⑤，蝍蛆兮穰穰⑥。歲忽忽兮惟暮⑦，余感時兮悽愴⑧。傷俗兮泥濁，矇蔽兮不章。寶彼兮沙礫，捐此兮夜光⑨。椒瑛兮湟汙，葈耳兮充房⑩。攝衣兮緩帶，操我兮墨陽⑪。昇車兮命僕，將馳兮四荒⑫。下堂兮見蠆⑬，出門兮觸蠭。巷有兮蚰蜒，邑多兮螳螂。睹斯兮嫉賊，心爲兮切傷。俛念兮子胥，仰憐兮比干。投劍兮脱冕，龍屈兮蜿蟤⑭。潛藏兮山澤，匍匐兮叢攢⑮。窺見兮溪澗，流水兮沄沄⑯。黿鼉兮欣欣，鱣鮎兮延延。群行兮上下，騈羅兮列陳。自恨兮無友，特處兮煢煢⑰。冬夜兮陶陶⑱，雨雪兮冥冥。神光兮熲熲，鬼火兮熒熒⑲。脩德兮困控⑳，愁不聊兮遑生㉑。憂紆兮鬱鬱，惡所兮寫情。

哀歲

①秋天爲旻天。秋節至，故清且涼也。

②秋冬陽氣升，故高朗也。

③寒節至也。

④始凋也。

⑤促寒將蟄，故噍噍鳴。

⑥將變貌。

⑦暮，末。

⑧感時以悲思也。

⑨夜光，明珠也。

⑩菜耳，惡草名也。充房，侍近君也。

⑪墨陽，劍名。

⑫四裔謂之四荒。

⑬蠆，土蠭也，喻佞人，欲害賢，如蠆之有螫毒。

⑭蜿蟤，自迫促貌。

⑮叢攢，羅布也。

⑯沄沄，沸流。

⑰獨行貌。

⑱長貌。

⑲神光，山川之精，能爲光者也。熒熒，小火也。

⑳將誰困控，言無引己也。

㉑遑，暇。

陟玉巒兮逍遥①，覽高岡兮嶢嶢②。桂樹列兮紛敷③，吐紫華兮布條④。實孔鸞兮所居⑤，今其集兮惟鶚⑥。烏鵲驚兮啞啞⑦，余顧瞻兮怊怊⑧。彼日月兮闇昧⑨，障覆天兮祲氛⑩。伊我后兮不聰⑪，焉陳誠兮効忠。攄羽翮兮超俗⑫，遊陶遨兮養神⑬。乘六蛟兮蜿蟬⑭，遂馳騁兮陞雲。揚彗光兮爲旗，秉電策兮爲鞭⑮。朝晨發兮鄢郢⑯，食時至兮增泉⑰。繞曲阿兮北次⑱，造我車兮南端⑲。謁玄黄兮納贄⑳，崇忠貞兮彌堅㉑。歷九宮兮徧觀㉒，睹祕藏兮寶珍。就傅説兮騎龍㉓，與織女兮合婚。舉天罼兮掩邪㉔，彀天弧兮䠶姦㉕。隨真人兮翱翔㉖，食元氣兮長存㉗。望太微兮穆穆㉘，睨三階兮炳分㉙。相輔政兮成化，建烈業兮垂勳㉚。目瞥瞥兮西没，道遐迥兮阻歎。志稸積兮未通，悵敞罔兮自憐㉛。

守志

①玉巒，崑崙山也。山脊曰巒。逍遥，須臾也。

②山嶺曰岡。嶢嶢，特高也。

③崑崙山多桂樹，紛錯敷衍。

④桂華紫色，布敷條枝。

⑤孔鸞，大鳥。

⑥鴟，小鳥也。以言名山宜神鳥處之，猶朝廷宜賢者居位，而今惟小人，故云鴟萃之也。

⑦神鳥至，則衆鳥集從。今反鴟往處之，故驚而鳴也。

⑧怊怊，四遠貌。

⑨日月無光，雲霧之所蔽。人君昏亂，佞邪之所惑。

⑩祲，惡氣貌。

⑪后，君。

⑫無所効其忠誠，故飜飛而去也。

⑬陶遨，心無所繫。
⑭蜿蟬，群蛟之形也。龍無角曰蛟。
⑮復欲升天，求仙人也。
⑯郢，楚都也。
⑰增泉，天漢也。
⑱次，舍。
⑲復適南方也。
⑳玄黄，中央之帝也。
㉑雖遥蕩天際之間，不失其忠誠也。
㉒九宫，天之宫也。
㉓傅説，殷王武丁之賢相也，死補辰宿。
㉔畢，宿名也。畢有囚姦名，故欲以掩取邪佞之人也。
㉕弧，亦星名也。弧矢弓弩，故欲以鉃姦人也。
㉖真，仙人也。
㉗元氣，天氣。
㉘太微，天之中宫。穆穆，和順也。

㉙太微之階。

㉚當與衆仙共輔天帝，成化而建功也。

㉛言陞仙之事，迫而不通，故使志不展而自傷也。

亂曰：天庭明兮雲霓藏，三光朗兮鏡萬方①。斥蜥蜴兮進龜龍，策謀從兮一云「奮策謀兮」翼機衡②。配稷契兮恢唐功一曰「恢虞功」③，嗟英俊兮未爲雙④。

①天清則雲霓除，日月星辰昭，君明下理，賢愚得所也。

②蜥蜴，喻小人。龜、龍，喻君子。璇璣，玉衡，以喻君能任賢，斥去小人，以自輔翼也。

③配，匹也。恢，大。唐，堯也。稷、契，堯佐也。言遇明君，則當與稷、契恢大堯、舜之善也。

④雙，匹也。

【校勘記】

［一］騁，原作「聘」，據隆慶本、俞本、馮本、朱本、莊本改。

［二］軏，原作「軌」，據補注本改。

［三］迂，原作「于」，據馮本、朱本、莊本改。

〔四〕特，原作「持」，據隆慶本、馮本、俞本、朱本、莊本改。
〔五〕靈，原作「雲」，據隆慶本、馮本、朱本、莊本改。
〔六〕蘽，原作「聚」，據隆慶本、馮本、朱本、莊本改。
〔七〕芷，原脱，據隆慶本、朱本、馮本、莊本補。
〔八〕面，補注本作「遇」；「晏」下原重「晏」字，據補注本删。
〔九〕此條注文原在「使素女兮鼓簧」句下，現據文意乙。

附録

楚辭章句序跋著録

重刊王逸注楚辭序 見明正德黄省曾、高第刻本。

明　王鏊撰

楚辭十七卷，漢中壘校尉劉向編集，校書郎王逸章句。其書本吴郡文學黄勉之所蓄，長洲尹左綿高君公次見而異之，相與校正，梓刻以傳。自考亭之注行，世不復知有是書矣。余間於文選窺見一二，思覩其全未得也，何幸一旦得而讀之！人或曰：六經之學，至朱子而大明，漢、唐注疏爲之盡廢，何以是編爲哉？余嘗即二書而參閱之：逸之注，訓詁爲詳。朱子始疏以詩之六義，援據博，義理精，誠有非逸之所及者。然余之懵也，若天問、招魂，譎怪奇澀，讀之多未曉析。及得是編，恍然若有開於余心，則逸也豈可謂無一日之長哉。章决句斷，俾事可曉，亦逸之所自許也。余因思之，朱子之注楚辭，豈盡朱子説哉？無亦因逸之注，參訂而折衷之。逸之注，亦豈盡逸之説哉？無亦因諸家之説，會粹而成之。蓋自淮南王安、班固、賈逵之屬，轉相傳授，其來遠矣。然則注疏之學，可盡廢哉？若乃隨世所尚，猥以不誦絶之，此自拘儒曲學之所爲，非所望於博雅君子也。其七諫、九懷、九歎、九思，雖辭有高下，以其古也，亦存而不廢。雖然，古之廢於今，不獨是編也，有能追而存之者乎？高君好尚如是，則其爲政可知也已。正德戊寅夏五，光禄大夫、柱國、少傅、太子太傅、兼户部尚書、武英殿大學士致仕王鏊序。

重刊王逸注楚辭序 見震澤集卷一四。

明　王鏊撰

楚辭十七卷，漢中壘校尉劉向編集，校書郎王逸章句。其書得之郡文學黄勉之，長洲尹西蜀高君公次見而奇之，曰：「此近世之所罕覩也。」相與校正，梓刻以傳。蓋六經之學，至朱子而大明，漢、唐注疏爲之盡廢。朱子之於辭賦，有若未暇。然者憫屈原之忠困於讒以死也，顧少有釋焉。初，逸之注楚辭，訓詁而已。朱子始疏以詩之六義，章句析，義理備焉。真有得於之心者，復安以是爲哉？且逸之説，往往爲朱子所非，今復取之，其以爲是耶？非耶？君曰：「吾亦安能定其是且非哉？姑以其近古也而存之。且朱子之注楚辭，豈盡朱子之説哉？無亦因王逸之注，會粹而折衷之。王逸之注，亦豈盡王逸哉？無亦因諸家之説，會粹而成之。蓋自淮南王安、班固、賈逵之屬，非一人所成也。朱子折衷諸家，參以獨見，而加粹焉爾。荀子曰：「青出之藍青於藍。」青可尚也，藍亦預有功乎！然則注疏之學，亦豈可遽廢哉？若乃隨世所尚，猥以不誦絶之，此自拘儒曲學之所爲耳，非所望於好學古博雅君子也。郜鼎紀甗，非有資於世用，而世貴之，爲其古也。蓀編之舊，獨不可貴乎！其七諫、九懷、九歎、九思皆哀原之死而擬其文，九思爲晁無咎所删，餘爲朱子所删，今備録焉。蓋西京之文，世不多見，雖稗官巷議，猶尚存之，況一時文士之尤乎！語云：「與其過而廢之也，寧過而存之。」其得失高下，則竢後者鑒焉。正德戊寅夏五月，光禄大夫、柱國、少傅、太子太傅、兼户部尚書、武英殿大學士致仕王鏊序。

庚案：王鏊二序實則爲一，然頗多歧異，蓋前文多有疏漏不密，後經修正收入文集。今兩存之，庶幾有裨乎學術也。

王逸注楚辭章句序 見黄省曾五嶽山人集卷二五。

明　黄省曾撰

予讀班固藝文志，詩賦家首敘屈原賦二十五篇。則劉向所定離騷、九歌、楚詞、九章、遠遊、卜居、漁父，蓋舊次也。其宋玉九辨、招魂，景差大招，賈誼惜誓，淮南小山招隱，東方朔七諫，莊忌哀時命，王褒九懷，皆傷屈原而作，故向悉類從而什伍之，而又附麗九歎。及王逸疏其旨藴，而抒九思以終焉。傳歷詞林，莫之疵少。至宋晁補之乃短長向録，移置簡列。朱氏後出，大病晁書續、變二集，僅有擇取，亦薪芻見陵之證也。其論七諫、九懷、九歎、九思，則曰：「雖爲騷體，然詞氣平緩，意不深切，如無所疾痛而强爲呻吟者。」嗚呼！四賢去原代遠，安能如躬遭者之疾痛邪！玉之於原已迴乎間矣，況其後者乎？特尚其懷忠慕良，緬思其人，而矩武其譔，斯亦靈脩之徒也。仲尼次詩風雅與頌，惟以體萃，而詞意差錯不預焉。苟以詞意，則關雎、鹿鳴、文王、清廟之音，靡有倫繼者矣。四賢所譔，既曰「騷體」，則體同而類以繼之，又何疑乎！且離騷者，屈子一篇之名也。朱子輒以冠衆目之上，此則語之童嬰、學究，當皆以爲未安者。由是觀之，則其所排削銷燼之文，豈足服藝苑之心乎！猥予翹景往哲，竇誦向書久矣，暇與長洲邑君高公次品藻群作，談及此編。尋頃假去，讀之洋洋，窺冀堂户。乃歸予釐校，授工梓之。柱國王公欣然爲序，予則悲其泯廢，幸其復傳，豈特通賢之快覽，雖質之屈子，必以舊録爲嘉也。

重刊王逸注楚辭序

見隆慶五年夫容館刻本及弇州四部稿卷六七。

明　王世貞撰

梓楚辭十七卷，其前十五卷爲漢中壘校尉劉向編集。尊屈原離騷爲經，而以原别撰九歌等章及宋玉、景差、賈誼、淮南、東方、嚴忌、王褒諸子，凡有推佐原意而循其調者爲傳。其十六卷，則中壘所撰九歎，以自見其意。前後皆王逸通故爲章句。最後卷，則逸所撰九思，以附於中壘者也。蓋太史公悲屈子之忠，而大其志，以爲「可與日月争光」。至取其「好色不淫，怨誹不亂」，足以兼國風、小雅。而班固氏乃疑其論之過，而謂「原露才揚己，競乎危國群小之間，以離讒賊。强非其人，忿懟不容，沈江而死」。自太史公與班固氏之論狎出，而後世中庸之士，垂裾拖紳，以談性命者，意不能盡滿於原。而志士仁人發於性而束於事，其感慨不平之衷無所之，則益悲原之值，而深乎其味。故其人而楚則楚之，或其人非楚而辭則楚，其辭非楚而旨則楚。如劉氏集而王氏故者，比比也。夫以班固之自異於太史公，大要欲求是其見。所謂屈信龍蛇而已，卒不敢低昂其文，而美之曰「弘博麗雅，爲詞賦宗」。然中庸之士相率而疑其所謂經者，蓋其言曰：「孔子删諸國風，比於雅、頌，析兩曜之精而五之，此何以稱哉！是不然也。孔子嘗欲放鄭聲矣，又曰：桑間、濮上之音，亡國之音也。至删詩而不能盡黜鄭、衞。今學士大夫童習而頒白不敢廢，以爲孔子獨廢楚。夫孔子而廢楚，欲斥其僭王則可，然何至脂轄方城之内哉！夫亦以筳篿妖淫之俗，嬋緩其文，而侏駃其音，爲不足被金石也。藉令屈原及孔子時，所謂離騷者，縱不敢方響清廟，亦何遽出齊、秦二風下哉？孔子不云乎：「詩可以興，可以怨。邇之事父，遠之事君。多識乎鳥獸草木之名。」以此而等，屈氏何忝也。是故孔子而不遇屈氏則已，孔子而遇屈氏，則必採而列之楚風。夫庶幾屈氏者，宋玉也。蓋不佞之言曰：班固得屈氏之顯者也，而迷于隱，故輕詆；中壘、王逸得屈氏之隱者也，而畧于顯，故輕擬。夫輕擬之與輕詆，其失等也。然則爲屈氏宗者，太史公而已矣。吾友豫章宗人用晦，得宋楚辭善本，梓而見屬序，豈亦有感於屈氏、中壘之意乎哉！明興，人主方篤親親右文之化，公卿大夫脩業而息之，無庸于深長思者。用晦即不能嘿嘿，亦推所謂雅、頌而廣之爾。是則不佞所謂敘意也。瑯琊王世貞撰。

補訂楚詞敘

見明隆慶五年楚辭章句原刻，天啓二年叢桂堂遞修本。

明 陳玄藻撰

離騷之得稱經也，自劉子政始也。它祖原意者咸附之。惜誓之後以其詞皆楚也，總而命之曰楚詞云。淮南、孟堅、景伯各有章句，及隋、唐注釋五六家，皆不傳。今所傳唯王叔師、朱仲晦二注。楚詞楚譯，世皆以王爲近古。豫章之有王氏注騷也，自用晦王孫始也。用晦好古，負詞賦聲。嘗得離騷宋本，板之以傳，琅琊先生業序而行矣。顧歲月綿邈，梨棗散落者殆十二三，璧斷圭殘，文士惜之。茲晦卿王孫好古不減用晦，因舊刻重爲修訂。凡鼏之刓者、蝕者及諸散落弗完者，一日而頓還舊觀。家拾沅、湘香草，人闚天祿閟藏。不獨爲靈均之功臣，用晦有神，亦當驚知己於千古矣。工既竣，而徵言於余。顧余方拮据，飛輓受俗吏限，安所索既焚之硯？抑余嘗握蘭建禮，又未能遽忘典司，因按詠是編而繫之以言。語不云乎：「文章關乎世運。」三閭於楚爲同姓，陫惻憂國，卒死於讒。至今讀其言，想見其人，猶足啼醒嘯鬼。國家治化郅隆二百餘載，諸王孫霑洽於行葦湛露之中，無憂時畏譏之慮，得以從頌作者之林。盛矣哉，其斌斌乎！夫三閭以忳邑侘傺之感，激而爲騷，以宣幽明。王孫以優游閒曠之思，氾而陳騷，以詠古騷，等耳。作者、述者，是可以觀世矣。賜進士第、亞中大夫、奉敕督理江西通省糧儲、布政使司右參政、前禮部祠祭清吏司郎中莆中陳玄藻頓首拜撰。

補刻楚詞引

見明隆慶五年楚辭章句原刻，天啓三年叢桂堂遞修本。

明 朱謀垙撰

風、雅之言，三百篇而後，自漢魏六朝以及唐宋，代不乏人。余用晦伯何取於三閭大夫之楚辭而刻之也？客曰：「三百篇，吾江右益藩有善本矣。漢魏六朝，藩臬舊似刻行。唐十二家，宋之三蘇，郡藏亦有。大夫楚辭，實未之見刻者。或此意與？」又曰：「近見坊間書刻，不辨亥豕魯魚。舊本難得，若今楚辭傳自有宋，尤爲希世珍奇，名公賞鑒，自不肯磨滅。」余曰：客之言是矣，恐未盡然。用晦伯負經天緯地之才，博古窮今之學，迺僅阨於制科，不得表見，即求自試通親親付之想象，豈不與大夫忠君愛國之誠、不得見用其君者同歟？大夫託楚辭而寫憂愁幽思之衷，用晦伯刻楚辭亦自申其鬱邑悲歌之志。王元美先生不云乎：「豈有感於屈氏、中壘之意乎哉？」鍥梓既久，流傳亦廣，久之蝕朽。無何，用晦伯逝矣，殘缺其半，海内歎息。余聞而悲之，復謀初本補訂，命工重梓。

徵求參藩陳季琳先生之言以傳，使用晦伯之業不墜，此余之心也。若曰用晦伯託屈大夫以寄志，而余垙託用晦伯以寄志，則不敢也。是爲引。天啓甲子歲五月望日，豫章朱謀垙晦卿甫撰。

重刊楚辭章句序

見明萬曆十四年馮紹祖刊刻本。

明　黄汝亨撰

儒家譚文辭，則莊、騷並稱云。間或以莊生浩蕩自恣，詭於大道，其言多洸洋幻眇，不可訓。屈騷所稱古連類，與經、傳不合，小疵風、雅。總之文生於情，莊生遊世之外，故清濁一流，醉醒同狀，寄幻於寰中，標旨於衆先。而屈子以其獨醒獨清之意，沈世之内，殷憂君上，憤懣混濁。六合之大，萬類之廣，耳目之所覽覩，上極蒼蒼，下極林林，摧心裂腸，無之非是。辟之深秋永夜，凄風苦雨，鬱結於氣，宣卽於聲，皆化工毆，豈文人雕刻之末技，詞家模擬之艷辭哉！馬遷讀莊生書而歸之寓言，此可與言騷者也已矣！宋玉而下，有其才而非其情，賈誼有其情而非其才。誼之泣以死也，又其甚者也。亦猶晉人者之嫉物輕世也，莊之流也。相如因緣得意，媚於主上，所爲子虚、大人之篇，都麗廖廓，乏於深婉，其情可知已。道不同不相爲謀，嗚呼！此反騷之所由作也。傳者探易之幽，而參於莊；諷詩之深，而參於騷。參於莊可以群，參於騷可以怨，其庶幾乎！然莊多善本行世，而楚騷獨缺，俗士罕及之。繩武博物能裁，蒐自劉、王，訖於近代，鬣間合文，要於神情，斯不亦符節騷人，而升之風雅之堂哉。萬曆柔兆閹茂之歲夏日朔。

重刊楚辭章句後序

見明萬曆十四年馮紹祖刊刻本。

明　馮紹祖撰

不佞非知騷者也，而譊譊慕騷。讀「傷靈脩」、「從彭咸」語，見謂庶幾谷風、白華之什，而哀怨過之。觀哀郢、懷沙，則忿懟濁世，湛没清流，以世無屈子忠也者而屈子遇，無屈子遇而屈子忠也者，心悲之！差、玉以下二三君子，法其從容，而祖其辭令。方且以柔情入景語，藻繢易深厚。至九辯諸篇，而迺始矩武其則，而功令奉之，彼猶然自好者也。蓋不佞居恒謂屈子生於怨者也，故聲悦不勝其呻吟。宋、景諸人，生於屈子者也，故呻吟不勝其聲悦。要以情文爲統紀，豈可過乎！是編也，不佞非以益騷，而聊以畢其所慕，緊起窮愁而揄伊鬱也。若曰或卬之而或抑之，則不佞烏敢開罪靈均，而爲叔師引咎哉。嗟乎！子雲反騷，至其論玄也，則謂千載之下有子雲。謂千載之下有子雲而知玄，毋乃謂千載之下有屈子者而知騷乎哉！萬曆丙戌月軌青陸朔，鹽官馮紹祖繩武父書於觀妙齋。

重梓楚辭敘

見明萬曆十四年俞初刻本。

明　吴琯撰

古今之稱善故者，自十三經之外，吾得三家焉。若王逸之於楚辭、郭象之於莊子、劉峻之於世說是也。人言子休注子玄，孝標勝臨川，固當別論。而叔師則深得孟氏之旨矣。孟子之言曰：「不以文害辭，不以辭害意。以意逆志，是爲得之。」夫逆者，有待而無待之謂也，斯不亦善故乎？莊子以理，易之變也；世說以事，左史之變也；楚辭以情，夫非詩之變也歟哉！詩之爲教，寬厚温柔，言之者無罪，而聞之者易以入。楚辭則不，其言鴂舌，其聲蟬綿，其情蠖屈。所謂變也，非善故者，鮮不害矣。王氏一書，句爲之離，亦句爲之釋。粗而名象，精而幾微，各有攸當。乃若一章之内，上下相臨；數節之中，終初交應。彼其不能操其凡而掇其要哉？毋亦曰：楚人之情多怨而隱，楚人之辭牢愁而綸，至孤憤而流離，知音者自尋，脩郄者難見。毋論當時待君心之一悟，即千載而下，有能解此者，旦暮遇之，幾迹湘流之冤而肉魚腹之骨矣。然則説騷者宜莫如説詩，而得孟氏之旨者，孰如王氏乎？或曰：然則朱氏之説非歟？余謂不然。朱氏之説，由隱以之顯，其説易入，其入也淺。王氏之説，由顯以之隱，其説難入，其入也深。故讀騷者，先王氏而不入，則以朱氏證之，入則深矣。是書善本，曾刻之豫章王孫，序之婁東王長公，今其本已漸漫漶。予友俞太初氏復校以入梓，亦良苦心。予因以數言弁之，大都稱説王氏。若屈氏之爲經、爲傳、爲宗、爲詆、爲擬，則長公已説之詳矣，予小子何敢贅焉。萬曆丙戌新都吴琯撰。

重刻楚辭序

見明萬曆十五年朱燮元、朱一龍刻本。

明 申時行撰

辭以楚名，何居？自屈平著離騷，而宋玉、景差之徒祖之，皆楚産也。淮南、東方、嚴忌而下，則何以稱焉？非楚産而楚音，則楚之音不盡楚，而以紹明統紀、疏决疑滯、翼其辭以傳，則皆楚之遺也，故合而名之曰楚辭也。昔仲尼删詩正樂，列國之風十有三，而楚不與焉。説者曰：僭王之裔，不陳於太師；鸞鴂之音，不登於朝會。故擯之云爾。乃太史公傳屈平，稱離騷，以爲兼國風、小雅而有之，其稱文小而其指極大，舉類邇而見義遠，浮游塵埃而争光日月。則何以推高之若是？竊嘗意之，仲尼非擯楚也，離騷晚出，適不當仲尼時也。仲尼嘗稱詩矣，曰：可以興、觀、群、怨，可以事君父，而多識鳥獸草木之名。今夫離騷，抱節脩姱，厲志芳潔，引物連類，以寓其忠愛，約結侘傺忳抑之思，發乎情而止乎義，即未必盡當乎優柔敦厚之指，顧豈在邶、鄘、曹、檜後哉？蓋屈平處臣子之厄，而離騷極風、雅之變，上續詩統，而下開百代之詞賦者也。藉令屈平生於春秋，離騷傳於洙泗，仲尼且亟收之，詩之楚騷，庸詎知不爲書之秦誓乎？自漢以來，著述之士擷其英華，注釋之家抉其微奥，代有作者。然班固、賈逵之書不復可考，而章句獨稱王逸，固自東京而已大行於世。迨考亭朱子校定其篇章，七諫、九懷而後並從删削，而逸注遂爲筌蹄。然博雅之士，卒以存而不廢也。是書梓於郡中，少傅文恪公爲之序。歲久漫漶，習者病焉。郡守朱侯懋和、司理朱侯官虞，以聽政之暇，手自讎校，重付剞劂，以公諸同好者。乃屬王邑博道錫、王徵君百穀問序於余。余惟六經厄于秦火，一綫幾絶，漢初諸儒補葺斷爛，網羅放失，各以訓詁顓門名家，能折角解頤，膾炙當世。而濂、洛、關、閩之儒始得尋其源流，闡繹其統緒，令微言大意，焕然復明。蓋漢儒之功宏以遠矣。逸之于楚辭，猶漢儒之于六經，可遂廢乎！余謂説詩者，無以風、雅之變，莠稗離騷；讀楚辭者，無以考亭之説，駢枝逸注。兩存而不遺可矣。故略陳其端，俟通經學古者擇焉。賜進士及第、特進光禄大夫、左柱國、少師、兼太子太師、吏部尚書、中極殿大學士、知制誥經筵、總裁國史會典、予告吴郡申時行撰，長洲諸生杜大綬書。

重刊楚辭序 見明萬曆四十七年劉廣刻本。

明　劉廣撰

古今之以辭賦而申其志者，卒亦僅僅以辭賦而畢其用，而獨三閭家言不然。予嘗神覽九州，而艷楚之多材也，大都磊砢沈雄，博謇而好脩。薦紳先生，精白一志，以媚天子。即其人非楚，而材則楚。一石畫一風議出，而海内想聞之，以爲是岷、湘間之南金翠翹也哉。甚矣，楚風之動人深長思也。

既而遊楚，以一葉走江陵，銀浪拍天，嶒岾颼颼，不減秦皇帝合前後部鼓吹獻俘太廟時。予乃劃然長嘯，拂吳鈎而歎曰：壯哉觀乎！而且遥揖二嶽，岑崟參差，日月蔽虧，交錯糾紛，上干青雲。亡怪相如子虚之大言夸張，至擬於天子之上林也。殆扶輿之秀，獨萃於楚矣，然則人傑，固由此地靈歟？又不然。蓋過江謁忠王祠，以瓣香清酒，效賈長沙之弔，而後知文士張楚功，卓犖不可誣也。靈脩之浩蕩，衆女之謡諑，而以紉蘭、扈芷之身，躑躅於其際。不平之竅，嘘而成響；侘傺鬱伊，如擣如訴。夫亦聊以自矜其蛾眉，曾何救衆醒衆裸？然作經之旨，不獲伸於懷王、子蘭，而獨伸於千古君臣間之讀騷而殊其遇、廢騷而符其志者，何也？爲其可以怨也。不淫則風，不亂則雅，遠之事君，夫又奚難焉？今上神聖，國家鴻昌，茂龐之氣，流公卿間。宜爲舂容大章，賡明良而贊喜起。其視當日之横廢牢愁，懟恚陫側，未可同年語也。而要以精神流行於三楚，豐彩照映，匪止沃文士之膏沐，而實劌貞臣之肺腑。宋玉、景差之徒，及後興之馬、揚、枚、賈，握三寸柔翰，蟬緩於左徒之門者，其得於騷淺；而行廉志潔、恥言屈信龍蛇，以藻脩偉豎，皎皎於垂裾拖紳間者，其得於騷深耳。信乎楚之多材，功在屈氏，奚地靈人傑之足云！即嚮所見嶒岾颼颼，江濤之怒，皆汨羅之怨也。時蓋低徊祠下者久之，慨慷唏嘘，神味若接。夜宿舟次，恍惚高冠長劍、岌岌陸離、挾行唫憔悴之容者，揖予而譚，謂：「沈湘以來，知我惟子。安在廓落兮，而無友生哉？」予聳然謝，覺而異之，濡筆紀其事。歸檢篋中，適得先侍御子威手校楚辭十七卷，爲洗遊橐，付諸剞劂。夫是故吾家中壘校尉所編次成帙者也。中壘繇宗室子列九卿，入贊尚書，備肺腑，不爲不遇。然慨然有幽憂之思，不得已而託之九歎以擬騷。可見辭屈氏者遭不必屈氏也，而材屈氏者辭併不必屈氏也。願以告楚材暨吾黨之艷楚材者，毋謂靈均衣被後人，廑廑一辭賦之宗而已也。萬曆己未夏六月，吴郡劉廣元博父撰。

遺香堂楚辭王注序

見清初溪香館刻本。

清　盧之頤撰

余聞之師云，文章必本於性情之正而真者，斯可以千古。故詩詠鐘鼓寤寐，以樂之真正而傳也。騷辨椒榝荃茅，以憂憤之真正而傳也。余遊嚴先生之門，自髫歲至今，殆三十年矣。受先生孝友忠信之教同於餐觀，余亦事先生如父，惟命是從。先生素静默無營。今因國變，不勝悲感，爲文多發憤之語。頃特簡離騷經，作序命予襄梓。其言曰：「汝知霅庵和尚之事乎？和尚名暨，不知其姓。靖難初，慟哭落髮爲僧。好楚辭，時時袖之。登小舟，急棹灘中流，朗誦一葉，輒投一葉於水。投已輒哭，哭已又讀，終卷乃已。此吾欲梓之意，汝宜申數言以彰此經。」余知先生蓋欲以忠憤教世之能文章者，苟性情弗正弗真，必爲邪爲逆，爲千古之罪人矣。余雖亦抱至性，每切傷時，而拙陋自明，何敢着糞附蠅，致能文者之譏憎。第覺先生序中缺此一段引證，故敢直爲補述云爾。錢唐盧之頤於月樞閣。

楚辭章句提要

見四庫全書總目提要卷一四八集部一楚辭類。

臣等謹案：楚辭章句十七卷兵部侍郎紀昀家藏本，漢王逸撰。逸字叔師，南郡宜城人。順帝時官至侍中，事蹟具後漢書文苑傳。舊本題校書郎中，蓋據其注是書時所居官也。初，劉向裒集屈原離騷、九歌、楚詞、九章、遠遊、卜居、漁父，宋玉九辨、招魂，景差大招，而以賈誼惜誓、淮南小山招隱士、東方朔七諫、嚴忌哀時命、王褒九懷及向所作九歎，共爲楚辭十六篇。是爲總集之祖。逸又益以己作九思與班固二敘，爲十七卷，而各爲之注。其九思之注，洪興祖疑其子延壽所爲。然漢書地理志、藝文志即有自注，事在逸前。謝靈運作山居賦亦自注之，安知非用逸例耶？舊説無文，未可遽疑爲延壽作也。陳振孫書録解題載有古文楚辭釋文一卷，其篇第首離騷，次九辨、九歌、楚詞、九章、遠遊、卜居、漁父、招隱士、招魂、九懷、七諫、九歎、哀時命、惜誓、大招、九思，迥與今本不同。興祖據逸九章注中稱「皆解於九辨中」，知古本九辨在前，九章在後。振孫又引朱子之言，據天聖十年陳説之序謂舊本篇第混併，乃考其人之先後，重定其篇第。知今本爲説之所改。則自宋以來，已非逸之舊本。又黄伯思東觀餘論謂逸注楚辭，序皆在後，如法言舊本之例。不知何人移於前。則不但篇第非舊，併其序亦非舊矣。然洪興祖考異於離騷經下注曰「釋文第一無『經』字」，而逸注明云：「離，别也。騷，愁也。經，徑也。」則逸所注本確有「經」字，與釋文本不同。必謂釋文爲舊本，亦未可信。姑存其説可也。逸注雖不甚詳賅，而去古未遠，多傳先儒之訓詁。故李善注文選，全用其文。抽思以下諸篇，注中往往隔句用韻，如「哀憤結緝，慮煩冤也。哀悲太息，損肺肝也。心中結屈，如連環也」之類，不一而足。蓋仿周易象傳之體，亦足以考證漢人之韻。而吴棫以來，談古韻者皆未徵引。是尤宜表而出之矣。總纂官臣紀昀、臣陸錫熊、臣孫士毅、總校官臣陸費墀。

王逸楚辭章句跋

見明正德十三年黄省曾高第刊刻本。

清　袁廷壽撰

嘉慶十一年初秋，借黄蕘翁新得宋刊王逸注楚辭校此本。原缺七卷（第六、第十至十五），以補注本配入，亦宋刊也。別校於汲古閣翻雕本上。後有釋音一卷，廣騷一卷，則各本所無。手自影鈔，附裝於後。廿七日壬申勘畢。袁廷壽記于五硯樓。

王逸楚辭章句跋

見明隆慶五年楚辭章句刻本（卷五至卷六配清同治十一年蔣曰豫鈔本），藏南京金陵圖書館。

清　蔣曰豫撰

四庫全書簡明目録謂劉向輯屈氏以下諸作及向自作，爲楚辭十六卷，逸又益以己作九思及班固之敘，勒成十七卷。爲宋人輾轉校刻，已多更其舊第。今按：此本編次，隆未知與逸原定次第若何，以年世敘之，擬更不誤。惟固敘止一，且敘前司馬氏之屈原列傳，敘後梁劉舍人之辨騷，係後人羼入。或並非宋本所有，明翻刻時以類集之，未可知也。

王逸楚辭章句跋

見明萬曆丙戌本，漢劉子政編集，王逸叔師章句。藏南京金陵圖書館。

清　丁丙撰

前有漢太史令龍門司馬遷撰屈原傳。此本題明後學武林馮紹祖繩武校正，萬曆丙戌自序於觀妙齋，附録諸家楚辭書目、諸總評，又重校章句議例，并音義於上方。皕宋樓所藏同是。此槧尚有黄汝亨一序。

題楚辭王注校本

見莊允益楚辭章句本，藏日本大阪大學圖書館。

日本　服元喬撰

莊子謙與二三子校楚辭王注，謂尚文哉！驚才創奇，原固可以辭家稱矣。論者乃以經義格之，蓋不必也。王叔師雖曰注家，頗亦斐然成章，是可翫爾，則區區訓詁名物合否，蓋不必也。余惟騷出乎詩。夫詩，比興之義，從人所取，即以爲典要則固矣。崑崙懸圃，詭異譎怪，騷豈可引繩墨以視哉？古之釋家操觚所擬，或乃有因以鎔鑄，試己才思者，是以翫爾。原既可以文辭視，則叔師可取，亦乃稱是。子謙之識，可謂卓朗。其既愛駿逸矣，驪黄牝牡，固自可遺，况乃可使支附者柴栅乎其閒乎！是且難與俗子言哉。服子喬題。

楚辭序

見莊允益楚辭章句本，藏日本大阪大學圖書館。

日本　莊允益撰

蓋屈原氏雅富贍於文辭乎，何於窮厄放斥間爲斯美辭邪？抑文思非自外臻之，杼軸畜于中，而組織成於外，感物而動，觸事而發，英華灼然，不可掩者也。士之懷志而立朝，養素而伏壄，皆其言湮滅不傳，蓋古今有焉。然其言閲數千載而獨存，歆尚於後之人者，非斯文而何邪！文以足言，「言之無文，行而不遠」，仲尼已云。屈原氏生危難之邦，行不與人周，言不爲君所聽，遂流竄以終其身。國無立功，何以稱於後世焉？豈非獨斯文存哉？後世論者顓揚其忠君愛國，志行廉潔。班固特引卷惟如愚，毁其狷介，且謂崑崙宓妃，非經義所載。以余觀之，蓋皆爲失論。縱同姓斯人，而一國與闇君之繾綣，悒鬱不已以懷沙，不亦怪乎！非獨楚君臣而含若性，滔滔者天下皆是也。屈原氏博聞彊識，窮通古今，猶不能反顧自廣，何邪？顧憤悶之情與文思相依，則其念君憂國，誹上疾世，稱古戒今，揚己矜誇，此其見，而向背於此，以爲鼓舞者，唯在斯文已。不然，何以忠愛惻怛之情，而露君惡、揚己美，沾沾自喜爲，乃至其言「將從彭咸之所居」？亦其興之所不能已。安知不能託言於此，以晦其迹？不亦若匹夫匹婦自經於溝瀆也？其荒唐變幻，極天地之表，假神靈，徵鬼物，役鳥蟲，而佐其意也。即博洽之材，興趣所致於放言遺辭之間，何物不隨手而出焉。課虚無以責有，叩寂寥而求音，文人之常也。是非經義法度所可得而論焉。託思之奇，屬辭之麗，固亡於前詩後賦，擅美古今，實獨步千世。而自夫淮南而後，比詩譫經，幾乎阿其所好矣。王逸所傳，前後十七篇，古注唯王逸存而傳其義。雖非無强附，亦與後世注家結構頗異，學者足據以玩焉。今茲與友人井勃門、柳大禮讀之，遂句焉，梓於前川氏。寛延庚午之春，西豐莊允益。

楚辭王注考異序

見楚辭王注考異稿本，藏日本大阪大學圖書館。

日本　西村時彦撰

王注楚辭十七卷，日本莊允益校刻。首有王世貞序，次有寛延庚午之春寛延三年，爲清乾隆十五年西豐莊允益序。次凡例六則。次目録。各篇序説低一格，離騷篇尾總敘、楚詞篇尾敘亦然。卷尾附載楚辭音。有崇文堂主人跋，云：「傚宋本別附，附之後末。」末著「崇文堂主人識」，蓋書賈所爲也。凡例云：「今所讎校華本四通，此方寫本一通。此方寫本字様體制，蓋宋本所傳。」其及國諱也，缺其點畫，乃可次證焉。蓋世貞之所序乎？今多從之。按王序云：「吾友豫章宗人用晦得宋楚辭善本，梓而見屬爲序。」是蓋何義門所謂「豫章芙蓉館重雕宋本」者，莊氏以我邦所傳寫本爲豫章本，未知的否。其所校讎四本，亦未知何書。豫章本坊間罕覯，而海内著録家無録及此寫本者，則亦恐散逸日久也。我邦王逸楚辭章句單注本，惟有斯書，刻版尚存，最可珍重。而惜誤脱亦不尠，因取家藏諸本以考異同，庶幾有小補騷學也。

明黄勉之刻本楚辭章句跋

見臺灣「中央」圖書館藏本王國維跋。

王國維 撰

明正德刊楚詞章句十七卷，行欵古雅，字畫精湛，實出宋槧。書中不避宋諱，然目録自九章至九思下均有「傳」字，與洪興祖補注所引一本合。題名二行，舊云「漢護左都水使者光禄大夫臣劉向集，後漢校書郎中臣王逸章句」。此本改爲「漢劉向子政編集，王逸叔師章句」，并爲一行，而第二行改刊「後學西蜀高第、吴郡黄省曾校正」十三字，其餘猶宋本舊式也。舊爲張船山藏書，丁巳春得於上海，是歲小除夕題記。國維。

丁巳除夕，以此本校楚詞補注，凡三卷。知此本全與洪氏攷異所稱一本合，亦此本出於宋本之證。戊午元旦記。

楚辭考異題詞

見劉申叔遺書，民國二十五年寧武南氏校印本。

劉師培撰

詩教淪冥，楚辭代興。漢人賡續有作，咸附隸焉。及叔師作章句，別附九思於編末。由漢迄宋，相傳各本，雖次第或殊，然均靡所損益。自紫陽注出，篇目損益，遂更舊觀。今所傳王本，明刊而外，惟日本莊益恭刊本較爲精善。然毛刊洪氏補注本，出自宋槧，尤爲近古。補注以前恒列異文，蓋屬宋人校記。於博考衆本外，恒注史記、文選異文，亦間及藝文類聚。宋代之書，斯爲昭實。惟是漢人所引，文已互乖；六朝而降，異本滋衆。故群籍引稱，文多歧出。即書出一人之手，後先援引，迺復互殊。勘讎同異，昔鮮專書，致舊本之觀，靡克闚睹，學者憾焉。今以洪本爲主，凡古籍所引異文，按條分綴，序及章句文亦附校。篇各爲卷，名曰考異，以補宋人校記之缺。惜孟堅、景伯章句，自昔弗昭，景純所注，書亦墜失，殊文異字，勘審靡資，興念及此，猶叔師所云「愴然悲感」也。辛亥年正月劉師培題。

楚辭章句版本著録

楚辭章句十六卷 漢王逸撰

後漢書卷一一〇文苑傳王逸：「王逸字叔師，南郡宜城人也。元初中舉上計吏，爲校書郎。順帝時爲侍中。著楚辭章句行於世。」庚案：其書今傳於世，都十七卷，末附逸所作九思一卷。前十六卷蓋爲王逸所輯，逸爲章句但十一卷，而七諫、哀時命、九歎、惜誓、大招五篇章句，非逸所作，然亦出自漢世。九思一篇爲後所增附，其章句出六朝時之好事者。詳參拙作楚辭章句十七卷成書考。

隋書 唐魏徵撰

卷三十五 經籍志

楚辭十二卷 并目録，後漢校書郎王逸注。

梁有楚辭十一卷 宋何偃删，王逸注。亡。

舊唐書後晉劉昫撰

卷四七 經籍志下 楚詞類一 別集類二 總集類三

楚詞十六卷王逸注。

新唐書宋歐陽修撰

卷六十 藝文志四

楚辭十六卷王逸注。

崇文總目宋王堯臣等編次，錢東垣等輯釋

卷五 總集類上

楚詞十七卷王逸注。

郡齋讀書志宋晁公武撰

卷四七上 楚辭類

楚辭十七卷右後漢校書郎王逸叔師注。

楚屈原，名平。爲懷王左徒，博聞强志，嫺於辭令。後同列心害其能而譏之，王怒疏平。平

自傷忠而被謗，乃作離騷經以諷，不見省納。及襄王立，又放之江南，復作九歌、天問、九章、遠遊、卜居、漁父、大招。自沉汨羅以死。其後楚宋玉作九辯、招魂，漢賈誼作惜誓，淮南小山作招隱士，東方朔作七諫，嚴忌作哀時命，王褒作九懷，劉向作九歎，皆擬其文，而哀平之死於忠。至漢武時，淮南王安始作離騷傳。劉向典校經書，分爲十六卷。東京班固、賈逵各作離騷章句，餘十五卷闕而不説。至逸自以爲南陽人，與原同土，悼傷之，復作十六卷章句。又續爲九思，取班固二序附之，爲十七篇。按：漢書志：屈原賦二十五篇，今起離騷經至大招，凡六，九章、九歌又十八。則原賦存者二十四篇耳。并國殤、禮魂在九歌之外爲十一，則溢而爲二十六篇。不知國殤、禮魂何以係九歌之末。又不可合十一爲九。然則謂大招爲原辭，可疑也。夫以招魂爲義，恐非自作。或曰景差，蓋近之。其卷後有蔣之翰跋，云晁美叔家本也。

文獻通考 元馬端臨撰

卷二三〇 經籍考五十七

楚辭十七卷

晁氏曰：「後漢校書郎王逸叔師注。楚屈原，名平。爲懷王左徒，博聞强志，嫺於辭令。後同列心害其能而讒之，王怒疏平。平自傷忠而被謗，乃作離騷經以諷，不見省納。及襄王立，又放之江南，復作九歌、天問、九章、遠遊、卜居、漁父、大招。自沈汨羅以死。其後楚宋玉作九辯、招魂，漢賈誼作惜誓，淮南小山作招隱士，東方朔作七諫，嚴忌作哀時命，王褒作九懷，劉向作九歎，皆擬其文，而哀平之死於忠。至漢武時，淮南王安始作離騷傳。向典校經書，分爲十六卷。東京班固、賈逵各作離騷章句，餘十五卷闕而不説。至逸自以爲南陽人，與原同土，悼傷之，復作十六卷章句。又續爲九思，取班固二序附之，爲十七篇。按：漢書志：屈原賦二十五篇，今起離騷經至大招，凡六，九章、九歌又十八。則原賦存者二十四篇耳。并國殤、禮魂在九歌之外爲十一，則溢而爲二十六篇。不知國殤、禮魂何以繫九歌之末。又不可合十一爲九。然則謂大招爲原辭，可疑也。夫以招魂爲義，恐非自作。或曰景差，蓋近之。其卷後有蔣之翰跋，云晁美叔家本也。」

陳氏曰：「逸之注雖未能盡善，而自淮南王安以下爲訓傳者，今不復存。其目僅見於隋、唐志，獨逸注幸而尚傳，興祖又從而補之，於是訓詁名物詳矣。」

宋史 元脱脱撰

卷二百八 藝文志

楚辭十六卷 楚屈原等撰。

楚辭十七卷 後漢王逸章句。

海源閣書目 清楊紹和撰

集部 楚辭類

【元本】

校殘宋楚辭十七卷 四册。

惠校汲古閣楚辭十七卷 六册。曾案：此書宋存書室宋元秘本書目未著録。

【明本】

明本楚辭章句十七卷 漢王逸撰。疑字直音補一卷 明萬曆朱燮元、朱一龍刻本。十二册，魯圖。

明本楚辭章句十七卷 漢王逸撰。附録一卷 明萬曆十四年馮紹祖觀妙齋刻本。四册，鈐有「月波樓藏書」印，魯圖。

海源閣宋元秘本書目 清楊保彝撰，見清光緒十四年江標刻本

卷四 集部

【宋本】

校殘宋本楚辭十七卷 四册。

【補】此本隅録未收。王獻唐調查登録時尚存海源閣。王氏云：字迹類黄丕烈。散出後去向不明。

萬卷精華樓藏書記 清靈石耿文光斗垣甫

卷一〇三 集部一 楚辭類

楚辭章句十七卷 漢王逸撰。

明本，首史記屈原本傳，次班固序，次劉勰辨騷，目録附後楚辭疑字直音補一卷，不知何人所著。脱王逸序，今從屈氏新注本抄補。

王氏自序曰：「屈原作離騷，上以諷諫，下以自慰，遭時闇亂，不見省納，遂復作九歌，凡二十五篇。楚人高其行義，瑋其文采，以相教傳。至於孝武帝，使淮南王安作離騷經章句，大義粲然。逮至劉向，分爲十六卷。孝章即位，班固、賈逵復以所見，改易前疑，各作離騷經章句。其餘十五卷闕而不説。又以『壯』爲『狀』，義多乖異，事不要括。今臣復以所識所知作十六卷章句，雖未能究其微妙，然大指之趣，略可見矣。」

晁氏曰：「原作離騷經、九歌、天問、九章、遠遊、卜居、漁父、大招。自沈汨羅以死。其後楚宋玉作九辨、招魂，賈誼作惜誓，淮南小山作招隱士，東方朔作七諫，嚴忌作哀時命，王褒作九懷，劉向作九歎，皆擬其文，而哀平之死於忠。至逸自以爲南陽人，與原同土，悼傷之，復作十六卷章句。又續爲九思，取班固二序附之，爲十七篇。」録於讀書志。

文光案：大招一篇，或以爲原自作，或以爲景差作，晁氏亦疑之。朱子按其文詞，定爲差作，非有左証也。至其篇卷，以十七數之者，合其九者爲一卷數。屈子之著者，又分其九者爲九篇。歷代相傳屈子之文凡二十五篇。今按目數之，至漁父止得二十三篇。九歌後繫以國殤、禮魂二篇。或云九歌之「亂辭」，或云九歌十一篇。據晁志云：「不可合十一爲九。」是誠可疑矣。然晁志之外，亦無有辨及之者。姑存其疑，以足二十五篇之數可也。若增以大招，則溢爲二十六矣。李安溪注九歌，又去此二篇。益不足矣。宜存其舊也。其以十一篇稱「九」者，即詩之稱「什」，不必十篇與？然又有疑者。説者謂古人以篇爲卷，篇即卷也。楚辭六十四篇，何以爲十七卷？豈數楚辭者不與他書同，抑篇卷之説未盡然耶？是書之前後次第，屢有更易。今所傳王注，非其原本。惟十七卷，則不誤也。注曰章句，沿舊名也。陳氏謂王注未能盡善。伏讀四庫全書提要，「逸注多傳先儒之訓詁，故李善注文選，全用其文。抽思以下諸篇注中，往往隔句用韻，如『哀憤結緍，慮煩冤也』，『哀悲太息，損肺肝也』，『心中結屈，如連環也』之類，不一而足。蓋仿周易象傳之體，亦足以考証漢人之韻。而吴棫以來，談古韻者皆未徵引」云云。然則讀是注者，可以知所取矣。洪氏欲去辨騷。可知爲古本所有，非後人附益之也。今洪注本仍存辨騷，豈欲删而未遽删歟？

藝風藏書續記 清繆荃孫撰

卷六 詩文第八

楚詞十七卷 明翻宋本。

漢王逸章句，每半葉八行，行十七字，高六寸六分，廣四寸五分，白口，雙邊。目録後有「隆慶辛未歲豫章夫容館宋板重雕」一行，史傳，班固序騷，劉勰辨騷。次之楚辭疑字直音補附焉。卷一之末有「姑蘇錢世傑寫，章芝刻」，雙行。天一閣書目收入有王世貞序：「吾友豫章宗人用晦得宋楚詞以梓，而見屬爲序。」此本序已失去。

藝芸精舍宋元本書目 清汪士鐘撰，滂熹齋叢書第二函

集部 楚辭類

王逸注楚辭十七卷 釋音一卷

皕宋樓藏書志 清陸心源撰

卷六十七 集部 離騷類

楚辭十七卷 明刊本。

漢劉向子政編集，王逸叔師章句。

黄汝亨敘 萬曆。

馮紹祖序 萬曆丙戌。

善本書室藏書志 清錢塘丁丙松生甫輯

卷二十三 集部一

楚辭十七卷 明萬曆丙戌刊本，漢劉向子政編集、王逸叔師章句。

前有漢太史令龍門司馬遷撰屈原傳。此本題明後學武林馮紹祖繩武校正，萬曆丙戌自序於觀妙齋，附録諸家楚辭書目、諸總評，又，重校章句議例，並列音義於上方，皕宋樓所藏同是。此槧尚有黄汝亨一序。

抱經樓藏書志 慈谿沈德壽藥庵編

卷五十一 集部 離騷類

楚辭十七卷 明隆慶刊本，王端履舊藏。

漢劉向編集王逸章句

史傳

序騷

辨騷

直音

案：目録後有「隆慶辛未歲豫章夫容館宋版重雕」一行。卷首有「老當益壯齋」，朱文腰圓印；「惟丙申吾以降」，朱文長印；「蕭山王端履年六十歲後所得書」，白文方印；「小穀」，朱文方印；「嘉慶甲戌進士官翰林院庶吉士」，朱文方印。

書林清話　清葉德輝撰

卷五

楚辭章句十七卷　豫章王氏夫容館隆慶辛未（五年）刻，見朱目、森志、楊志、繆續記。

楚辭章句十七卷　武林馮紹祖繩武觀妙齋萬曆丙戌（十四年）刻，見丁志。

結一廬藏宋本書目　清朱學勤撰，清光緒二十一年長沙葉氏觀古堂書目叢刻本

楚辭章句十七卷　明芙蓉館重刊宋本，六册。

書目答問　清張之洞撰

卷四　集部　楚辭第一

楚辭章句十七卷　大小雅堂刻本，止王注。

日本訪書志 清楊守敬撰

卷十二

楚辭章句十七卷 明隆慶辛未刊本。

首王世貞序，次目録，次本傳，次班固序，次劉勰辨騷。目録後題「隆慶辛未歲豫章夫容館宋版重雕」。一卷後題「姑蘇錢世傑寫，章芝刻」。按：此本與明無名氏翻宋本體式相合，唯彼缺宋諱，此不缺諱。又四周雙邊，當爲重寫，並非影橅。然字體方正而清爽，猶與宋刻爲近。首行題「楚辭卷之一」，次行題「漢劉向編集」，三行題「王逸章句」。然則明刻別本題「校書郎王逸章句」者，特據隋志改題，未必舊本如此也。又按：晁公武讀書志稱王逸續爲九思，取班固二序附之。今此本班序不入卷中。又公武始以本傳冠首，則知此本編次出於公武之後。然楚辭莫古於是本。嘉慶間大雅堂雖重刻是本，而草率殊甚。近日武昌書局重刻洪氏補注及朱子集注，而此本傳世頗罕，亦缺事也。

中國善本書提要 王重民撰

集部二 楚辭類

楚辭十七卷 四册，北圖。明凌氏朱墨印本，八行十八字（21.5×14）。

原題：「王逸敘次，陳深批點。」按「敘次」當謂用王逸本也。卷末題：「吴興凌毓枏殿卿父校」，下鈐「凌印毓枏」、「凌氏覺于」兩章，因知此爲凌氏印本。卷前有楚騷附録，爲司馬遷屈原賈生列傳一篇，末題「萬曆庚子九月既望王穉登書」，又劉勰辨騷一篇，蓋均應訂於卷末。是書採諸家評語甚多，書題下雖標出陳深之名，而卷内實與諸家並列。蓋深爲凌氏鄉人，故特尊之耳。

王世貞跋。

楚辭十七卷附録一卷 四册，國會。明朱墨印本，八行十八字（21.5×13.9）。

原題：「王逸敘次，陳深批點。」

王世貞跋。

楚辭十七卷附録一卷 八册（四庫總目卷一四八），北大，明萬曆間刻本，九行十八字（21.2×13.6）。

原題：「漢劉向子政編集，王逸叔師章句，明後學武林馮紹祖繩武父校正。」卷一頁一下書口記：「杭州郁文瑞書。」餘頁亦有記刻工姓氏者。凡例題：「觀妙齋重校楚辭章句。」眉端載各家注解及音義，諸家評語則彙載每篇之後。卷内有「得天樓」、「雷彎李氏家藏印」、「清舫李泰藏書」、「巴陵方氏碧琳瑯館藏書」等印記。

黄汝亨序 萬曆十四年（一五八六）。

馮紹祖後序 萬曆十四年（一五八六）。

楚辭章句十七卷 四册，北圖，明正德間刻本，十行十八字（19.9×13.9）。

原題：「漢劉向子政集，王逸叔師章句，後學西蜀高第、吴郡黄省曾校正。」王鏊序云：「其書本吴郡文學黄勉之所蓄，長洲尹左綿高君公次見而異之，相與校正，梓刻以傳。」卷内有「省齋藏書畫印」、「張問陶印」、「静安」、「王國維」、「雪堂」等印記。末有王氏題記兩則：

明正德刊楚辭章句十七卷，行款古雅，字畫精湛，實出宋槧。書中不避宋諱，然目録自九章至九思下均有「傳」字，與洪興祖補注所引一本合。題名二行，舊云「漢護左都水使者、光禄大夫臣劉向集，後漢校書郎中臣王逸章句」。此本改爲「漢劉向子政編集，王逸叔師章句」，并爲一行，而第二行改刊「後學西蜀高第吴郡黄省曾校正」十三字，其餘猶宋本舊式也。舊爲張船山藏書，丁巳春得於上海，是歲小除夕題記。國維。

丁巳除夕，以此本校楚辭補注凡三卷，知此本全與洪氏考異所稱一本合，亦此本出於宋本之證。戊午元旦記。

王鏊序 正德十三年（一五一八）。

劉勰辨騷 在目録後。

楚辭章句十七卷 六册，北圖，明隆慶間刻本，八行十七字（19.9×13.1）。

原題：「漢劉向編集。王逸章句。」目録後刻「隆慶辛未歲豫章夫容館宋板重雕」。王世貞序云：「吾友豫章宗人用晦，得宋楚辭善本，梓而見屬爲序。」按：用晦，朱多煃也。獻徵録卷一引藩獻志云：「奉國將軍多煃字用晦，瑞昌拱樹子也。始公族習爲豪侈貴倨，樹獨折節縉紳間，以儒素督率子弟，以故煃一意修詩書，工苦特甚。與里人余曰德、李攀龍、王世貞遊爲詩，煃因延譽海内。」蓋與正德間高第、黄省曾校刻本同出一源，亦善本也。

王世貞序。

楚辭章句十七卷附疑字直音一卷 六册，北大，明隆慶間刻本，八行十七字（19.9×13.1）。

原題：「漢劉向編集。王逸章句。」目録後題「隆慶辛未歲豫章夫容館宋板重雕」。卷一末記：「姑蘇錢世傑寫，章芝刻。」書首載史傳、班固序騷、劉勰辨騷，卷末附疑字直音一卷。天一閣書目集部頁一下著録此本，有王世貞序云：「吾友豫章宗人用晦，得宋楚辭善本以梓，而見屬爲序。」按：用晦名朱多煃，寧獻王六世孫，封奉國將軍，與世貞爲友，曾入七子之社，故世貞爲弁序文。

楚辭句解評林十七卷附録一卷 二册，北大，明萬曆間刻本，十行二十三字（2.8+18×12.5）。

原題：「漢劉向子政編集，王逸叔師章句，明後學武林馮紹祖繩武父校正。」按：此本爲坊間翻刻觀妙齋本。觀妙齋原本馮序末署萬曆丙戌，此本改爲丁亥，上書口或題爲「楚辭類纂評林」，或題爲「楚辭章句評林」，變换名目，亦坊賈慣技。但此本錯字甚多，翻刻殊爲草率。觀其翻刻年代，僅後於原本者一年，亦小書坊偷刻之常事也。卷内有「碧琳瑯館藏書」印記。

馮紹祖序 萬曆十五年（一五八七）。【殘】

中國叢書綜録

上海圖書館編輯，上海古籍出版社一九八二年版

【增定漢魏六朝别解】

楚辭章句十七卷 漢王逸撰。

【叢書集成初編】

楚辭章句十七卷 漢王逸撰。

【敬鄉樓叢書】

楚辭十七卷 漢王逸章句。

北京圖書館古籍善本書目

書目文獻出版社一九八七年版

集部 楚辭類

楚辭十七卷 漢王逸章句。明正德十三年黄省曾、高第刻本，袁廷檮校並跋。三册。十行十八字，白口，左右雙邊。

楚辭十七卷 漢王逸章句。明正德十三年黄省曾、高第刻本，四册。

楚辭十七卷 漢王逸章句。明正德十三年黄省曾、高第刻本，六册。

楚辭十七卷 漢王逸章句。**疑字直音補一卷** 明隆慶五年豫章夫容館刻本，清傳承霖跋，六册，八行十七字，小字雙行同，白口，四周雙邊。

楚辭十七卷 漢王逸章句。**疑字直音補一卷** 明隆慶五年豫章夫容館刻本，六册。

楚辭十七卷　漢王逸章句。附録一卷　明萬曆十四年馮紹祖觀妙齋刻本，八册，九行十八字，小字雙行同，白口，左右雙邊。

楚辭十七卷　漢王逸章句。附録一卷　明萬曆十四年馮紹祖觀妙齋刻本，八册。

楚辭十七卷　漢王逸章句。疑字直音補一卷　明萬曆朱燮元、朱一龍刻本，六册，八行十七字，小字雙行同，白口，四周單邊。

楚辭十七卷　漢王逸章句。疑字直音補一卷　明萬曆朱燮元、朱一龍刻本，六册。

楚辭十七卷　漢王逸章句。疑字直音補一卷　明萬曆朱燮元、朱一龍刻本，四册。

楚辭十七卷　漢王逸注。明萬曆十四年俞初刻本，四册，十行二十字小字，雙行同，白口，左右雙邊。

楚辭十七卷　漢王逸注。明萬曆十四年俞初刻本，四册。

楚辭十七卷　漢王逸注。明萬曆十四年俞初刻本，四册。

中國科學院圖書館藏中文古籍善本書目　科學出版社一九九四年版

楚辭十七卷疑字直音補一卷　漢王逸章句，明朱燮元等刻本，二册一函。

楚辭十七卷　漢王逸注。明陳深批點，明刻凌毓枬校朱墨套印本，四册一函。

中國古籍善本書目　上海古籍出版社一九九六年版

楚辭章句十七卷　漢王逸撰。明正德十三年黄省曾、高第刻本。

楚辭章句十七卷　漢王逸撰。明正德十三年黄省曾、高第刻本。清袁廷檮校並跋。

楚辭章句十七卷漢王逸撰。**疑字直音補一卷**明隆慶五年豫章夫容館刻本。

楚辭章句十七卷漢王逸撰。**疑字直音補一卷**明隆慶五年豫章夫容館刻本，清傅承霖跋。

楚辭章句十七卷漢王逸撰。**疑字直音補一卷**明隆慶五年豫章夫容館刻本（卷五至六配清同治十一年蔣曰豫抄本），清蔣曰豫跋。

楚辭章句十七卷漢王逸撰。**疑字直音補一卷**明隆慶五年豫章夫容館刻，天啓三年叢桂堂重修本。

楚辭章句十七卷漢王逸撰。**附録一卷**明萬曆十四年馮紹祖觀妙齋刻本。

楚辭章句十七卷漢王逸撰。**附録一卷**明萬曆十四年馮紹祖觀妙齋刻本，清彭孫遹批校並跋。

楚辭章句十七卷漢王逸撰。**附録一卷**明萬曆十四年馮紹祖觀妙齋刻本，清丁丙跋。

楚辭章句十七卷漢王逸撰。**疑字直音補一卷**明萬曆朱燮元、朱一龍刻本。

楚辭章句十七卷漢王逸撰。**疑字直音補一卷**明萬曆朱燮元、朱一龍刻本，清張符升批點並跋。

楚辭章句十七卷漢王逸撰。明刻本。

楚辭章句十七卷漢王逸撰。**附録一卷**明萬曆金陵益軒唐氏刻本。

楚辭章句十七卷漢王逸撰。**附録一卷**明金陵王少塘刻本。

楚辭章句十七卷漢王逸撰。明萬曆四十七年劉廣刻本。

楚辭章句十七卷漢王逸撰。**疑字直音補一卷**明崇禎十七年嚴敏刻本。

楚辭十卷漢王逸注。明萬曆十四年俞初刻本。

楚辭十卷 漢王逸注。明萬曆十四年俞初刻本，清錢陸燦批。

楚辭八卷 漢王逸章句。明萬曆二十五年郁文瑞尚友軒刻本。

楚辭句解評林十七卷 漢王逸章句。明馮紹祖輯評。**附録一卷** 明刻本。

中國古籍總目

中國古籍總目編輯委員會，中華書局、上海古籍出版社二〇一二年版

集部一

楚辭章句（楚辭）**十七卷** 漢王逸撰

明正德十三年黄省曾、高第刻本

國圖（清袁廷檮校並跋） 上海 山東 臺圖（王國維題記）

明萬曆二十三年刻本

太原

明萬曆四十七年劉廣刻本

太原 新疆大學 温州 湖南

明萬曆間刻本（楚辭）

上海

明刻本

國圖　上海　山東

四庫全書本（乾隆寫）

清嘉慶六年間刻本

國圖　山東

湖北叢書本（光緒刻）

清刻本（楚辭）

楚辭章句十七卷疑字直音補一卷　漢王逸撰

明隆慶五年豫章夫容館刻本

國圖（清傅承霖跋）　北大　天津　上海　南京（清蔣曰豫跋）

明隆慶五年豫章夫容館刻　天啓三年叢桂堂重修本

國博　江西

明萬曆十四年馮紹祖觀妙齋刻本

國圖　北大　天津　上海　南京（清丁丙跋）　山東　浙江　天一閣（清彭適孫批校並跋）　遼寧

明萬曆間金陵唐氏益軒刻本

南京　浙江

明萬曆間朱燮元、朱一龍刻本

北大　天津　上海　南京（清張符昇批點並跋）

明崇禎十七年嚴敏刻本

遼寧

明金陵王少唐刻本

河南

明海虞毛氏汲古閣刻本（楚辭）

北大

三樂齋刻本

北師大

楚辭注十卷　漢王逸注

明萬曆十四年俞初刻本

國圖　北大　復旦（清錢陸燦批）　湖北

楚辭八卷　漢王逸章句

明萬曆二十五年郁文瑞尚友軒刻本

復旦　臺圖（清陳兆崙批，清陳元禄、清鮑毓東跋）

圖書在版編目(CIP)數據

楚辭章句/(漢)王逸撰;黃靈庚點校.—上海:上海古籍出版社,2017.10(2023.6重印)
(楚辭要籍叢刊)
ISBN 978-7-5325-8588-5

Ⅰ.①楚… Ⅱ.①王… ②黃… Ⅲ.①《楚辭》—注釋 Ⅳ.①I222.3

中國版本圖書館CIP數據核字(2017)第209608號

楚辭要籍叢刊
楚辭章句
[漢] 王 逸 撰
黃靈庚 點校
上海古籍出版社出版發行
(上海市閔行區號景路159弄1-5號A座5F 郵政編碼201101)
(1)網址:www.guji.com.cn
(2)E-mail:gujil@guji.com.cn
(3)易文網網址:www.ewen.co
上海展強印刷有限公司印刷
開本 850×1168 1/32 印張 14.625 插頁 5 字數 285,000
2017年10月第1版 2023年6月第4次印刷
印數:5,251—6,300
ISBN 978-7-5325-8588-5

I·3209 定價:58.00元